U0164839

高 行 健

編　　輯　　陳明慧

實習編輯　　張詠詩（香港城市大學媒體與傳播學系三年級）

書籍設計　　蕭慧敏　*UP* Création
城大創意製作

圖片

封面（Reuters Pictures）；其他由作者提供。

國際統一書號：978-962-937-395-5

出　　版　　香港城市大學出版社
　　　　　　香港九龍達之路
　　　　　　香港城市大學
　　　　　　網址：www.cityu.edu.hk/upress
　　　　　　電郵：upress@cityu.edu.hk

GAO Xingjian: In Quest of His Soul Mountain
(in traditional Chinese characters)

ISBN: 978-962-937-395-5

Published by City University of Hong Kong Press
　　　　　　Tat Chee Avenue
　　　　　　Kowloon, Hong Kong
　　　　　　Website: www.cityu.edu.hk/upress
　　　　　　E-mail: upress@cityu.edu.hk

Printed in Hong Kong

高行健
徘徊靈山的人生

沈衛威

CITY UNIVERSITY OF
HONG KONG PRESS
香港城市大學出版社

目錄

導　言　/vii/

一路同行　/xiii/

作者簡介　/xv/

第一章　■　火中生蓮花　/1/

第二章　■　風中的蘆葦　/31/

第三章　■　説是給自己的聽　/51/

第四章　■　逃逸在林中路上　/67/

第五章　■　自由之魂在異鄉　/91/

第六章　■　沉思想是語言　/107/

第七章　■　自在的夢遊　/123/

第八章　■　弄閒於才鋒　/133/

第九章　■　傾聽孤獨　/143/

第十章　■　中國在我身上　/157/

第十一章　■　專制改變人性　/175/

第十二章　■　存在、自由與文學　/191/

第十三章　■　身體、愛慾與語言　/203/

第十四章 ■ 奴役之路上的政治 /221/

第十五章 ■ 革命的狂熱與虛無 /241/

第十六章 ■ 尺短寸長 /257/

第十七章 ■ 明心見性 /267/

第十八章 ■ 大音無聲 /283/

第十九章 ■ 敞開與遮蔽 /297/

第二十章 ■ 無相為體 /309/

第二十一章 ■ 倩影弄清風 /329/

第二十二章 ■ 敞開的向死存體 /357/

第二十三章 ■ 靈山路上的相遇 /371/

第二十四章 ■ 因果機緣 /387/

第二十五章 ■ 至法無法 /401/

第二十六章 ■ 禪門徘徊 /413/

參考文獻 /423/

導　言

一

　　高行健，法籍華裔劇作家、小說家、畫家。2000 年獲諾貝爾文學獎，並因此成為首位獲得此獎的華人作家。

　　1940 年 1 月 4 日（農曆己卯年 11 月 25 日，屬兔），高行健出生於江西贛州，祖籍江蘇省泰州縣（今泰州市）。此時，其父高運同（號異之，1946 年後用此名）為南昌中國銀行（抗戰遷移至贛州）會計。母親顧家驄基督教教會中學畢業，曾短期在南昌基督教青年會服務部任小學教師，業餘話劇演員。

　　1950 年，高行健一家經「表伯父」袁序幫助遷至南京（抗戰時袁序在江西景德鎮參加新四軍，1949 年以後任華東軍區後勤衛生部秘書處長，曾代表軍方負責接收國民政府南京市醫療衛生系統），高行健的父母被分配到南京兩家醫院擔任會計。

　　1951 年 9 月，高行健入南京市第十中學（原美國在華教會所辦的匯文書院、匯文中學，後為金陵大學附屬金陵中學，今仍名為金陵中學）。由於從小喜愛繪畫，高行健師從惲宗瀛（中央大學畢業，徐悲鴻、傅抱石的弟子）學習繪畫，並產生了報考中央美術學院的願望。但後來聽從母親的建議，1957 年放棄報考中央美術學院，選擇了北京外語學院法文系。其主要原因是高考前，高行健在金陵中學圖書館裏，看到了捷克雜誌《國際展望》中文版中摘錄蘇聯作家愛倫堡（Ilya Ehrenburg）《人·歲月·生活》的片段，愛倫堡對自己當年流亡巴黎的那種自由生活的回味，使高行健產生了對自由的法蘭西的神往。

同年 3 月，其父高運同主動向醫院的黨組織交代：1940 年在贛州中國銀行工作時，代同事鍾天石保管左輪手槍一支，子彈四十粒。1946 年將此手槍賣給了江西省政府保安處熊光裕。此事高行健在長篇小説《一個人的聖經》第 21、25 節中也有寫到。高運同還向組織交代，1942 年在江西泰和認識王萍，王萍欲將他介紹給江西省國民黨黨部官員馮琦（中國共產黨的叛黨分子，國民黨中統局專員，特務室主任），但被他拒絕，隨後斷絕了與王萍的來往。9 月 12 日，由於南京市主要領導在大會上，把高異之（高運同）作為主動交代後新挖出的「特嫌」（國民黨特務嫌疑分子）向與會者傳達，南京市衛生局審幹小組隨即做出《保留高異之特務嫌疑等問題的審查報告》，把高異之定為「特嫌」，「作長期考察」（即長期監控）。

　　1961 年 7 月 1 日，其母顧家驪從南京華東精神病防治院到南京市棲霞區農場的養雞場下放勞動時，溺水身亡。高行健為此寫有短篇小説《母親》。

　　1962 年，高行健從北京外語學院法語系畢業，在中國國際書店從事翻譯工作。1970 年，因北京「文革」內鬥升級，高行健自願到安徽寧國縣港口中學任教。1973 年，加入中國共產黨。在港口鎮中學期間得到了鎮「革命委員會」主任、同樣是「下放幹部」的胡明策的信任和器重。高行健以他為人物原型寫了短篇小説《河那邊》（人物化名「方書記」）。長篇小説《靈山》、《一個人的聖經》中皖南農村「老幹部」的人物原型也是胡明策。

　　1975 年，高行健返回北京，任《中國建設》雜誌社法文組組長。1977 年，調到中國作家協會對外聯絡委員會工作。1979 年 5 月，作為翻譯，陪同巴金等中國作家訪問巴黎，回國後在巴金等人的幫助下，發表了中篇小説《寒夜的星辰》。

　　1981 年 6 月，調到北京人民藝術劇院從事編劇工作。其戲劇創作得到兩任院長曹禺、于是之的充分肯定。論文集《現代小説技巧初探》

出版，並引發文壇現實主義與現代主義的討論。1983 年在「清除精神污染」的政治運動中，戲劇《車站》受到批判，被某官員視為 1949 年以來「最惡毒的一個戲」。那年春天，高行健被誤診患「肺癌」，虛驚一場後，他離京到大西南漫遊，開始長篇小說《靈山》的創作。

1987 年底高行健定居法國巴黎。在寫作長篇小說《一個人的聖經》的同時，有《逃亡》、《生死界》、《夜遊神》、《對話與反詰》、《周末四重奏》等劇本刊出。期間，他以繪畫維持基本生計。1997 年加入法國國籍。

2000 年 10 月，高行健獲諾貝爾文學獎。瑞典文學院的頒獎理由是：「其作品的普遍價值，刻骨銘心的洞察力和語言的豐富機智，為中文小說和戲劇藝術開闢了新的道路。」

作為勤奮的畫家，他已經在世界各地舉辦過九十多場畫展，出版了五十多本畫冊。其戲劇也在世界各地多家劇院上演。

二

高行健的藝術創作，有鮮明的個人特色和大氣恢宏的藝術品位。其融合東方西方、古典現代、雅言俗語的多藝術形式探索與實踐，展現出多方面的藝術成就。

高行健通過追憶、想像、象徵、隱喻，讓主體的無意識成為他者的話語，也讓自我的慾望成為他者的慾望。本書即是通過他建構的想像界和象徵界，還原實在界。而這個實在界又有我的主體介入。

這本書中有三個聲音隸屬三種鏡像，並形成對話與反詰：

高行健的個性言說及所屬文本中人物的文學敘事，我的個人話語及高行健親友的歷史追憶，再就是借助海德格（Martin Heidegger，也譯海德格爾）詩學的闡釋及批判的說文解義。我假借詞學的「無我之境、

有我之境」，和臨濟義玄禪師所謂的「人境俱奪」，對應所示，形成全書的三重對話結構。同時，還引進一個靜明旁觀的禪者，偶爾在可入境、入鏡和可言說時，插入一句頌偈。

同時，本書着重強調了高行健的思想與藝術特性：

確立個體脆弱的自我審視，在對專制的批判和反思時，特別強調脆弱的個人尊嚴和思想力量。

強調個體與文學的自由，在林中路上，並由此創造了一個特立獨行的自我，同時也還原了一個「在場的完成」。寫小說成為一種直觀的在場和具有被給予的澄明的心像，一個特殊歷史時段記憶的還原性再現。在清風拂山，明月映江之時，禪給了平靜的內心，也給一個更大的天地。正如陸九淵所言：「宇宙便是吾心，吾心即是宇宙。」思接千里，心繫宇宙。禪界無域，行者無疆。

擅長傳達寂靜之音。所謂寂靜之音就是不可也不用言說；是默照於心，聽內心的呼聲，是此在於良知中呼喚自身；是深度的無聊，是近於虛無，但不是無；是沒有主義時的主意；是存在向它敞開的禪。他要在寂靜之音中傳遞出「中國文化最純粹的精神」。

確立文學、藝術個體沒有主義的自我意識。這種在語言遊戲中所確立的自我和思想路徑，是他文學存在的理由和沒有主義的主意。恰如六祖慧能所言：「識心見性，自成佛道。即時豁然，還得本心。」

追求永恆的人性和文學的普世價值：自由、人性與創造。特別是用文字創新性地呈現出「說是給自己的聽」的言說方式，並保持禪在心中的靈動。以心觀心，依法觀法。澄明之中，得以自救。

開創了屬於自己的獨特戲劇觀念，並付諸舞台實踐。他在已有的人與上帝、人與自然、人與社會、人與他人四種戲劇模式之外，創造出我與本我（自我是自我的地獄的戲劇觀）的第五種戲劇形式。

在繪畫實踐中他堅持「無相為體」的繪畫觀念。他要尋找和延伸水墨的可能性，溝通西方現代繪畫所追求的感覺和中國傳統水墨講究

的精神。用水墨來追求西方油畫的深度，把油畫創作中「用光」的觀念帶到水墨畫裏。以自己的繪畫語言建構光影下的心理時空，力圖把這種靜遠空靈的禪的境界表現出來。在用語言無法表述的地方開始畫，不再求像寫實，回到守心寫意。創作出人與自然同在、富有禪意的大寫意山水。

一 路 同 行

　　高行健的親屬、老師、同學及父輩同事，在這十幾年間，多次接受我的訪問，並提供材料。是他們和我相遇在通往靈山的路上，一路同行。還有多位知情者提供材料，卻不願公開他們的名字。

　　和高行健在東京相聚，可謂相見時難。

　　特此致謝。

2007 年 3 月 17 日：高行健弟弟，高行素（南京）

2008 年 10 月 8 日：高行健美術老師，惲宗瀛（南京）

2008 年 10 月 24 日：高行素及親屬（南京）

2008 年 10 月 29 日：高行素親屬（南京）

2008 年 11 月 9 日：高行健兒子，高杭（上海）

2008 年 11 月 13 日：高行素及親屬（南京）

2009 年 6 月 20 日：惲宗瀛（南京）

2009 年 7 月 24 日：高杭（南京）

2009 年 7 月 25 日：惲宗瀛（南京）

2009 年 9 月 10 日：高杭（上海）

2009 年 12 月 8 日：高行素及親屬（南京）

2010 年 4 月 1 日：高行素（南京）

2010 年 5 月 20 日：高杭（上海）

2010 年 6 月 4 日：南京市婦幼保健院部分離退休職工「高異之（運同）追思座談會」（南京）

2010 年 7 月 23 日：高杭（南京）

2010 年 7 月 23 日：惲宗瀛（南京）

2010 年 8 月 30 日：高行素（南京）

2010 年 9 月 13 日：高行素及親屬（南京）

2010 年 9 月 25 日：高行健（東京）

2010 年 10 月 13 日：高行素及親屬（南京）

2010 年 12 月 21 日：高杭（上海）

2010 年 12 月 22 日：惲宗瀛（南京）

2010 年 12 月 23 日：安徽省寧國市港口中學（部分師生）

2011 年 5 月 25 日：惲宗瀛（南京）

2011 年 6 月 27 日：高杭（上海）

2011 年 9 月 26 日：惲宗瀛（南京）

2011 年 9 月 26 日：高杭（南京）

2011 年 9 月 27 日：《惲宗瀛畫集》首發式及 90 華誕座談會
　　　　　　　　　（南京）

2011 年 10 月 12 日：惲宗瀛（南京）

2011 年 12 月 4 日：惲宗瀛（南京）

2012 年 12 月 13 日：高行素（南京）

2012 年 12 月 24 日：高杭（南京）

2013 年 10 月 25 日：高杭（上海）

2014 年 8 月 28 日：高行健第二任太太，郭長慧（索菲）（巴黎）

2015 年 5 月 20 日：高杭（南京）

2018 年 11 月 6 日：郭長慧（索菲）（巴黎）

2019 年 4 月 15 日：高杭（上海）

作 者 簡 介

沈衛威，1962 生，河南省內鄉縣人。河南大學學士、碩士（1985、1988），南京大學文學博士（1991）。1991 年至 2001 年執教於河南大學，2002 年始為南京大學中文系教授。

南京大學中文系是高行健岳父王氣中（氣鍾）、妻子王學昀工作過的地方。作者與高行健的弟弟高行素一家、高行健的兒子高杭皆為朋友。這是他寫作此書的機緣。

十多年來，作者先後採訪了高行健、高行素、高杭、郭長慧、惲宗瀛等五十多人；追尋了高行健生活過的贛州、湘西、玉屏、南昌、九江、南京、北京等地；走訪了高行健「文革」期間下放過安徽寧國縣明港中學；遊歷了高行健在四川、貴州、雲南足行過的「靈山」之路。

主要著作有：《胡適傳》、《茅盾傳》、《吳宓傳》、《東北流亡文學史論》、《自由守望 —— 胡適派文人引論》、《胡適周圍》、《回眸「學衡派」—— 文化保守主義的現代命運》、《「學衡派」譜系 —— 歷史與敘事》、《大學之大》、《大河之旁必有大城 —— 現代思潮與人物》、《民國大學的文脈》等。

高行健
徘徊靈山的人生

排版説明

1. 黑色楷體（如頁 13），高行健作品的引文。

2. 藍色仿宋體（如頁 80），受訪人士的談話內容。

1

火中生蓮花

1940 年

1 月 4 日（農曆 1939 年 11 月 25 日，屬相兔），高行健出生於江西贛州，祖籍江蘇省泰州縣（今泰州市）。

祖父高鏵（？-1945 年 8 月，號衛秋），從小失去父母，寄食在本家及親戚家中，十幾歲即到典當行當學徒。由於天資聰穎，勤奮好學，所以練就一手好字。曾在揚州鹽業商行任職，1923 年以後任南昌中國銀行文書、漢口中國銀行文書、九江中國銀行庶務（總務主任）。抗戰初期調任湖南零陵中國銀行，任總務主任。

祖母李佩宜。

父親高運同（乳名順貴，號異之，1946 年之前以名「運同」行，1946 年以後以號「異之」行）（1918 年 2 月 2 日-1981 年 5 月 20 日），1935 年 1 月，畢業於江蘇省泰州縣立中學；5 月，到九江中國銀行見習；12 月入南昌江西裕民銀行，任會計助理員。1936 年 6 月入南昌中國銀行，任會計助理員。1939 年 4 月因日軍進犯江西，南昌危機，南昌中國銀行南遷，他被南昌中國銀行派往贛州中國銀行，任會計。

大家庭中，高運同兄弟姐妹七人：依次是高運琛（女）、高運同、高運乾、高運琪（女）、高運文、高運琈（女）、高運甲。

母親顧家騮（1921 年-1961 年 7 月 1 日），南昌人，基督教教會中學畢業，曾短期在南昌基督教青年會服務部任小學教師，業餘話劇演員。1938 年在南昌朋友的婚禮上（作為伴娘）與高運同相識，後經高的中國銀行同事歐陽彥定介紹，與高相處。1939 年 4 月與高運同在江西吉安結婚，婚後在家相夫教子。

家族成員中高運琛與丈夫王崇甫（厚基）——國民政府空軍文職人員，1947 年隨國民政府去台灣。高運琛在丈夫去世後隨子女定居美國。1980 年代曾回江蘇南京探親，即《一個人的聖經》第 1 節中寫到的「大姑」。

高行健的父親高運同

高運乾 1957 年被化為「右派」，「開除公職，送勞動教養」。1979年 6 月改正，即《一個人的聖經》第 1 節、第 5 節寫到的「二叔」。

高運琪的丈夫姚民基，為國民黨中統局黨員調查網調查員。1949年以後被共產黨政府收審，遣送蘇州改造，後發派到新疆烏魯木齊郵電管理局工作。姚民基病逝於新疆。高運琪回到泰州老家定居，即《一個人的聖經》第 1 節中寫到的「隨丈夫去勞改」的家人（二姑）。

高運文 1949 年以後曾任泰州文化館館長。

高運珺 1949 年以後，初在九江中國人民銀行工作，1951 年與該行同事楊茂森結婚，隨後一同調往南昌中國人民銀行，即《靈山》第53 節中寫到的「姑媽」。

高運甲（1936 年 11 月 16 日生）曾任中華人民共和國文化部部長助理，中國文聯副主席、黨組副書記，即《一個人的聖經》第 5 節中寫到的「小叔」。

1941 年

6 月，父親高運同調任中國銀行泰和辦事處，任主辦會計。高行健隨母親到泰和。

11 月 23 日（農曆 9 月 15 日）弟弟高行素出生。其後成為作曲家、音樂教育家。曾任江蘇省音樂家協會秘書長。

1942 年

6 月 27 日，女友王學昀（高行健在《一個人的聖經》中的人物命名為「許倩」）生於重慶巴縣，祖籍安徽合肥。其父親王氣鍾（氣中，1903–1993）為國民黨中央政府「蒙藏委員會」專員、秘書，兼代調查室主任，長期協助「蒙藏委員會」委員長吳忠信（1884–1959）工作，同時兼任重慶大學教授。其母親張天矚（1912–1996）為淮軍將領（「樹」字營）、晚清重臣張樹聲、張樹珊、張樹槐、張樹屏兄弟所屬肥西縣「張家圩」後人，與張充和等「張家四姐妹」為堂姐妹。

高行健的母親顧家驪和弟弟高行素（左）及高行健（右）

高行健、高行素隨母親到湖南零陵與祖父、祖母一家同住，即《靈山》第53節中所寫到自己曾隨母親在零陵鄉下躲避日本飛機轟炸。

1944 年

夏，日軍進犯零陵，高行健、高行素隨母親和祖父一家逃難到湘黔交界的貴州省玉屏縣。

12 月，因日軍入侵贛南，父親高運同與銀行同事撤退到寧都。

1945 年

2 月，父親高運同調任中國銀行黎川辦事處，任主辦會計。8 月，父親高運同調任中國銀行上饒辦事處，任副主任兼會計。

8 月，祖父高鏵因聽到抗戰勝利的消息，異常興奮，導致中風（腦溢血），病逝於貴州省玉屏縣，葬在玉屏縣城郊舞陽河畔。

1947 年

1 月–12 月，父親高運同在滬賦閒。其中 7 月至 9 月，短期在南昌土濟土產公司、四行（中國銀行、中央銀行、交通銀行、農民銀行）聯合征信所南昌分所，任會計主任。高行健、高行素隨母親到南昌。

9 月–10 月，父親高運同到廈門求職不成，往返一個月。

1948 年

1 月，父親高運同到漢口任東成企業公司會計主任。

9 月，父親高運同到九江任大達輪船股份有限公司、怡太運輸股份有限公司公司會計主任。高行健、高行素隨母親到九江。

12 月，父親高運同到南昌任江西建設銀行襄理兼會計主任。

1949 年

11 月，父親高運同到上海任永大勝商行（米行）會計。

1950 年

2 月，父親高運同經表兄袁序（即《靈山》第 75 節中寫到的「伯父」、《一個人的聖經》第 5 節中寫到的「表伯父」。抗戰時袁序在江

西景德鎮參加新四軍，1949 年以後任華東軍區後勤衛生部秘書處長、中國人民解放軍軍事醫學科學院秘書處長、中國人民解放軍後勤部處長，曾代表軍方負責接收國民黨南京市醫療衛生系統）介紹，到華東軍區後勤衛生部接管處報到，然後被分配到到南京華東助產學校暨附屬產院任會計主任。

高行健隨母親自九江到南京，插班進入南京市二條巷小學四年級。

9 月，轉學到南京市漢口路小學，入五年級。

9 月，王學昀入南京師範學院附屬小學一年級。

母親顧家驪入南京宜信會計學校學習。

1951 年

6 月，畢業於南京市漢口路小學。

9 月，入南京市第十中學（原美國在華教會所辦匯文書院、匯文中學，後為金陵大學附屬金陵中學，今仍名為金陵中學）。

根據政府幹部管理要求，政府機關及各級行政機構職員都必須填寫政審表，同時依照統一的模板寫作《自傳》，理清歷史問題。父親高運同第一次寫作《自傳》。

母親顧家驪於宜信會計學校學習一年多，結業後，經表兄袁序介紹參加工作，為南京華東精神病防治院（今改名為南京腦科醫院）會計。

1952 年

父親高運同參加南京市第四期抗美援朝志願醫療團，任團部會計兼文書。榮立三等功。

1954 年

9 月，華東助產學校暨附屬產院併入南京市婦幼保健醫院（創建於 1936 年，前身為國立中央高級助產職業學校附屬產院），父親高運同先後任醫院會計主任、總務主任、工會主席。

少年時代的高行健

1955 年

9 月，王學昀考入南京市第十中學 (金陵中學)。

1957 年

2 月，父親高運同因屬國家公職人員，必須依照組織規定的《自傳綱要》，第二次寫作《自傳》。

3 月，父親高運同因《自傳綱要》寫作要求的壓力和妻子顧家騮的勸導，主動向醫院的黨組織交代：1940 年在贛州中國銀行工作時，代同事鍾天石保管左輪手槍一支，子彈四十粒。1946 年將此手槍賣給江西省政府保安處熊光裕。此事高行健在《一個人的聖經》第 21、25 節中被寫到。同時高運同還主動向組織交代 1942 年在江西泰和認識王萍 (「抗敵後援會新生活運動促進會」工作人員，王萍傾慕於他)。

據高運同組織政審材料顯示：江西省南昌工商業聯合會王松年反映，「高異之與周友瑞 (偽中國銀行經理金融界特務) 關係密切」，並稱高是周的人，又說周與 C C 派 (編按：Central Club，簡稱 CC，是中國國民黨主要派系) 分不開。

7 月，畢業於南京市第十中學，考入北京外國語學院法語系。高考前，因在金陵中學圖書館裏，看到捷克雜誌《國際展望》中文版中摘錄蘇聯作家愛倫堡《人・歲月・生活》的片段，愛倫堡對自己當年流亡巴黎的那種自由生活的回味，使得高行健產生了對自由的法蘭西的神往，於是決定選擇大學的法文系。

在中學時期的同學好友鄧快帆 (受當時江蘇省「農工民主黨」主委、交通廳廳長、「右派」父親鄧昊明的影響，不能考大學，先到農村勞動，後考入江蘇農專)、鄧凱帆 (先到農村勞動，後考入江蘇農專，畢業後又考入南京大學)、張昆生 (考入北京地質學院) 等後來都成了高行健小說《有隻鴿子叫紅唇》部分人物原型。其中張昆生就是《朋友》和《靈山》第 61 節中「地質勘探隊老同學」的人物原型。[1]

在校期間師從惲宗瀛 (1921–) 先生學習繪畫五年。

金陵中學的圖書館

金陵中學的鐘樓

1958 年

5 月，父親高運同主動交代：1942 年，王萍欲將他介紹給江西省國民黨黨部官員馮琦（中國共產黨的叛黨分子，國民黨中統局專員，特務室主任），但他拒絕，從此與王萍斷絕來往。

9 月 12 日，因南京市主要領導此時在大會上，將高異之作為主動交代後新挖出的「特嫌」向與會者傳達。南京市衛生局審幹小組隨即作出《保留高異之特務嫌疑等問題的審查報告》，將高運同定為「特嫌」（國民黨特務嫌疑分子），「作長期考察」（即長期監控）。理由是：

1. 手槍的來路查明，去路無人證明，槍的下落尚不能相信其本人交代，要留作考查。
2. 與周友瑞的關係，因周友瑞已經逃跑，建議人事部門作考查。
3. 與王萍及馮琦的關係問題，無從着手調查，故對此疑點，作長期考查。

1959 年

6 月，弟弟高行素高中畢業，報考中央音樂學院作曲系，因受父親「特嫌」的牽連，未能錄取，改讀南京機械製造專科學校。

1961 年

7 月 1 日，母親從南京華東精神病防治院下放到南京市棲霞區農場的養雞場勞動（計劃一年，實際不到三個月就出現意外）時，溺水身亡。

7 月，女友王學昀高考失利，在家自學一年，來年重考。

1962 年

7 月，畢業於北京外國語學院法語系，分配到中國國際書店翻譯科任法文翻譯。

弟弟高行素畢業，分配到南京捏江門中學，任音樂教師。

9月，女友王學昀考入南京大學中文系。

1963 年

父親高運同再婚，繼母徐寶時為南京市婦幼保健醫院助產士。徐寶時與前夫育有一兒一女。

1965 年

加入中國共產主義青年團。

1966 年

5月，女友王學昀被批准加入中國共產主義青年團。

8月，「文革」開始後，王氣鍾（又名王氣中、王正旺，高行健女友的父親）與陳瘦竹等教授被「紅衛兵」揪出來多次批鬥。

1967 年

7月，其女友王學昀畢業於南京大學中文系漢語言文學專業。待分配工作。

這在《一個人的聖經》第30、32節中，被高行健移花接木寫進人物「許倩」的故事裏。王學昀即「許倩」的人物原型。

10月1日，經過長達十年的愛情長跑後，與女友王學昀在北京親友的見證下結婚（為事實婚姻。因「文革」的內亂，公安、檢察、司法系統癱瘓，他們沒有在民政部門正式登記，即沒有法律意義上的婚契）。

冬天，高行素到南昌等地尋找父親當年在江西銀行工作的同事蕭慶棠、張冠洲等，查詢父親高運同「左輪手槍」的真實下落。

父親高運同因「特嫌」被迫害，兩度吞安眠藥自殺未遂。

1968 年

8月，其妻子王學昀因受父親歷史問題的政治牽連，被「江蘇省軍事管制委員大專院校畢業生分配領導小組」分配到山西省介休縣洪山東風陶瓷廠，從事檢驗工作。是高行健給她出主意，要她堅持進工廠當工人而沒有到山區小學任教。這即是短篇小說《你一定要活著》中

「淑娟」的故事原型；《一個人的聖經》第36節中「許倩」被分配到「晉北」大山溝裏當小學教員的故事原型。

8月12日，南京大學召開全校「鬥爭叛徒、特務、現行反革命分子大會」，宣稱揪出的「國民黨特務、反動教授」中，中文系的是王氣鍾。因為王氣鍾1928年5月，在南京中央大學讀書時加入國民黨。1944年曾被選為國民黨重慶市第55分區部監察委員。

1969年

春，為躲避派系鬥爭，自願離京到河南省的「五七幹校」農場，參加勞動。

8月，夫妻杭州之行。王學昀此行懷孕，來年兒子出生，取名高杭。

秋，轉到江西省的「五七幹校」農場，參加勞動。

因夫妻分居，天各一方，自身難保，王學昀懷孕之事，讓他們一時不知所措，夫妻通信，曾有墮胎的動議，結果是王學昀進到介休縣醫院的手術室，臨時改變主意，於是他們決定把孩子生下來由南京的王氣鍾夫婦幫助撫養。這件事在高行健的作品中有真實的心跡呈現。他寫到此時正在農村閱讀托爾斯泰的劇本《黑暗的勢力》(*The Power of Darkness*)，有切身的感觸。此事在《一個人的聖經》第41節中有這樣的記錄：「這劇本寫的是一個農民殺嬰的故事，那陰暗緊張的心理曾令他震動。」[2]

1970年

初，自願到安徽寧國縣港口鎮中學執教，教初中政治課。

在港口鎮中學期間得到鎮「革命委員會」主任，同樣是「下放幹部」的胡明策的信任和器重。在隨後入黨一事中得到胡明策的關照。胡明策後來任寧國縣委副書記。高行健以他為人物原型寫了短篇小說《河那邊》(人物化名「方書記」)。長篇小說《靈山》、《一個人的聖經》(人物化名「陸書記」)中皖南農村「老幹部」的人物原型即胡明策。

高行健 1970–1975 在安徽寧國市港口中學任教

高行健當時在安徽寧國市港口中學的住所

5月，其妻子從山西省介休縣洪山東風陶瓷廠調到安徽寧國縣港口鎮中學（因產期臨近，直接回到南京父母家中待產，未到任）。

6月22日，兒子高杭在南京鼓樓醫院出生，隨後一直留在南京大學，由王氣鍾夫婦養育。

8月，其妻子王學昀到寧國港口鎮中學（即港口中學）執教。

1971年

8月，其妻子王學昀自港口鎮中學調到寧國縣中學任教。

1972年

港口中學成立「革命委員會」，劉清華任「革命委員會」主任，李開奎任副主任，成員有熊舜蘭、高行健、許起福（貧下中農代表，兼任港口大隊書記）、趙育林（鎮派幹部）。

港口中學重新成立黨支部，劉清華兼任書記。黨組織開始在教師和高中學生中發展黨員。[3]

1973年

加入中國共產黨。

在港口中學期間，「他對文藝宣傳更是苦心經營。他尤愛教學生演紅色戲劇和詩歌朗誦，他別出心裁地教排賀敬之的《雷鋒之歌》，配樂朗誦詩，竟加上鼓點和其他打擊樂，讓人動心且開心，在鎮上和縣裏演出轟動一時」[4]。

7月，其妻子王學昀被寧國中學確定為中教8級，月薪50元整。

1974年

春，借調到北京中國國際旅行社當翻譯。

1975年

夏，調到外文出版局《中國建設》（1952年1月在北京創刊，1990年1月易名《今日中國》）雜誌社，任法文組組長。

安徽寧國市港口中學時的刊物

高行健在港口中學師生合影

1976 年

繼母徐寶時病逝。

1977 年

調到中國作家協會對外聯絡委員會。

5 月，其妻子王學昀借調至南京大學中文系詞典組工作。

11 月，父親高運同任南京婦幼保健院總務科副科長。

1978 年

2 月，其妻王學昀正式調入南京大學中文系任教，後轉南京大學留學生部（今海外教育學院），從事對外漢語教學。

6 月 10 日，中共南京市婦幼保健院支部委員會向南京市衛生局黨委呈遞《關於高異之社會關係等問題的覆查報告》。

關於高異之社會關係等問題的覆查報告

南京市衛生局黨委：

對高異之同志的社會關係等問題，進行了覆查，現報告如下：

高異之，別名高運同，男，1918 年生，江蘇泰和人。家庭出身職員，本人成分職員，文化程度高中，1950年參加工作，任本院總務科副科長。

一、問題摘要

1. 自交：1940 年在贛州銀行辦事處工作時，同事鍾天石因工作調動將一支美式左輪手槍存放我處。1944年讓價於江西省政府保安處熊光裕。

2. 自交：1942 年在泰和常躲警報於郊外，認識王萍（女）。由於王所寫的詩詞，本人喜愛與其往來二、三個月。直到有一次她約我去見馮琦委員（馮當時為江西特務頭子）始知她也是特務，與其斷絕了關係。

3. 自交：1947 年 5 月由南昌銀行經理，國民黨員周
   友瑞介紹至南昌四行聯合征（信）所任會計三個月
   （1958 年審幹時才知周是中統分子）。

上述問題：在 1958 年 9 月南京市衛生局審幹小組認為
高與王及馮的關係疑點保留長期考察，與周及手槍下落
要作考察。

「文革」中審查，沒有發現新情況。

二、覆查情況

這次覆查，查閱了本人檔案材料和文革中審查材料，覆
查情況如下：

1. 經查：同事鍾天石證明：1940 年曾將手槍和衣服托
   高保管或賣掉。1946 年他來信告訴我槍已賣掉，錢
   花光了。據同事鄭躍祖證明：1941 年上半年我調離
   泰和前，曾親眼看見高有一支左輪手槍。蕭慶棠證
   明：據說高的槍是賣給同事張冠洲的好友張絢丹的
   女婿熊光裕了。

2. 經查同事鄭躍祖、蕭慶棠證明：1942 年在泰和躲避
   警報時，確見高與姓王的女人相識而往來，常開玩
   笑，送詩詞，關係很好。蕭還見王寫給高的愛情詩
   詞如《雨夜懷人》。直到高的愛人從零陵回來兩人關
   係才停止。

3. 經查：原南昌中國銀行文書主任盧長春、同事汪廷
   璠證明：1943 年後由重慶總行派來經理周友瑞，聽
   說他是朱家驊的人，是個黨棍子。未見他發展一個
   國民黨員，在行內也未聽說有國民黨特務組織，也
   未聽說高參加特務組織和國民黨，與周友瑞是一般
   上、下級關係。周之所以介紹高到四行聯合征信所
   任會計，該所記者王松年證明：因高在周的領導支

持下於 1946 年在上饒銀行貪污了保險佣金，被總行發現開除，故感內疚，而於 1947 年介紹高至四行聯合征信所任會計不到半年。

三、覆查意見

綜上所述，關於高的手槍下落已查清，調查與本人交代相符。

高與周友瑞的關係，是一般上、下級關係，沒有發現與周有政治上的聯繫。

「文革」中審查也沒有發現新情況。

上述問題已查清。關於 1958 年審幹時對高異之的特嫌問題及保留長期考察的意見，建議應予取消。

上述報告當否，請批示。

中共南京市婦幼保健院支部委員會

中國共產黨南京市婦幼保健院支部委員會（圓印章）

1979 年 6 月 10 日

1979 年

2 月，南京市衛生局向南京市婦幼保健院下發《關於取消高異之「特嫌」和「長期考察」的批覆》。父親高運同二十一年的冤案得以平反。

南京市衛生局文件
寧衛委字 (1979) 7 號
關於取消高異之「特嫌」和「作長期考察」的批覆

中共南京市婦幼保健院總支委員會：

高異之同志解放前保管和賣掉同事左輪手槍一支，已審查清楚，與本人交代相符。高與馮琦（江西特務頭子）、周友瑞（國民黨員，南昌銀行經理）、王萍（女）

的關係問題，經審查未發現問題，同意撤銷南京市衛生局 1958 年審幹時定高為「特嫌」，「作長期考察」的意見。

中共南京市衛生局委員會

中國共產黨南京市衛生局委員會（圓印章）

1979 年 2 月

4 月 24 日–5 月 13 日，作為中國作家訪法代表團的翻譯，隨同巴金、孔羅蓀、徐遲、李小林訪問法國。

6 月 14 日，叔父高運乾的「右派」問題，得以改正，恢復原來中國銀行九江支行的工作。

關於改正錯劃高運乾同志的右派分子結論

高運乾，男，59 歲，家庭出身職員，本人成分職員。江蘇省泰州人，農工民主黨九江市委員兼九江市銀行支部主任。原任九江市人民銀行科員，原工資級別行政 19 級，現任九江市皮革廠搞保管員工作。

1957 年反右派鬥爭中，經九江地委整風領導小組批准劃為右派，開出公職，送勞動教養。

現根據中共中央 1957 年 10 月 15 日《關於劃分右派分子的標準》和中共中央 [1978] 55 號文件精神，經過覆查，高運乾同志是被錯劃為右派分子，報經中共九江地委審查改正錯劃右派工作領導小組審查，於 1979 年 6 月 9 日批覆，同意改正；撤銷對高運乾同志因右派所給予的原處分決定和送勞動教養的處分決定，恢復其政治名譽，恢復幹部待遇和農工民主黨黨籍，從 1978 年 10 月起恢復原行政十九級工資待遇。

中共九江市支行支部委員會

中國共產黨九江市人民銀行支部委員會（圓印章）

1979 年 6 月 14 日

高行健：徘徊靈山的人生

9 月 12 日，其岳父王氣鍾的歷史問題得以解決。中國共產黨南京大學委員會下發《關於王氣鍾同志政歷問題的覆查結論》，對他的問題「做一般政治歷史問題結論」。「文革」期間強加給他的所謂「國民黨特務、反動教授」的不實之詞被否決。

中共南京大學委員會

南委發 (79) 302 號

關於王氣鍾同志政歷問題的覆查結論

王氣鍾，又名王正旺，1903 年生，安徽省合肥市人，家庭出身中農，本人成分教員，1946 年加入中國民主同盟，南京大學中文系副教授。

在文化大革命中，對王氣鍾他的政歷問題進行了審查，經查，王於 1928 年 5 月在偽中央大學讀書時參加國民黨，1946 年國民黨在南京重新辦理黨員登記手續時，王未進行登記。1939 年 7 月至 1947 年春，先後在偽蒙藏委員會任編譯室編譯員，政訓班教員，薦任秘書，簡任秘書等職，在此期間，曾於 1945 年 1 月至 8 月以簡任秘書的身分兼任該會調查室主任。上述問題，王氣鍾同志解放後均已作了交代，未作書面結論，歷次的交代與查證基本相符。做一般政治歷史問題結論。

另據敵檔記載，王於 1944 年曾被選為國民黨重慶市第 55 區分部監察委員。未參與活動。王氣鍾同志申訴中說，1944 年他患重病在家休養，不知此事。相信本人申訴。

中共南京大學委員會

中國共產黨南京大學委員會（圓印章）

1979 年 9 月 12 日

同意。

王氣鍾

1979 年 10 月 13 日

1980 年

5 月，其妻子王學昀被確認為南京大學中文系助教。

6 月，作為中國作家代表團的翻譯，與劉白羽、孔羅蓀、艾青、吳祖光、馬烽，到巴黎參加中國抗戰文學國際研討會。會後訪問法國、意大利。

開始發表文學作品。小說、散文、文論、劇本、繪畫，多領域進行創新性嘗試。

8 月，父親高運同退休。

1981 年

5 月 20 日 7 時 40 分，父親高運同因肺癌在南京家中去世。

6 月，調到北京人民藝術劇院，從事編劇工作。其戲劇創作得到兩任院長曹禺、于是之的充分肯定。

論文集《現代小說技巧初探》，由廣東花城出版社出版。

1982 年

《現代小說技巧初探》引發文壇現實主義與現代主義的討論。

與劉會遠合作的劇本《絕對信號》，刊登在北京《十月》雜誌第 5 期。

1983 年

在「清除精神污染」的政治運動中，戲劇《車站》受到批判。中宣部副部長賀敬之說《車站》是 1949 年以來「最惡毒的一個戲」[5]，並且針對作者說：「像這樣的人應該讓他到青海去接受鍛煉。」[6]

春天，被誤診患「肺癌」，虛驚一場，中學同學、南京市鼓樓醫院醫生章平具體見證此事。

隨即離京到大西南漫遊。

5 月，其妻子王學昀被確認為南京大學中文系留學生部講師。

11 月，向南京市鼓樓區人民法院提遞交離婚起訴書。

1984 年

8 月 18 日，第二次向南京市鼓樓區人民法院遞交離婚起訴書。離婚起訴書中說明自己與妻子王學昀沒有「結婚證」。「當時她大學畢業尚在等待分配，由於學校兩派鬧派性，未能辦成結婚登記手續」（據高行健離婚起訴書）。

9 月 12 日，經南京市鼓樓區人民法院民事調解，與王學昀離婚。「高行健自 1984 年 9 月起每月給付高杭撫育費 23 元，至孩子獨立生活為止（由高組織從其月工資中扣付）」（據高行健、王學昀離婚判決書）。

中篇小說集《有隻鴿子叫紅唇》，由北京十月文藝出版社出版。

1985 年

4 月，在北京，與郭長慧（索菲）再婚。

5 月初，《野人》在首都劇場公演。

5 月中，應邀到德國、法國進行文學、藝術交流。

1986 年

1 月，自法國回到北京。

1987 年

11 月，應聯邦德國莫拉特藝術研究所（Morat Institut Für Kunst und Kunstwissen-Schaft）的邀請赴聯邦德國從事藝術創作。後因郭長慧在巴黎求學，移居法國巴黎。

1988 年

論文集《對一種現代戲劇的追求》，由中國戲劇出版社出版。

短篇小說集《給我老爺買魚竿》，由台灣聯合文學出版社出版。

短篇小說、戲劇集《給我老爺買魚竿》〔馬悅然（Nils Göran David Malmqvist）譯〕瑞典文版，由瑞典論壇出版社出版。

1989 年

6 月，在法國宣佈退出中國共產黨。

與郭長慧（索菲）分居。

1990 年

劇本《逃亡》，首發《今天》第一期。

12 月，長篇小說《靈山》中文繁體字版，由台北聯經出版事業有限公司出版。

1991 年

5 月，趙望、許寧然等編《亡命「精英」其人其事》，收錄《逃亡》，中國青年出版社出版。

中共當局宣佈開除其黨籍、公職。其在北京的住房被當局沒收。

5 月 26 日，瑞典皇家劇院舉辦其劇作《逃亡》《獨白》的朗誦會、報告會。其發表〈關於「逃亡」〉的演講，並表示：

> 我以為一個作家，乃至於一個人，個人的獨立不移極為重要，舍此便無自由可言。逃亡對一個作家而言，並非不正常。我泰然接受這一現實，並且不期待在我有生之年，回到一個強權政治下的所謂的祖國。

6 月 17 日，〈關於「逃亡」〉一文，刊載於台灣《聯合報》副刊。

1992 年

2 月，前妻王學昀申報副教授獲得通過。其成果鑒定專家為南京大學中文系裘顯生教授、南京師範大學中文系徐復教授，文科組學科評議組成員為周勳初、孫伯鍨、錢佼如等。

長篇小說《靈山》（馬悅然譯）瑞典文版，由瑞典論壇出版社出版。

1994 年

《高行健戲劇集》（馬悅然譯）瑞典文版，由瑞典皇家劇院出版，收錄他的十個劇本。

1995 年

9 月,《高行健戲劇六種》,由台灣帝教出版社出版。李行在叢書《出版說明》中強調「歐美戲劇界推崇他是最有前途的劇作家,並預言他可能成為諾貝爾文學獎的得主」。

長篇小說《靈山》(Liliane and Noël Dutrait 合譯) 法文版,由法國黎明出版社 (Editions de l'Aube) 出版。

1996 年

論文集《沒有主義》,由香港天地圖書公司出版。

9 月,高杭考入上海華東師範大學歷史系,為碩士研究生。

《靈山》希臘文譯本,在雅典,由 Livanis Publishing 出版社出版。

1997 年

短篇小說集《給我老爺買魚竿》(Liliane and Noël Dutrait 合譯) 法文版,由法國黎明出版社出版。

入法國國籍。

1999 年

4 月,長篇小說《一個人的聖經》中文繁體字版,由台北聯經出版事業有限公司出版。

2000 年

5 月,長篇小說《靈山》(陳順妍譯) 英文版,由澳洲和美國 Harper Collins Publishers 出版社先後出版。

長篇小說《一個人的聖經》(Liliane and Noël Dutrait 合譯) 法文版,由法國黎明出版社出版。

長篇小說《一個人的聖經》(馬悅然譯) 瑞典文版,由瑞典大西洋出版社出版。

10 月 12 日,獲諾貝爾文學獎。

10 月 14 日，中國各大報紙同時刊登了官方對此事的表態文稿。其中《人民日報》、《光明日報》均在第二版左下角刊出：

中國作協負責人接受記者採訪時指出
諾貝爾文學獎被用於政治目的失去了權威性

新華社北京 10 月 13 日電　瑞典文學院 10 月 12 日將 2000 年度諾貝爾文學獎授予法籍華人作家高行健。

高行健 1940 年出生於中國江西省，1987 年到國外，後加入法國國籍。

中國作家協會有關負責人在接受新華社記者採訪時說，中國有許多舉世矚目的優秀文學作品和文學家，諾貝爾文學獎評委會對此並不了解。看來，諾貝爾文學獎此舉不是從文學角度評選，而是有其政治標準。這表明，諾貝爾文學獎實質上已被用於政治目的，失去了權威性。

從此，高行健的書在中國大陸成為禁書。但各地均出現大量盜版《靈山》等作品。

12 月，女友、小說家西零（楊芳芳）現身媒體。

2002 年

8 月 31 日，前妻王學昀自南京大學海外教育學院退休。

2003 年

前妻王學昀賣掉南京的房子，幫助兒子高杭在上海買房，隨之到上海與兒子一同生活。

2006 年

高行健親自製作、主演的電影《側影或影子》拍攝完成。

2007 年

6 月，高杭獲得華東師範大學歷史學博士學位（高杭學名隱去），研究中美關係（冷戰如何解凍）。

中國大陸第一位研究高行健的博士學位論文（作者戴瑤琴，指導老師沈衛威）在南京大學中文系產生。

2008 年

4 月，文論結集《論創作》，由台北聯經出版事業股份有限公司出版。

高行健親自製作、主演的第二部電影短片《洪荒之後》拍攝完成。

5 月 28 日–30 日，出席香港中文大學主辦的「高行健：中國文化交叉路」學術研討會，並發表演講。

2010 年

4 月，在台北出席《新地文學》雜誌舉辦的世界華文作家高峰會議，與王蒙、劉心武、謝冕、劉再復、董健等朋友會聚。發表「走出二十世紀的陰影」的演講。

與方梓勳合作的《論戲劇》，由台北聯經出版事業股份有限公司出版。

7 月，高行健與高杭（學名隱去）的文章在《明報》同期刊登。二十多年未曾見面的父子，以文章相遇。

9 月 24 日–10 月 4 日，在日本東京參加國際筆會，並發表《環境與文學：我們今天寫什麼》的演講。

10 月，高杭在上海成立藝術工作室，同時舉辦首次個人畫展。博士學位論文《跨越雷區的握手：1969–1972 年中美緩和進程研究》，由上海三聯書店出版。

12 月 20 日，汕頭大學《華文文學》第 6 期刊出「高行健專輯」，欄目主持人為劉再復。

2011 年

2 月，沈衛威著《望南看北斗：高行健》第一版由台北立緒文化事業有限公司出版。

5 月 25 日，高行健出席韓國「首爾國際文學論壇」，並發表「意識形態與文學」的演講。

5 月 28 日，出席韓國首爾「高行健國際學術討論會」。

10 月 24 日–27 日，出席德國愛爾蘭根大學（University of Erlangen-Nürnberg）國際人文中心「高行健學術研討會」，發表〈自由與文學〉的演講。

2012 年

5 月，《游神與玄思：高行健詩集》，由台北聯經出版事業股份有限公司出版。

6 月 20 日，汕頭大學《華文文學》第 3 期刊出「高行健專輯」。

12 月 23 日，嚴家其在香港《蘋果日報》發表〈高行健的原配夫人〉。

2013 年

6 月 24 日，台灣師範大學舉辦「山海經傳 —— 高行健國際學術研討會」。

9 月 1 日，前妻王學昀在香港《蘋果日報》發表〈和高行健結婚離婚〉。

2014 年

3 月，文集《自由與文學》，由台北聯經出版事業股份有限公司出版。

2015 年

4 月，以台灣師範大學講座教授名義在台講學。

2016 年

5 月–6 月，以台灣師範大學講座教授名義在台講學。

注釋

[1]　據《金陵中學 1957 屆校友錄》所示，高行健為高三 2 班，班主任為金博敏，同班同學中有章平、鄧快帆、鄧凱帆、張昆生、管嗣旦等 55 人。

[2]　高行健：《一個人的聖經》2001 年版，第 318 頁，聯經出版事業股份有限公司（台北），1999。

[3]　寧國市港口中學《校慶紀念冊》編寫組：《校慶紀念冊》(1959–2004)，第 21 頁，2004。

[4]　陳祥明：〈從此岸到彼岸 —— 我所熟識的高行健先生〉，《在途中》，第 38 頁，天馬圖書有限公司（香港），2001。

[5]　高行健：〈隔日黃花〉，《沒有主義》，第 181 頁，聯經出版事業股份有限公司（台北），2001。

[6]　高行健：〈隔日黃花〉，《沒有主義》，第 183 頁。

第一章　火中生蓮花

2
風中的蘆葦

1

問：「如何是南宗北宗？」

宗徹禪師曰：「心為宗。」[1]

永遠是多遠？

偉大有多大？

神靈有多靈？

沒有人知道，隨便説説而已。或者説這就是語言説話。更如同一張超大值的空頭支票，或一張永遠等不來船的船票。

萬歲沒有歲過百，還得死。

所以慧能説「菩提無樹，明鏡非台」。

上帝在哪兒？

神在哪裏？

佛在何處？

禪居何地？

是不是有意躲着不見凡人？

天堂有嗎？

請到眼前見個面可以嗎？

不可以，也不可能。

要是真的找到了呢？

那已經不是了。

既然沒有也找不到，那你在這兒扯什麼淡？

禪師答：吃茶去！

啊！

上帝和佛祖也不住在天堂，

他們就住在我們每個人的心中。

信而有之，就在自己的心中。

這就是六祖慧能所謂的「佛是自性作，莫向身外求」。[2]

20 世紀，如同尼采所說的上帝死了，政治超越宗教，主宰世界。新的政教合一，體現出別樣的極權政治和個人獨裁。一方面是少數個體極度膨脹，爭當主宰世界的超人；另一方面是眾數極端脆弱、渺小、無力，成為無辜的犧牲者。

「所謂的信仰，它能讓一個人徹底成為自己夢想的奴隸」。[3] 無法證實，也不能證偽的東西，成為信仰之後，個體匍匐其下，交出靈魂，於是就有了精神依附和希冀，才可能有守道如命，守心如命，守身如命。事實上又是難以守住的。這就是所謂的命運。

你我他都曾祈求上帝、佛祖、神仙顯靈，保佑平安。

若上帝、佛祖、神仙真能夠如此這般，那他（她）一定會阻止希特拉屠殺六百萬上帝之子猶太人的行為。難道上帝看不到集中營、大屠殺？

你我他都曾想讓老天有眼、有力、有為，讓年輪正轉，蒼生繁衍，世道平安。

若老天真能夠如此這般，那他（她）一定不會讓沒有戰爭的年代，蘇聯 1937 年出現了大清洗、中國 1959 年-1961 年出現了大饑荒。那是數千萬無辜生命毫無價值地被毀滅的慘劇。

人道在王道、霸道面前，是無道的混沌，血腥的黑暗。

人性、神性、佛性在魔鬼來臨時柔骨綿體，無力自保。道高一尺，魔高一丈。

上帝在惡魔出現之前，所幸不死，也已經逃往無窮盡的雲端。

所以才會有其看不見的與法西斯主義多胞胎共生的主義下，幾千萬人生命被政治政黨領袖、大獨裁者無辜地犧牲掉。更為甚者，一些黨國要人，也一同被剪除。他們這是以自我毀滅的悲劇方式在為曾經助紂為虐付出個人的責任擔當。行於道而實無道，也就無所謂殉道。

植根於思想的獨立性和懷疑精神，進而產生信仰的力量。質疑自我，質疑一切所謂的人性、神性、佛性，質疑一切說大話、空話、假話，即政治家、宗教領袖們那些美好的說辭和承諾，你才可能不被別人的主義奴役，成為守心有我的自己，才可能在自在之中。

什麼最高？

答案是：天。

比天高的是什麼？

答案是：心。

抵達本心的路卻又是最遠的。

所以卡夫卡（Franz Kafka）說：「離我最近的則是根本無法企及的。」[4]「這樣我們永遠也跑不到頭。」[5]

什麼最薄？

答案是：紙。

比紙薄的是什麼？

答案是：命。

相對於巴爾扎克（Honoré de Balzac）手杖柄上的刻字「我擊碎一切障礙」，卡夫卡的手杖柄上寫的卻是「一切障礙將我擊碎」。[6]

你說，「這茫茫人世之中，你充其量不過是滄海一勺，又渺小，又虛弱」。[7]

當你面對大自然的神奇和不可抗拒的巨大，你感到「生命是脆弱的，又頑強掙扎，只是本能的固執」。[8]

你總在強調作家、藝術家是脆弱的個人。

因此，你不抱澄清天下之志，不願做掃天下的大丈夫。

當然，是男人，都曾有過做大丈夫，一掃天下的雄心壯志。你不是不想做，是曾經想做卻不能，或無法達成，於是退回自我，獨守脆弱的自我，好自為之。

你的筆下，小説《靈山》、《一個人的聖經》，戲劇《生死界》、《夜遊神》、《對話與反詰》、《叩問死亡》中的主人公，連個名字都沒有，那個敘事的「我」，言説的「你」，和聽你言説的「他」，或故事中的「她」，大都沒有名字。「無名」的個體，也更可能是「共名」的「個」。「共名」的「個」也就更能體現「人」自身的存在處境。

不管是「這主」、「那主」，還是「這人」、「那人」。

愛你和你所愛的母親，以及鞋匠的女兒。

你説他們都是脆弱的個人。

即使生活中那隻可愛的叫紅唇的鴿子，都是和脆弱連在一起。

在文學的人物長河裏，你創造了特立獨行的「脆弱的個人」，行在林中路，動在舞台上。

車站內，野人區，逃亡途，夜遊時。

生死界，冥城中。

靈山，彼岸。

周末。

甚至八月雪。

側影，影子，背影。

洪荒之後。

始終的行者，是這個「脆弱的個人」。

不論對話，還是反詰。

無論冥思，還是叩問。

沒有主義，卻有思想。

是思想者，和文學藝術的創造者。

沒有名字，卻有自己的語言。

這個「脆弱的個人」，不是「多餘的人」，不是「局外人」，不是「套中人」，不是「零餘者」。

當然，更不是你所排斥的「騎士」、「俠客」、「超人」。

碧水閒雲，空山清嘯。

唯有思想而能直立，或橫站。

雖脆弱，而沒有媚骨。

雖脆弱，卻沒有淚水。

沒有乞求，也沒有怨天尤人。

這個「脆弱的個人」，在拯救自我和自我拯救的路上，沒有江湖味、創造氣和超人像。

有的只是對敞亮、澄明的自由追求。

有的是自我內心的超越。在這一內在超越之後，心有多大，天地就有多大。

正所謂：「一燈能除千年闇，一智能滅萬年愚。」[9]

2

你說，「寫作與畫畫都是我從小養成的習慣。已成了離不開的愛好」。[10]

當這個「脆弱的個人」是藝術家時，首先要告別尼采宣稱的那個超人。你說：

> 藝術家一旦自認為超人，便開始發瘋，那無限膨脹的自我變成了盲目失控的暴力，藝術的革命家大抵就這樣來的。然而，藝術家其實同常人一樣脆弱，承擔不了拯救人類的偉大使命，也不可能救世。[11]

> 藝術家不拯救世界，只完成他自己，把他的感受、想像、白日夢、自戀和自虐，以及未能滿足的慾望與焦慮，實現在他的藝術創作中。[12]

你說，藝術家因為意識到自己是普通人而活得健康，因為崇尚創造的自由而不受他人的主宰。尤其不受來自權力和觀念的壓迫。藝術家的反叛也只是展示自己創造的個性。不是代言人，也不是救世主，只拯救自己，同時也只是審美和創造美的脆弱的個人。

　　「欲剛，必以柔守之；欲強，必以弱保之。積於柔必剛，積於弱必強。」(《列子·皇帝第二》)

　　你說，「脆弱的個人，一個作家，孑然一身，面對社會，發出自己的聲音，我以為這才是文學的本性」。[13]「面對社會，以個人的聲音說話和表述，我以為這聲音才更為真實」。[14]

　　因為只有認識到人類對於生命本質的不可知，對於生死的不可把握，承認面對宇宙大世界，個體在許多時候是無能為力的，這樣的個體，才會是平靜和自在的個人。不代表誰，也不被誰所代表，就只是一個自在的人。

　　有自在才會有自我，有自我才會有思想，有思想才可能不是風中的蘆葦或風中之樹。

　　作家因脆弱而顯示本性，你因意識到自己的脆弱而找到了自我。在對自我的重新認識和自悟中，超越內心。「自性心地，以智慧觀照，內外明徹，識自本心。若識本心，即是解脫」。[15]

　　當然，能夠自由自在，並不是一件容易的事，也決不是每個人都能意識到或能夠得到。脆弱的個人必須要面對不可抗拒的自然規律，還有無法躲避或不得不理會的政治和人際關係，以及看不見的社會、市場的壓力。

　　「一悟即至佛地。」[16]

3

對脆弱的理解，源自你對生命的體驗。

流亡自然是一種最為直接的體驗，這首先導致將作家個體置於作人的謙卑狀態。美籍俄裔詩人布羅茨基（Joseph Brodsky）在 1987 年 12 月所做的〈我們稱之為流亡的狀態〉演講中，說：「如果說流亡有什麼好處的話，那就是它教人謙卑。我們甚至可以進一步說，流亡是關於這一美德的終極課程。而對於一名作家來說，它尤其是無價之寶，因為它將給他可能的最長遠的眼光。」

幼兒時代的病弱，這是你無法不接受的事實。對死亡的懼怕從兒時起，一有病痛就胡思亂想，驚慌得不行。[17]

你說自己就是條脆弱的性命，就是個脆弱的凡人。因意識到自己的脆弱而回到生命的本源，持平常心，活在當下，感受自己的存在，在清醒的存在中發掘存於當下的意義。直下即是，當下開解，純素任真，平常心是道，存在即此在。

對於 20 世紀前半個時段的中國人來說，戰爭離亂是不得不面對的社會現實。但廣大的中國人還是生活在對未來的理想和憧憬中。生活的艱辛和滄海之變，是你從小都要接受的自然法則和社會法則。而面對這一看似自然、合理的法則，很少會有人去質疑背後的人為因素，政治期待和政治矇騙從來都像是一枚硬幣的兩面。中國人對於國家、民族的公德，總是和個人自由、自我的私德連在一起，很少分離，只有公德的獨大，沒有私德的獨尊。個人的自由、自我時常會成為國家、民族的奴婢。

人類在征服自然的時候，常常會發現自己陷入新的自我慾望的反作用的控制之中。正如同諾貝爾發明超大能量的炸藥，自己卻險些被炸死。征服自然的炸藥，卻同時被用來殺戮人類。當絕大多數知識分

子期待的那個社會理想實現時，竟變成對知識分子專政的開始。[18] 人們為擺脫奴役的鬥爭、犧牲，換來的卻是新的被奴役。專制的肌體只是換了個獨裁者的頭顱。

痛愛你的母親被人為的災難吞噬。那竟然是積極、自願下放到農場去養雞的苦役。崇高的宗教教義必然會讓信徒產生強烈的罪疚感。革命成功，共產黨革命者的「革命救國」理論，使得在革命過程中沒有參與暴力行動，只是躲在書齋，發發牢騷的知識分子或小資產階級分子，與流血的革命者相比，感到自身的原罪；於是，心甘情願地接受改造，或自我批判，自我否定，自我放逐。那時候，「勞其筋骨」的體力勞動，是城裏人或知識分子必須接受的改造，就像你筆下的比丘尼自我剖腹洗腸的淨化過程，因為她感到自己有罪。人性被改變的現實，是脆弱的個體顯得更加虛無，同時又和「人定勝天」的虛妄舉措形成荒謬的事實存在。母親被革命的政治意識形態洗腦後，主動報名，自願帶着大紅花，被醫院的同事敲鑼打鼓送到養雞場參加體力勞動。這種維護集體利益的團結性和自我犧牲精神，在展現一個狂熱自我的同時，也放棄了個人意志和基本的判斷，在自輕自賤中，成為群眾運動的一分子。人性中的善良、謙卑、恭順、軟弱，成為被欺騙特質。溺水而死的事實，只能是自身生命的無意義終結，沒有人為此負責任。個體在群體的狂熱時代，只是眾蟻。

在瘋狂的政治鬥爭中，個人顯得無奈和渺小。也就是你所說的「知識分子並不因為擁有知識，就一定能免除瘋病，瘋狂其實也潛伏在每一個人心中，這自我一旦失控，便導致癲狂」。[19]

同時，人性的惡往往更能體現出人與動物的區別：動物永遠是動物，人有時候卻不是人。

婚姻的破碎。

親情的疏離。

一場誤診為「肺癌」時死刑般的大悲大喜。

同時，也就有了生命奇跡出現的巨大轉機。這就是命運！當命運的鐵拳叩擊着你心靈的大門，是化骨綿掌化解了這突如其來的個體危機。有看錯病，就會有吃錯藥。生化的個體會化生出個人的奇跡。所有的新生必然要經歷一次痛苦的蛻變。

因脆弱而尋求健康。

因脆弱而欲獨立自強。

因獨立自強而渴望思想。

因思想而產生創造的衝動。

因衝動而渴望自由。

因自由而不滿婚姻。

因自由而遭受打壓。

因遭受打壓而抗爭。

因抗爭不過而逃亡。

因逃亡而感知謙卑。

因謙卑而回到脆弱的個人。

即便是巨大的榮譽和光環，也無法驅趕脆弱的個人所必須面臨的生老病死。

清醒是智慧。

因獨清而痛苦。

水至清則無魚。

你因獨清而寡慾。

因寡慾而獨守自我。

千山獨行，遠離了家國。

他江之水他江月，風中蘆葦在搖曳。

你說自己告別鄉愁和故國。

可你那語言言說的一切，又是一個無法、無力的割捨。

又回到了脆弱。

4

人是靠思想站立起來的，思想成就人的偉大。

「人只不過是一根蘆葦，是自然界最脆弱的東西；但他是一根能思想的蘆葦。用不着整個宇宙都拿起武器來才能毀滅；一口氣、一滴水就足以致他死命了。然而，縱使宇宙毀滅了他，人卻仍然要比致他於死命的東西更高貴得多；因為他知道自己要死亡，以及宇宙對他所具有的優勢，而宇宙對此卻是一無所知。因而，我們全部的尊嚴就在於思想」。[20]

「能思想的蘆葦 —— 我應該追求自己的尊嚴，絕不是求之於空間，而是求之於自己思想的規定」。[21]

「思想 —— 人的全部的尊嚴就在於思想」。[22]

這是法國思想家帕斯卡爾 (Blaise Pascal)《思想錄》(Pensées) 所留給後人的警示。

因此才會有英國小說家薩默塞特·毛姆 (W. Somerset Maugham) 對無政府主義者卡斯里爾·桑托的稱頌：

「肉體雖脆弱，精神卻不可征服。」[23]

你自己借助卡夫卡的現代寓言，說一個脆弱的個人，在現代社會的巨大機制裏的地位，不過如同一個渺小可憐的蟲子，「而人不同於蟲在於人能思想」。[24]

你的知己，到處逢人說項斯的劉再復，也曾明確指出，確立人是脆弱的這一哲學，使你謙卑，也使你清醒。因為「在外部強大的異己力量面前，獨立思想者要保持自身的尊嚴與價值，只有兩條路，一條是『自殺』，一條是『逃亡』」。[25]

是的，極端的年代，王國維、老舍、傅雷都走的是第一條路。他們無路可逃。納粹暴政下的本雅明 (Walter Benjamin) 等許多猶太作

家、學者也是走的這條路。因為「逃亡」是要有自身和外在的必要條件，尤其須借助外力。你不正是這樣嗎？「自殺」只須要一份自己的勇氣就夠了。

劉再復說你是上世紀 80 年代中國作家的思想先鋒，「是一個毫不保留的徹底思想者」。[26]

事實上，你在 1984 年冬天完成的《野人》中，就明確表達了對人的徹底理解：「人這東西子，說能幹也能幹，說脆弱也脆弱，心裏頭那點火星子熄了，跟着就完蛋。」[27]

你的先鋒和徹底，其實就是以謙卑的個人姿態，把話說白了，說透了。帕斯卡爾可以說人是一根蘆葦，慧能可以說人本來無一物。明心見性，見性成佛。

你「脆弱的個人」的思想和人生哲學，與你「冷的文學」和「沒有主義」的創作是相通的。無之無化，無就是沒有，是更大意義上的自我擁有。

又如同老子所言的「大方無隅」，「大音希聲，大象無形」。

或如同望南看北斗，白天數星星的禪境。

《靈山》不是和《老子》一樣有八十一章嗎？

「脆弱的個人」之說，是一種透徹的處世哲學。

是若水的上善之道。

因為這個「脆弱的個人」在存在的虛無中，處大自在，明心見性時，自然消解了 20 世紀關於自我的超人神話、知識分子的救國神話和藝術革命的現代神話。

道法自然。

「道法自然」其實很簡單，那就是「不要去做違反自然本性的事情，不要去做那不可為的事情」。[28]

在林中路上，自然威力使你感到自身的脆弱和渺小，一陣灰白的雲霧就會使你陷入恐懼和迷亂：「我明白是自然在捉弄我，捉弄我這個沒有信仰不知畏懼目空一切的渺小的人。」[29]

人類對宇宙大千世界的無知，就創造出個全能的上帝。人們無法清楚自己從哪兒來，到哪兒去，就創造出個神。你我如何抑制自己那無法滿足和不能滿足的慾望的煩惱，就創造出個可以走向另一極端空無的佛。個體的我如果頓悟到這信則有、信則靈的心中之物，一念即到佛地，一念即成佛時便是禪者。

5

你的自我寫照，心如明鏡台的呈現，用智慧自我超度的冷靜、澄明之感，是如此與我相得：

> 你如此脆弱
> 如同石縫中一根草
> 居然踩不死
>
> 你如此微小
> 如同一粒種子
> 卻無處不能生根
>
> 你守住內心
> 那清明的意識
> 人世眾生相
> 看在眼裏
> 世間的糾葛
> 概不理會

你自我審視
明鏡之中
另有一番境界
也就了卻妄念
抵達一個人
所能的極限 [30]

真是偌大的自在！

你不可能是那所謂的岩岩清峙，壁立千仞的氣韻人物。

不能居於廟堂，持守大乘，出神入化，普度眾生，兼濟天下；
那就只好放浪江湖，行走山林，獨善其身，度己不度人，做個「自
了漢」。

「不是弄潮人，休入洪波裏。」[31]

但這只是一種個人的態度，並非內心的本願。

因政治迫害和生活磨難，你當然，也應該有你的怨恨和抗爭，自
然也有燥厲的言辭和基於義憤而發的批判、嘲諷。但當你意識到自己
作為脆弱的個體時，會立即轉向清醒：

> 你應該歸於平和，以平常心看待這世界，也包括你自
> 己。世界原本如此，也還如此繼續下去。一個人如此渺
> 小，能做的無非是如此這般表述一番。[32]

《一個人的聖經》中的「你」，在對「他」過去的歷史進行審視時，
有如此清醒和得意的話語：

> 如今，你沒有主義。一個沒有主義的人倒更像一個
> 人。一條蟲或一根草是沒有主義的，你也是條性命，
> 不再受任何主義的戲弄，寧可成為一個旁觀者，活在
> 社會邊緣，雖然難免還有觀點、看法和所謂傾向性，

畢竟再沒有什麼主義，這便是此時的你同你觀審的他
　　之間的差異。[33]

　　大有若無，沒有即有。

　　你在對專制的批判和反思時，特別強調脆弱的個人的尊嚴和思想
的力量。你說：「一個人的內心是不可以由另一個人征服的，除非這
人自己認可。……可以扼殺一個人，但一個人哪怕再脆弱，可人的
尊嚴不可以扼殺，人所以為人，就有這麼點自尊不可以泯滅。人儘
管活得像條蟲，但是否知道蟲也有蟲的尊嚴，蟲在踩死、捻死之前
裝死、掙扎、逃竄以求自救，而蟲之為蟲的尊嚴卻踩不死。殺人如
草芥，可曾見過草芥在刀下求饒的？人不如草芥可他要證明的是人
除了性命還有尊嚴。如果無法維護做人的這點尊嚴，要不被殺又不
自殺，倘若還不肯死掉，便只有逃亡。尊嚴是對於存在的意識，這
便是脆弱的個人力量所在，要存在的意識泯滅了，這存在也形同死
亡。」[34]

　　你說自己正是靠着這些存在的意識而支撐下來。

　　你沒有被打垮，在遭受政治暴力的壓迫和凌辱中沒有窒息，而是
勇敢地抬起頭來，是因為精神屬你，「守住在心裏」。[35] 頑強、耐心、
柔韌，堅持走文學和藝術的自由之路。「一即一切，一切即一。但能如
是，何慮不畢。信心不二，不二信心」。[36]

　　這正是天行健，君子自強不息。

　　東隅已逝，桑榆非晚。

　　從故鄉走向他鄉，從中國走向世界。

　　直達 2000 年瑞典的文學聖壇。

　　「以其不爭，故天下莫能與之爭。」(《老子・第六十六章》)

　　真可謂「孤輪獨照江山靜，自笑一聲天地驚」。[37]

6

脆弱的個人也可以是一個複雜、豐富的個體。

一個「國民公敵」式的獨異存在，同時又是與庸眾、全體對立的強者。

一個少數同社會多數對立的「搗亂分子」。

一個世人獨睡我獨醒的「清醒者」。

一個敢於視女人的洞穴為自己天堂的男人。

一個思想的先知。

一個敢於冒天下之大不韙，違反「原則」，說出真相的「自由化分子」。

一個因為「覺得應該是」，敢把「黑桃」說成「白板」的讓「眾人」覺得「可惡」的人。[38]

一個敢於說真話而又被「眾人」當成是「瘋話」的「瘋子」。[39]

如同《皇帝的新衣》中說真話的童子。

如同從挪威出走到意大利的劇作家易卜生 (Henrik J. Ibsen) 所創作的《國民公敵》(*An Enemy of the People*) 中斯鐸曼醫生，但又不是超人。

因為你所表達出的這個人，有着自己豐富的人性訴求：

> 我只需要愛，需要得到女人。你們都愛過和被愛過，佔
> 有和被佔用過，我也完全有權利去愛，去愛一個女人，
> 去佔有一個女人，也被愛也被佔用。我跟你們一樣是
> 人，一個充滿慾望和野心或者叫做事業心的男人，一個
> 好強有時又非常軟弱的男人，不只具有正義感、同情心
> 與犧牲精神。[40]

不管是瘋話，還是夢話，自然都是人話。比那些假大空來得自然、真實。

思想，個人——風中蘆葦在思想。

「泛乎洋洋，光乎皓皓，與雅頌爭流可也。」（曹植《前錄自序》）

帕斯卡爾強調，由於我們無法以微弱的自身去填充空間和時間，宇宙可以隨便囊括並吞沒我們，我們才必須提高自己，努力好好地思想；「由於思想，我卻囊括了宇宙」。[41]

「一輪皎潔，萬里騰光。」[42]

我思想我存在。

你思想你存在。

因此，思想由於它的本性，它一定得是偉大與卑賤的含混——有無與倫比的優勢令人驚歎；也有出奇、荒唐的缺點為人所蔑視。生與死、進與退，冷與熱，好與壞，偉大與渺小，是宇宙對人的自然擺設。天堂與地獄並存，德行與罪惡共在。

這正是作為脆弱的個人高行健——一根風中能思想的蘆葦。

一個排斥尼采，不做超人的文學藝術家，卻在這個宏大敘事的舞台，以自己的實際行動，踐行了尼采在《華格納個案》（Der Fall Wagner）一書「前言」中所說：「一個哲學家對自己最初和最終要求什麼？在自己身上克服他的時代，做到『不受時代限制』。」[43]

自我清算，清算自我，更是為一個時代去蔽、去魅。

終結一個時代，也開啟了自我的新時代。

注釋

[1]　普濟：《五燈會元》(蘇淵雷點校) 卷第四，第 236 頁，中華書局，2004。

[2]　楊曾文校寫：《新版敦煌新本六祖壇經》，第 45 頁，宗教文化出版社，2001。

[3]　古斯塔夫・勒龐 (Gustave le Bon)：《烏合之眾》(段力譯)，第 105 頁，時事出版社，2014。

[4]　尼爾斯・博克霍夫、瑪麗耶克・凡・多爾斯特 (Niels Bokhove, Marijke van Dorst) 編：《卡夫卡的畫筆》(*Kafka's Brushes*) (姜麗譯)，第 8 頁，生活・讀書・新知三聯書店，2010。

[5]　尼爾斯・博克霍夫、瑪麗耶克・凡・多爾斯特 (Niels Bokhove, Marijke van Dorst) 編：《卡夫卡的畫筆》(姜麗譯)，第 24 頁。

[6]　尼爾斯・博克霍夫、瑪麗耶克・凡・多爾斯特 (Niels Bokhove, Marijke van Dorst) 編：《卡夫卡的畫筆》(姜麗譯)，第 12 頁。

[7]　高行健：《靈山》，第 334 頁，聯經出版事業股份有限公司 (台北)，2001 年版。

[8]　高行健：《靈山》，第 523 頁。

[9]　楊曾文校寫：《新版敦煌新本六祖壇經》，第 24 頁。

[10]　高行健：〈小說的藝術〉，《沒有主義》，第 48 頁，聯經出版事業股份有限公司 (台北)，2001。

[11]　高行健：〈另一種美學・超人藝術家已死〉，《論創作》，第 135 頁，聯經出版事業股份有限公司 (台北)，2008。

[12]　高行健：〈另一種美學・超人藝術家已死〉，《論創作》，第 136 頁。

[13]　高行健：〈沒有主義〉，《沒有主義》，第 5 頁。

[14]　高行健：〈沒有主義〉，《沒有主義》，第 11 頁。

[15]　楊曾文校寫：《新版敦煌新本六祖壇經》，第 37 頁。

[16]　楊曾文校寫：《新版敦煌新本六祖壇經》，第 37 頁。

[17]　高行健：《一個人的聖經》，第 408 頁。

[18]　高行健：〈小說的藝術〉，《沒有主義》，第 56 頁。

[19]　高行健：〈文學的見證 —— 對真實的追求〉，《論創作》，第 17 頁。

[20]　帕斯卡爾：《思想錄》(何兆武譯)，第 157–158 頁，商務印書館，1985。

[21]　帕斯卡爾：《思想錄》(何兆武譯)，第 158 頁。

[22] 帕斯卡爾：《思想錄》(何兆武譯)，第 164 頁。

[23] 薩默塞特·毛姆：《作家筆記》(*A Writer's Notebook*)(陳德志、陳星譯)，第 8 頁，南京大學出版社，2011。

[24] 高行健：〈作家的位置〉，《論創作》，第 33 頁。

[25] 劉再復：《高行健論》，第 5 頁，聯經出版事業股份有限公司（台北），2004。

[26] 劉再復：《高行健論》，第 7 頁。

[27] 高行健：《絕對信號》(高行健作品集·戲劇卷)，第 241 頁，灕江出版社，2000。

[28] 高行健：《靈山》，第 47 頁。

[29] 高行健：《靈山》，第 62 頁。

[30] 高行健：《游神與玄思：高行健詩集》，第 119–120 頁，聯經出版事業股份有限公司（台北），2012。

[31] 普濟：《五燈會元》(蘇淵雷點校) 卷第十八第 1176 頁。

[32] 高行健：《一個人的聖經》，第 144 頁。

[33] 高行健：《一個人的聖經》，第 157 頁。

[34] 高行健：《一個人的聖經》，第 404 頁。

[35] 高行健：《一個人的聖經》，第 446 頁。

[36] 普濟：《五燈會元》(蘇淵雷點校) 卷第一，第 50 頁。

[37] 慧然集：《臨濟錄》(楊曾文編校)，第 46 頁，中州古籍出版，2001。

[38] 高行健：《高行健劇作選·彼岸》，第 34–37 頁，明報出版社有限公司，2001。

[39] 高行健：《高行健劇作選·彼岸》，第 45–47 頁。

[40] 高行健：《高行健劇作選·彼岸》，第 26 頁。

[41] 帕斯卡爾：《思想錄》(何兆武譯)，第 158 頁。

[42] 普濟：《五燈會元》(蘇淵雷點校) 卷第四，第 236 頁。

[43] 尼采：《瓦格納事件／尼采反瓦格納》(又譯《華格納個案》)(衛茂平譯)，第 13 頁，華東師範大學出版社，2007。

3
說是給自己的聽

1

老爺曬太陽，究竟誰曬誰？是語言對邏輯的勝利。[1]

尼采問：誰在説話？

法國詩人馬拉美 (Stéphane Mallarmé) 回答：詞本身在説。

法國哲學家薩特 (Jean-Paul Sartre，也譯沙特) 説他一生就活在詞語裏。

是語言在説話，還是人在説話？

是詞本身在説話，還是人本身在説詞？

是思想在説話，還是話在説思想？

是自己因説而思想，還是自己因聽説而思想？

説和聽是一種語言行為同步展開，互為組成，互為依附的存在。這一存在的自在性，是無法分解的語言思想的混成。

你説，所謂作家，無非是一個人自己在説話。[2] 也可以説作家是把語言當成一種行為，只面對語言的實現。獨自面對語言，自言自語，在語言的世界裏獨自流浪。[3]

> 我以為這找尋的是一個自我的對話者。我還是小孩子的時候，寫東西讓我訴諸想像，過一種更為豐富的生活。成年之後，寫東西的時候，我是在向某人訴説我的感受。現實生活中，你很難找到什麼人，能讓你坦誠傾訴，可人有這需求。之後，這種自我傾訴日益成為我日常不可缺少的習慣。[4]

你喜歡有人能聽你説。如果沒人，你就對自己説。

你具有同代大多中國作家、導演、畫家所不可兼備的通才。

作為藝術創作，你可以：

驅動自己的語言，寫作小説、劇本。

揮動別人鮮活的形體於舞台。

揮動無聲的靜止的水、墨為畫面。

同時你又說自己沒有主義。

那是因為你通吃了卡夫卡、薩特、卡繆（Albert Camus）、薩繆爾‧貝克特（Samuel Beckett）式的存在主義哲學、文學，在人生的困境和荒誕中，為存在確立了你的文學存在，為個體確立了脆弱、渺小、變形和自救的存在方式。

自然、自我、自由同在的林中路上，找到了曾被遮蔽的自由的靈魂空地，形象化了哲學家海德格（Martin Heidegger）式通向語言途中的說是給自己的聽。

在老子、莊子、慧能（編按：漢傳佛教禪門南宗祖師）、神會（編按：唐朝佛教高僧）和海德格那裏找到了自在的詩意的棲居，同時也因內在的自我感應，為自己尋到是心動而不是風動、幡動的語言場。

用「你」，人稱化法國敘事學的繁瑣邏輯。

融會了德國劇作家布萊希特（Bertolt Brecht）的間離和中國傳統戲曲的虛實綜藝形式，並加以禪宗頓悟啟示的新的展開。

「獨步千峰頂，優游九曲泉。」[5]

人稱是數稱、性別、指代、身分的綜合所指。

林語堂說老子說給心聽。

海德格所謂言說是給自己的聽。

語言缺失，就沒有了人。

語詞缺失，就沒有了物。

在通向語言的途中，

言說實際有四個基本的趨向：

思考時，是語言在自我意識的驅動下，意向、意象、思緒有序化過程中詞的組合。

沉默時，是語言在無聲地給自己說話，是寂靜之音的聽心。

説話時，是在説給自己的聽音。

翻譯時，是母語、非母語，或兩種其他語言的自由轉換對話，是先用沉默的語言給自己説話，然後再説給自己的聽。

你的小説是老子的自我言説和莊子的逍遙遊，是海德格詩學中文化的語言文本。

你是故國思想和藝術貧困時代的先行者。

你説所謂作家，無非是一個人自己在説話，在寫作，他人可聽可不聽，可讀可不讀。[6]

你那樣自信，那樣卓而超群，那樣清楚地表示出：「我只給自己確定個基本原則：我説語言，而非語言説我。」[7]

你説自己是重新發現語言。是在尋找活生生的語言，是在語言中尋找人的感受，更注重語氣和語感。

你所説的語言「也訴諸聽覺」，是和海德格相通的。這樣的相通，是精神之旅的相遇，是林中路上的彳亍，是精神世界相知的契合：

> 語言不只是概念與觀念的載體，同時還觸動感覺和直覺，這也是符號和信息無法取代活人的言語的緣故。在説出的詞語的背後，説話人的意願與動機，聲調與情緒，僅僅靠詞義與修辭是無法盡言的。文學語言的涵義是由活人出聲説出來才充分得以體現，因而也訴諸聽覺，不只以作為思維的工具而自行完成。人之需要語言也不僅僅是傳達意義，同時是對自身存在的傾聽和確認。[8]

你把自己對語言的重新發現明確表達為：「就是去傾聽我書寫出來的話。我要是聽不見我筆下句子的語調，便自認失敗，捨去或重寫。」[9] 你覺得凡是活的語言從來帶有某種語調，憑聽覺來檢驗是一

個好方法。「不能為聽覺接受的言語，或者說聽不明白的話，不是沒說清楚，就是言不知其所以。」[10]因為語言的本性是有聲的。

無聲時，是自在，是思想，是自我的、主觀精神世界。

有聲時，是你在場、他在場，是交流、實現，是自我超我化，主觀客觀化，意象對象化，個體生活化，個人社會化，生命實在化。由自在到在場。

語言說話的有聲，完全建立在聽語言說話的在場。

此在與本我的關係中：

「你」是未經規定的「我在」和「此在」。是我、自我、本我的共同在場，但不是我們，也不是你們。

「你」是此在對真實的本我的確認，但不是存在的事實本身。

「你」是此在對藝術的本我的創造，但不是存在的絕對還原。

「你」是此在對生活的本我的重複，但不是存在的無意義的複製，抑或無聊的遊戲。

「你」是此在對哲學的本我的解構，但不是存在的自我否定。

是此在與虛無並存，是沒有主義的主意，抑或深度的反省、自新，或懺悔、昇華。

歡樂時覺日快，愁苦時覺日慢，這是人從自然的物理時間到個體心理時間的感知。就大自然的明月而言，宇宙的永恆與人生苦短的非對稱關係，卻是天人合一的相對存在，已使得許多詩人借明月而發感慨：

「江畔何人初見月？江月何年初照人？

人生代代無窮已，江月年年只相似。」(張若虛《春江花月夜》)

「今人不見古時月，今月曾經照古人。

古人今人若流水，共看明月皆如此。」(李白《把酒問月》)

隨着佛教對唐人生活的滲透，詩人開始自外向內心的空無迴轉，並尋求禪詩的空靈意境。由對外在宇宙的追問，轉向純粹的自我感知。語言成為個體無意識結構的概念和音響形象。聽到的、看到的和感覺到的，在無意識層面，由心統攝。

　　你我共同創造了一個特立獨行的自我，同時也還原了一個「在場的完成」。一種直觀的在場和具有被給予的澄明的心像，一個特殊歷史時段記憶的還原性再現。

　　寂靜之音就是不可也不用言說；是默照於心，聽內心的呼聲，是此在於良知中呼喚自身；是深度的無聊，是近於虛無，但不是無；是沒有主義時的主意；是存在向它敞開的禪。寂靜之音，可以體現出「中國文化最純粹的精神」。[11]這種「最純粹的精神」簡單說來就是智洪禪師所言「微妙的禪」——「風送水聲來枕畔，月移山影到窗前」。這也正是你所強調的自己「力求僅憑聽覺便獲得某種語感」。[12]

　　「形動不生形而生影，聲動不生聲而生響，無動不生無而生有。」（《列子・天瑞第一》）

　　內心超越後得來的寂靜之音也可以說是來自心中的通感，是「野曠天低樹，江清月近人」（孟浩然《宿建德江》）的寫意和「清夜無塵，月色如銀」（蘇軾《行香子・述懷》）時的心境：

> 夜空那時候灰藍灰藍的，月亮升起來了，噢，月光從月冠上流出來，她問你見沒見過那種景象？滾滾流淌，然後平鋪開，一片滾動而來的霧。她說她們還都聽見月光在響，流過樹梢的時候，樹梢像水流中波動的水草，她們就都哭了。眼淚泉水一般湧了出來，像流淌的月光一樣，心裏特別特別舒服……[13]

　　一色寒光皎潔，一體身心澄明。

這是「素月分輝，銀河共影，表裏俱澄澈」(張孝祥《念奴嬌・過洞庭》)的意境。

也是《秋聲賦》中童子所答「星月皎潔，明河在天。四無人聲，聲在樹間」的詩意。

或是畫家惲南田所說「聲在樹中，可以目聽，如微風觸弦，響不從指」[14]的畫境。

更是非月光在響，非樹梢在動，只是心在動的禪境。

松風清耳，明月淨心。怎麼說都行，文本之外的東西，不再屬你，而是屬我，屬讀者。正如唐代詩人張說《江中誦經》一詩所言：「實相歸懸解，虛心暗在通。澄江明月內，應是色成空。」

這時，文學之美成為理念的感性顯現。

我想知道的是，你這時，心中是否同時也迴蕩起了貝多芬的《月光奏鳴曲》？

> 太陽就要落下去了，橙紅的團團如蓋，通體光明卻不刺眼。你眺望兩旁山谷收攏的地方，層巒疊嶂之處，如煙如霧，那虛幻的景象又黑悠悠得真真切切，將那輪通明的像在旋轉的太陽，從下端邊緣一點一點吞食。落日就越加殷紅，越加柔和，並且將金爍爍的倒影投射到一灣河水裏，幽藍的水色同閃爍的日光便連接一起，一氣波動跳躍。坐入山谷的那赤紅的一輪越發安祥，端莊中又帶點嫵媚，還有聲響。你就聽見了一種聲音，難以捉摸，卻又分明從你心底響起，瀰漫開來，竟跳動了一下，像踮起腳尖，顛了一下，便落進黝黑的山影裏去了，將霞光灑滿了天空。[15]

自然與心靈是如此的交融、互動。境由心生，心動宇宙。

心靜方能得萬物之聲，心明方能見萬物之色。

這也正是你所說的寫作的人通常都比較敏感。「這種敏感甚至成為毛病，對語言，或是對聲音，或是對色彩的敏感，導致人去寫作或是搞藝術。誰都多多少少有生活，藝術家卻較之其他的人更想去捕捉這瞬間即逝的，不滿足於已有的生活」。[16]

語言的邏輯性和思想呈現的方式接近，語言意識的隨意性最接近心理活動的真實，語言心理的層次感又被你用音樂的旋律、節奏加以轉換，也就是你所說的「是音樂幫助我傾聽我內心的節奏」。[17]

這樣的寂靜之音隨後又在舞蹈詩劇《夜間行歌》中出現：

> 她重又聽見
> 寂靜在流淌
> 有如一匹平展的布
> 隨氣流起伏
> 她身體輕盈
> 衣衫單薄
> 夢中飛翔
> 在沉睡的城市之上 [18]

這同時也是聽覺、視覺和感覺貫通後達成的通感效應。

一縷遊絲，言語也由此而來。

同樣，聲音與光影的通感，與語言、思想的關聯也更加密切，成為心像：

> 女人：混混沌沌，只心中存一絲幽光，若明若暗，倘這
> 　　　也信守不住，便歸於寂滅……

> 女人：（雙膝跪地下）她漸漸聽見了一種聲響，由遠及
> 　　　近，由近及遠，像流水潺潺，又不可捉摸，竟然
> 　　　從心頭流過……[19]

於是，聽心和守心也就成為個體自我體認的根本，呈現出從心的自覺。

2

「自從識得金針後，一任風吹滿袖香。」[20]

這是自在的狀態，首先只屬你個人。正如你詩中所寫到的：

須知
自言自語
乃語言的宗旨
而遊思隨想
恰是詩的本意[21]

凌波微步，逍遙輕功，遊絲與遊思，盡在其中。

思者的路是獨語者說給自己聽的語言之路。思者的對話是各自獨語的情景對話。思者的力量來自這種語言途中情景對話的相互驅動。

「語言首先將人帶向一條道路，而此道路正是語言自身」[22] 人作為言說者生存，並作為言說者成為人自身。因此，自己必須在言說中同時傾聽自己言說。

8 歲開始寫日記時，你就開始了自己對自己說，和聽自己說。

早熟的孩童特別敏感，同時也容易傷感。傷感之中，人的自我意識通常會較早覺醒，同時也就容易變自我為中心。

在無法與他人公開交流和不能交流時，你需要自己對自己說，和聽自己說。

自我坦誠傾訴成了你日常生活中不可缺少的習慣。因此也就有了對語言、聲音和色彩的敏感，有了對稍縱即逝的生活瞬間的獨特感

受，以及由此產生的對現實生活的不滿，對荒謬、無意義生存狀態的本能抗爭。

這是精神的需要，是思想的表達，是自我存在的顯示，是自我對超我的追求，也是對生命本體那個走向死亡的抗爭。是無意義中對意義的尋求。否則，作為存在的個體真的成了蘆葦，人活着已經死了。

你說：「我需要個可以交談的對手，而寫作是我唯一可以作這種對話的手段。」[23]

海德格強調在通向語言的途中，是語言說話。

你說自己在書寫的途中，是說語言。

在《語言》一文中，他如是說：

詩人在創造之際構想某個可能的在場的在場者。於是有了說話的命名，同時命名在召喚中入詞語。

被召喚的命名不是所有的人，而只是少量的精神的漫遊者。

卡夫卡在給羅伯特‧科洛普斯托克的信中說：「至於我嘛，就是寂靜。」[24]

澄明的心中，可能是深深的痛苦，也可能是靜默式的寂靜，但絕非只是無聲。靜默總是比一切運動更動盪，比任何活動更活躍。

因此，海德格有了「語言作為寂靜之音說話」[25]的命題。

你在 1987 年 11 月 2 日為短篇小說集《給我老爺買魚竿》寫的〈跋〉中，明確宣告在你的筆下「一種新小說的誕生」。這十七個短篇的結集，是你對此前小說文體試驗、創新的總結，其中寫於 1986 年的短篇《給我老爺買魚竿》則是一個過渡的重要標誌。你將要有新的小說誕生，這就是長篇《靈山》已經寫出了初稿。

你說：「用小說編寫故事作為小說發展史上的一個時代早已結束了。用小說來刻畫人物或塑造性格現今也已陳舊。就連對環境的描寫如果不代之以新鮮的敍述方式同樣令人乏味。」[26]

這裏，你明確表示，將把「故事」和「人物」淡化，追求「語言」本身。你以為「小說這門語言的藝術歸根結底是語言的實現，而非對現實的摹寫。小說之所以有趣，因為用語言居然也能喚起讀者真切的感受」。[27] 於是，你在小說中不訴諸於人物形象的描寫，多用一些不同的人稱，並通過人稱轉換，讓讀者從不同的角度和距離來觀察與體驗。同時你排除了對環境的客觀描寫，代之以主觀的敍述角度。你將語言的實現、人稱轉換和主觀敍述三者統一在「一種語言的流程之中」，[28] 使你的小說藝術在語言這種說與聽說中得以實現。

實際上，你的小說藝術是將你所謂的「充分的語言」，[29] 在敍述者「關注和傾聽語言」[30] 中實現。

這種「傾聽」還必須是「真」的傾聽。

因此，你絕對排斥在小說中使用成語典故。

進一步講，是作者和讀者都在傾聽語言。[31]

你有通過錄音寫作的習慣。你說這樣「便能傾聽自己，也就對語言更敏感」。[32]

至於你所說的「劇本的每一場景我都得看得見，聽得到人物的語調，才能去寫」。[33] 更是只面對語言的最為純粹的語言行為。「無法說得出來或聽不明白的話，可以說是死的語言」。[34]

作家的關注和傾聽是潛心內視，並傾聽內心正在說出的聲音。讀者的閱讀，是再次的傾聽，即聽作家說語言和作品中的人物說語言。這一切，是在作者、文本中人物和讀者的意識流動中完成。

因此「關注和傾聽」又是一種必要的能力。正如同，許多人說語言，但不是文學，更不是小說。只是在實現語言作為交流工具的基本功能。

你所堅守的是：

> 凝視身外的景物或內斂於心裏的視象，並訴諸語言表
> 述，這語言便孕育詩意。傾聽自己筆下的語言，在心裏

默念，像樂器的演奏者，或如同唱歌的人同時傾聽自己的聲音，這語言便活了，有了詩意，或有了靈魂。[35]

由海德格的說給自己聽，到高行健的傾聽自己筆下的語言，中國現代文學具有了新的靈動，文學與語言的內在關聯，也就有了嶄新的用心傳遞的詩意和美感。

靈動了山，靈動了林中路，靈動了語言，靈動了你自己。

因此，說又不僅僅是給自己的聽。

「悟遣有之不盡，覺涉無之有間。」(孫綽《游天台山賦》)

3

菩提本無樹，明鏡也非台。

你說：

> 那時候還沒有個人，不知區分我和你。我的誕生最先出於對死亡的恐懼，非己的異物之後才成為所謂你。那時候人還不知道畏懼自己，對自我的認識都來自對方，從佔有與被佔有，從征服與被征服中才得以確認。那個與我與你不直接相干的第三者他，最後才逐漸分離出來。這我隨後又發現，那個他比比皆是，都是異己的存在，你我的意識這才退居其次。人在與他人的生存競爭中逐漸淡忘了自我，被擾進紛繁的大千世界裏，像一顆沙粒。[36]

既然無我，那就讓你繼續在林中尋找被遮蔽的自由的空地，如海德格所言：「山中小道的惠賜之力喚醒了熱愛曠野的感覺，即便是久埋心底的深深的憂傷，山中小道也是化悲傷為喜悅的理想場所。」[37]

《靈山》中「我」的林中之路，「你」的意識流動，「她」作為鏡子、聽者或對話與反詰的此在，都明顯體現出説是給自己聽的語言的自覺。你明確表達了這一思想活動的導向和文學的獨特呈現，超越哲學的純粹思辨和玄理推演，進入你所要表達的語言説話和通過語言説話的自覺。抑或「松月生夜涼，風泉滿清聽」（孟浩然詩）的禪門淨界。《靈山》中有這麼一段明晰的表達：

> 有人在低聲説話，喁喁的如同夢囈，或者不如説自己説給自己聽。[38]

「自己説給自己聽」的文學表達和語言呈現，即是《靈山》和《一個人的聖經》等小説的基本技巧和「沒有主義」的主意；也是《對話與反詰》、《生死界》、《叩問死亡》等原創劇作戲劇語言的實現方式；更是《八月雪》、《冥城》、《山海經傳》等戲仿之作向自我內心重新開掘的實驗。而戲劇的語言方式首先是遊戲：

> 説的是他，説的是你，説的是我，説的是那女子那個她，説的她又並不是她，又並不是你，又並不是我，也不是您或者你們，恰如你們看見的她並非她，並非我，也非你，僅僅是那個自我，而你們看見的我也不是我，也不是她，只不過是那個所謂自我看着她，看着我，你我還又有什麼可説？[39]

這種在語言遊戲中所確立的自我和思想路徑，是你文學存在的理由和沒有主義的主意。

恰如慧能所言：「識心見性，自成佛道。即時豁然，還得本心。」[40]

注釋

[1]　高行健：〈巴黎隨筆〉，《沒有主義》，第 26 頁。

[2]　高行健：〈我主張一種冷的文學〉，《沒有主義》，第 15 頁。

[3]　高行健：〈巴黎隨筆〉，《沒有主義》，第 26-27 頁。

[4]　高行健：〈論文學寫作〉，《沒有主義》，第 81 頁。

[5]　普濟：《五燈會元》(蘇淵雷點校) 卷第二，第 67 頁。

[6]　高行健：〈文學的理由〉，《論創作》，第 8 頁。

[7]　高行健：〈現代漢語與文學寫作〉，《論創作》，第 100 頁。

[8]　高行健：〈文學的理由〉，《論創作》，第 12 頁。

[9]　高行健：〈現代漢語與文學寫作〉，《論創作》，第 101 頁。

[10]　高行健：〈現代漢語與文學寫作〉，《論創作》，第 102 頁。

[11]　高行健：〈文學與玄學・關於《靈山》〉，《沒有主義》，第 196 頁。

[12]　高行健：〈文學與玄學・關於《靈山》〉，《沒有主義》，第 196 頁。

[13]　高行健：《靈山》，第 154 頁。

[14]　轉引自朱良志：《南畫十六觀》，第 567 頁，北京大學出版社，2013。

[15]　高行健：《靈山》，第 8 頁。

[16]　高行健：〈論文學寫作〉，《沒有主義》，第 85 頁。

[17]　高行健：〈文學與玄學・關於《靈山》〉，《沒有主義》，第 199 頁。

[18]　高行健：《游神與玄思：高行健詩集》，第 75 頁。

[19]　高行健：《高行健戲劇集 8：生死界》，第 61-62 頁，聯合文學出版社有限公司 (台北)，2001。

[20]　普濟：《五燈會元》(蘇淵雷點校) 卷第十九，第 1222 頁。

[21]　高行健：《游神與玄思：高行健詩集》，第 97-98 頁。

[22]　彭富春：《無之無化 —— 論海德格爾思想道路的核心問題》，第 133 頁，上海三聯書店，2000。

[23]　高行健：〈論文學寫作〉，《沒有主義》，第 65 頁。

[24]　尼爾斯・博克霍夫、瑪麗耶克・凡・多爾斯特 (Niels Bokhove, Marijke van Dorst) 編：《卡夫卡的畫筆》(姜麗譯)，第 58 頁。

[25]　海德格爾：《在通向語言的途中》(On the Way to Language) (孫周興譯)，第 23 頁，商務印書館，2004 (修訂譯本)。

高
行
健
：
徘
徊
靈
山
的
人
生

[26] 高行健：《高行健短篇小説集》，第 339 頁，聯合文學出版社有限公司，2008（第 4 版）。本書為短篇小説集《給我老爺買魚竿》的增訂本，原書十七個短篇，新增一篇〈瞬間〉。

[27] 同上。

[28] 高行健：《高行健短篇小説集》，第 340 頁。

[29] 同上。

[30] 高行健：〈現代漢語與文學寫作〉，《論創作》，第 109 頁。

[31] 高行健：〈小説的藝術〉，《論創作》，第 53 頁。

[32] 高行健：〈論文學寫作〉，《沒有主義》，第 40 頁。

[33] 同上，第 42 頁。

[34] 高行健、方梓勳：《論戲劇》，第 109 頁，由聯經出版事業股份有限公司（台北），2010。

[35] 高行健：〈現代漢語與文學寫作〉，《論創作》，第 109 頁。

[36] 高行健：《靈山》，第 315 頁。

[37] 海德格爾：《思的經驗》(1910–1976)（陳春文譯），第 70 頁，人民出版社，2008。

[38] 高行健：《靈山》，第 137 頁。

[39] 高行健：《高行健劇作選·生死界》，第 236–237 頁。

[40] 楊曾文校寫：《新版敦煌新本六祖壇經》，第 35–36 頁。

4
逃逸在林中路上

1

你 1984 年 4 月創作的《獨白》中有這樣的舞台語言：

> （輕聲提示）你便可以對觀眾說：這情景，在森林裏——
> （舞台上光線漸漸轉暗，只用側光勾出他的輪廓）
> （彷彿看見了）有一條幽深的小路。[1]

這正是你找尋靈山的路，一條直達靈山的心路。

意大利作家安伯托・艾可（Umberto Eco）強調「森林是敍事文本的隱喻」。因為森林本身就是故事會。叢林在佛教中亦指寺廟淨地，是一處可以安頓心靈的淨土。而所有的隱喻都是關聯心像與物像的橋段，是意指與符號圖像之間的關係。隱喻在心像的無限性與物像的有限性之間，使感覺通達，語言所指明晰。

你說：「我打出生起就逃難。……這大概就註定了我這一生逃難的習性。」[2] 也還有更會意的言說：「我總也在逃亡，對此還十分自覺，也可以說是命中註定，總也在這種狀態下，而且對這種邊沿狀態甚為滿意。我以為我這樣的作家，處於社會邊沿是極為正常的，恰恰得以自救。」[3]

面臨戰爭的威脅，個體往往與民族、國家的命運綑綁在一起。

面對極權專制，你可以選擇反抗、嘲諷、沉默、逃逸、應變，當然也有迎合和共同犯罪的另一個走向。因為整體性犯罪時，個體很難逃脫，或因反抗和不合時宜而受苦受難，或共同犯罪。

後者也許是廣大平庸之輩的自然選擇。歷史上的德國，不是有許多屠殺猶太人的幫兇和支持者嗎？中國的「反右」和「文革」，同樣不也是有那麼多的支持者和幫兇嗎？也就是說，這不僅僅是專制體制下獨裁者的個人行為，更重要的是，這一行為還要有廣泛的群眾基礎才行得通。一個人的專制獨裁，其餘的人都是群眾。

我們，我，你，不也是在吃不飽飯，或沒有學上，或沒有工作時，面對活神像，早請示，晚彙報，三呼萬歲，大喊萬壽無疆嗎？

也許，你可以說那是被奴役，被迫的，並非出於自願。無路可走，無處可逃。

「文革」開始後，你不是也積極地投身其中嗎？

> 泥沼漫漫
> 無邊無際
> ……
> 泥沼在呱噪
> 還緊緊咬住
> 你每一步下腳
> 總也擺脫不掉[4]

面臨泥沼，思想與感覺有雙重悲涼、痛苦。這自然是你處在對人性、人際關係和社會意識形態的絕望中的掙扎。

極度厭惡，奮力掙脫。從置身其中到逃逸，需要一種徹底的自悟，才能獲得一次自救，有時是外部力量的威逼。

你可以逃逸，逃逸本身也是對政治的一種介入。

薩特說：「作為一個戰士，我是要通過我的著作來拯救我；而作為一個神秘主義者，我有試圖通過詞語發出的使人不快的輕微聲響來揭示存在的沉默。」[5]

堅信是未來在拖拉着自己前進的薩特，同時強調他的起點：「我在逃避，是外部的力量造成了我的逃避行為並因此而造就了我。」[6]

大道無門。

政治的路血腥，人生的路曲折。

心靈的路幽長，感情的路綿長。

心靈的邊，無視你的嚮往。

感情的節奏，無關廝守和諾言。

愛的秩序，可能是顛三倒四。

因為在每一個生活的節點，個體的選擇，可能是向心、向外，或轉向歷史，或面向未來。

你一直說自己是「一個脆弱的個人」。[7] 說了很多次。作為作家，你是一個孤獨的行者，寂寞行走在文學的旅途。這一行旅是自我意識主導下邊緣化過程，同時也是與主流意識形態衝突之後，孤獨和疏離的自我放逐。

這不是宿命，也是宿命。因為打你出生起就逃難。[8]

你也清楚認識到「逃亡自然不是生存的目的，僅僅是保存自己的一種手段。而更為重要的是精神對現實壓迫的逃亡」。[9]

能夠思想的個體，得出自日後逐漸醒覺的意識。這種醒覺來自對外在世界的審視，和個體自身的內省。

喬伊斯（James Joyce）說：流亡，就是我的美學。

愛德華・薩依德（Edward Said，也譯愛德華・薩義德）在〈知識分子的流亡 ── 放逐者與邊緣人〉一文中強調，流亡既是真實的情景，也是個隱喻的情景。[10] 如同你的「車站」、「靈山」。

你進一步強調：「一個充分意識到自己的人，總在流亡。」[11] 而這正是阿道爾諾將知識分子再現成永恆的流亡者的獨特表述。

> 在一個無法自由表述的社會中，流亡是唯一的出路。[12]

> 你表述才得以存在，果真是生存的理由？……你對抗不了這世界，只逃逸在書寫的文字裏，從中找點慰藉與快感……[13]

你所說的寫作就是一種逃亡。有時是相對於政治壓迫，有時是相對於他人。「只有在逃亡時，才感到我活着，才得到言而無忌的自由。逃亡也就是我們寫作的目的」。[14] 因為「寫作可逃逸到更深的感受中」。[15] 從貧乏的現實逃到想像中去，進而獲得自我充實。

因為你認同法國當代思想家亨利‧拉波里（Henri Laborit）所說的，反抗者一旦結群，便立刻淪為對新的群體的屈從。逃亡才是個人最後的出路。因為在流亡者狄奧多‧阿多諾（Theodor W. Adorno，也譯西奧多‧阿道爾諾）看來，「人生最虛假的莫過於集體」。[16]

你特別強調：「作家倘若想要贏得思想的自由，除了沉默便是逃亡。而訴諸言語的作家，如果長時間無言，也如同自殺。逃避自殺與封殺，還要發出自己個人的聲音的作家不能不逃亡。」[17]「人要想心中保留一片淨土，就得想方設法逃出這角鬥場」。[18]

這樣說來看似殘酷，或後見之明，卻是實在的真實，是慧能所謂的一悟得解脫。

先於你「逃亡」到美國的作家木心的感受是「到了紐約才一步一步成熟起來」。同時他強調：「天才的第一特徵，就是逃。天才是脆弱的，易受攻擊的，為了天才成熟，只有逃。」[19]

海德格引述特拉克爾（Georg Trakl）的詩作：「靈魂，大地上異鄉者。」

你呢？

可否說是健行在靈山之路的異鄉者？

靈魂是靈山的異鄉者，你更是本屬你的大地的異鄉者。

羽翼豐滿，可以高飛。

於是，你更是異鄉的異鄉者。

你曾說：

> 流亡是我的新生，我的再生。[20]

> 我們所以流亡，為的是贏得精神創造的自由，避免被政治扼殺。一百年來，由於種種政治、社會、歷史的困境，中國知識分子很難獨立自主從事精神創造。今天我們有這樣的機會，無衣食的憂慮，能排除外界的干擾，能自由寫作，太難得了。[21]

同時你強調「流亡中，人愈加沉靜」。[22]

你的生命旅程中有這麼兩次歷史性的流亡，如今你仍在流亡的路上。

也許你正是你所表達的這種真正的無上的行者：「真正的行者本無目的可言，沒有目的才是無上的行者。」[23]

林中路有迷路的事情。

但林中路不會迷失。[24]

自放山水，必有過人之處。首先是能放得下。

放得下胸中那勃然不可磨滅之氣，捨得下筆端那不與世俗調和的卓識之文。

「若視本心，即是解脫。」[25]

走啊，走！

數十載功名塵土，幾萬里風月私情。

林中路上，高霞孤映，明月獨舉，思接天地，白雲為侶。

登山是以寂寞、痛苦、受累，達到對平庸生活的改變，是突破原有生活秩序，重振精神，擺脫庸眾，啟智祛魅，進而獲得新鮮見識的自我挑戰。登頂的喜悅和滿足是獨異個體的自我確立。為「以求思之深而無不在也」的王安石，在《遊褒禪山記》中感歎：「世之奇偉、瑰怪，非常之觀，常在於險遠，而人之所罕至焉，故非有志者不能至也。有志矣，不隨以止也，然力不足者，亦不能至也。有志與力，而又不隨以怠，至於幽暗昏惑而無物以相之，亦不能至也。然力足以至焉，於人為可譏，而在己為有悔；盡吾志也而不能至者，可以無悔矣，其孰能譏之乎？此餘之所得也！」

求思、不隨、無悔，正是登山的意義。

對於你來說，逃逸不是逃避，何況你也逃避不了。在這樣的環境中，即是逃得了一時，也難逃一世；逃得過他人的地獄，也逃不了自我的地獄：

而我跑到這山裏來又為的什麼？是體驗一下這種科學考
察營地的生活？這種體驗又有什麼意義？如果僅僅為了
逃避我遇到的困境，也還可以有更輕鬆的辦法。那麼，
也許是想找尋另一種生活？遠遠離開煩惱不堪的人世？
既然遁世又何必同人去交流？不知道找尋什麼才是真
正的苦惱。太多的思辨，太多的邏輯，太多的意義！生
活本身並無邏輯可言，又為什麼要用邏輯來演繹意義？
再說，那邏輯又是什麼？我想，我須要從思辨中解脫出
來，這才是我的病痛。[26]

「獨坐無人知，孤月照寒泉。」(寒山詩)

有時逃得出來，有時乾脆自陷困境。不是意義的困境，就是語言
的困境。

這一出逃，是抱不世之才，特立而獨行，雖煢煢子立，形影相
弔，卻使筆參造化，得大自在。

上飛白雲，下臨澄波。「心外無法，滿目青山。」[27]

同時，你也在行吟的文學創造中，以浸透着的「一種隱逸精
神」[28] 和「致遠」的境界，與中國古典文學傳統發生精神上的關聯。作
為有思想的行者，你逃離囚室般的書房，徑直深入自然之書，正是這
本大書開化你的精神世界，也啟迪了整個世界，並使健全的人性獲得
進一步昇華。

然而，隱逸和致遠並非每個個體都能夠自由地獲得。你是在經歷
了再次逃亡後，才真正擁有。親身的體驗和真實的感受，使得思想和
文學都升騰為超越後的語絲。甚至不需要象徵，也不用隱喻，就是這
種極致的感覺和體驗後的語言呈現。正如《逃亡》一劇的文本表達：

中年人：(注視着姑娘手中的火光) 我為我自己哀
　　　　傷……心中只有那麼點幽光，你守護這點幽
　　　　光，總像在冥河中行走，陰風四面吹來，隨時
　　　　都會熄滅……

......

中年人：你行走在幽暗的冥河之中，守護住心中這一點
　　　　幽光，我總也看見這麼個視像，總也出現在夢
　　　　中，甚至弄不清究竟是夢，還是幻象，還只是
　　　　一種感覺……

......

中年人：你總在不深不淺的泥沼中走，手腳和身上都
　　　　濕了，總也那樣不舒服，總想到一個乾燥的地
　　　　方去……

......

中年人：你總被水草纏繞，這夢我已經做了多少年了，
　　　　那幽黑的死水，腳下又總是水草，你總也走不
　　　　出這一片泥沼……

......

中年人：泥沼……潮濕的……總也在走……[29]

有一天，你終於走出去了！你慶幸自己有這樣的機會！

是自己尋路，一個人走。

於是，你就「不必再裝腔作勢，故作姿態，更加平實，更得自
在」。[30]因為這時你才真實地感受到「沒有聖徒和使者，這肉身，倒
也實實在在」。[31]

無住為本。

既然是自覺地認同作為流亡者的身分，同樣也就落入流亡者的寫
作風格——「最大的特色是片段、突兀、不連貫，沒有情節或預定的
秩序」[32]，更是阿多諾所強調的「懷疑的探究總是有益的」。[33]流亡者
所具有的「雙重視角」和「邊緣性，不被馴化」的特質，尤其是逃離原
來的體制，擺脫集體意識，身分被私人化和碎片化的生活重新認定之
後，進入大膽創新、實驗的寫作狀態。於是，寫作真正成為自己的一
種責任，而非獨佔的權力。真正的個人發聲，僅僅是個人而已。

2

海德格說身體是靈魂的牢籠。那麼，你的「病體」更是你靈魂的牢籠。

你的「病體」不是個體，而是社會、家庭和你肉身的混合物，是疾病的隱喻和問題的象徵。

出發是你對病體牢籠的突圍，靈山是你健行異鄉的林中之路。

當弟弟帶你到南京鼓樓醫院，找到昔日中學同學，如今的胸科醫生章平，查出所謂的肺部凶疾後，你幾乎崩潰了。

你感到「命運就這樣堅硬，人卻這般軟弱，在厄運面前人什麼都不是」。[34]

是等待死亡？

還是抗拒死亡？

還有就是延緩死亡？

總之是死。

不知是絕望，還是等待奇蹟？

你每天上午到清涼山，靜躺在草地上。

那山凹裏曾是南京的火葬場，如今火葬場遷到了南郊石子崗了。

佛界，清涼地喻指涅槃的境界，因為人世間的熱鬧和煩惱沒有了。

清涼山，

清涼地，

感受清涼三昧。

如此才是正見。

「泠然諸境靜，頓覺浮累滅。」（孟郊《與二三友秋宵會話清上人院》）

身邊是明末清初「金陵八家」之首的畫家、詩人龔賢 (1618–1689)
留下的掃葉樓。

頭枕青石，身臥草叢，

聽林中掃葉之聲。

掃葉聲去，是你心中的靜音。

有時陪伴你的是隨手帶來的那本《易經》，想知道遠古先人對過
去、現實、未來所謂命運的把握。更想通過閱讀、思考，使自己的內
心免於崩潰。

也到東郊的紫金山中漫步。

因為都説東郊風水好，所以，那裏到處是墳塋。

怎麼，都和死亡聯繫在一起。

心情更加沉重和灰暗。

你弟弟的臉上也滿是緊張。

他説自己當時也很悲傷，看着你那個灰暗、絕望的樣子。因為父
親三年前剛去世，也是這樣的凶疾。你個人又還在鬧離婚，真是困頓
不堪。

結果是沒事兒。

讓你虛驚一場。

現代醫學的工具理性有時被不可言説的奇跡打破。

寫作的人都有過校對文稿如掃落葉的經歷。

前掃後落，永遠掃不乾淨的是天命。

掃葉樓的靈光，回照現代醫學的落葉。

X 光下的落葉，是你一條鮮活的生命。

你説你突然又撿回一條命。是和死神決鬥，重新贏回了自己。

説到這裏，你弟弟笑了。

死過一次。

但他説你從此變了個人。

他説你決定要遠行。

因死過一次而對死亡有更清醒的認識，因面臨死亡而對愛與怨恨有了超脱的感觸：

> 我不知道我這一生中，究竟是人負於我多還是我負於人多？我知道確實愛我的如我已亡故的母親，也有憎恨我的如我離異的妻子，我這剩下的不多的日子又何必去作一番清算。至於我負於人的，我的死亡就已經是一種抵償，而人負於我的，我又無能為力。生命大抵是一團解不開恩怨的結，難道還有什麼別的意義？[35]

你要換一種活法。

這一種「活法」，由你自己「跨一步就是了」。

> 弘忍：門外來者何人？
> 慧能：行者慧能。
> 弘忍：站在外頭做甚麼？
> 慧能：尚在門邊躊躇，入得了門不？
> 弘忍：跨一步就是了。[36]

《靈山》中的書寫，流露出了你「跨一步就是了」的幸福感和真實感：

> 你找尋去靈山的路的同時，我正沿長江漫遊，就找尋這種真實。我剛經歷了一場事變，還被醫生誤診為肺癌，死神同我開了個玩笑，我終於從他打的這堵牆裏走出來了，暗自慶幸。生命之於我重又變得這樣新鮮。我早該離開那個被污染了的環境，回到自然中來，找尋這種實實在在的生活。[37]

「越名教而任自然」(嵇康《釋私論》)。

是的，你同時也走下清涼山的掃葉樓。

是那龔賢，「他超越這世俗，不想與之抗爭，才守住了本性。——他根本不想用所謂理智來對抗糊塗，遠遠退到一邊，沉浸在一種清明的夢境裏。——這也是一種自衛的方式，自知對抗不了這發瘋的世界。——也不是對抗，他根本不予理會，才守住了完整的人格」。[38]

從龔賢身上，你看到了自己。

對你來説，肺癌的被診斷，和肺癌的突然消失，是「一切奇跡中的奇跡」。

這裏的疾病，不是隱喻，也不需要隱喻。

有所隱喻的是，與肺癌同時相伴的所謂政治上的「清污」，竟成了疾病的隱喻。這種被給予的存在和特殊政治現象的來去，恰如肺癌的被診斷，和肺癌的突然消失。無中生有，有即是無。

因為中國近代以來的許多政治鬥爭，所謂的「左」與「右」，時常是季節性的變換。

「一切奇跡中的奇跡」是這樣來去，退隱甚至消失，竟從根本上改變了你的人生。

一場被給予的「污染」，一次被給予的「肺癌」，成為一個過程，一次過渡，一次精神的超度。「奇跡」催動逃離和遠遊，遠行歸來，你就有故事可説，也自然成就了《靈山》。

從此，也就為你開啟了通向未來的一扇大門，門外是明心見性的澄明之路。

踏上這條澄明之路，你直達 2000 年瑞典的文學聖壇。

再一次奇跡中的奇跡。那神聖的文學慶典，把逃逸途中的遮蔽祛除，鮮花、榮耀以及微笑，把逃逸者帶到世人面前。

飄如遊雲，矯若驚龍。

這裏，要海德格來為我做哲學的解釋：「在所有存在者中，唯有受到存在呼聲召喚的人才見證了一切奇跡中的奇跡：此即存在者存在。」[39]

法國哲學家讓－呂克‧馬里翁 (Jean-Luc Marion) 則更強調這其中的，即存在者的世界通過畏懼 —— 你，或誰能不懼怕肺癌嗎？進而有深刻的觸發，並在出發的驅動下，退隱或消失，在虛無中，「是存在把人遣送到這一事實之中」。[40]

尼采曾強調：「只有偉大的痛苦才是精神那最後的解放者……這樣的痛苦迫使我們哲學家踏進我們最隱秘的深處，排除所有的信任，所有的善心，遮掩的面紗，溫柔謙和，不偏不倚。那也許是我們以前的人性所歸屬的地方。」[41]

自我解放，進入自己最隱秘的深處，抵達人性所歸屬的地方。看似意外，卻是在經歷了畏懼和痛苦之後，猶如蛇蛻蟬蛻，蠶蛹破繭。

正如成為母親的女人，常說的一句話：你不生孩兒，不知「那兒」疼！

3

「人生在世不稱意，明朝散發弄扁舟。」(李白《宣州謝朓樓餞別校書叔雲》)

逃離京城，作別鐘山秦淮，放歌自得，追雲逐月，覓靈山。

從那時起，哥哥，行健他離我愈來愈遠。

有時你弟弟當着我不稱呼哥哥，喜歡説「行健他」。

哥哥自 1996 年的一次來信後，就再也沒有直接的聯繫過我。那封信裏充滿了對我的關愛。2003 年，我到法國也沒有

找到他。打電話沒有人接聽。只見到「慧慧」，知道他是搬家了。當然，也有他不願意與國內來人見面的難處。

我和行素有過同樣的經歷，也是在巴黎只見到「慧慧」。

弟弟遺憾的是兩次歐洲之行，都沒有見到哥哥。當然這是極權專制的重重霧霾在作怪。是你自己因有心霾而有意躲避這一外在霧霾的緣故。

我知道「慧慧」是你的第二任妻子，你弟弟、弟媳都親切地叫她「慧慧」。你弟媳還向我確認有一年新年剛過的1月4日，「慧慧」打來電話，說這一天是行健的生日。弟弟回憶道：

> 哥哥的身體很糟糕。他不像我的體格，他瘦小，我強壯。小時候，媽媽就叫我小胖。
>
> 說到媽媽叫我小胖，我更難過了。
>
> 媽媽最後一次叫我小胖，是她回農場前。她說：「小胖，哥哥過幾天放暑假從北京回來，我回農場加班，調兩個星期天，等哥哥回來。我好在家多待兩天。」
>
> 媽媽就這樣走了。她是醫院第一批下放勞動的。當時是三個人，還戴紅花，很高興下去。特別媽媽，是主動要求先下的。她說孩子們都上大學了，她自己沒什麼事，不像有的人家事多，走不開。到農場，她喜歡乾淨，因此，總是不停地打掃養雞場。這一次是為了能和兒子多在一起兩天，她白班加晚班，連續幹活，好調休一天。她一連幹了十幾個小時，把養雞場打掃得很乾淨，直到第二天凌晨四點，又到河邊清洗。最後是勞累過度溺水身亡。
>
> 哥哥接到要他回家的電報。我沒有告訴他是媽媽真的走了。我和同學到南京火車站接他，也沒敢告訴他。
>
> 回到家裏，沒看到媽媽，我們哥倆才抱頭痛哭。

你弟弟的淚花中有對哥哥的思念，也懷念着媽媽。

你哥哥小説《母親》、《靈山》[42]、《一個人的聖經》[43]中所寫你母親的事真實嗎？我問。

弟弟回答：

> 事實是我和我父親告訴他的，真實。包括他後來寫到的父親去世後的事情，都是真實的。他寫老一代的事和他自己的童年，我看多是真實的回憶。我前幾年還到江西贛州，尋訪我們童年的舊地，變化太大了，沒有找到什麼。但哥哥小説中寫到的江西和南京的舊居，和舊人舊事，有的就是我熟悉的。幾十年過去了，有時，我通過哥哥的小説，重溫童年的往事。

溫馨回憶和回味之後，卻是兄弟長時間天各一方的悵惘和傷感。
「只應守寂寞，還掩故園扉。」（孟浩然《留別王侍御維》）

我在大學為碩士班、博士班研究生開《高行健研究》的課，講了這個小説。我説《母親》這篇小説，近於寫實，是高行健「冷的文學」中，一篇有熱淚的，最具摯愛的文本。其中你所寫到的因懼怕政治迫害，一個人躲在房間裏將母親穿着旗袍的照片丟進爐膛中焚燒的場景，讓我的學生印象深刻——

> 當時都沒有猶豫，就扔進了爐膛，照片痛苦捲曲着，迅速變黃，我想拿出來再看一眼，轟的一聲，它就着了。[44]

這個好像是犯罪的創傷記憶，隨後又重複出現在短篇小説《瞬間》中——

> 照片邊沿的火苗向他父母燒來，照片收縮，開始捲曲，呼的一聲，整個照片便燃燒起來……[45]

又再次出現在《一個人的聖經》中——

> 有一張他兒時和父母合影的舊照片，……他毫不猶豫
> 便塞進爐膛，照片邊緣噗的一聲燃燒起來，父母都捲曲
> 了才想起去取，已經來不及了，便眼見這照片捲起又張
> 開，他父母的影像變成黑白分明的灰燼，中間那精瘦的
> 孩子開始焦黃……[46]

眼看自己把「父母」塞進爐膛，又看着「捲曲」的感覺，及由此產
生的傷痛體驗，是如此揮之不去。這是一段多麼痛苦的創傷性情緒記
憶！中國語言文字中「銘心刻骨」四個字的例證和注釋就在這裏。

事後才發現這何嘗不是因為自己的脆弱、恐懼而幹下近於自保
而又自殘式的親情傷害。可以説出自本能，同時也是自我地獄的鬼魅
驅使。

可是，當我在新加坡南洋理工大學為學生講《母親》這篇小説
時，他們的反應平淡。他們説那一切對他們來説，太遙遠，太不可思
議了。一個醫務人員，應該面對的是病人，怎麼要去養雞場養雞？他
們異口同聲回答我所謂印象最深的關鍵詞時説：母親穿的「旗袍」和照
片被作者放進爐膛後的「捲曲」。

我説，那就是中國的歷史，是特殊時代的現實生活。是她主動要
求去參加養雞勞動的，個體與社會是魚水關係。是社會導致其思想貧
瘠、情緒單調與狂熱的盲目，最終溺水而亡。

弟弟説：

> 哥哥他這些年和我們離得很遠。

我説，不遠。

遠的是心路。

不是山遠，路遠，水遠，真正遠隔的是心遠。

後來爸爸也去世了。哥哥説世界上最親的人就我哥倆了。

你在海外的一次與媒體對話中説，弟弟是你中國大陸唯一的親人。

我説，哥哥這樣説合適嗎？還有他兒子高杭呢！

從兄弟親情説，是我們哥倆。高杭是他兒子，當然也是親人，高杭是我們高家血脈的延續和承傳。我認這個侄兒，我們全家都認。過去那些不愉快的事早該結束了。你告訴高杭，叔叔認他。叔叔一家都認他。

你弟弟的眼中再次閃亮着淚花。

他説：

哥哥遠行，有不得已的。

「海內風塵諸弟隔，天涯涕淚一身遙。」(杜甫《野望》)

我想，我要盡快和哥哥見面。他有顧忌和壓力，我沒有，我已經從音樂家協會秘書長的位置上退休了。

弟弟找哥淚花流。

死過一次的你，你不能就這樣心死。

這裏有弟弟，還有你的兒子。

是血脈，更有摯愛。當然也有留在你心中的誤解和曾經的傷害。

「惆悵南朝事，長江獨至今。」(劉長卿《秋日登吳公台上寺遠眺》)

你不是説「人與人共處，需要的寬容與諒解，也恰恰靠內心相互有足夠的空間」[47] 嗎？

一切都會過去，時間會化解一切本不該有，但卻是曾經有過的不愉快。

你經歷了八月雪，訪問過冥城，叩問過死亡，邁步過生死界。

作者（左）及高行健弟弟高行素（右）

還會有什麼難過的檻坎和難解的結？

在慧能的弟子中，慧忠於「即心即佛」、「觀心看淨」的南北對峙（頓悟與漸修）時，不落二宗，確立了自己「無情有性」的禪風。他這段對僧人的答覆，就是佛心普在的例證：

「譬如寒月，水結為冰，及至暖時，冰釋為水。」[48]

何況血又濃於水。

2008 年的歲末，我遠行到南洋執教，開春不久，高杭來信說，他與叔叔一家在南京相聚了。他從上海回來，與闊別二十多年的叔叔一家見面。他說父母離異的往事，也傷及其他親人，包括他與叔叔一家。親人相聚，帶給他多年未有的歡悅。

我在你弟弟一家和你兒子高杭之間，鋪架起了這親情的橋。

佛說歡喜。

4

你的韓國的文學朋友李永求先生來到南京，我約你弟弟一起聚會。

弟弟看到李永求先生出示的 2005 年和你在法國的合影後，眼睛又一次濕潤了。

> 二十多年沒有見面了。我們都進入老年了。還有多少時日？

你弟弟的深情中顯出憂傷。

我說要等機會，要看行健的意見。

> 我從網上看到他 2009 年底在倫敦的照片，還有今年 4 月在台灣的照片，那個樣子，比我老多了。實際上，哥哥只是比我大一歲。看來還是身體的原因。

弟弟掛念着你身體狀況。

交談的過程中，弟弟逐漸從長久分離的感傷中出來了。

於是，我們有了對你往事的笑談。

> 講個我和行健小時候有趣的小故事。

弟弟在回到童年的興奮中，講起孩童時代的手足之情：

> 哥哥他，經常生病，體弱。我身體好，都叫我小胖。

說着，弟弟揮起一隻手臂，另一隻手指着不同的骨節，

> 這裏，這裏都有肌肉，很粗，很壯。

> 哥哥瘦弱，外出就會有比他大的小孩子欺負他。每當這時，他就跑回來訴苦。我就會衝出去幫他還擊。我還擊的方法是，衝出去，出其不意，抓住欺負哥哥的大孩子的胳膊，就這樣咬一口。

弟弟真像孩童時代那樣，模擬咬人的動作，在自己的胳膊咬一口。

> 然後，拔腿就跑回家。

說得我和李永求先生就像在場看到一樣，隨你弟弟動作一陣大笑。

> 以後，大孩子再也不敢欺負哥哥了。見到我們兄弟，就躲開去。小時候，我總是護着哥哥。這二十多年，也沒辦法見面，更幫不上他了。

你弟弟常帶感傷地對我說，哥哥的身體不好。

你弟弟告訴我，父母合葬的黃金山墓地，因被新建南京火車南站徵用，幾年前不得不把他們的骨灰遷到湯山的永久性公墓。他說，這些年的每年清明節，他都要替你去看望他們，並為他們祭掃。

弟弟希望我能把你父母的新墓園的照片帶給你。還說：

回來不了，就讓哥哥看看照片吧！

從揚子江畔到塞納河岸，江河年年常映月，明月何時同照人？

注釋

[1] 高行健：《高行健戲劇集 4：彼岸》，第 116 頁，聯合文學出版社有限公司
（台北），2001。

[2] 高行健：《靈山》，第 393 頁。

[3] 高行健：〈大江健三郎與高行健對談〉，《論創作》，第 325 頁。

[4] 高行健：《游神與玄思：高行健詩集》，第 113–114 頁。

[5] 薩特：《詞語》(The Words)（潘培慶譯），第 180 頁，生活‧讀書‧新知三聯
書店，1988。

[6] 薩特：《詞語》(The Words)（潘培慶譯），第 178 頁。

[7] 高行健：〈文學的理由〉，《論創作》，第 15 頁、第 33 頁、189 頁、190 頁。

[8] 高行健：《靈山》，第 393 頁。

[9] 高行健：〈個人的聲音〉，《沒有主義》，第 105 頁。

[10] 愛德華‧W‧薩義德：《知識分子論》(Representations of the Intellectuals)
（單德興譯），第 48 頁，生活‧讀書‧新知三聯書店，2002。

[11] 高行健：〈流亡使我們獲得什麼？〉，《沒有主義》，第 172 頁。

[12] 高行健：〈大江健三郎與高行健對談〉，《論創作》，第 326 頁

[13] 高行健：《一個人的聖經》，第 146 頁。

[14] 高行健：〈論文學寫作〉，《沒有主義》，第 66 頁。

[15] 高行健：〈論文學寫作〉，《沒有主義》，第 67 頁。

[16] 愛德華‧W‧薩義德：《知識分子論》（單德興譯）第 50 頁。

[17] 高行健：〈文學的理由〉，《論創作》，第 4 頁。

[18]　高行健：《一個人的聖經》，第 119 頁。

[19]　木心《文學回憶錄》下冊，第 838 頁，廣西師範大學出版社，2013。

[20]　高行健：〈土地、人民、流亡 —— 葉石濤、高行健文學對話〉，《論創作》，第 247 頁。

[21]　《劉再復與高行健巴黎對談》，高行健：《論創作》，第 300 頁。

[22]　高行健：〈流亡使我們獲得什麼〉，《沒有主義》，第 164 頁。

[23]　高行健：《靈山》，第 283 頁。

[24]　海德格爾：《思的經驗》（*Poetry as Experience*）（1910–1976）（陳春文譯），第 70 頁，人民出版社，2008。

[25]　楊曾文校寫：《新版敦煌新本六祖壇經》，第 37 頁。

[26]　高行健：《靈山》，第 49 頁。

[27]　普濟：《五燈會元》（蘇淵雷點校）卷第十，第 569 頁。

[28]　高行健：〈文學與玄學・關於《靈山》〉，《沒有主義》，第 201 頁。

[29]　高行健：《高行健戲劇集 7：逃亡》，第 64–68 頁，聯合文學出版社有限公司（台北），2001。

[30]　高行健：《周末四重奏》，第 40 頁，聯經出版事業公司（台北），2001。

[31]　高行健：《周末四重奏》，第 40 頁。

[32]　愛德華・W・薩義德：《知識分子論》（單德興譯），第 51–52 頁。

[33]　愛德華・W・薩義德：《知識分子論》（單德興譯），第 53 頁。

[34]　高行健：《靈山》，第 71 頁。

[35]　高行健：《靈山》，第 69 頁。

[36]　高行健：《八月雪》，第 27 頁，聯經出版事業公司（台北），2000。

[37]　高行健：《靈山》，第 12 頁。

[38]　高行健：《靈山》，第 463–464 頁。

[39]　讓－呂克・馬里翁：《還原與給予 —— 胡塞爾、海德格爾與現象學研究》（*Reduction and Givenness: Investigation of Husserl, Heidegger, and Phenomenology*）（方向紅譯），第 276 頁，上海譯文出版社，2009。

[40]　讓－呂克・馬里翁：《還原與給予 —— 胡塞爾、海德格爾與現象學研究》（方向紅譯），第 276 頁。

高行健：徘徊靈山的人生

尼采:《瓦格納事件 / 尼采反瓦格納》(又譯《華格納個案》*The Case of Wagner*)(衛茂平譯),第 153–154 頁。

高行健:《靈山》,第 325–326 頁。

高行健:《一個人的聖經》,第 343–344 頁。

高行健:《高行健短篇小說集》,第 200–201 頁。

高行健:《高行健短篇小說集》,第 329 頁。

高行健:《一個人的聖經》,第 71–72 頁。

高行健:〈必要的孤獨〉,《論創作》,第 342 頁。

道原:《景德傳燈錄譯注》(顧宏義譯注)卷二十八,第 2236 頁,上海書店出版社,2010。

第四章 逃逸在林中路上

5

自由之魂在異鄉

1

追求自由是對囚困狀態的反抗，是自我激活自由之魂的衝動。

相對於異鄉而存在的故鄉、家園，有真實的和象徵的。因為那是可以安放靈魂的地方。

文學所呈現出的故鄉、家園，有回得去和回不去的，因而鄉愁成為文學家自我慰藉的情感元素。回得去是真實的，回不去是象徵的。

德國詩人諾瓦利斯（Novalis）說哲學就是懷着一種鄉愁的衝動到處尋找家園。

作為象徵的尋找則是哲學家的動向。這個找不到或回不去的精神家園只存在於路上。

對於異鄉者來說，更多的是在回不去的狀態中。

海德格對異鄉者的靈魂通達之地有這樣的指向：

「前往別處，在去往⋯⋯的途中，與此前保持的東西相悖。異鄉者先行漫遊。但它並不是毫無目的地、漫無邊際地亂走一氣。異鄉者在尋找之際走向一個它能夠在其中保持為漫遊者的位置。『異鄉者』幾乎自己都不知道，它已經聽從召喚，走在通向其本己家園的道路上了。」

「靈魂之漫遊迄今尚未能通達的那個地方，恰恰就是大地。靈魂首先尋找大地，並沒有躲避大地。在漫遊之際尋找大地，以便它能夠在大地上詩意地築造和棲居。」[1]

人本質上是政治性的。海德格斷言：「對這一主體來說，一切事物都是政治性的，但前提是只有當我們假設這一主體是確定的，及依賴於一個不可動搖的基礎──那正是就是『人』、自我和／或國家（社會）──之時才是如此。」[2]

正如你想脫離政治而政治不會放過你一樣。你說你的寫作無關政治，但誰也看得出你所寫的《車站》、《逃亡》和《一個人的聖經》中的政治隱喻。荒誕中透出事實的本質，隱喻中揭示了政治的真相。

你所謂「沒有主義」、「文學去脫政治化」、「走出二十世紀的陰影」的命題，是更深層上對政治的質疑、顛覆或解構。

你那個「夢遊者」傳達了你的聲音：「自由就是不在別人的掌握之中！」[3]

你想否認的政治不會接受你對政治本身的否認。

因此，正如海德格所強調的藝術與真理、歷史同在。異鄉者的漫遊，就是在祛除遮蔽，是個體存在對敞開的透視，「這一敞開被作為自身的自身所照亮」。[4]

而你的表達是：「說佛在你心中，不如說自由在心中，就看你用不用。你如果拿自由去換取別的什麼，自由這鳥兒就飛了，這就是自由的代價。」[5]

正如德國哲學家康德（Immanuel Kant）所強調的自由不是你想做什麼就能做什麼，而是你不想做什麼就可以不做什麼。

也就是說每人心中都有一盞自由、澄明的蓮燈，看你是否能用心自我點亮。

那是一個貧困的時代，是物質和精神的雙重貧困，是靈魂和肉體都需要敞開而又無法敞開的年代。你漫遊的開始，是你走出陰暗邁向另一陰暗。這就是你所說的自我是自我的地獄。莽莽的叢林中，有遮蔽，有敞開，有澄明，有朦朧，有冷月，有霧霾，有精靈，有鬼怪，有香草，有罌粟，有誕生，有死亡，有災難，有福祉，有激流，有淺灘，有靜穆，有崇高，有脫兔，有處子，有冒險，有平淡，有素顏，有面具，有溫柔的動物，有香艷的肉體，有腐朽的形象，有頑固的原

則，當然更有你所心向的聖地和神聖的敬畏。運偉大之思者，必行偉大之迷途。一的一切和一切的一，都在路上。

「支離東北風塵際，漂泊西南天地間。」(杜甫《詠懷古跡五首・其一》)

你是一個被視為另類的「精神污染」分子，異鄉的遠行，是為了擺脫這種離開了本質生活方式的「腐朽的種類」[6]的纏繞。這種纏繞是一種野獸般相互傾軋的騷動、伐咒，並呈現出周期循環的運動方式。

靈魂在水一方。這決定你必然是孤寂的行者。

健行者，即異鄉人。對那潭死水和那些腐朽的種類而言，你就是不被接受的另類，只能是受靈山召喚，離開腐朽的種類的異鄉者。

「清污」？迫害？

「肺癌」？死亡的恐怖？

等待離異的判決 ——

對愛情的背叛？對婚姻的承諾的背棄？

你自己清楚，答案在你心中。

這一切混成一個黑夜，都將過去。沒有夢想，就沒有奇跡。天亮就出發，到異鄉去。告別那些虛妄的一切，去找尋屬另一種真實，找尋你心中的靈山。

個人的地獄，就在你孤寂的途中。

自我比他人更地獄。也就是你所說的自我是自我的地獄。

黑暗需要精神的火焰，瘋狂的性愛就是你的聖經。

野性能證明的，教化顯得多餘。

本能所向，理性就得退讓。

被虛偽禮教遮蔽的就得用原始的衝動去撕裂開。

撕裂不開，首先是精神陽痿。

你敏感，你神經質，你有輕度被迫害的恐懼症。

當然，你也可以說你是詩人、小說家、劇作家、畫家、導演，還有——

總之你說，或說你，是藝術家，是天才。也可以說你就是你所反對的藝術超人、藝術狂人。

這一切可以成為你行為的理由，也就是所謂的文學的理由。

文學藝術的本源可能是性的衝動，白日夢的滿足；是動物屬性的模仿和面具展示；是對不可知的神秘的敬畏和儀式化呈現；是為求生存而勞作的呼喊。這一切在初始並不崇高，也無所謂神聖。

在世人看來，說你是詩人、藝術家，那就不是常人，是褒貶兼有的另類所指。

孤寂者是狂人的時候，可以為藝術，因為你在藝術的途中。

孤寂者可以為狂人，可以瘋狂在非藝術時刻溫柔的女人的懷抱。

這時，將來，以後，如今，還有未來——

心動，行動，總之，都與藝術有關。你可以說這不關風月。

你借《週末四重奏》中的作家「達」傳達了你自己一度在法國真實的處境：

> 你命中註定，永遠是個異鄉人，沒有故鄉，沒有祖國，
> 沒有眷戀，沒有家小，沒有累贅，只交稅。……
>
> 沒必要再認女人為妻子，他國為祖國，他鄉為故鄉。
> 你沒有敵人，至於別人要以你為敵，好激勵士氣，是他
> 們的事。你最後一個對手——你自己，也一再殺死，
> 不必再找敵人決鬥。
>
> 以往已一刀割斷，你也就沒有記憶。
>
> 你，也沒有理想，那些且留給別人去想。

你只想，此時此刻，譬如，像一片樹葉，隨風飄蕩，或者是一隻鳥，沿傾斜的屋頂斜飛出去，看地平線失重，隨你搖搖晃晃。

你騰空飛行，在城市和海洋之上，沒有目的……

你在字與字、詞與詞之間穿行，沒完沒了……[7]

所有這一切當下的現實感觸，都源於曾經擁有。你更為直白的表達是：「從籠子裏飛出的鳥再也不肯鑽進籠子裏去。」[8]

從山澗流出的水，只能是流向大海。

2

種瓜得瓜，種豆得豆。

有色有慾，有漏有結。

你射向異性一隻穿心的情感之箭，她還你一個稱作「兒子」的肉蛋蛋兒。

於是，有了婚姻和孩子。

了悟了因，你是因為自由而離婚。

緣縛緣斷，她因愛而不能反生恨，被離婚。

一個原屬你的女性，高中時即開始戀愛的初中同學小妹，你曾經的妻子，你兒子的母親，她為和你的愛而生下你的兒子，撫養你的兒子，教育你的兒子，呵護你的兒子。

她說與你的戀愛馬拉松是跑了十年，才結婚生子。

如今兒子拿到了博士學位，學有所成，她老了。

恨婚姻失敗，石城殘垣，秦淮孤月，憑誰說？

她沒有再嫁人，一生就這樣為兒子活着。沒有兒子，她就沒有了一切，她捨不得兒子。

這一輩子，她遇到你，得到的只有這個兒子。其他什麼也沒有。

高杭說母親有三次再婚的機會，可都是為了我而放棄。

在你的星光下，她更暗淡了。

高林弄殘照，晚蟬淒切。

世態炎涼，她只能「顧孺子，共夜雨」(劉辰翁《蘭陵王·送春去》)。

誰最苦？

在那瘋狂傾軋、伐咒的年代，她只是一個弱女子。

你說她有什麼錯？

錯在遇到了你，還是成全了你？

話語權在你那裏，她沒有話語權，你說什麼，別人以為就是什麼。

「鵲來頭上語，雲向眼前飛。」[9]

「學昀，行健得獎了！」同學、同事、朋友紛紛向她道來。

閒言碎語，滿城風絮。

「落花隨水流，修竹引風來。」[10]

南無阿彌陀佛！

「都來此事，眉間心上，無計相迴避。」(范仲淹《御街行·秋日懷舊》)

「那和我有什麼關係？那是高行健自己的事！」

心如湛然止水，還是心死於哀。

多少事，悲恨相續，欲說還休。自療傷情，不應水聲。

這正是你在同林原上就《對話與反詰》一劇的導演、演員對談時，所賦予那個人間世態男女情慾恩怨全看透的大和尚的南無阿彌陀佛。禪的無言可說狀態，「冷靜，淡漠，無可言說」。[11]

真正的什麼，是什麼，你知道，她知道。兒子知道也不說，不會說什麼。那有限空間裏的無限沉默，是不是有些恐懼？

什麼怎麼說，怎麼說什麼，什麼是什麼，不是什麼，究竟是什麼，我也不好說什麼。

只能說你說的是文學，我說的自然也是文學。

文學是什麼，就是你說的什麼。

他說他從不對他人說自己父親什麼，什麼。

遇到高杭的時候，是你決定要離開他們母子的二十八年之後。

無言，靜默，感傷和激動。

面對我近乎沒有禮貌的的一再質問，高杭說：

> 二十多年了，遇到你這樣的對我們家族熟悉的學者，專門研究他的學者，我是第一次和你談這些。

高杭說：

> 父母離異後，每月十六元的撫養費，按月寄來，在國內和國外，也都是由別人代寄的，他從未親自經手。最後的一筆是在 1989 年，一下子寄來了兩百多元，以後就失去了聯繫。

在巴黎，「慧慧」告訴我，那些錢是她母親每月按時寄出的。因為她先到法國，高行健隨後也出國，臨走前就把一部分錢留給了「慧慧」的母親。

再次見到高杭的時候，我對他說，據你父母離婚的民事調解書顯示，你父親每月是給你二十三元的撫育費。

高杭說，那是我記錯了，但每次替他代匯來撫育費的人名我一直記得。記得是一位名叫「丁道希」或「丁道一」的人代寄的。

我說，我也是看到民事調解書後，才知道你父母當時並沒有領到結婚證書。因為「文革」的動亂，他們是事實婚姻。所以我到法院查閱檔案時，看到的是「民事調解書」，而不是「離婚證書。」

高杭說：

> 這份「民事調解書」我看到過，是一份發黃的打印紙本。

隨後，高杭一聲歎息：

> 唉，既然就沒有結婚，幹嗎還要鬧着離婚！

我本想幽默這麼一句：「都說結婚證是為離婚時準備的。」但話到嘴邊，我停下了，我不想如此不近情理地去觸及高杭的傷痛。

我隨之改口，便對高杭說，我感覺到，這也正是你母親對事實婚姻缺乏安全感的原因。十年的戀愛，和隨後十多年事實婚姻，無法改變最終分離的現實。

> 是媽媽把我養大的。

高杭用很重的語調向我表示。

高杭接着說，幾年前，他少年時代的朋友，也就是《有隻鴿子叫紅唇》「快快」、「正凡」的原型——鄧家兄弟到上海見我，轉達一份關心，談到若是生活上有困難，他可以資助。

> 我說不用，長大了，早自立了。我一貫的原則是「自強有為」、「低調做人」。

冬去雪融，春來草青。林無靜樹，川無停流。

我說：我理解，你也正式靠着這點做人的志氣，走到今天。

結束這次相約的談話後，高杭來信說他思緒萬千。

3

《對話與反詰》中的那個女人問道:「你配有孩子嗎?」[12]

2009 年 7 月 24 日,高杭回到南京,我們漫步上海路和寧海路。他 1996 年 9 月考入華東師範大學歷史系讀碩士學位研究生課程後,離開南京,常住上海,在那裏讀書、工作。這些年他到過香港、澳門、美國、俄羅斯、新加坡等地參加學術交流,南京的變化,也讓他吃驚。但還是很容易就找到寧海路培德里 6 號你們的祖屋舊址。沒有了,早拆除了,變成了新的大樓。

早就改名換姓了,在海外,他同與會的諾獎獲得者交流,沒有人知道他是高行健的兒子。

我們在尋找你的祖屋舊址時,也沒有人知道我們的行為與文學有關,與高行健有關。

高杭指着附近的老屋説,祖屋就像這所老房子。

> 我小時候,這裏還沒有這些新房子。馬路很窄,要是祖屋還在的話,正好是麥當勞餐廳的對門。

我説麥當勞開到你老家門口,你卻大隱於市,把自己開到巴黎。
你父親小時候呢?
屋子後面的湖哪?
那應該是南邊的烏龍潭吧!現在叫烏龍潭公園。
我和高杭一起看你的畫,是我從新加坡帶回來的複印本。
高杭説:

> 畫和人不一樣,真是判若兩人。人那麼外向,開朗、熱情,有時候像個外交家。這畫都是無言、無像,潑墨的,黑暗的,冷色調的,就是他所謂的冷吧!

我第一次見到丹丹的時候，説你伯伯的《靈山》中寫到你。

　　你是説書中那個要看電視的小女孩吧！那時我才三四歲，那事兒我真的都不記得了。

「但你父親的書中從來沒有專門寫到你！」我對高杭説。

　　是的，我也沒有發現。

他説他是先從網絡上看到你的小説。家裏也有親朋好友專門從國外寄來的。

「三個小説中都寫到你祖母，就是他母親。沒有寫到你，應該是對你的保護，還是什麼？」我説。

　　祖母我都沒有見過，去世很早。祖父去世的時候，我已經11歲了。他與母親的感情特別深，對他的影響也大。沒有寫到我，可能是不想承認，不願承認的緣故吧！

高杭的語氣中有些傷感，也有些哀怨。

「我想應該是保護你，你當時是未成年人，你又沒有什麼過失。他們的婚姻失敗，你只是個受害者。」

　　這些都不好説！

高杭不希望談論那些早已過去的傷心往事。

不承認，不聯繫，是另一種承認和聯繫。無保護狀態也可能是最好的保護。我想説這樣類似江湖的傳言，但又覺得有失莊重，便一時無語。

怎麼會沒有寫到你呢？當然寫到你了，我面對你，看你有些傷感，故意沒把話説明，有意馬虎過去。你父親只是沒有明寫罷了。

其實《靈山》的第74節中的那個「小東西」，那個不說話的小男
孩，那一幕拾得而後又棄之的場面，恰似你們父子關係的寫照。也是
你父親的反省、懺悔。我真的是不想在這樣的索隱中讓你傷感。不想
去觸疼你的傷痕。是我故意撒了謊！

《靈山》中這一場景，我這裏再現一次：

> 一股溫熱打你心底湧出，你許久沒有過這種柔情。你發
> 現你還是愛孩子的，早該有個兒子。看着看着，越看越
> 覺得像你，你莫不是貪圖一時快活，才偶然給他生命？
> 而後又全然不顧，將他丟棄？甚至不曾再想過他，可詛
> 咒的正是你自己！

> 你有點害怕，怕他醒來，怕他會說話，怕他明白過來。
> 幸虧是啞巴，幸虧睡着了，並未醒悟到他的不幸。你得
> 乘他未醒扔回山道上，乘人還未發現，趕緊逃之夭夭。
> 你把他放回路上。他滾動了一下，捲曲小腿，雙手抱
> 住頭臉，肯定感到土地冰涼，馬上就會醒來。你撒腿便
> 跑，光天化日之下，像一個逃犯，你似乎聽見背後在哭
> 喊，再不敢回頭。[13]

高杭不是「啞巴」，只是他沒有説什麼。作為兒子，他保持沉
默。他也早已「醒來」，明白事實的真相。

禪門對於母親棄子的事實有如此偈頌：「親兒棄了復何言，月
在波心印碧天。獨有一身無繫累，困眠醒坐任隨緣。」（釋如本《頌古
三十一首》）

「一葉扁舟泛渺茫，呈橈舞棹別宮商。雲山海月都拋卻，贏得莊
周蝶夢長。」[14]

我由此想起了你寫的《冥城》，想到你筆下那痛苦不堪的莊周
之妻。

複雜的個人，個人的複雜。有中是無，無中生有。最不好說清楚的是你自己。是你無法說清的自我。

　　當然，你們夫妻鬧離婚的持久戰也傷及你和孩子的感情。我也向高杭證實所謂他童年「漫畫弒父」的孩童遊戲。

　　高杭說那都是真事。這也曾是你向法庭陳述離婚的理由之一。

　　說着，他笑了。

　　你不是說過「孩子雖小也會有記憶，也會長久留下憎恨」[15]嗎？

　　我說那都是孩提時代的故事，現在說起來只覺得好玩！

　　我說好玩，自然也是一種旁觀者的幽默和自我解困。因為我感受到了高杭內心那激蕩的情感波浪，和他不便為外人道的辛酸、痛楚。

　　以至於我 2009 年 12 月 9 日與你弟弟一家聚會時，還聽到你弟媳感傷的話語：高杭也真是可憐，這麼多年沒有父親的照護，一個人奮鬥出來，也真不容易。

　　……

　　7 月 25 日一大早，高杭發來短信，說母親生病，取消當日的計劃，就急匆匆趕回上海。

　　作為妻子、母親，當然也就是我的夫人，得知此事時，一聲歎息：「這就叫相依為命！」

　　「是母子情深吧！」我轉身補充道。

　　「你這大男人不懂。就像是母親懷胎、生產的喜悅與痛苦，你們男人如何體會得到？」她很自信。

　　我由你們父子之間所發生的「漫畫弒父」這樣嚴酷的孩童遊戲，忽然想起所謂的戀母情結來，並與妻子討論，得到的答案：母親是受傷害的弱者時，兒子通常會站在母親這一邊。

但我想我是愛孩子的。不論執教韓國，還是客居南洋，時常會想念孩子。在首爾的一個冬夜，是中國畫家及作家高爾泰的那篇寫給女兒的《沒有地址的信》，讓我失聲痛哭。他錯打了女兒，我是為曾動手打過女兒而落淚的。是愛，是思念，是自責，是內疚，都有。總之，是滿臉的熱淚。

主張冷的文學的你，是否有過為兒子落下的熱淚？

「水流雲在，月到風來。」[16]

我知道，她無法平靜的晚年，總會因為你的星光閃爍而泛起漣漪。當然這一切都是人為的干擾所致。就像我這樣因好事所提出的訪談的請求。她曾答應接受我的訪問，臨時又拒絕。隨後，又一再拒絕，始終不願與我見面，不接受我的訪問。她有自己的理由，曾對兒子說：

> 沈衛威三本傳記復活三個女人，我不願被他復活，更不願他將我的名字出現在高行健的傳記中。

我表示尊重她的意見，但她知道我有自己的傳記立場。我們都退讓一步，讓高杭站在中間。

我感覺她的處境恰似牧齋晚年的心境：

「扁舟慣聽浪濤聲，

昨見危沙今日平。

惟有江豚吹白浪，

夜來還抱石頭城。」（錢謙益《為豫章劉遠公題〈扁舟江上圖〉》）

水流雲散，幽怨腸斷，千古傷心事，秦淮明月可照見？

2010 年 7 月，你與高杭的文章在《明報》同期刊登。這自然是你的老朋友潘耀明有意為之。也是我把高杭介紹給潘耀明的。二十多年未曾見面的父子，因文章相遇。23 日，高杭回到南京與我相聚，他說媽媽也看到了他們父子在同一刊物上相遇，也看到了父親的照片。過

去，涉及到父親的事，她都會有異常的情緒反應，這次卻十分平靜，沒有説什麼。

我説，你依靠自己的努力，贏得了這樣的機會，母親的心中應當是充滿喜悦之情。

智通禪師有偈曰：「舉手攀南斗，回身倚北辰。出頭天外看，誰是我般人？」[17]

9月，在東京與你相遇，也曾談及此事。結果是父子仍沒能相互聯繫。斷岸千尺，水流無聲。雲門一曲，絕斷眾流，情解不通。説「瀚海闌乾百丈冰，愁雲慘澹萬里凝」（岑參《白雪歌送武判官歸京》）有些誇張，言「冰凍三尺」，我確實感受到了其中的寒意。

也正是百丈懷海禪師所説的「不昧因果」。

我的直覺是因為「漫畫弑父」事件「在心中刻下永久的刀痕」[18]。這正是「霜天雲霧結，山月冷涵輝」[19]。你有自己的理由。我尊重你的這樣做的權力，也給予相應的理解。東京歸來，也曾與高杭見過幾次，他也是不願主動與你聯繫。但我同時想起了禪門的一個告誡：雙拳攥的很緊，感覺實在，其實空無，手中什麼也沒有。雙手鬆開，將會擁有一切。

隔與不隔，有多遠？一念之間。

見與不見，有多難？一念之間。

此刻，佛在哪裏？

又如何自救？

莫非文學家的話真的是最接近謊言？

要不，那就是仍在自救的的途中！

注釋

[1] 海德格爾：《在通向語言的途中》(孫周興譯)，第 33–34 頁。

[2] 馬克・弗羅芒－默里斯：《海德格爾詩學》(馮尚譯)，第 131 頁，上海譯文
出版社，2005。

[3] 高行健：《高行健劇作選・夜遊神》，第 379 頁。

[4] 馬克・弗羅芒－默里斯：《海德格爾詩學》(馮尚譯)，第 172 頁。

[5] 高行健：〈文學的理由〉，《論創作》，第 14 頁。

[6] 海德格爾：《在通向語言的途中》(孫周興譯)，第 45 頁。

[7] 高行健：《周末四重奏》，第 61–62 頁。

[8] 高行健：《一個人的聖經》，第 152 頁。

[9] 普濟：《五燈會元》(蘇淵雷點校) 卷第八，第 462 頁。

[10] 普濟：《五燈會元》(蘇淵雷點校) 卷第五，第 288 頁。

[11] 高行健：〈《對話與反詰》導表演談〉，《沒有主義》，第 218 頁。

[12] 高行健：《高行健劇作選・對話與反詰》，第 291 頁。

[13] 高行健：《靈山》，第 488–489 頁。

[14] 普濟：《五燈會元》(蘇淵雷點校) 卷第二十，第 1348 頁。

[15] 高行健：《一個人的聖經》，第 193 頁。

[16] 此是清人尤侗將杜甫詩「水流心不競，雲在意俱遲」和邵雍詩「月到天心
處，風來水面時」合集為一聯。轉引自嚴羽著、郭紹虞校釋：《滄浪詩話校
釋》，第 39 頁，人民文學出版社，1961。

[17] 普濟：《五燈會元》(蘇淵雷點校) 卷第四，第 220 頁。

[18] 高行健：《游神與玄思：高行健詩集》，第 240 頁。

[19] 普濟：《五燈會元》(蘇淵雷點校) 卷第十六，第 1084 頁。

6
思想是語言

1

問：「如何得自由分？」

懷海禪師答：「夫讀經看教，語言皆須宛轉歸就自己。但是一切言教，只明如今鑒覺自性，但不被一切有無諸境轉，是汝導師。能照破一切有無諸境，是金剛慧。即有自由獨立分。」[1]

「只有在思想禁區的邊緣上才有思想。除了去經驗絕境，也即從無路中走出來，否則就沒有思想」。[2]

思想是語言，是獨自與自身說。

你說人與世界的本質都復歸於語言。思維和感知都只在語言上找到歸宿。[3]

作為一個作家你只面對你的語言，只對你的語言負責。「遊思在言語中而意在言外」。[4]

海德格說諾瓦利斯《獨白》中「語言僅僅關切於自身，這正是語言的特性，卻無人知曉」這句話就指點出語言的奧秘：語言獨自與自身說。[5]

你是用你把你和你的人物、讀者帶向語言的途中。你在思想的禁區邊緣思想，你在林中路上道說。你的在場，就有在場的你的獨自與自己說。語言就是思想和道說，都是說給自己的聽。

流亡作家通常有向外與向內的兩個路向。向外往往是關注政治、社會等現實社會的大問題，在抗議、抗爭的同時，寫作取向宏大敘事。向內則回歸自我，走向內心，更關注語言。

通向靈山那自然敞開的林中路，和通向自我敞開的聖經之路，是去遮蔽的你的在場。你慶幸自己選擇文學，因為文學成了你自由精神的庇護所，也是你個人尊嚴最後的底線。當人們苦於說不出而喑啞的時候，是上帝？是佛？是禪？還是你自己？總之，賜予和得到賜予的只是語言。

「此在向來所是者就是我」。[6] 你用語言即在場的道說，來呈現你的企圖。

因為在日常生活的共同存在中，你與他人有共同的此在 ——「在自我之外，在世界之中」。你反對尼采式的超人，但實際上你追求的是另一種形式上超人。你與他人有共同的此在時，你是病人，是藝術家和天才的語言道說者的靈性之物的混合體。你無法否認你有常人的病、性和對死亡的恐懼。還有你此在敞開狀態時的現身情態：怕與愛。以至於你怕親情、怕婚姻，怕迫害。於是，你又有了屬於自己的冷漠和沉默。當然，你也可以說這樣做是對他們的保護。你不是說敞開狀態下更自由，更具有保護性嗎？

沉默通常是在場者在場通過語言對自己默說，當然是聽自己默說。在場顯示着的是無聲的寂靜之音。[7]

海德格認為「語言之本質現身乃是作為道示的道說」。[8] 道說意味着顯示、讓顯示、讓看和聽。道說是說話的器官對思想的分音節表達，同時也是給自己的聽。「說從自身而來就是一種聽。說乃是順從我們所說的語言的聽。所以，說並非同時是一種聽，而是首先是一種聽。此種順從語言的聽也先於一切通常以最不起眼的方式發生的聽。我們不僅是說這種語言，我們從這種語言而來說話。只是由於我們一向已經順從語言而有所聽了，我們才能從語言而來說話。在此我們聽什麼呢？我們聽語言之說話」。[9] 語言說話，從而使得在場者顯現和顯露出來，通過語言道說而使道說者聽從語言，即被聲音召喚。於是就能達到在場者的澄明、敞開的自行顯示和自行訴說。

海德格強調澄明是一種自由的境界，在場者能夠如於澄明而持自在，不在場者能夠出於澄明而逃逸並且在隱匿中保留其存在。也就是說，這樣「道說把在場者釋放到它的當下在場之中，把不在場者禁囿在它當下不在場之中。道說貫通並且嵌合澄明之自由境界；澄明必然要

尋找一切閃現，離棄一切隱失，任何在場和不在場都必然入於澄明而自行顯示，自行訴說」。[10]

你説自己重視語言，是純然以個人的身分面對世界，只對自己賴以寫作的語言負責。「我為自己贏得表述自由的時候，才傾心於語言」。[11]

既然文學是自由精神的庇護所，也是個人尊嚴的最後防線，那麼如何守護這「庇護所」和「防線」，就成為作家個人所持有的責任倫理。「作家的稟賦就在於，當人們苦於説不出而暗啞的時候，上帝居然賜予他語言」。[12]通過語言的表述而意識到自身的存在。

借助語言，想表述，敢於表述，能夠表述，和懂得如何表述，是一種自由自在的狀態，更是一個文學的創造過程。你通常關注和用心的正是這一過程。因為在語言的途中，過程通常比原因和結果更重要。

2

是説給自己聽的語言成就了你，還是傳達出的思想成就了你，或兩者共生此在？你卻將語言、思想與自我愉悦關聯成一個看似遊戲的個人表演：

　啊，詩
　無非語言的遊戲
　思想
　才是語言的要義
　啊，以詩言志
　又多麼乏味
　你不如以言語戲弄人世
　可別忘記且先愉悦自己 [13]

這正是你確立自我存在價值的形式和方法。

借助本雅明觀審法國詩人波德萊爾（Charles Baudelaire）詩歌的那雙慧眼，我看到《靈山》中時間割裂，空間錯落所留下的語言的空白。這正是林中的空地。這空地中充盈着本雅明所謂的「氣息」，它既可以讓你用喃喃低語的說給自己的聽來實現靈魂的棲息，也可以使我、他，用經驗、頓悟來審美、感知。

你在《靈山》中有如下的道說：

> 你知道我不過在自言自語，以緩解我的寂寞。你知道我這種寂寞無可救藥，沒有人能把我拯救，我只能訴諸自己作為談話的對手。
>
> 這漫長的獨白中，你是我講述的對象，一個傾聽我的我自己，你不過是我的影子。
>
> 當我傾聽我自己你的時候，我讓你造出個她，因為你同我一樣，也忍受不了寂寞，也要找尋個談話的對手。
>
> 你於是訴諸她，恰如我之訴諸你。
>
> 她派生於你，又反過來確認我自己。
>
> 我的談話的對手你將我的經驗與想像轉化為你和她的關係，而想像與經驗又無法分清。[14]

這正是「游心於寂寞」（嵇康《與山巨源絕交書》）的境界。

我在海德格這裏找到了他「把作為語言的語言帶向語言」的解釋，恰恰可以用作理解你如上道說的，把你我他她糾纏在說話中的通向語言之路的引線：

> 尋找一條通向語言之路的意圖已經被糾纏到一種說話活動中了，這種說話恰恰要呈放出語言，以便把語言作

為語言表象出來，並且把被表象的東西表達出來；而同時也就表明，語言本身已經把我們糾纏到這種說話之中了。[15]

你還特別說到你這樣的「糾纏」就「又是一家的哲學」。[16]
是的，的確是一家的哲學。只是你沒有明說。

你的這段海德格式的表達，正是對上引海德格所謂「糾纏」的回應：

我只有擺脫了你，才能擺脫我自己。可我一旦把你喚了出來，便總也擺脫不掉。我於是想，要是我同你換個位置，會有什麼結果？換句話說，我只不過是你的影子，你倒過來成為我的實體，這真是個有趣的遊戲。你倘若處在我的地位來傾聽我，我便成了你慾望的體現，也是很好玩的，就又是一家的哲學，……[17]

你說自我也只是存在於感知的世界裏，靠語言的表述加以實現。自我的存在也成了語言的表述。

個人從自我這個幽暗的王國通過語言走向世界。[18]

生活不可以論證，這活生生的人難道可以先論證存在的理由然後才去做人？不，你只陳述，用語言來還原當時的他，你從此時此地回到彼時彼地，以此時此地的心境複述彼時彼地的他，大概就是你這番觀審的意義。[19]

這番觀審實際上就是對自己存在的意義的確認。我說語言我存在。語言說我我自在。

林中之道路讓你通達，道說又使得你通達語言之說話，並順從道說而聽。

當然，聽的不止是你，還有他、她、它，還有我們，他們、她們和它們。

而這一切，讀者又都是得自你的書寫。你在書寫中使得你的道說具有語言的連續，人稱和形象的穩定。你也因你對你道說的命名而擁有。

> 你拖着沉重的思緒在語言中爬行，總想抽出一根絲線好把自己提起，越爬卻越加疲憊，被語言遊絲纏繞，正像吐絲的蠶，自己給自己織一個羅網，包裹在越來越濃厚的黑暗中，心裏的那點幽光越趨暗淡，到頭來織網的無非是一片混沌。

> 失去了圖像，便失去了空間，失去了音響，便失去了語言。[20]

將圖像、空間、音響和語言的混成，化為語言的遊絲，並加以情感的滋潤，編制出的自然是靈動的思想。

因為你發現自己的文學世界裏有「總也不明白，與弄也弄不明白」的存在，和表述的複雜。你思考和尋找的東西是絕對的語言：

> 怎麼才能找到有聲響，又割不斷，且大於旋律，又超越詞法和句法的限定，無主謂賓語之分，跨越人稱，甩掉邏輯，只一味蔓延，不訴諸意象比喻聯想與象徵的明淨而純粹的語言？[21]

你把文學變成了一種「自言自語」。[22] 這種「自言自語」對你來說又特別重要。你說「如果沒有語言的表述的話，思想就停止了，這感受就停止了。如果一個人要確認自己，他必須訴諸語言，或者訴諸別的表述手段」。[23]

你認為文學所需要的語言，「恰恰來自於不為言説而言説」。[24]

因內心需要而寫作，因思想而訴諸語言，同時又因要深刻準確地表述自我而創造這種獨特的文學語言。這就是「人之存在建基於語言；而語言根本上惟發生於對話中」。[25] 即能彼此傾聽。

語言的自覺和自覺的語言，成就了一種新的小説和戲劇文體，同時也成就了作為思想者個體的你。也就是「人被賦予語言，那最危險的財富，人借語言見證本質」。[26]

> 你把你的感受、經驗、夢和回憶和幻想、思考、臆測、預感、直覺凡此種種，訴諸語言，給以音響與節奏，同活人的生存狀態聯繫在一起，現實與歷史，時間與空間，觀念與意識都消融到語言實現的過程中，留下這語言製造的迷幻。[27]

語言説你，如同老爺曬太陽一樣。

也正如你所説的「你所以還活在世上，還像個人樣，只因為你多多少少還在思想」。[28] 同時也因思想而得大自在：

夢遊者　：（變換姿式）自個兒對自個兒，自言自語。至於想些什麼？倒無關緊要。要緊的是你畢竟總有所思，那怕你這所思，外人看來，不值得思考。

（又換個姿式）他人於你，無關痛癢，他人是他人的事，你只是你。你是一個人，或是一條蟲，一隻蝴蝶，或一隻螞蟻，他人眼裏，你什麼模樣，同你又有什麼關係？你只從你自身冥想中得趣。

（再換個姿式）你冥想，你悠遊，天地之間，你自個兒的世界，你於是也就得大自在──[29]

這裏夢遊者展示的狀態，恰如莊周－蝴蝶，蝴蝶－莊周。這才是真正的自我內心的超越。

3

德國詩人荷爾德林（Friedrich Hölderlin）在強調「作詩乃是最清白無邪的事情」的同時，也自我提示：

「因此人之秉有語言，

乃最危險的財富……

人借助語言見證其本質……」[30]

語言是人的財富的同時，為何又成了「最危險的財富」？中國的先人有「禍從口出」的哲理，是經驗層面的人生感悟。

海德格的解釋是：

「語言是一切危險的危險，因為語言才創造了一種危險的可能性。危險乃存在者對存在的威脅。而人唯憑藉語言才根本上遭受到一個可敞開之物，它作為存在者驅迫和激勵着在其此在中的人，作為非存在者迷惑着在其此在中的人，並使人感到失望。唯語言才創造了存在之被威脅和存在之迷誤的可敞開的處所，從而才創造了存在之遺失的可能性，這就是──危險，……」[31]

語言有自我實現和自我顛覆的功能，也有讓他人實現和顛覆他人的作用。「是舌頭在播弄是非」，這是語言操縱是非觀念的最為直接的表現。

回到現實，因語言是思想，也就要遭遇思想警察的監視、干預和清剿。

於是有了相關的語言對應策略：沉默、撒謊、瘋言瘋語、答非所問、左顧而言他、啞語以及所謂的禪語（棒喝、機鋒、旨訣、作勢、偈

頌、隱語、玄言、打諢、反語）等等。這些自然化解語言危險的自我設防，也是人借助語言，受制於語言時對危險的逃逸。

再簡單不過的一個語言的現實處境：面對皇帝的新衣，童子的話是詩一般最清白無邪，同時也是一種最可能發生危險的存在。這也是現實生活場景中童子與成人、傻子與聰明人的真假話語指向。

4

2006 年獲得諾貝爾文學獎的土耳其小說家帕慕克（Orhan Pamuk）說，作家「在內心的陰影之中，他用詞語建立起一個世界」。[32]「要寫作就是要轉向內心凝視詞語」。[33]

思想是語言的同時，自然也是路徑，同時也可能是語言的牢籠，是如同蜘蛛自我編制的蛛網，是自我建構的地獄。

> 女子：她說她明明聽見你在說。
> 男人：（並不看她）你問她聽見你說什麼了？
> 女子：她說她聽見了還用問你？
> 男人：你說，那就是說，你什麼也沒說。
> 女子：她於是說，噢。（轉臉面對觀眾）[34]

語言的功能在這種自我生成思想的過程中，也時常會將自我推向自我遮蔽的虛無和沒有路的混沌之中：

> 男人：你想說，你即使說，也說的是你自己，同她並沒有什麼關係。而你之所以謂你，僅僅指的你自己，無非是你那個自我，你要說的是你，你那自我，總令你苦惱不已。
>
> 你說你，不過在自言自語。

你説你，只有自言自語，才多少得到點安慰。

你説你，只有自言自語的時候才稍許自在。

你説你也不是不想擺脫你那自我，問題是你總
也在自言自語，那自我就總也沒完沒了，糾纏
不休。

你得徹底忘掉，一了百了，遠遠離開，永遠擺
脱掉，你那副皮囊。

（圍繞頭顱端詳）你得找到個門路，從此地
出去。

……

你的那門——無非無中生有，你偏偏好事，
硬要給自己找個出路。你要不找出路呢？不也
挺好？（大笑）[35]

這種語言流的言路，是在糾結思緒和釐清思路，使得思與言合
一，同時又呈現出沒有終結的在路上的境遇。因語言而顯示自我，呈
現存在，表達在路上的個人實在性和過程性：

男人　：出路出路，既然沒有，又何必去找？你無非證
　　　　明你並非困頓，或者反過來證明你困頓，你才
　　　　要找？你要不找呢？你不就並非困頓，也並非
　　　　不困頓？困頓也好，不困頓也好，亦或既並非
　　　　困頓亦並非不困頓，豈不全都你自找？

　　　　你要不是你，不就毋須這番認證？可你要不是
　　　　你，你又是誰？

　　　　你管你是誰？為什麼你這個你，偏偏放置
　　　　不下？

......

你自己都弄不明白你言詞的意義，徒然成為言語的奴隸，你還就止不住講個不已——（搖頭）

你擺脫不了言語的纏繞，恰如一隻蜘蛛——（搖頭）不，你不是一隻蜘蛛，也還是隻蜘蛛。（搖頭）

就網織在你自己言語的羅網裏，身不由己——（搖頭）[36]

與之同時，女人也在說自己的，互不對接，恰似禪語。同時存在的還有一個默照的和尚。

「豈不全都你自找」和「偏偏放置不下」的反問，正是生活禪中所謂「煩惱來自自我」，「痛苦來自自己」的六根不淨。

這裏可以看出，語言是思想的同時，也是個體存在的過程，或者說是個體存在的狀態。當然更是人與人類聚的關聯、牽扯。沒有純粹的語言，只有相互關聯，特別是與主體牽扯的語言。

這種近於禪語的言說，正是要通過語言達成禪界的自我淨化。

問題在於，這自由境界之中，寧靜的思想和語言，並非只屬你這個脆弱的個人，也不屬佛祖。一旦發散，就是上善之水，是天地之間的力量，是無為中有為。語言的暴力，可以在道高一尺時，使魔高一丈。語言被窒息時，可以讓人在混沌中失去人性，與普通動物為伍。

屬你的同時，又不屬你。

禪所謂的不可說或不立說，玄義便在其中。

說了，你也就在其中。

說了，你也就不再是你。

那麼，思想到底在哪裏？

你卻說：

在火中燃燒
在水中沉靜
在雲中飄逸
在心中諦聽 [37]

借助《山海經傳》一劇中「說唱藝人」對無聲無影的「壽麻」的感知，來確認對你、對所謂思想的認識：

明白了，您是說您沒有踪影？沒聲音，也沒踪影，真妙不可言！我懂，您是說您沒一定歸屬，四方遊蕩？您看您笑了。沒有聲音沒有踪影可不是沒有意思！無聲無影無拘無束真是一位奇妙的神靈。您主管思想？或者說您像思想一樣自由，上帝也管束不住？或者說您原本自由自在全然不受約束？或者說您既然無聲無影也就無所謂約束與否 —— [38]

借助語言，超越語言。

因指見月，得月忘指。臨鏡見我，得我忘鏡。

妙不可言。

這正是禪宗所強調的自悟、自得。

是用心去感受和體驗的心領神會，是獨異個體與靈異交會共生的寂靜之音，是無中生有的大自在。

得來不易，更須用心守護。

注釋

[1] 普濟：《五燈會元》（蘇淵雷點校）卷第三，第 135 頁。

[2] 馬克・弗羅芒－默里斯：《海德格爾詩學》（馮尚譯），第 12 頁。

[3] 高行健：〈巴黎隨筆〉，《沒有主義》，第 25 頁。

[4] 高行健：〈文學與玄學・關於《靈山》〉，《沒有主義》，第 196 頁。

[5] 海德格爾：《在通向語言的途中》（孫周興譯），第 237 頁。

[6] 海德格爾：《存在與時間》（*Being and Time*）（陳嘉映、王慶節譯），第 133
頁，生活・讀書・新知三聯書店，1999（第 2 版）。

[7] 海德格爾：《在通向語言的途中》（孫周興譯），第 264 頁。

[8] 海德格爾：《在通向語言的途中》（孫周興譯），第 253 頁。

[9] 海德格爾：《在通向語言的途中》（孫周興譯），第 254 頁。

[10] 海德格爾：《在通向語言的途中》（孫周興譯），第 257 頁。

[11] 高行健：〈沒有主義〉，《沒有主義》，第 6 頁。

[12] 高行健：〈文學的見證 —— 對真實的追求〉，《論創作》，第 25 頁。

[13] 高行健：《游神與玄思：高行健詩集》，第 122 頁。

[14] 高行健：《靈山》，第 318–319 頁。

[15] 海德格爾：《在通向語言的途中》（孫周興譯），第 239 頁。

[16] 高行健：《靈山》，第 321 頁。

[17] 高行健：《靈山》，第 321 頁。

[18] 高行健：〈個人的聲音〉，《沒有主義》，第 107 頁。

[19] 高行健：《一個人的聖經》，第 156 頁。

[20] 高行健：《靈山》，第 358 頁。

[21] 高行健：《靈山》，第 358 頁。

[22] 高行健：〈文學的語言 —— 高行健在香港中文大學演講會上的講話〉，《論
創作》，第 227 頁。

[23] 高行健：〈文學的語言 —— 高行健在香港中文大學演講會上的講話〉，《論
創作》，第 227 頁。

[24] 高行健：〈文學的見證 —— 對真實的追求〉，《論創作》，第 25 頁。

[25] 海德格爾：《荷爾德林詩的闡釋》（*Hölderlin's Hymns*）（孫周興譯），第 41
頁，商務印書館，2000。

[26]　海德格爾:《荷爾德林詩的闡釋》(孫周興譯),第 35 頁。

[27]　高行健:《一個人的聖經》,第 202 頁。

[28]　高行健:《高行健劇作選・夜遊神》,第 339 頁。

[29]　高行健:《高行健劇作選・夜遊神》,第 340 頁。

[30]　海德格爾:〈荷爾德林和詩的本質〉(*Hölderlin and the Essence of Poetry*),
《海德格爾選集》(孫周興選編),第 307 頁,上海三聯書店,1996。

[31]　海德格爾:〈荷爾德林和詩的本質〉,《海德格爾選集》(孫周興選編),第
313 頁。

[32]　萬之:《諾貝爾文學獎傳奇》,第 206 頁,上海人民出版社,2010。

[33]　萬之:《諾貝爾文學獎傳奇》,第 206 頁。

[34]　高行健:《高行健劇作選・對話與反詰》,第 304 頁。

[35]　高行健:《高行健劇作選・對話與反詰》,第 304–313 頁。

[36]　高行健:《高行健劇作選・對話與反詰》,第 313–314 頁。

[37]　高行健:《游神與玄思:高行健詩集》,第 229 頁。

[38]　高行健:《高行健戲劇集 6:山海經傳》,第 123–124 頁,聯合文學出版社
有限公司(台北),2001。

7

自在的夢遊

1

莊子與惠子游於濠梁之上。

莊子曰：「鯈魚出遊從容，是魚樂也。」

惠子曰：「子非魚，安知魚之樂？」

莊子曰：「子非我，安知我不知魚之樂？」

常年生活在病痛的中法國作家普魯斯特（Marcel Proust），家中父親、弟弟都是醫生。普魯斯特時常抱怨，醫生對病人的了解只是病理和經驗，他們不是病人，哪能理解和感受到病人真實的痛苦？

知魚之樂的莊子，夢遊的時候，卻不知自己是蝴蝶，或蝴蝶是莊子。抑或莊子就是莊子，蝴蝶就是蝴蝶。

你是夢遊者，夢遊者就是你。反正都一樣。是誰並不重要，重要的是語言，是思想。正如同名字有無那樣，那只是個詞。因此，在你的小說、戲劇中，多數人沒有名字，只能看出性別或人稱。有時，連性別也不清楚。

你說，「只有在夢中，你才是你」。[1] 那是因為夢比現實更為實在，更貼近自己。

「人生如此自可樂，豈必局促為人鞿。」（韓愈《山石》）

此前，面對這個瘋狂的世界，和這個世界上許多瘋狂的人，你不當領頭羊，不當烈士，也不會依附或屈從體制。你說自己從不去搞和他人，更無能無力把自己的意志強加於他人，但你卻時常被人搞和，被人強加，被人審查、被人宰制。

這就是你必須要正視的現實，一個與你共在的集體、我們、你們、他們、大家等所有的複合稱謂的社會空間：

　　我看來不是個幸運的人，也似乎沒有過十分幸運的事。

　　我盼望的總實現不了，不指望的倒屢屢出現。這一生中

總劫數不斷，也有過同女人的糾紛和煩惱，對了，也受
到過威脅，倒並不一定來自女人。我同誰其實也沒有實
實在在的利害衝突，我不知道我妨礙過誰，只希望人也
別妨礙我。

……

我也知道小人是什麼東西，《道藏》中就有過描述，這
些叫三屍的赤身裸體的小人平時寄生在人的身體裏，躲
在咽喉下，吃人的唾液，還專等人打盹的時候偷上天
庭，向上帝報告人的罪行。[2]

　　你甚至不願受婚姻桎梏，家室之累，親情之擾。你說這只是不願
意把他們牽扯進來，因為你要說自己話，為的是徹底的自由。因為有
牽掛，就沒有徹底的自由，說話就要受到來自自我的限制。凡是肉身
的沉重都是身外之物太多，而你負載的很少，因此責任也就很輕。為
自己活着，為自由而身存於當下，也就是你所謂的因文學而存在，因
語言而存在。

　　「且夫乘物以遊心，托不得已以養中，至也。」（《莊子‧人間世》）

　　遊心者，無繫無屬，自由自在，縱橫盡得。

　　是「般若觀照，常離法相」[3] 的從心。

　　水至清，無魚。人至察，無徒。

　　自由到了近於自私，自我到了近於冷漠。

　　靈魂和肉身徹底逃逸之後，「你只沉浸在自個兒裏，同誰再也
不打交道！你不能忍受任何人，這世界一概令你窒息！你所以還活
在世上，還像個人樣，只因為你多多少少還在思想。自個兒對自
個兒，自言自語。」你思故你在。「他人於你，無關痛癢。他人是他
人的事，你只是你」，一個有思想個體。「你只從你自身的冥想中得
趣」。[4]

> 你冥想，你悠遊，天地之間，你自個兒的世界，你於是
> 也就得大自在——[5]

僧問：「如何是境中人？」

仰山和尚曰：「寒來火畔坐，熱向澗邊行。」[6]

曾言「老僧百年後，向山下作一頭水牯牛」的溈山靈祐，得其師
懷海的一首禪詩讚之：「放出溈山水牯牛，無人堅執鼻繩頭。綠楊芳草
春風岸，高臥橫眠得自由。」這種「不為繩穿鼻」的自我追求，只是溈
山靈祐「百年後」的夢想而已。

似乎是超凡脫俗的隱士，也好像自我放逐的出家人。其實兩者都
不是，更像是夢遊者，夜遊神，散發出的是一種精神，和幽光，導向
精神的自由領地，去遮蔽見澄明，取心中的幽徑，直達靜無的禪界，
自然也就不可言說。

這是中國文化傳統中的老莊之路，是魏晉以後文人的自我之道，
更是佛進禪化後的自然之道。道可道，非常道。異常境界，是自己修
行得來的。

是龍潭和尚得自師傅如何保持禪悟的「任性逍遙，隨緣放曠，但
盡凡心，無別勝解」的心領神會。

內在的空虛就是無聊之本源。不合時宜的思想者，常常會覺得
這個世界迷狂、無聊，因此，你思想，你也就陷於自虐。以自虐反抗
無聊，以慎獨抗拒迷狂。以文學尋找自由，以自言自語替代假大空的
神話。以自個兒游離集團，借語言自我實現。看似絮叨和無意義的言
語，實際是在言說的過程中消解那煩惱的自我。如同《八月雪》中那個
喋喋不休的比丘尼無盡藏。

> 你實實在在存在，在這無意義的世界，你那怕也毫無意
> 義，以無意義的反抗來對付這無意義的世界，也多少證
> 實你這無意義的存在！[7]

你只活在此時此刻，再也不相信關於未來的謊言，你須
要活得實實在在。[8]

你不過是他語言的遊戲，……而他作為個自在之物，
其實那煩惱也是自找。[9]

透徹中顯示無奈，無奈中透出虛無，虛無中見證存在。因為遊戲連接童真，遊戲仿生自然，童真和自然又是更接近本我。本我狀態下的存在，才是真正的自在。甚至在無聊中也更能顯示本真的存在。

《對話與反詰》中兩個人的對話，就是這種狀態的語言呈現：

男人：都瘋了，這世界，
女子：（喃喃）只因為寂寞，
男人：（低語）只因為無聊，
女子：只因為饑渴，
男人：只因為慾念，
女子：不可以忍受，
男人：只因為不可以忍受，
女子：只因為不可以忍受身為女人。
男人：只因為是男人而不可以忍受。
女子：只因為不只作為女人而作為人，
男人：活生生的人，一個血肉之軀，
女子：只為了感受，
男人：只為了抗拒死亡，
女子：只因為對死之恐懼，
男人：只因為對生之渴望，
女子：只為了體驗對死之恐懼，
男人：只為了證實自身，
女子：只為了因為——
男人：只因為因為——

女子：只為了因為只因為……

男人：沒有所以沒有目的。[10]

當然，你也借夢遊者之口，傳達出在西方自由世界的感受：

> 你終於無所事事，也擺脫了煩惱，這煩惱其實都是人自
> 找。人都好有這樣或那樣的問題，彷彿一旦沒了問題，
> 人生便失去目的。可此時此刻，你恰恰沒有，（思索）
> 什麼問題也沒有，沒有，真的沒有！[11]

於是，你把一輪明月托在掌心，問嫦娥後羿為天上人間所不容，是不是英雄也有末路，太寂寞，太孤獨？明朝醒來改寫山海經。

逍遙遊罷，凝望海天之際，騁目橙紅的落日，在清風中走向孤寂的黑夜，與莊周對話，念生之猶死，死之亦生，生生死死，唱一曲《冥城》。

2

鴨問雞：先有蛋還是先有雞？

雞問鴨：先有鴨還是先有蛋？

人發笑了。

鴨對雞說：⎫
⎬ 他笑他自己。
雞對鴨說：⎭

敬神明者，神在你的心中。

拜上帝者，上帝在你的心中。

請佛者，佛在你的心中。

總之，神明不說話。

自我是自我的神明，善惡之源在每個人的心中。

基督只是一個孤獨的行者。誰也拯救不了誰。

「你不是救世主，也不是使徒。」[12]

善對惡說：自我是自我的天堂。

惡對善說：自我是自我的地獄。

佛說地獄在每個人的心裏。

「你說你沒有憐憫，也沒有同情。見到他人受苦，你反倒快活。你說你想把一切統統毀掉……你說惡比善對你更為刺激。你說你只沒有無上的權力，否則，這世界早已毀掉。」[13]這時，你像你所反感的「超人」。沒有行動，只有心動。

「罪惡在你的心裏。你要消滅的恰恰是你心中的罪惡感。」[14]這正如同你所說的自我是自我的地獄。每個人的心中都藏着一個所羅門的瓶子。「你說魔鬼就在每人心裏，問題只是放不放它出來」。[15]

儘管你說你不代表我們、他們，或你們，你只是你自己。但我還是要說，罪惡在我們、他們，或你們的心裏。

在你的心中。

當自由的夢遊者陷入自我遮蔽的黑暗，也就同樣找不到出路。正如同你所說的，「藝術家總也在黑暗中摸索自己的路，等他終於走過了漫長的一段，便又發現前面依然無限幽深，如果不就此卻步，也還得再走下去，也就有所領悟」。[16]

> 你找不到來時的去路。
> 忘了怎麼來的，如何再回去？
> 你本來無辜，是不是無辜，你當然也說不清楚。
> 總而言之，你在罪惡之中，愈是掙扎，愈陷愈深，無法自拔。隨時隨地，到處有眼，你成了待獲的獵物，四下全是陷阱，你走投無路。[17]

這正是不合時宜者對社會黑暗的感知。

「興來每獨往，勝事空自知。行到水窮處，坐看雲起時。」（王維《終南別業》）

原來自由也是有限度的。自由是以限制作為前提的，特別須要每個人限制自己膨脹的私慾。也就是說自由與責任結合，才可能有積極的自由。自由須要有公共的、敞開的自由空間，自由須要人人以負責來共構。面對無處不在的政治和市場的壓力，你自己只是自覺地遠離、逃亡，退守到了可以靜觀、自審的邊緣。

一個人的絕對的自由，沒有，也不可能有。你所擁有的，也只是你自悟和自救得來的相對的自由。

把自由掌握在自己手裏，為這點自由你已經付出了太多的代價。[18]

萬里江湖見在身，千年風流走筆下。

坐看雲起雲落，笑談故國往事，不爭不辯，把握當下。

孤獨也是一個人的狂歡。

如果說已經擁有了絕對的自由的話，那只能是在夢裏，抑或自己的心中。

這，還是由你自己來說：

你若是鳥
僅僅是隻鳥
迎風即起
率性而飛
眼睜睜
俯視人間
這一片混沌
飛越沼澤
於煩惱之上

了無目的

自在而逍遙

……

猶如思緒

悠遊在

海與曠漠之間

晝與夜交會處

偌大一隻眼

導引你前去

未知之境 [19]

「身同孤飛鶴，心若不系舟」。

心比天高，未知之境即是心境。

注釋

[1] 高行健：《高行健戲劇集 9：對話與反詰》，第 56 頁，聯合文學出版社有限公司（台北），2001。

[2] 高行健：《靈山》，第 83-84 頁。

[3] 楊曾文校寫：《新版敦煌新本六祖壇經》，第 53 頁。

[4] 高行健：《高行健劇作選・夜遊神》，第 339-340 頁。

[5] 高行健：《高行健劇作選・夜遊神》，第 340 頁。

[6] 普濟：《五燈會元》（蘇淵雷點校）卷第十四，第 853 頁。

[7] 高行健：《高行健劇作選・夜遊神》，第 392-393 頁。

[8] 高行健：《一個人的聖經》，第 127 頁。

[9] 高行健：《一個人的聖經》，第 440-441 頁。

[10] 高行健：《高行健戲劇集 9：對話與反詰》，第 70-72 頁。

[11] 高行健：《高行健戲劇集 10：夜遊神》，第 22 頁，聯合文學出版社有限公司（台北），2001。

[12] 高行健：《高行健劇作選‧夜遊神》，第 386 頁。

[13] 高行健：《高行健劇作選‧夜遊神》，第 384–385 頁。

[14] 高行健：《高行健劇作選‧夜遊神》，第 393–394 頁。

[15] 高行健：《高行健劇作選‧夜遊神》，第 378 頁。

[16] 高行健：〈無聲的交響 —— 評趙無極的畫〉，《沒有主義》，第 309 頁。

[17] 高行健：《高行健劇作選‧夜遊神》，第 369 頁。

[18] 高行健：《一個人的聖經》，第 126 頁。

[19] 高行健：〈《逍遙如鳥》—— 影片《側影或影子》中的法文詩的譯文〉，《聯合文學》，第 283 期（2008 年 5 月）。

高
行
健
：
徘
徊
靈
山
的
人
生

8

弄閒於才鋒

1

海德格喜歡荷爾德林的詩文，為他寫了多篇文章，做過多次演講，結成專集的有《荷爾德林詩的闡釋》。後期，海德格又為《麵包與美酒》、《詞語》寫了《詩人何為》和《詞語》兩篇有關詩學的文章。

荷爾德林的疑問是：在貧困時代裏詩人何為？[1]

其實，中文的世界裏，歐陽修在《梅聖俞詩集序》中早已發出過「在貧困時代裏詩人何為」？並給予明確的回答：「予聞世謂詩人少達而多窮，夫豈然哉？蓋世所傳詩者，多出於古窮人之辭也。凡士之蘊其所有，而不得施於世者，多喜自放於山巔水涯之外，見蟲魚草木風雲鳥獸之狀類，往往探其奇怪；內有憂思感憤之鬱積，其興於怨刺，以道羈臣寡婦之所歎，而寫人情之難言；蓋愈窮則愈工。然則非詩之能窮人，殆窮者而後工也。」

優秀的藝術品大都關聯着不幸和苦難。古希臘詩人荷馬 (Homer)、春秋時史學家左丘明瞎了，屈原自沉，司馬遷被宮刑，貝多芬聾了，許許多多的藝術家、詩人包括荷爾德林都瘋了。

荷爾德林的貧困是上帝離去的時代，世界黑暗。在這樣的時代，神聖的詩人只有吟唱着去摸索遠逝的諸神的蹤跡，成為世界黑暗的道說者。而支配貧困時代的詩人法則就是：

「有一件事堅定不移：
無論是在正午還是夜到夜半，
永遠有一個尺度適用眾生。
而每個人也被各各指定，
我們每個人走向和到達
我們所能到達之所。」[2]

海德格認為「荷爾德林所到達的處所乃是存在之敞開狀態；這個敞開狀態本身屬存在之命運，並且從存在之命運而來才為詩人所思」。[3]

你作為在貧困時代裏的詩人，有饅頭、米飯，但不可吃的太飽。有燒酒白乾，但量少之又少。你最缺少的是女神，即你一個人的聖經，你所要尋找的天堂。

荷爾德林的《詞語》一詩中寫道：

「我把遙遠的奇跡或夢想

帶到我的疆域邊緣

期待着遠古女神降臨

在她的淵源深處發現名稱——

我於是把它掌握，嚴密而結實

穿越整個邊界，萬物欣榮生輝……

一度幸運的漫遊，我達到她的領地

帶着一顆寶石，它豐富而細膩

她久久地掂量，然後向我昭示：

『如此，在淵源深處一無所有』。

那寶石因此逸離我的雙手

我的疆域再沒有把寶藏贏獲……

我於是哀傷地學會了棄絕：

詞語破碎處，無物可存在。」[4]

海德格在這首詩中發現了自己通向語言途中的詩學的詞語。

如果要荷爾德林同時代的精神分析論者，即著名性心理分析學家弗洛伊德，或弗洛伊德學說的後繼者看來，這首詩也許是一首典型的與兩性有關的文本。

弗洛伊德將性的壓抑與昇華作為文學的起源，說夢是願望的達成。作家的白日夢就是文學。日本學者廚川白村進一步發揮了弗洛伊德的思想，說文學是苦悶的象徵。

詩歌中的「夢想」是性的文學的表達。存在讓存在者放縱於冒險，也讓存在者於道說中現身。道說即實在。

「她的淵源深處」和「她的領地」是女性的實體象徵性詞語。

「帶着一顆寶石」是男性的實體象徵性詞語。

「如此，在淵源深處一無所有」是兩性行為的實體隱喻性詞語。

「哀傷地學會了棄絕」才是結果，是人生如性、如夢，如戲的語詞表達。

在你《一個人的聖經》裏，到處是如荷爾德林這般的詞語。以至於你倦於對存在者之思想和對到來者之期待，只是想沉湎於這種表面的空虛中，堅持在這黑夜的虛無中。[5]

在貧困時代裏詩人何為？

你獨善以垂文，弄閒於才鋒。

萬古長空，一朝風月。

繞路說禪，明心見性。

相對於荷爾德林的「淵源」，你創造了「黑色的海潮」。這「黑色的海潮」的黑色如同你諸多水墨畫的整體色調，以至於你強調天堂在女人的洞穴裏，性愛是天國的唯一大門。

《靈山》第23節，「你」整個就是在感受這「黑色的海潮」的詩情畫意，沉醉在身體敘事的性感中：

> 你說你就看見黑色的海面升了起來，……黑色的海面
> 佔據了整個視野。……
>
> 你說你感到了她乳房鼓漲，像黑色的海潮，而海潮升騰
> 又像湧起的慾望，……

你說你感到一種壓迫，……平滑得像一匹展開的黑緞子，……又成了黑色的瀑布，從望不到頂的高處傾瀉而下，落入不見底的深淵，……

你說你看見那黑色的海洋，海平面隆起的波濤，爾後便鼓漲舒展開來，佔據了整個視野，全不容抗拒。……

你說那湧起的黑色的波濤裏有一條白的鰻魚，潤濕，平滑，游動着，像一道閃電，還是被黑色的浪潮整個兒吞沒了。……

你就看見了黑色的人體，跪着匍匐蜷曲在一起，蠕動，……像黑色的海象，卻又不全像，翻滾，起來又落下，再翻滾，再起再落。……

你說你看見了人樣的海獸或獸像的人的軀體，黑色平滑的軀體，稍微有些亮光，像黑緞子，又像潤澤的皮毛，扭曲着，剛豎立起來就又傾倒了，總也在滾動，總難解難分，弄不清在角鬥還是屠殺，沒有聲音，沒有一丁點聲響，你清清楚楚看見了，那空寂的連風聲也沒有的海灘上，遠遠的，扭曲滾動的軀體，無聲無息。……

你說你看見那人樣的海獸或獸像的黑色平滑的軀體，閃着些微的亮光，像黑緞子，又像是潤澤的皮毛，扭曲滾動，難解難分，沒有瞬息休止，緩緩的，從容不迫，角鬥或者是屠殺，你都清清楚楚看見，平展的海灘上，在遠處，分明在滾動。……

你說你都清清楚楚看見，你也還看得見，那黑色隆起的海平面，緩緩湧來而不可阻擋，你有種不安。……

可你說你明明看見了，……那無邊無際的黑色的浪潮，洶湧而不可遏止，都沒有聲響，竟平滑得如同一

面展開的黑色緞子，傾瀉下來又如同瀑布，也是黑色的，沒有凝滯，沒有水花，落入幽冥的深處，你都看見了。……那一面豎起的光滑的傾瀉的黑牆令你不安，你身不由己，閉住眼睛，依然感覺到自身的存在，聽任它傾瀉而不可收拾，你什麼都看見了，什麼都看不見，那傾斜了的海平面，你墜落下去，又飄浮着，那黑色的獸，角鬥抑或屠殺，總扭曲不已，空寂的海灘，也沒有風。……

那黑色的來潮退去，海灘上還剩下什麼？[6]

剩下的只是輕風蔽月，流風回雪。

「她」同樣是在這「黑色的海潮」之中：

她說她就想沉淪，深深墜落下去，她不知道怎麼變得這樣渴望，潮水將她浸透，她看見自己躺在海灘上，海潮湧了上來，……

她害怕過，她沒怕也只是說怕並非真怕，可又怕墜入這黑色的深淵，無止境飄蕩下去，她想沉淪，又怕沉淪，她說她看見黑乎乎的潮水緩緩上漲，從不可知的深處直擁上來，幽黑的潮汐正把她吞沒，……[7]

當然，你可以說這是有關性事的鋪張流動，男歡女愛，高潮迭起。也可以說是最具敞開意象的兩性行為的隱喻。

這是上世紀 80 年代中國文學中，繼女詩人翟永明的「黑夜」意象之後，關聯兩性行為而又最具詩意、性感的文學表達。無關色情，即便是來自第三者的眼光，也只是最為純粹的性感展示，是詩意的升騰。水天一色，物我造化，登峰造極，在可言說的心像之外，又在不須言說的天人感應之中。

作為詩人的你，感受到的是：

再一次
空虛
門兀自敞開
黑海幽幽
在地圖一角 [8]

作為女性的她，「黑海」會漲起「黑潮」。舞蹈詩劇《夜間行歌》中
有如此自然、悠閒和真切的身體言說：

先是輕輕蕩漾
繼而釀成波浪
再漲為海潮
潮漲潮落
如此往返
如是催眠
靜悄悄
夜深沉 [9]

永恆僅在此時此刻，一切顯得平常，似乎從來如此，就是人間的
正常生活，是兩性的和諧相處。個人的存在和存在的感覺既在此刻平
常的生活之中，又在這幸福快樂的生活之上。

「聲喧亂石中，色靜深松里。」（王維《青溪》）

色、聲、香、味、觸、法，六根生六識，六識染六塵。

總之，禪界有慾，六根不淨，隨便由你說去。

2

「江山風月，本無常主，閒者便是主人。」(蘇軾《臨皋閒題》)

你破碎的生活的文本中，唯有性是完整的。在《一個人的聖經》裏，你曾明確表達了你對漂亮女人的喜歡。這當然是男兒的本色。也是男人對自我本能、價值、意義的此在的肯定、實現。你在這個「完整」的過程中找到了存在，找到了詞語。如果詞語的破碎，就是你存在的破碎和陷入無物之陣的哀傷、棄絕，那麼，這一切又都是政治的隱喻和象徵。你陷入你所主張的非政治文學的空洞。性與政治在你的聖經中成為存在的道説。西方現實世界的社會開放，個體敞開，自由與浪漫同在，肉體的歡愉與情感的溝通共生，為自己活着。而曾經的歷史時空，是專制下的禁錮、禁慾與偷情的恐懼、變態、扭曲，個體的空間被集體所擠壓、所充斥。對於早熟的你來説，那個年代不缺少黑夜裏遊思，最大的缺失就是自由的性愛了。

在通向靈山的林中路上，在你一度，幾度幸運的漫遊中，你到達她的領地。過程產生語詞，產生文學。你在你、我、他、她的無指代、有指代，或在不用指代的敍事中，用詞語言説，説給自己聽，給她聽，給他人聽。

你用詞語言説你一個人的聖經，更是要表示你存在即在場者之在場的詞與物、詩與思、你與你，你與我，你與他，你與她、説與聽的相互歸屬。「她」甚至就是一個承載你對性的幻想或性愛行為的符號。

你説自己的體會是，作家首先必須感受到寫作的必要，有一種內心的需要，且因這種強大、頑強的需要使得你不考慮其他因素。

特殊的年代，自然會有性的壓抑和本能的衝動。沒有外在的自由和內在的自由，這種壓抑和衝動，被你綑綁到政治的戰車上，賦予存在的意義。儘管荒謬，卻是真真切切的現實。甚至顯示出一個荒誕的

存在：一個人的性並非屬自己。更甚者，一個時代的文學也被政治閹割為無知、無愛、無性的現代神話。

因性的敞開而呈現自我的真實，和存在的真實。因對性的言說的過程而達到語言的實現，和詩意的棲居，進而將文學的自由與性的自由，昇華為自由自在的神聖象徵，並成為政治自由的隱喻。自我敞亮的同時，映襯出一個時代、一個國家、一個民族的私人空間和公共政治空間的隱晦。

閒情偶寄思想的刀鋒，色空能了欲界的虛妄。

不只是因為無聊，更不是將情色的呈現作為文學看點。

因而，性也是政治。看似閒情的性事，卻成了實實在在的政治。自由與禁錮，開放與封閉，壓抑與釋放，敞亮與隱晦，對立中顯示出人性的不同處境和表現，過程中傳達出自由的向度。

「綠水騰波，青山秀色」。[10] 在這個時候，鏡中花，水中月，風中語，色中情，情中色，情中性，性中情，以及所謂伊人，都在你的語言世界的言說中，成為可能的實在，和詞語的能指。意義的生成是從這個語言與思想的中間地帶開始的。

影像之外，唯有文學的語言能將性愛細說。

「吾心似秋月，碧潭清皎潔。無物堪比倫，教我如何說。」（寒山詩）

禪者的性愛可能在自身之外，也可能是內心的異念。披上文學外衣，巧言令色的性愛，可能是媚俗，也可能是文學家自身「渡河」的過程。

欲說還休，且聽風吟。

注釋

[1]　海德格爾：《林中路》(*The Forest Road*)（孫周興譯），第 281 頁，上海譯文出版社，2004。

[2]　海德格爾：《林中路》(孫周興譯)，第 285 頁。

[3]　海德格爾：《林中路》(孫周興譯)，第 285 頁。

[4]　海德格爾：《在通向語言的途中》(孫周興譯)，第 215–216 頁。

[5]　海德格爾：《荷爾德林詩的闡釋》(孫周興譯)，第 53 頁。

[6]　高行健：《靈山》，第 139–141 頁。

[7]　高行健：《靈山》，第 217 頁。

[8]　高行健：《游神與玄思：高行健詩集》，第 6 頁。

[9]　高行健：《游神與玄思：高行健詩集》，第 72–73 頁。

[10]　普濟：《五燈會元》(蘇淵雷點校) 卷第六，第 305 頁。

高行健：徘徊靈山的人生

9

傾聽孤獨

1

要麼孤獨，要麼庸俗！這是哲人叔本華（Arthur Schopenhauer）給予的人生警示。

美國思想家愛默生（Ralph Waldo Emerson）更是強調學者在孤獨與寂寞的狀態，才能夠清楚地了解自己的思想。

思想在寂靜之處，在孤獨中凝練、昇華。重要的並不在於與世隔絕，而是保持一種精神上的獨立。沒有相當程度的孤獨就不可能有內心的平和與靜穆。真正偉大的思想者，就像雄鷹一樣，把自己的巢架構在孤獨的高處。

因此，英國詩人威廉·華茲華斯（William Wordsworth）在詩中強調：

「並不是我獨具慧眼，

我深知

孤獨有自我完善的魔力。」

禪的本意是靜慮，追求的是頓悟。説文直解悟字：吾聲從心。

卡夫卡的文學感覺是：「一個個日子，一個個季節，一代代人，一個個世紀相繼而逝，表面看似寂靜，其實是在傾聽：馬就是這樣在車前跑的。」[1]

你曾強調：「孩子在獨處的時候才開始成人，一個人能夠獨處才得以成年。」[2]

這是生命的常態。

孤獨可以是一種病痛。

孤獨也可以是一種監禁。

孤獨還可以是一種自我放逐。

當然，也有可能是因自己不合時宜，或某種不合群的脾氣、行為而被他人、眾人所孤立。

而每一個體，從童年到老年，通常最怕的是寂寞和孤獨。因為它可能導致人對生存的絕望，氣息的阻滯，和自我價值、意義的虛妄。

只有極少數的聖賢、先知，如李白《將進酒》中的所謂「古來聖賢皆寂寞」的自我解脫。

德國哲學家狄爾泰（Wilhelm Dilthey）說荷爾德林是「從不間斷熱情地傾聽自己內心裏和自然中那使他與神性的幽秘同在的聲音」。只是他太過於注重內心神性的東西，沒有在孤獨中享受孤獨，最終陷入了精神分裂。

常態和病態之間是程度上的差異，是否享受孤獨或因孤獨而精神分裂，完全因人而異。心理上的承受能力至關重要。存在着巨大差異的脆弱的個體和脆弱的靈魂，並不是都具備承受孤獨的能力。對於一個具有豐富思想的人來說，孤獨、離群的行為是一種自我選擇的精神價值取向，只有當獨處的時候，他才能感覺到自己思想的豐富，才可以完全成為自己，因為他獲得了真正的自由。能夠享受孤獨，且自身具有非凡思想者，是不屑同庸眾湊合在一起的。更不同與自閉症的病態。

俄國政治家薇拉·妮格念爾（Vera Figner）在其自傳《俄羅斯的暗夜》中曾袒露了自己的心跡：「孤獨與寧靜使人心神專注，更能傾聽過去的訴說。」這是她獄中生活二十年的另一收穫，近於無奈而又殘酷的奢侈，更近似黑色幽默。

薩特在《聖熱內：戲子與殉道者》一書中說：「天才並不是什麼贈品，而是人們在絕望的環境中創造出來的一條脫身之道。」[3] 與戲子為伍的劇作家薩特，這話多少有些自嘲，也講明了事情的真相。

喜歡一個人讀書和冥想的帕慕克，說書房是自己逃避一切，孤獨自在的最好去處，在那裏讀書讀到自己心滿意足為止，「只傾聽自己內心的聲音」。[4] 這話書卷味兒十足，多少有些奢華生活的綻放。

你卻說「孤獨更是自由的一個必要的條件，而自由首先取決於能否自由思考，也正是在獨處時人才開始思考」。[5]「人生來就命中註定，註定一輩子孤獨」。[6] 因此，你警告當下世人，在這個喧囂與憤怒的世界上，如果一個人還想時常傾聽到自己內心的聲音，也得靠這點孤獨感來支撐。同時你更強調，能夠清醒地內省自己，才是得大自在的途徑。所以你筆下的人物多是處在孤獨的等待；或不知身在何處？哪裏才有出路？問也問不明白，說也說不清楚，也沒人聽得懂；或總也夠不着，弄不清，摸不到，到不了；找不到來時的去路，忘了怎麼來的，更不知道到哪裏去；找不到出口的自我關閉；陷入黑暗的房間；自我禁閉的幽室；緊緊關閉的門；豎立在眼前的一面高牆，或一座峭壁，或是一條深深的河；走不到盡頭的幽暗的長長通道；墜落中的無底深淵等等。而這一切，恰似你小時候聽說的鬼打牆。正是這些才給個體存在一個沒有意義的意義，為人的自我價值和意義確立一種現實生存的向度，或者是給一個確認自我存在的理由。

孤獨對於常人來說是一種痛苦，對於你來說，卻是另一種收穫的孕育，和藝術開悟的前提。享受孤獨的同時也可能使自己陷入對獨處的依賴，對獨處依賴時間長了，又可能導致自閉。人一旦陷入自閉，就成了病態。因此，享受孤獨的同時也是為了走出孤獨。孤獨的過程是產生思想的過程，是孕育的憋悶的過程。

憋悶時間長了，自然是滿溢和發洩。這更像成年男人的性慾，通常又關聯文學藝術的創造過程。這種發洩，是想說，要說，是自己對自己說。在給自己說的同時，有了新的創造的啟示。這是人啟，更是天啟，自然神啟。

高行健：徘徊靈山的人生

你有這樣一段切實的表達：

> 我長時間一人獨自在外，特別喜歡去邊遠的地區，有
> 時候在山裏走一天。面對自然，在那些大森林或深山裏
> 獨自行走，沉浸在跟自然的對話裏。自然的景色跟音樂
> 一樣令人觸動。旅行中我總在思考，總在跟內心的我說
> 話，久而久之就發覺說話的對象是你，而不是我。也就
> 是說，跟自己進行對話的時候，這個自我就投射為你而
> 變成一個虛擬的對象，談話的對手。

> 我突然開悟了，小說的結構可以是「我」與「你」，就是
> 人稱的結構。第一人稱就是「我」在長江流域的一個漫
> 遊者，見到的是真人真事。《靈山》裏頭有很多實錄，很
> 多真人真事，這是「我」在現實中的旅行。同時又有一
> 個神遊者，就是「你」在作一個精神的旅行，「你」在和
> 自己的內心進行對話，這個「你」產生於同一個人。[7]

「蕭然獨處意沉吟，誰信無弦發妙音。」[8]

於是，就有了以心理結構代替情節，以獨異的人稱代替人物，而
又無法歸類的「一種新小說的誕生」。這是中國小說史上還沒有過的文
體形式。

你說這是你或訴諸於假的對話，或訴諸於內心的對話，進而完
成了這樣一個長篇的獨白。總之，小說的結構因語言流的生成和語言
的實現，在時間上呈流動的感覺上的不確定性，在空間上呈內心情緒
化、碎片化的重疊性。同時，因自我傾聽過程的內化和外化，在聲音
上，呈現出人與自然，人與神靈，人與人的多重對話的複調性。色
彩、氣韻、氛圍多晦暗、陰冷。

同時，你更強調「寧可孤獨，寧可寂寞，寧可丟失一切外在榮
耀，也要守持做人的尊嚴，守持生命本真」。[9]是什麼信念的力量支
撐着你的這三個「寧可」的操守？

羅馬尼亞旅法哲人埃米爾‧米歇爾‧齊奧朗（Emil Michel Cioran）在《眼淚與聖徒》（*Tears and Saints*）一書中強調：「若沒有感到心是其世界，就不會真正理解聖徒的狀態。此心即宇宙——這是聖徒狀態最深刻的意義。」尋找靈山的行者即是「感到心是其世界」的聖徒，也是「此心即宇宙」禪者。

「一個人只要內心獨立不移，浪跡天涯，何處不可為生？何處不能寫作？說自己要說的話就是了，還認同什麼？迎合什麼？企求什麼？」[10]明淨的心靈，在這個世界更喜歡獨白，自己與自己說話。

這樣的話，你可以講，不是所有的流亡者都可以講，或能夠做到。因為他們將要面對生存的壓力和極端的孤獨。你可以沒有主義，不依附集團，不拉幫結派。你靠這種內在的力量，可以保持健康的精神。許多人卻不能。這也是你必須得面對的現實。

> 此時此刻你繞道穿行在人群中，卻深感寂寞。又總是這種孤獨感拯救你，你橫豎不是基督，你不必犧牲自己來點醒世人，也不可能復活，要緊的是，就這現世好好地活著。[11]

> 寂寥的湖面上，這會兒連水鳥都沒有了，明晃晃的水面不知不覺變得模糊，暮色正從蘆葦叢中瀰漫開來，寒氣也從腳下升起。渾身冷颼颼的，沒有蟲鳴，也沒有蛙聲，這也許就是我追求的那種原始的失去一切意義的寂寞吧？[12]

「悠然遠山暮，獨向白雲歸。」（王維《歸輞川作》）

作為個體，要麼孤獨，要麼成為庸眾。你可以把孤獨看做命中註定的事，看作人的常態。這不是常人或普通人的心理和行為。因為眾人之所以為眾，是他們害怕孤獨，喜歡熱鬧。他們渴望從眾，期望順流而下。也可能是迷途的羔羊，渴望「牧羊人」，渴望偶像，崇拜偶

像，渴望領袖，期待「明君」。或者說要依靠「神仙皇帝」，依靠「救世主」。眾人是不需要思想的，他們害怕思想。因為思想可能是真實存在的語言傳遞，是不現實的奢侈，或招惹來自我煩惱的引子。依靠謊言和欺騙宣傳的國家機器，更是置思想者於敵對。

2

佛朗索瓦·里卡爾（François Ricard）在《大寫的牧歌與小寫的牧歌——重讀米蘭·昆德拉》（*The Fallen Idyll: A Rereading of Milan Kundera*）一文中強調：「真正的孤獨不僅要遠離群體，尤其要徹底地分離，由此而斷絕一切交流；通過徹底的分離，群體和牧歌之慾望被徹底剝奪其資格。就其根本而言，凡孤獨者，即私人的牧歌之英雄，都是一個逃逸者。因為這一牧歌不可能上升到或進入到另一種生活。它在根本上就是另一種生活的反語，其本質就是自願背離另一種生活。」[13]

「自願背離」，是透徹的自我逃逸。逃身，遁世，更是內心的逃逸。

於是，你也就進入了另一種生活，另一種美學。那一種生活和那一種美學是否接受你，你根本不須去理它。因為通達的是心路。

距離我們現在一百多年前一個冬天的黑夜，在法國北海岸的荒村旅舍，奧斯卡·王爾德（Oscar Wilde）對年輕的朋友法國作家紀德（André Gide）說：「親愛的，你知道，思想產生在陰影裏，太陽是嫉妒思想的，古代，思想在希臘，太陽便征服了希臘，現在思想在俄羅斯，太陽就將征服俄羅斯。」[14]

二十年後，紀德目睹了太陽是如何嫉妒思想而消滅思想的俄羅斯的現實，他才感到王爾德預言的靈驗。

在中國的 1940 年代後期，死去的幾百萬生靈的鮮血映紅了太陽。活下來的人們為「紅太陽」歡呼、高歌，以至於呼「紅太陽」萬歲，萬壽無疆！

幾千年來的中國人都知道，配享萬歲的只有封建時代的帝王。

我是在《東方紅》的歌聲中長大，「東方紅，太陽升，中國出了個毛澤東……他是人民大救星」的旋律，伴隨每天清晨學習和生活的開始。中午是《大海航行靠舵手》，「幹革命靠的是毛澤東思想」的昂揚旋律。晚上的喇叭聲中是《國際歌》「從來就沒有救世主，也不靠神仙皇帝，要創造人類的幸福，全靠我們自己」的旋律伴我入眠。稍稍懂事時，母親告訴我，稱呼萬歲和萬壽無疆只能是皇帝。但我沒有能力也不敢質疑「大救星」和「救世主」、「萬歲」和「皇帝」這二者之間的複雜關係。以至於人到中年，清晨開窗，見旭日東昇，心中立即響起那曾經熟悉而今仍無法遺忘的旋律。而看夕陽西下，又時常想到「紅太陽」也有沒落的此刻。原本沒有不落的太陽。我也呼喊過「紅太陽」萬歲，萬壽無疆！那時，我和我們都沒有了自己的思想。「紅太陽」仍是我們的帝王。大人們即便是聽得出「他是人民大救星」和「從來就沒有救世主」之間的對立、矛盾，但誰也不敢當着孩子說出。這也許就是日升和日落，自然與必然。

太陽出來，思想的火焰就得撲滅。因為極權主義的意識形態在改變外部社會結構的同時，更重要的是要改變人性本身。先滅其思想，再改變人性。

「紅太陽」消失了四十多年，可是我們的知識界，目前仍普遍存在着美籍猶太裔哲學家阿倫特 (Hannah Arendt) 所指出的「思想的匱乏」──「指的是盲目的依從傳統，使用陳詞濫調，死守宗教或是政治上的獨斷意見。這雖是一種懶惰的存在方式，但卻也是一種極為安全的生活方式，因為它迴避了思考所可能帶來的顛覆的危險。思考因時時對真實做批判性的評估，所以涵帶着巨大的破壞潛力，它隨時可以

拆解人們安心擁抱了經年的規則、口號、教條、風俗、習慣，以及固持信念所給予人的確定感」。[15]

你所說的「孤獨是自由思想必要的前提。把孤獨視為常態，視為自由的必要條件，這正是個人意識的覺醒」。[16]同時，也強調個體在現實關係中實際上是不自由的。正因為這樣，才要尋求精神領域的絕對自由。這種精神自由，並不是任意自我宣洩，自我膨脹，相反是要從現實的困境和人身的困境中解脫出來。

在人的處境愈來愈荒誕的現實中，在政治、市場與媒體愈來愈喧囂的當下，人比以往任何時候都更為孤獨。在這樣的真實狀態下，「一個人一旦覺醒到要去贏得做人的尊嚴和獨立，這種孤獨感當然很難承受」。[17]因此孤獨的個人意識到自身的存在，還要在這種處境下發出自己微弱的聲音，「得有一種力量」和「自信」。[18]

難呀，難！

這需要一個字：悟！

你因孤獨而開悟，最後，卻又感悟到本無目的見證人生存的文學，會反過來給難以理解的人與人以溝通，成為一個希望得到他人理解的孤獨個體的「借助」。[19]

這也許是文學的無用之用。

同時你更強調，「人在注意傾聽的時候，那個無所不在的自我就開始淨化」。[20]小說家正是借助於傾聽和觀審，拉開同人物的距離，從而排除作者不必要的自戀和自憐。同時「觀注和傾聽形成張力，詩意便在其中。凝視身外的景物或內斂於心裏的視象，並訴諸語言表述，這語言便孕育詩意。傾聽自己筆下的語言，在心裏默念，像樂器的演奏者，或如同歌唱的人同時傾聽自己的聲音，這語言便活了，有了詩意，或有了靈魂」。[21]

在孤獨中孕育詩意和享受詩意，這是怎樣的一種自我轉化？

有詩意的語言和有靈魂的文字表達，是你文學的內在品格，支撐着文體形式的創新，並抵達普世的人性。

3

你曾多次在反省和內視中，對自己的行為和思想進行梳理和批判，在反省和內視中確立自己為人的根本，也為自己的存在確認此在的視角。冷眼看世界，看自己。你說從自己的照片上看出「其實有一種愁苦，隱隱透出十分的孤獨，還有種閃爍不定的恐懼，並非是優勝者，而有一種苦澀」。[22]

至於這種對孤獨更為透徹的禪悟，則是經歷過孤獨後的一種內在超越：

> 這茫茫世界，真孤獨的並非眼中的他人，恰恰是看他人孤獨的那人自己。[23]

> 生命是脆弱的，又頑強掙扎，只是本能的固執。[24]

你有這樣的超越和不得不走出的這一步。因為在極權專制的意識形態國家，你曾被整肅，被清查。極權主義政治操作的一個重要的手段，就是借群眾運動孤立那些自由的個體。將其驅逐到絕境，摧毀其生活的公共空間，和共同信念，使其在孤立中陷入極端的孤獨，進而自我拋棄、自我否定或屈服。

相反，你在被孤立中超越，有意化解這種被孤立的孤獨，在個體的孤寂中實現自我，超越自我。這種內在超越，就是在信念和理想的堅守中，重新找到一個屬自己的精神世界，將其與經驗和生活的意義重新整合，自我就是自我的信任，化解外在危險和自我的危機，再前進！

禪是什麼，也許正是這種孤寂中的自我實現和自我完善。也許這正是你所說的禪不是宗教。禪境三昧：定、守持、正。你首先得道的是自我鎮定的一昧。

「青青翠竹，盡是法身。鬱鬱黃花，無非般若」。

青蛙的眼睛裏是上帝，同時也是你孤獨的存在。

青蛙眨動眼皮的意義，是你無意義的自我的實現。「它的意義也許就正在這沒有意義之中」。[25] 這樣的靜穆，這樣的空靈，同時又是這樣的澄明，是在經歷長途旅行，抵達心中的「靈山」之後：

> ……從未有過的明徹，又全部那麼清新，你體會到這難以察覺的幽微，一種沒有聲響的聲音，變得透明，被梳理、過濾、澄清了，你在墜落，墜落之中又飄浮，這般輕鬆，而且沒有風，沒有形體的累贅，情緒也不浮躁，你通體清涼，全身心都在傾聽，又全身心都聽到了這無聲而充盈的音樂，你意念中那一縷遊絲變細，卻越益分明，呈現在眼前，纖細猶如毫髮，又像一線縫隙，縫隙的盡頭就融合在黑暗中，失去了形，彌散開來，變成幽微的毫光，轉而成為無邊無際無數的微粒，又將你包容，在這粒粒分明的雲翳之中，毫光凝聚，進而遊動，成為如霧一般的星雲，還悠悠變幻，逐漸凝為一團幽冥發藍的太陰，太陽之中的太陰，變得灰紫，就又瀰漫開，中心倒更加凝集，轉為暗紅，發出紫瑩瑩的霞光，你閉目，拒絕它照射，卻止不住，心底升起的悸動和期望，黑暗的邊沿，你聽見了音樂，這有形之聲逐漸擴大，蔓延，一顆顆亮晶晶的聲音穿透你的軀體，你無法辨別你自己的方位，這些晶瑩透亮的聲音的細粒，四面八方將你全身心浸透，一片正在形成的長音中有個渾厚的中音，你捕捉不住它的旋律，卻感到了聲音的厚度，它銜接另一片音響，混合在一起，舒張開來，成了

一條河流，時隱時現，時現時隱，幽藍的太陽在更加幽
冥的太陰裏迴旋，你凝神屏息，失去了呼吸，到了生命
的末端，聲音的波動卻一次比一次更有力，湧載你，推
向高潮，那純粹的精神的高潮，你眼前，心裏，不知身
居何處的軀體中，幽冥的太陰中的太陽的映象在不斷湧
進的持續轟鳴中擴張擴張擴張擴張擴張擴張擴張擴張張
張張一聲炸裂 —— 又絕無聲響，你墮入更加幽深的黑
暗，重又感到了心的搏動，分明的肉體的痛楚，這生命
之軀對於死亡的恐懼是這樣具體，你這副拋棄不掉的軀
體又恢復了知覺。[26]

聲音用視覺來感受，感覺用聽覺來承接，色彩用知覺來映像。進
而將視覺聽覺知覺全面打通。

「抱一以逍遙，唯寂以致誠。」[27]

傾聽，是孤獨的遊思的自我敞開。同時，也因傾聽而守住思想，
在無意義中找到意義。

「左蕩莽而無涯，右幽悠而無方，上遙聽而無聲，下修視而無
章，施無有而宅神，永太清乎敖翔。」（阮籍《大人先生傳》）

從陰濕、黑暗中走出，是落雪的冬天。好雪片片，不落它處。雪
落下沒有聲音。白茫茫，大地一片真乾淨！

純白，乾淨，也許只是一個季節的轉換。

自然轉變的季節，峰迴路轉，一年又一年。

哪裏有陽光？哪裏有大地的陰影？

大地的陰影，會因季節的轉換和時間的流動，消逝在你的視野。
這自然也是空間的流動。

季節的風語，會變換成不同聲音。

你心中的陰影，隨着你孤獨、寂寞、逃逸的行程，揮之不去在你
傾聽語言的途中。

只是孤獨，依靠語言看守着你自己。

你傾聽到什麼？

我傾聽到的是孤獨和寂寞。

那孤獨和寂寞又是什麼？

是説給自己的聽的語言。

蒼穹之下，大地之上，孤獨相伴的晝夜，產生冥想和夢幻，傾聽內心。

借助語言的自覺，清理神秘的感知，化解內在的異象，進而依靠激情轉化為文學。

走進心中靈山，走出心中靈山，你才真得禪境三昧。

孤獨是擁有卓越精神者的命運之神。思想的平靜，乃是靈魂的安寧，身心的健康。這種持恆、靜謐的心境只有享受孤獨時分才能獲得。

更是唐中宗敕書慧能時所説的因得授如來知見，頓上乘佛心，「湛然常寂，妙用恆沙」。[28]

注釋

[1]　尼爾斯・博克霍夫、瑪麗耶克・凡・多爾斯特 (Niels Bokhove, Marijke van Dorst) 編：《卡夫卡的畫筆》(姜麗譯)，第 32 頁。

[2]　高行健：〈必要的孤獨〉，《論創作》，第 342 頁。

[3]　薩特：《詞語》(潘培慶譯)，第 8 頁。

[4]　萬之：《諾貝爾文學獎傳奇》，第 209 頁。

[5]　高行健：〈必要的孤獨〉，《論創作》，第 342 頁。

[6]　高行健：《高行健戲劇集 8：生死界》，第 30 頁。

[7]　高行健：〈靈山與小説創作 —— 高行健在香港城市大學演講會上的講話〉，《論創作》，第 216 頁。

[8] 普濟：《五燈會元》(蘇淵雷點校) 卷第八第 436 頁。

[9] 高行健：〈劉再復與高行健巴黎對談〉，《論創作》，第 299 頁。

[10] 高行健：〈劉再復與高行健巴黎對談〉，《論創作》，第 308 頁。

[11] 高行健：《一個人的聖經》，第 143 頁。

[12] 高行健：《靈山》，第 114 頁。

[13] 米蘭·昆德拉：《不能承受的生命之輕》(*The Unbearable Lightness of Being*)
      (許鈞譯) 第 389–390 頁，上海譯文出版社，2003。

[14] 轉引自木心：《哥倫比亞的倒影》，第 90 頁，廣西師範大學出版社，2006。

[15] 蘇友貞：〈阿倫特的《心智生命》及中譯的可能問題〉，《當王子愛上女
      巫》，第 123 頁，南京大學出版社，2008。

[16] 高行健：〈劉再復與高行健巴黎對談〉，《論創作》，第 308 頁。

[17] 高行健：〈作家的位置〉，《論創作》，第 36 頁。

[18] 高行健：〈作家的位置〉，《論創作》，第 36 頁。

[19] 高行健：〈文學的見證 —— 對真實的追求〉，《論創作》，第 28 頁。

[20] 高行健：〈小說的藝術〉，《論創作》，第 53 頁。

[21] 高行健：〈現代漢語與文學寫作〉，《論創作》，第 109 頁。

[22] 高行健：《靈山》，第 151–152 頁。

[23] 高行健：《高行健劇作選·生死界》，第 213 頁。

[24] 高行健：《靈山》，第 523 頁。

[25] 高行健：《靈山》，第 526 頁。

[26] 高行健：《靈山》，第 524 頁。

[27] 釋慧皎：《高僧傳》(湯用彤校注) 卷第四，第 149 頁，中華書局，1992。

[28] 楊曾文校寫：《新版敦煌新本六祖壇經》，第 127 頁。

高行健：徘徊靈山的人生

10
中國在我身上

1

　　瑞典籍漢學家馬悦然在 2000 年諾貝爾文學獎的頒獎典禮上這樣表示：「親愛的高行健：你不是兩手空空地離開中國的。你把你離開時隨身攜帶的母語當作了你真正的故鄉。」[1]

　　這正是語言作為家園。

　　對於無家可歸者來説，語言是敞開的存在之家，是詩意的道説者的棲居之地。訴説、傾聽、靈光、感覺、夢遊、自在，一切與自我存在相關聯的活動，都落實在隨身攜帶的母語之中。你與他國作家、藝術家的區別，也正是這個你所擁有的語言的家園。即便是在沒有國家之説的某地某處，鄉音、鄉土、鄉俗、鄉味、鄉思、鄉情等等與原鄉有關聯的情結，都是依靠語言來傳達的。語言即故鄉。

　　所謂還鄉，有身分、精神和語言三種表現形態。儘管，你並不認同精神還鄉，或文化尋根的説辭。因為精神還鄉是更模糊的隱喻。

　　你説 20 世紀的藝術界，貝聿銘和趙無極兩個華人藝術家，率先進入了西方現代藝術的主流。前者是建築藝術，後者是繪畫。他們都在北京出生。

　　其中，趙無極是你 1979 年初訪巴黎時見到的，他影響和改變了你繪畫的路子。

　　説來也巧。到了 20 世紀結束和 21 世紀開始，以文學創作，第三位進入了西方現代藝術主流的是你本人。你在北京生活了二十六年。

　　北京不僅僅是一座古老的都城，一個現代化的城市，更是一個政治、文化、歷史、地理的符號，一個很「中國」化的詞語，一個很「東方」化的黃色人種聚集地。

　　創作進入了西方藝術的主流，但你們都很「中國」——儘管你説自己誰也不代表，也不能代表。

當流亡美國的德國作家湯馬斯‧曼（Thomas Mann，也譯托馬斯‧曼）被問及「是否想念故國」時，他的回答是：「我身所在，即是德國！」

當有人問波蘭流亡作家貢布羅維奇（Witold Gombrowicz）：「波蘭在哪裏？」

他回答：「波蘭就在我身上，我就是波蘭。」

當有人問高行健：「中國在哪裏？」

回答：「中國在我身上。」[2]

那是你所説的，「我是個中國作家」。因為「中國許多豐富的文化、遺產都在我的血液中」。[3]

你曾説自己離開中國以後，「做噩夢，每每就是中國，而且總是在搜查、追逐我」。[4]

但到法國定居下來幾年後，這個噩夢也就沒有了。這裏雖然沒有《奧德賽》（編按：Odyssey，古希臘史詩）同伴們吃過的「忘憂果」，卻是受傷心靈的撫慰之地。

「淵深而魚生之，山深而獸往之。」（司馬遷《史記‧貨殖列傳序》）

自由的國度，人嚮往之。

一葦渡江，近三十年巴黎面壁，禪悟人生藝術。那裏「值得活」。

僅 20 世紀，法國巴黎就庇護了逃離戰亂和暴政，來自世界各地的許多作家、藝術家。其中就有你年少時代所喜愛的蘇聯猶太詩人愛倫堡（Ilya G. Ehrenburg）。愛倫堡是你對巴黎嚮往的最初中介。

「十里水光心地朗，一林花色性天空。」

在那裏，你做了許多事情，創作小説、戲劇、繪畫，等等。因為有創作自由所需的時間和空間。

沒有人審查你，追逐你，監視你，批判你。

你是自由的。

是你自己拯救了自己。

「而今高隱千峰外，月皎風清好日辰。」[5]

你說自己的青年時代都白白浪費了。

我的父輩在戰亂、革命和繼續革命的政治運動中浪費了一生。我也虛度了自己的少年時代。那是整個中華民族一個時段的浪費。我們都為這一浪費痛心過。那是一個很無奈的時代，我們自己不能做主，無法把握自己的命運。但活過來的人都是幸運者。因為我們見證了萬壽有疆！見證了沒有萬歲！

《靈山》開始第1節即寫道：

> 你長久生活在都市裏，需要有種故鄉的感覺，你希望有
> 個故鄉，給你點寄託，好回到孩提時代，撿回漫失了的
> 記憶。[6]

人可以忘卻現實，但是很難忘卻童年。這就是所謂人上了年紀，記遠不記近的緣故。童年就是故國，是歷史，是記憶。童年如煙如霧，只有一些美好的亮點在閃爍，有馨香、溫暖、憧憬與衝動的東西，也有憂傷、恐懼和遺憾。夢境中多次出現的是故國的那個家，是和父母一同生活的故居。「你說在中國的生活雖然時不時出現在靈夢中，你有意要忘掉，可潛意識中還時不時冒出來」。[7]

《靈山》中，你還沒有了結鄉愁時的境遇，是這樣的中國化：

> 我記得我不止一次做過這樣的夢，去找我幼年時住過的
> 房子，去找那點溫暖的記憶，那進伸很深的院子套着的
> 院子像迷宮一樣，有許多曲折窄小黑暗的過道，可我永
> 遠也找不到一條同樣的路，能從進去的原路再出來。我
> 每次進到這夢中的院子走的路都不一樣，有時我家住的
> 院子的天井是前後人家的過道，我不能做些只為我自己
> 而外人不知道的事情，總也得不到那種只為自己所有的
> 溫暖的親切感，哪怕我在自己房裏，牆的板壁不是沒有

撐到房頂，就是紙糊的牆皮破碎，或者有一面牆乾脆倒了，我爬上一個搭到閣樓上的梯子，從樓梯往下看，屋裏全成了瓦礫，……[8]

這堵斷牆背後，我死去的父親，母親和我外婆都坐在飯桌前，就等我來吃飯。我已經遊蕩夠了，很久沒有同家人團聚，我也想同他們坐在一張桌上，談點家常，……我明白我此刻包圍在一個死人的世界中，這斷牆背後就有我死去的親人。我想回到他們之中，同他們一起坐在飯桌上，聽他們談那怕最瑣碎的事，我想聽到他們的聲音，看到他們的目光，同他們切切實實坐在同一張桌子上，即使並不吃飯。我知道陰間的飲食是一種象徵，一種儀式，活人不能夠進口，我坐在他們桌上旁聽，突然覺得這也是一種幸福。我於是小心翼翼走向他們，可我只要一越過斷牆，他們就起身，悄然消失在另一堵殘壁背後。我聽得見他們離開的腳步聲，窸窸窣窣，甚至看見他們留下的空桌子。當然，瞬間桌面就長滿了苔蘚，毛茸茸的，又斷裂了，坍塌在亂石堆中，縫隙間立刻長出了荒草。我還知道他們在另一間倒塌的房間裏正議論我，不贊成我的行為，都為我憂慮。……他們在竊竊交談，我耳朵一貼到這毛茸茸潮濕的石壁上，他們就不說話了，改用眼色交談，……[9]

《側影或影子》中，你用畫面再次呈現了這樣的記憶場面——曲折窄小黑暗的過道、破碎、瓦礫或者有一面牆乾脆倒了。

遙遠的童年，如霧如煙，只記憶中浮現若干明亮的點，提起個頭，被時間淹沒的記憶便漸漸顯露，如一張出水的網，彼此牽連，竟漫然無邊，越牽扯頭緒越多，都若隱若現，一旦提起一頭，就又牽扯一片。不同的年代不同的事情都同時湧現，弄得你無從下手，無法尋出一條

> 線索，去追蹤去清理，再說也無法理得清楚，這人生就
> 是一張網，你想一扣一扣解開，只弄得一團混亂，人生
> 這筆糊塗賬你也無法結算。[10]

這種時而清醒澄明，時而飄忽模糊的往事與隨想，正是中國的歷史記憶和心中印記。揮之不去，去之又來，融在生命中，刻在骨子裏，流淌在血液中。

中國不再僅僅是個給西方人看的文化符號，你所承載的符號所發散的是東方的人文精神，是人類普世的情懷和人性永恆的光亮。

中國就這樣烙在你身上。

2

當有人問英國歷史學家湯因比 (Arnold Joseph Toynbee)：「如果你可以選擇出生在任何時代、任何國家，你會如何選擇？」

他回答：「中國的唐朝。」[11]

你說你贊同湯因比的選擇。如果讓你選擇的話，你也願意生在中國的盛世唐朝。

你認為慧能是個偉大的思想家，他在盛唐時拒絕朝拜皇帝，是個有獨立人格的思想家。盛唐可以容忍這樣的思想家，所以你認為唐朝是值得活的。[12]

你為慧能寫了《八月雪》，也正是要表達你對「值得活」的盛唐的嚮往和對慧能的認同。

《八月雪》中有這麼一段精彩的展示：

> 薛簡：聖上徵召的是和尚，而非袈裟！要和尚穿的一身
> 　　　納衣又有何用？這赦書可是御筆親書，老和尚不
> 　　　要不識抬舉！

（薛簡上前一步，按劍。）

慧能：（躬身）

要麼？

薛簡：什麼？

慧能：（伸頭）

拿去好了。

薛簡：拿什麼去？

慧能：老僧這腦殼！[13]

逆勢而行，有中向無，然後無中生有。

這是惠能繼借助神秀的菩提有樹，明鏡有台，直達空無，繼而得有，即得到五祖衣缽之後（借勢之悟）的又一次超越自救。正如《觀四諦品》中說的：「以有空義故，一切法得成，若無空義者，一切則不成。」

無懼生死者，就是最強者。放下一切，才可能擁有一切。

你認為慧能具有非常現代的思想觀念，他對世界的深刻認識就是：「沒有救世主。」

也就是：「你們自救吧！」[14]

即你們得回到自己的本性。

你說：「慧能啟發我，一切都可以放下。」[15]

是慧能在你身上？

還是你在慧能身上？

「懷獨行君子之德，義不苟合當世。」（司馬遷《史記・遊俠列傳序》）

看破、放下、自在。

自由高於一切。

3

「處處逢歸路，頭頭達故鄉。本來成現事，何必待思量。」[16]

> 你總在找尋你的童年，這實在已經成為一種毛病。凡是你童年待過的地方，你都要去找尋一番，你記憶中的房子，庭院和街巷。[17]

故鄉使靈魂憔悴。「靈魂之為靈魂，即便在其開始之際就已經敞開而進入敞開域之中」。[18] 沒有居家的靈魂，會對故鄉有勇敢的遺忘。

遺忘需要一個過程。在這個過程中，會有心靈的主意，去言說、去傾聽許多愛的日子，和發生的行為。會憶念那些溫暖、濕潤、平靜的歲月。「這種傾聽乃是一種對那些行為的率真和勇氣的思念」。[19] 當然，也會是無詩意的、不和諧的、離難的、苦澀的情緒記憶。也還有你所說的鐵幕下恐怖的噩夢。因為「流亡是對歸屬、群體和民族這些穩定概念的抗爭」。[20]

「流亡作家」與 20 世紀蘇聯、東歐的政治格局有很大的關聯。佛拉基米爾‧納博科夫 (Vladimir V. Nabokov)、亞歷山大‧索贊尼辛 (Aleksandr Solzhenitsyn)、維托爾德‧貢布羅維奇、約瑟夫‧布羅茨基、米蘭‧昆德拉、切斯瓦夫‧米沃什 (Czeslaw Milosz)、馬洛伊‧山多爾 (Márai Sándor)、史克沃萊茨基 (Josef Škvorecký)、伊斯梅爾‧卡達萊 (Ismail Kadaré)、諾曼‧馬內阿、湯馬斯‧溫茨洛瓦 (Tomas Venclova)、米爾恰‧埃利亞德 (Mircea Eliade)、埃米爾‧米歇爾‧蕭沆、雅歌塔‧克里斯多夫 (Ágota Kristóf)、巴爾提斯‧阿蒂拉 (Bartis Attila)、艾斯特哈茲‧彼得 (Esterházy Péter)、凱爾泰斯‧伊姆雷 (Kertesz Imre)、赫塔‧米勒 (Herta Müller) 等等一大批「流亡作家」，多位與諾貝爾文學獎有緣。1989 年以後，「流亡作家」與中國也有了密切的政治、文化關聯。這種歷史所造成的東西方兩大陣營對立，個體

與國家主流意識形態的衝突，作家的自我放逐或被驅逐，進而產生的所謂「流亡」現象，以及所形成的文學狀態，自然引起了操持特殊立場的諾貝爾文學獎評委的極大關注。

布羅茨基在《我們稱之為流亡的狀態》演講中，說：「流亡作家大體上是一個向後看、向後走的存在物。換句話說，追懷往事在他的生活中(與其他人相比)佔有過量的比重，而將現實迫退到陰影之中，並使未來黯然失色，有如沉落在特濃的豌豆湯裏。」

阿多諾強調「對於一個不再有故鄉的人來說，寫作成為居住之地」。流亡的焦慮、孤寂和邊緣感在語言的家園裏被淡化或緩解。

你說在國外完成的《靈山》與《山海經傳》，「已經了結了所謂鄉愁」。[21]「中國文化已消融在我的血液裏，毋需給自己再貼商標」。[22]

逃逸他鄉，乃至把他鄉當故鄉。你也用法文寫作，但寫的並不多，而是堅持用中文寫作。你說「同以往唯一沒割斷的聯繫只是這語言」。[23]你自己曾用法文所寫的五個劇本，也都是自己將其再譯成中文。與其說是翻譯，不如說是重新用中文創作。

> 童年的記憶究竟是什麼樣子？又如何能得到證明？還是只存在於你自己心裏，你又何必去證實？
>
> 你恍然領悟，你徒然找尋的童年其實未必有確鑿的地方。而所謂故鄉，不也如此？無怪小鎮人家屋瓦上飄起的藍色炊煙，柴火灶前吟唱的火唧子，那種細腿高腳身子米黃有點透明的小蟲，山民屋裏的火塘和牆上掛的泥土封住的木桶蜂箱，都喚起你這種鄉愁，也就成了你夢中的故鄉。
>
> 儘管你生在城裏，在城市裏長大，你這一生絕大多數的歲月在大都市裏度過，你還是無法把那龐大的都市作

為你心裏的故鄉。也許正因為它過於龐大，你充其量只
能在這都市的某一處，某一角，某一個房間裏，某一個
瞬間，找到一些純然屬你自己的記憶，只有在這種記憶
裏，你才能保存你自己，不受到傷害。[24]

你說：「你得徹底忘掉，一了百了，遠遠離開，永遠擺脫掉，你
那副皮囊。」[25] 像出家僧侶忘掉自己那沉重的肉身。

所以你在詩中寫道：

你好不容易從泥沼爬出來
何必去清理身後那攤污泥
且讓爛泥歸泥沼
身後的聒噪去鼓譟
只要生命未到盡頭
儘管一步一步
走自己的路 [26]

「世路如今已慣，此心到處悠然。」（張孝祥《西江月》）
當我把你的這一番通透的個人表達說給在美國、日本、韓國的
華僑和僑居新加坡、馬來西亞的華人時，他們異口同聲的回答是：做
不到！
他們無法理解你如何能這麼快地了結所謂的鄉愁。
他們說這也許正是你的獨特之處，過人之舉吧！
我說你自己能把傳統文化正面和負面的東西，自行清理，像大海
一樣有容納百川，及自我淨化的能力。
他們說，時間就可以完成這些清理，但鄉愁卻是越理越亂的一團
麻，越理越解不開的死結。
「那怎麼辦？」我發出相應的疑問。
「回家！即便是沒有了具體的家園，故鄉就是家！」

這是我曾經得到的一次最為直接和感性的回答。

而你卻有如此銘心刻骨的創傷記憶，那就是《一個人的聖經》第5節中所提及的蘇聯紅色文學，作家科洛連柯（Vladimir Korolenko）在小說中寫到母親不能讓當逃兵的兒子進這個家門，把逃兵兒子推下山岩的陰冷故事。你感到自己就是逃兵，怕被打成敵人，「再也不會回到祖國母親的懷裏」[27]。

你真的了斷掉所謂的鄉愁嗎？

我在這裏存疑。

至少你弟弟、你兒子，他們也和我一樣，不相信你沒有所謂的鄉愁。

1996 年，你在給弟弟的信中還表達自己的擔心和害怕，你提醒弟弟要提防曾經的災難和迫害會隨時降臨，提防「小人」使壞。因為父親履歷表上主動填寫的曾經擁有過而後又送人的一支手槍的往事，害得弟弟高考時「政審」通不過，無法被音樂學院作曲系錄取，父親也因此被害得「文革」中吃安眠藥自殺（未遂）。

這是你心中的陰影在發散，你自我的地獄裏的魔鬼在作祟。每個人心中都有一個自我的地獄，這地獄裏埋葬着自己的歷史，同時也封存着自己的邪惡。

這擺脫不掉，永遠伴隨的陰影，正是你的鄉愁。

即便是幾十年沒有來往的父子，也會通過一個你童年時的朋友，簡單轉達一個簡單而無法了結的問候，整理一下無法割捨的血脈親情。或在有機會通話，卻又以不願打擾他們母子的平靜為由而拒絕通話。

你說了結，就真的能了結得了嗎？

說沒有了鄉愁，正如你沒有主義的語言說話。

沒有是另一種有。

是早已融進血液裏的，無須自己貼鄉愁標籤的大有。

漢娜‧阿倫特強調：「人幾乎不作為一種完全解放的、完全孤立的存在而出現，不依託某種更大的全面秩序而在自身得到尊嚴，他很可能再度消失在人群中。……事實上，即使連野蠻人也生活在某一種社會秩序裏。」[28]

喪失人權者失去的第一種權力可能是家園。你離開了這個「意識形態國家」，是因害怕，是要遠離繼續革命理論指導下「持久不息的運動」，和永遠統治每一個人的運動狀態，告別那個你曾磨礪其中而尚能自拔的鬥爭哲學。極權意識形態國家中的每一個人，都生活在這張自己無法擺脫的網裏。正如你所說的，要想擺脫，只有兩條路：自殺或逃亡。

你是幸運的，你能做到和得到的，故國同胞中許許多多人無法做到。你不得不面對這樣一個事實。

每個人都能依靠自身的努力獲得尊嚴，並不是件容易的事。

你逃逸了，你曾經的苦難和記憶，留給了文學、藝術，也留給了和你關聯的每個人。

是你自己得道自救，也是我、我們，他、她、他們，幫你得以解脫。

中國在你身上，我、我們，他、她、他們都在你身上！

正可謂「馬或奔踶而致千里，士或有負俗之累而立功名」(班固《漢書‧武帝紀》)。

下邊引述你所說的這段話，是不是會更有説服力？

> 我是一個中國作家，僅僅是一個，無法代表別人。中國之於我，並非那龐大的民族和抽象的國家，只在於我作品中體現的文化背景以及自出生以來這一文化對我的薰陶，也還在於我用以寫作的漢語孕育的思維方式。[29]

對於一個作家而言，語言就是故鄉。

布羅茨基更是強調:「對於幹我們這一行的來說,我們稱之為流亡的狀態首先是一個語言事件:流亡作家被母語拋棄,而又躲回母語之中。」

你甚至把對語言的態度,當成自己要確立的一種價值,因而強調作家在某個社會中的地位,在文學中的地位,是一種價值觀念,不是倫理的、政治的,而是語言的,是對語言的態度。「當別的價值都可以毀掉的時候,這個價值我不能毀掉它」。[30]

語言在你身上,中國也就同在。

我,我們也就同在。

剪不斷,理更亂。

因為你覺得回憶對自己來說如同噩夢。小說中的「你」同猶太女子馬格麗特的對話正是表達了這樣的處境:

> 「人總得活,要緊的是活在此時此刻,過去的就由它過去,徹底割斷。」
>
> 「可你割不斷的,不,你割不斷!」她就這麼固執。
>
> ⋯⋯
>
> 「不,你割不斷記憶,總潛藏在心裏,時不時就冒出來,這當然讓人痛苦,但也可以給人力量。」[31]

不妨再看一下《靈山》中的這個片段:

> 她再來的時候剪着短髮,這回你算是看清楚了。你問她:
> 「怎麼把頭髮剪了?」
> 「我把過去都割斷了。」
> 「割得斷嗎?」
> 「割不斷也得割斷,我就當已經割斷了。」
> 你笑了。[32]

原來割斷的只是物化的形式，割不斷的卻是內心的遊絲。

如同出家的和尚或尼姑對自己過去的強制性的自我遺忘。能否真正皈依的是自己的那顆心。因此，《八月雪》中慧能面對比丘尼「無盡藏」的痛苦唱道：「割得斷頭髮，煩惱卻除不掉……」[33]

更是放得下與抱着放不下的此時說辭。

這裏，我引述德國哲學家雅士培 (Karl T. Jaspers) 對普世主義信念的理性展示。

漢娜·阿倫特 1941 年為逃避納粹德國的迫害，逃亡美國，1950 年成為美國公民。她的導師之一雅士培強調一國公民和世界公民並不矛盾的，每個人都可以像漢娜·阿倫特一樣「認同一國憲法」，使自己成為一國的公民；同樣也可以「保持內心的獨立」，使自己成為世界公民。[34]

雅士培所謂普世主義信念的理性展示，同樣也適用於你，即作為世界主義者，同時又擁有世界主義的自我。

清風徐徐，明月當空。巴黎面壁，懷藏東土西天，無心成佛更可成，任運隨緣道自靈。[35]

> 望不斷天涯路
> 回不去時
> 方為歸屬 [36]

佛心清靜，法心光明，道心通達。

沒有永遠的家園，也沒有絕對的歸宿。

「在己無居，形物其箸，其動若水，其靜若鏡，其應若響。」（《列子·仲尼第四》）

真正的家是自己內心的平靜和真實，是守住澄明的內心，活在當下。也就是蘇軾所言「此心安處是吾鄉」（《定風波·南海歸贈王定國侍人寓娘》）。

心為宗。

行文至此，我想起南非總統曼德拉自我超越並使南非新生的這句名言：「當我走出囚室、邁過通往自由的監獄大門時，我已經清楚，自己若不能把悲痛與怨恨留在身後，那麼我其實仍然身陷牢獄。」

文學家與政治家的職業操守不同，對語言的使用方式也不同，但佛性是相同的。正如同慧能所說：「人即有南北，佛性無南北，獦獠身與和尚身不同，佛性有何不同？」

如果真的能「走出二十世紀的陰影」，走出自我的牢獄，佛說歡喜。

注釋

[1]　萬之：《諾貝爾文學獎傳奇》，第 111 頁。

[2]　高行健：〈土地、人民、流亡 —— 葉石濤、高行健文學對話〉，《論創作》，第 257 頁。

[3]　高行健：〈土地、人民、流亡 —— 葉石濤、高行健文學對話〉，《論創作》，第 257 頁。

[4]　高行健：〈土地、人民、流亡 —— 葉石濤、高行健文學對話〉，《論創作》，第 260 頁。

[5]　普濟：《五燈會元》(蘇淵雷點校) 卷第十三，第 784 頁。

[6]　高行健：《靈山》，第 9 頁。

[7]　高行健：《一個人的聖經》，第 31 頁。

[8] 高行健：《靈山》，第 205 頁。

[9] 高行健：《靈山》，第 210–212 頁。

[10] 高行健：《一個人的聖經》，第 41 頁。

[11] 高行健：〈土地、人民、流亡 —— 葉石濤、高行健文學對話〉，《論創作》，第 257 頁。

[12] 高行健：〈土地、人民、流亡 —— 葉石濤、高行健文學對話〉，《論創作》，第 258 頁。

[13] 高行健：《八月雪》，第 91 頁。

[14] 周美惠：《雪地禪思 —— 高行健執導〈八月雪〉現場筆記》，第 94 頁，聯經出版事業股份有限公司（台北），2002。

[15] 周美惠：《雪地禪思 —— 高行健執導〈八月雪〉現場筆記》，第 91 頁。

[16] 普濟：《五燈會元》（蘇淵雷點校）卷第六，第 360 頁。

[17] 高行健：《靈山》，第 331 頁。

[18] 海德格爾：《荷爾德林詩的闡釋》（孫周興譯，）第 110 頁。

[19] 海德格爾：《荷爾德林詩的闡釋》（孫周興譯），第 150 頁。

[20] 安德魯・N. 魯賓：《帝國權威的檔案》（言予馨譯），第 139 頁，商務印書館，2014。

[21] 高行健：《沒有主義》，第 11 頁。

[22] 高行健：《沒有主義》，第 11 頁。

[23] 高行健：《一個人的聖經》，第 419 頁。

[24] 高行健：《靈山》，第 334 頁。

[25] 高行健：《高行健劇作選・對話與反詰》，第 305 頁。

[26] 高行健：《游神與玄思：高行健詩集》，第 96–97 頁。

[27] 高行健：《一個人的聖經》，第 40 頁。

[28] 漢娜・阿倫特：《極權主義的起源》（*The Origins of Totalitarianism*）（林驤華譯），第 383 頁，生活・讀書・新知三聯書店，2008。

[29] 高行健：〈個人的聲音〉，《沒有主義》，第 107 頁。

[30] 高行健：〈流亡使我們獲得什麼〉，《沒有主義》，第 143 頁。

[31] 高行健：《一個人的聖經》，第 60 頁。

[32] 高行健：《靈山》，第 417 頁。

[33]　高行健：《八月雪》，第 8 頁。

[34]　徐賁：《人以什麼理由來記憶》，第 101 頁，吉林出版集團有限公司，
2008。

[35]　普濟：《五燈會元》(蘇淵雷點校) 卷第二十，第 1311 頁。

[36]　高行健：《游神與玄思：高行健詩集》，第 240 頁。

173

11

專制改變人性

1

你在通往靈山的路上，我在大學校園裏被「結合」進「批判《人啊，人》與資產階級人道主義」小組。

「紅太陽」落入西天，「文革」雖然結束七年了，但政治鬥爭，大批判的運動並沒有停止，只是少了大字報的形式。用政治運動對待一部文學作品的批判方式，是一直延續的手段。

作為學生代表，和政工、教師代表，被新的「三結合」到一起。分發到一冊廣東人民出版社 1980 年 11 月版的《人啊，人》，同時配發有雨果 (Victor Hugo) 的《九三年》和一些政治人物的著作，供閱讀、討論。

雨果的《九三年》是戴厚英《人啊，人》的「潛文本」，主人公倡揚人道主義的重要讀物是《九三年》。

持續兩月的學習、討論，大家還沒有弄懂什麼是「資產階級的人道主義」和「無產階級的人道主義」，什麼是「資產階級的人性論」和「無產階級的人性論」時，季風式的政治運動的風頭變向了，結果自然是不了了之。因為中國的政治運動是季節性的，更像陣發性痙攣、抽風。

對於我這樣的學生來說，獲得了一次讀書的機會，見識了政治運動的詭異。雨果在《九三年》中用「沉思的戈萬」所表達的「在革命的絕對性之上，是人性的絕對性」[1] 這句話，一直撼動着我。

「難道革命的目的是歪曲人？難道進行革命是為了粉碎家庭、扼殺人性？絕對不是。……革命是人們掌權，而人民，歸根到底，就是人。」[2]

也就是雨果所強調的，既然要追求絕對正確的理想化的革命，那麼在這所謂的正確的革命倫理之上，還需有一個絕對正確的人道主

義。違背人道、人性的所謂理想主義，都是摧毀舊秩序的開始，也是人類自我毀滅的開始。

活着是最高的人性，有尊嚴地活着，首先要遵守自我肯定的人性法則。這是我對人性最初的看法，如今仍堅守着。

事後，我了解到，推薦我進這個「批判小組」的老師，夫妻曾經都是「右派」，落難時結合，分別從北京《中國青年報》社、蘇州文化局下放到河南。其中女方是中文系的副主任，有大學中層的行政權力。正是他們組織的這個「批判小組」吸納了我。男方很尷尬地對我說，他只是在執行上面的指示，奉命行事，應付應付！他在圖書館工作，因為看到我每天都去借書、看書，就有意讓我寫一篇讀書心得。也正是這篇讀書心得，使我們成了忘年之交。他甚至把圖書館新進的還沒有來得及編目的書借給我，招惹到好事的同學向圖書館領導「告狀」。

我理解他所說的「應付應付」。這是上有政策，下有對策的社會化行為。他們曾經是專制下非人道、非人性的政治鬥爭的受害者、犧牲品。曾經的苦難所留下的傷痕還在，但在這個體制下，他們要生存，要活命，還得來「執行上面的指示」，組織對他人的批判。

他是個被扭曲的人，或是在扭曲中學會了生存的人？或是個被改變了人性的人？

我沒有對他和他妻子產生成見，因為是他們給了我一次認真讀幾本書的機會。更進一步的是，兩年後，作為副主任的他，又宣佈讓我作為直升碩士研究生，留校繼續讀書。

轉眼二十六年過去了，我在新加坡遇到了著名學者金觀濤。「文革」期間，他到農村勞動的地方，就是我的家鄉。那段特殊生活的印記，就在他夫人劉青峰（靳凡）的那本小說《公開的情書》裏。

金觀濤曾對我說，許多年來，楊振寧先生最關心中國作家誰會得諾貝爾文學獎。

2000 年之前，楊振寧在香港中文大學金觀濤的辦公室發出他的尋問時，金回答：「高行健有可能！」

楊發出科學家的疑問：「理由？」

金答：「他的作品最符合瑞典諾獎評委的標準：對人性的發現和深刻的揭示。」

楊要求進一步的答案。

金轉身從書架上取出一冊《靈山》。

2000 年 10 月 12 日，那個讓全球華人激動的時刻，楊振寧給金觀濤打來電話：「你的書還在我這裏。你的預言靈驗了。」

這本書就是《靈山》。[3]

當你前妻的同事，到我的辦公室，要我回答你得獎的理由時，我的答案是：自由的精神、永恆的人性、創新的文體。

這正是文學的普世價值。

因為你強調「觸及人性的深淺，能否揭示人生的真諦」[4]，才是文學的意義。「作家，歸根結柢，得是人性的見證者」[5]。

更神奇事還在繼續。2009 年 5 月我在新加坡與金觀濤、王宏志相聚時，金觀濤特別談到香港中文大學前校長高錕研究光纖技術的論文很短，卻改變了人們的通訊方式，縮短了人與人之間的距離。文學的情感力量猶如傳導信息的光纖。

同年 10 月，瑞典傳來喜訊：高錕獲得了諾貝爾物理學獎。

2

米蘭·昆德拉的文學詞典裏，「媚俗是掩蓋死亡的一道屏風」[6]。他說：「在極權的媚俗之王國，總是先有答案並排除一切新問題。所以極權的媚俗的真正對手就是愛發問的人。」[7]

我的文學字典裏，媚俗是粉飾太平，是自欺欺人的假大空，是整容、隆胸，是皇帝的新衣。

消解媚俗的任何個人主義行為、任何懷疑、任何嘲諷，或對常識的肯定，或面對常識的真話，必然被清除出生活。

因為你是精神領域的「污染」者。這就是他們要清除你的理由。

前蘇聯作家瓦西里・格羅斯曼（Vasily Grossman）在《生存與命運》（*Life and Fate*）中發出了自己對極權社會的深刻體認：「極權主義社會體制的超暴力是有能力使人類精神麻痺的。」[8] 以體制的力量，施展出暴力、屠殺、饑餓、恐懼，再借助和利用人的求生本能，產生了富有催眠力且舉世聞名的偉大理想，並成為主宰一切的具有「超暴力」的主義。也就是阿倫特所揭示的：「極權政府的本質，抑或每一種官僚（科層）制的本質，在於把人完全變成職員，變成行政機器上的小齒輪，從而令他們喪失人性。」[9]

美國社會哲學家艾力・賀佛爾（Eric Hoffer，也譯埃里克・霍佛）在《狂熱分子》一書中強調：「所有當代的群眾運動千篇一律都是由詩人、作家、歷史學家、學者、哲學家之類的人為其前導。」[10] 要使大多數人失去獨立思考的能力並不難。專制體制強大的宣傳機器就是借用語言的工具，利用傳教的方法，但又較其更為強化的方式，在做人的思想和輿論的工作。把假話說上千萬遍，讓虛假的承諾和現實的欺騙，充斥在生活的每個角落，每時每刻，都在向民眾噴灑大劑量洗滌真相的洗腦液。宣傳機器的使命是在為極權體制開闢通往奴役之路，同時清理敢說皇帝沒有穿衣服的童子。

失去獨立思考的群眾，平庸的官吏，在政治和經濟的雙重脅迫下，必然成為專制機器的合力。

於是，有了思想警察。有思想就等於有罪，等於反革命。人治大於法治，自然也就沒有了人權和個體話語權，個體便被趕進了專制體制的圓形監獄。

當代日本作家村上春樹在《我為什麼去耶路撒冷》的訪談中，表示了自己對體制高牆的排斥：體制本應當是保護我們的，但專制主義和體制結合後所形成的高牆，通常會使我們變成被奴役的囚徒。這個專制主義的體制可以自行其是地從精神到肉體戕害我們，同時也讓我們互相戕害。[11]

喬治・奧威爾：《一九八四》所寫的那個「大洋國」的「真理部」頻出新話，黨給人洗腦的標語是：

「戰爭即和平

自由即奴役

無知即力量」[12]

「天朝」的「真理」是：

萬歲萬歲萬萬歲。

無壽無疆萬壽無疆。

資本主義必然滅亡。

寧要社會主義的草，不要資本主義的苗。

知識愈多愈反動。

革命無罪，造反有理。

無產階級文化大革命就是好來就是好。

這是改變人性的宣傳口號，也是新的社會神話的魔力發散。以至於小學生課堂和教科書中，「只有 …… 才能 …… 」和「沒有 …… 就沒有 …… 」兩個「造句」練習題目的最佳標準答案都指定好了。

答案：1、共產黨　　救中國

　　　　2、共產黨　　新中國

記下來，不假思索，填空就是。

我給孩子的是最人性化的答案：

　　　1、父母　　有我

　　　2、父母　　我

卻被研究幽默的朋友說成是黑色幽默對紅色幽默的顛覆。

孩子面對我的答案說：冷！

把有思想的人變成沒有思想的動物，就抵達理想的人類生活的烏托邦了。

問題是，在那個特殊的時代，我個人也曾經相信過，呼喊過。

真是那樣子，這就是歷史！

你認為，對於一個作家來說，國家、語種和民族的區別是沒有意義的，有意義的是人性。[13]

文學表現人性，見證人性。文學藝術的價值就在於這人性。作為人，文學家、藝術家之所以活得更人性，是因為在藝術的創造中，保存和實現了個人的獨立。你所謂的見證人性，就是要盡可能真實地呈現這大千世界和人類的生存困境，及人自身的種種困惑，既超越政治的局限，也超越是非倫理。

> 我以為，藝術家更人性，如果還有點什麼價值的話，也就是這人性。這也是人之生存的首要條件。對我來說，保存個人的獨立是最好的生活方式，所以我投身藝術，也因為唯有在藝術中我才能實現個人的獨立。[14]

自由和獨立的表達，正是作家、藝術家從個人出發，抵達人性的本質，和人類的命門。

專制和極權主義是要改變人性。

《一個人的聖經》中所展示了幾個南京籍在北京讀書的大學生聚會所帶來的政治恐懼和後果：

> 沒有運動，沒有主義，沒團體，紫竹院的那幫同夥幸虧及時煞車了，誰也沒告發誰，可憑你們那些言論，即使不打成反革命，那怕檔案中記上一筆，你也就沒有今天。之後，你們也都學會戴上面具，不泯滅掉自己的聲音，便隱藏在心底。[15]

青春年少的大學生，就遭遇到了極權政治對思想、言論的封殺，人生之路的開始，導向的是奴役和順從。從那時起，只須要十幾年，就發展到「知識愈多愈反動」，以至於焚書和打鬥教師的極致的荒謬。

> 人一旦失去自己的聲音，都成了布袋木偶，都逃不脫布袋裏背後操縱的大手。……你早就應該逃離這鬥獸場，不是你能玩的遊戲，你的天地只在紙筆之間，不當人手中的工具，只自言自語。[16]

文學要見證人類生存的基本過程和在這個過程中經常會面臨的生存困境。

你說文學擺脫掉這樣或那樣的主義的束縛之後，還得回到人的生存困境上來，而人類生存的這基本困境並沒有多大改變。人類發明那麼多新藥，卻不能醫治作為人本身的弱點，更無法根除人性的惡。中外幾千年的專制，對人的控制和人性的摧殘，手段都一樣。

於是，你在《逃亡》和《一個人的聖經》中，通過「你」、「我」見證那段特殊的政治和歷史，最主要的要見證專制和極權主義是如何改變人性的。

你所希望的是，藝術作品可以建立人與人之間感受與情感的交流，進而使得審美的經驗超越政治、超越倫理，也超越民族文化一般的特徵，達到人性的溝通。

你心目中的文學應有這麼一種價值：超越了個人，超越了時代。沒有載道，也沒有維護某種政治和社會主張，展示出的人性，是人生的經歷。

因此，你說自己寫作的態度從來就無道可言，也不是唯美，只是率性。

你強調作家從社會關係中抽離出來，自居於邊緣，並不是不關心社會。這種獨立不移，拒絕作為政治附庸，往往正是對權力和習俗的

挑戰，但是，並非一味譴責、控訴社會，而是通過作品喚起一種更清醒的認識。

你這樣讓人都清醒了，看到皇帝沒穿新衣，那可如何是好？

那我就逃！

逃得了和尚，逃不了廟。

結果，你北京的那個供奉自由之神的小廟被抄沒了！

3

漢娜‧阿倫特強調在極權體制下，「制度作惡並不須要特殊的作惡者，普通人一旦被放置到邪惡的制度中，就有可能喪失獨立的思想和判斷，也就自然而然地成為作惡機器的一個運作部件。能夠把任何普通人都變成作惡工具，讓不離奇之人作出離奇之惡，這才是制度之惡真正的可怕之處」。[17]

極權專制最根本的功能是要改變人性：懲善揚惡。

極權主義的群眾運動看似全民動員的大民主，實為大獨裁者借助庸眾造勢，利用底層的社會暴力，達成政治鬥爭的邪惡目的。桃花飛盡東風起；大民主，大自由，只是藉口。「極權主義運動利用並且濫用民主自由，以便廢止它們。這不僅僅是領袖們的邪惡聰明和群眾的天真愚蠢」。[18] 因為極權主義有着廣泛的群眾基礎，革命與青春緊密粘連，讓年輕一代失去理性。民主和自由最能讓群眾一時興奮，簡直就是靈驗的興奮劑。然後再將他們拋棄。「文革」時期頻繁的群眾運動，就是這樣運作的。在運動中「消滅人的個體性，消滅均衡地由天性、意志、命運形成的獨特性」，[19] 讓群眾變成政治鬥爭的工具。「相互猜疑可以帶來相互恐懼，後者會像一個鐵環套那樣把大家緊緊套在一起」。[20] 最終，「極權恐怖用迫使人們互相反對的方法來摧毀他們之間的空間」。[21] 人

與人之間也就沒有了個人的隱私。鬥爭哲學的運動場是建立在一塊巨大頑石之上，公雞眼前只是對方通紅的雞眼，公牛衝擊的只是那塊紅布。因此政治運動也就充滿了戲劇性。希特拉年輕時曾是畫家，戈培爾（Joseph Goebbels，編按：德國政治人物）研究浪漫主義戲劇獲得博士學位，中國的「紅太陽」也是詩人。他們都有文學和藝術的野心，卻沒有實現的能力。一旦革命成功，成為領袖人物，文學與藝術在他們統治下，以自我充分滿足的嶄新形式，來粉飾生活，麻痹群眾。群眾性的瘋狂，通常會以大眾藝術的儀式化表演達到高潮。群眾成為政治家導演政治行為藝術的道具。

> 正義也好，理想也好，德行和最科學的主義，以及天降大任於斯人，苦其心智，勞其筋骨，不斷革命，犧牲再犧牲，上帝或救世主，小而言之的英雄，更小而言之的模範，大而言之的國家和在國家之上的黨都建立在這麼塊石頭上。

> 你一開口喊叫，便上了這主的圈套。你要找尋的正義便是這主，你便替這主廝殺，你就不得不喊這主的口號，你就失去了自己的言語，鸚鵡學舌說出的都是鳥話，你就被改造了，抹去了記憶，喪失了腦子，就成了這主的信徒，不信也得信，成了這主的走卒，這主的打手，為這主而犧牲，等用完了再把你撂到這主的祭壇上，為這主陪葬或是焚燒，以襯托這主光輝的形象，你的灰燼都得隨這主的風飄蕩，直到這主徹底安息了，塵埃落地，你就如同那無數塵埃，也沒了蹤跡。[22]

　　這是你事後清醒的自我認識。我也是事後知道，專制和極權主義曾試圖改變你的人性，沒有達成，卻迫使你流亡，並給你留下了陰影和噩夢。

你說:「不走出中國的那些陰影與噩夢，就無法完成《靈山》、《一個人的聖經》和我的那些劇本。」[23]

儘管你說自己已經沒有噩夢了。

可我在你文本中，還處處感受得到那揮之不去的陰影和噩夢。

人的進化，還沒有使得自我的地獄，以及陰影、噩夢從自身脫離。

你，我，我們，都還不能倖免。

米蘭‧昆德拉說：「一切都結束了，在寂靜中沉沒。」

同時又說：「什麼都沒有結束，一切都在永恆地迴響。」[24]

「人與政權的鬥爭，就是記憶與遺忘的鬥爭。」[25]

齊克果（Søren Kierkegaard，也譯克爾凱郭爾）所說的「理解生活只能向後，但是為了生活必須向前」自我心理取向，你做到了，但她卻在「執著」地「向後」，仍然深深陷在無法自救的痛苦中。

你的前妻多次對人說，別人的歷史和現實的苦難，隨「文革」結束而結束，她的「文革」卻一直伴隨着她。這麼多年來，你一直在她心靈的傷口幽居，她說可以放下天地，放下生死，卻放不下和你共有而又是你唯一可依靠的兒子，更放不下對你的怨恨，真的很執著。

當然，這裏你最清楚，她的這番話是和你《一個人的聖經》中的「文革」敘事有關。你的「文革」敘事，陽否陰揚，卻使她陷入舊的歷史的「文革」和新的高行健小說的「文革」雙重擠壓的痛苦。你通過小說解脫了「文革」，她卻不得不以及極不情願地接受你卸下的「文革」的苦難。正可謂「人天小果，有漏之因，如影隨形，雖有非實」。[26]

人與人的鬥爭，也是記憶與遺忘的鬥爭。你和她就處在記憶與遺忘的張力上。

小說中最為顯現的文字所透出的影射力，為當事人所感知，這是文學的另一種力量。

「山映斜陽天接水，芳草無情，更在斜陽外。」(范仲淹《蘇幕遮·懷舊》)

南無阿彌陀佛！

佛說：苦海無邊，回頭是岸。

她說：苦海無邊，回頭無岸

想忘掉，卻總是忘不掉。

青燈孤影，一本《金剛經》相伴。

她說：佛能幫我化解這孽緣。

她在南無阿彌陀佛中自救。

大千世界如何成佛？

各人有各人的路！

因此你才有反覆強調的自贖的可能：自己救自己。

你所謂的自救是逃亡：從中心逃到邊緣，從政治與市場中退出，從各種權力關係中退出。

你可以做到，但你無法也不可要求所有的作家都和你一樣做到。

你在逃亡中自救。

別人在政治、權力和市場中自救。

各人有各自自救的路。

他們不同的自救之道，正是你自救的意義所在。也是你的可以對此言說的在場。

你說的只是你自己，或自言自語的對你自己說，說給自己的聽。

雖關乎他人，卻無力影響和左右他人。儘管給你的前妻造成了新的生活的陰影。

這正是你存在於此在的意義。

這同時也是中國乃至世界的現實語境。

即便是個性十足的自我遊戲，也會涉及他者或招來第三者的目光。

可以說，沒有純粹意義上的自我，所謂的自我和自在，通常在隱形的層面上關聯他人。這正是存在的在場。

《彼岸》、《夜遊神》、《對話與反詰》、《生死界》、《叩問死亡》五個劇本對人的存在連續追問，對永恆人性中實在的「人」，從理念到實景，再由人物的語言、行為展示內在的本性，進而又抽象為一組「道理」：

個體的人是脆弱的，任心的自由自在使人強大。

男人的痛苦習慣歸因於外在對權利、金錢的慾望，和與他人的關係；事實上男人的痛苦來自於自我──自我是自我的地獄。

女人通常把痛苦歸咎於男人，一旦清醒並確立痛苦來自自我時，又往往會自殘，如比丘尼的剖腹洗腸。

男女之間永遠無法真正的溝通，性愛只是激情和本能。

人尋找虛妄的彼岸，其實彼岸什麼也沒有；逃亡式的自救是唯一的路徑。當然逃得了一時，卻逃不了一世。因此人可能在尋找中逃亡，也可能在逃亡中尋找。沒有止境。

人唯一能夠清楚認識和感知自己未來的是死亡，因此把握當下，好好活在當下才是人的此在意義。

注釋

[1] 雨果：《九三年》(*Ninety-Three*)（桂裕芳譯），第 257 頁，譯林出版社，1998。這裏是引用新的譯本。

[2] 雨果：《九三年》（桂裕芳譯），第 261 頁。

[3] 與金觀濤對話，2009 年 4 月 29 日，新加坡。

[4] 高行健：〈文學的見證 —— 對真實的追求〉，《論創作》，第 22 頁。

[5] 高行健：〈文學的見證 —— 對真實的追求〉，《論創作》，第 27 頁。

[6] 米蘭·昆德拉：《不能承受的生命之輕》(*The Unbearable Lightness of Being*)（許鈞譯），第 302 頁。

[7] 米蘭·昆德拉：《不能承受的生命之輕》（許鈞譯），第 303 頁。

[8] 瓦西里·格羅斯曼：《生存與命運》（嚴永興、鄭海凌譯），第 207 頁，中信出版社，2015。

[9] 漢娜·阿倫特：《艾希曼在耶路撒冷：一份關於平庸的惡的報告》（安尼譯）第 308 頁。

[10] 埃里克·霍弗：《狂熱分子》(*The True Believer: Thoughts on the Nature of Mass Movements*)（梁永安譯），第 171 頁，廣西師範大學出版社，2011。

[11] 轉引自林少華：《為了破碎的雞蛋》，韓寒主編：《獨唱團》第 1 輯，第 15 頁，書海出版社，2010。

[12] 喬治·奧威爾：《一九八四》（孫仲旭譯），第 7 頁，譯林出版社，2002。

[13] 高行健：〈土地、人民、流亡 —— 葉石濤、高行健文學對話〉，《論創作》第 249 頁。

[14] 高行健：〈論文學寫作〉，《沒有主義》，第 74 頁。

[15] 高行健：《一個人的聖經》，第 150 頁。

[16] 高行健：《一個人的聖經》，第 156 頁。

[17] 徐賁：《人以什麼理由來記憶》，第 336 頁。

[18] 漢娜·阿倫特：《極權主義的起源》（林驤華譯），第 408 頁。

[19] 漢娜·阿倫特：《極權主義的起源》（林驤華譯），第 567 頁。

[20] 埃里克·霍弗：《狂熱分子》（梁永安譯），第 156 頁。

[21] 漢娜·阿倫特：《極權主義的起源》（林驤華譯），第 581 頁。

[22] 高行健：《一個人的聖經》，第 173 頁。

高行健：徘徊靈山的人生

[23] 高行健:〈劉再復與高行健巴黎對談〉,《論創作》,第 299 頁。

[24] 米蘭‧昆德拉:《生活在別處》(*Life is Elsewhere*)(袁筱一譯),第 283 頁,上海譯文出版社,2011。

[25] 米蘭‧昆德拉:《笑忘錄》(*The Book of Laughter and Forgetting*)(王東亮譯),第 5 頁,上海譯文出版社,2011。

[26] 普濟:《五燈會元》(蘇淵雷點校)卷第一,第 43 頁。

12

存在、自由與文學

1

　　海德格將那具有開放性的真理，看成是為了遮蔽自身的林中空地，同時又是隱蔽於無蔽的自由之地。是自由讓進入者，在場自我去蔽，把自己帶入敞開、澄明之境。

　　「虛無的啟示在於，虛無讓存在去存在。……正是憑藉於自身的敞開，虛無給予了人的此在。而此在作為存在之此『生存』着」。[1] 人立於存在之此，也就成為虛無之地的擁有者。

　　你正是在這種沒有主義的虛無的敞開中擁有自己文學的理由，和文學存在的價值。

　　這樣的文字表達，似乎更具有文學的理由：

> 在現實生活中，個人的自由總要受到社會的制約，唯有在藝術創作這個人的天地裏，才可能贏得自我表現的自由。可這自由又在於能否找到自己需要的表現形式，否則，這藝術表現的自由也還是一句空話。[2]

　　瑞典藝術家布・拉森 (Bo Larsson) 為你設計的獎牌：在一塊軍綠的銅質底板上有成行的紅色星星，而中間鏤空，呈現出中國傳統楷書的「一」字形狀。

　　對此，瑞典作家恩格道爾 (Horace Engdahl) 的解釋是：象徵一個人通過文字從權力中走了出來，而且在權力中找到了一個洞，一個屬人的空間。

　　萬之的理解是：獨一無二的「一」——它代表的其實不僅是一個優秀作家的條件，也表示一個獨立獨特的個人，是這個星球上每個個體生命的價值所在。這也正是「普世價值」應有的意義。[3]

　　我說這既是你存在、自由與文學的象徵，也是對你充分的理解與肯定。正所謂雪覆千山，孤峰獨露。

問：「雪覆千山，為甚麼孤峰不白？」

師曰：「須知有異中異。」

曰：「如何是異中異？」

師曰：「不墮諸山色。」[4]

你就是這千山之中獨一和獨異的孤峰。

你曾明示，「荒誕之於我，有種現實的品格，我並不認為荒誕同現實有什麼背拗」。[5] 因此，你寧可因荒誕而回歸喜劇，並給以更豐富的普世價值的考量。

康德強調：「如果一個人不須要服從任何人，只服從法律，那麼，他就是自由的。」[6] 所以說，「個人自由是和整個社會都必須完全地、永久地從屬某個單一目的的至上性這一觀念水火不容的」。[7]

自由可呈現為內在的自由和外在的自由，或所謂積極的自由與消極的自由。自由首先就是自我主導，是清除阻礙自我意志的障礙。也就是以賽亞·伯林 (Isaiah Berlin) 所說的：「自由的根本意義是掙脫枷鎖、囚禁與他人奴役的自由。其餘的意義都是這個意義的擴展或某種隱喻」。[8]

文學的創造正是這個意義的擴展或隱喻。

你強調：文學不是為政治服務的。文學也不服從某種教化。文學不是商品。文學實際上只是對人自身存在和他生存環境的觀照。

也就是說，僅僅只能關注一個普世的人性而已。不要給文學過多的擔當，因為怡情悅人的文學，最不想搭載宣傳、傳道、道德、教化、淑世等責任、道義、理性重負。通常情況下，責任、道義、理性等重負，也是來自第三者的期待、要求、闡釋，越出了文學的情域，或被批評家的話語綁架。

寫作源於內心的需要，文學只是語言在說，和說語言而已，是你觀照自身和確立存在意義的語言表述。文學更是用語言呈現自我對人生和生存環境的觀察。

語言意識的背後隱藏着一個自我。

這個自我可以是「我」，是「你」，是「他」或「她」。

你的這一純粹的非功利的文學觀，真像一個童話。

如同你在母親教導下所寫的日記，更像你領獎台上的給瑞典國王的答詞。

母親教導你寫的日記，是文學，也不是文學。

母親指導你和弟弟遊戲式的演戲，是戲劇，也不是戲劇。

有傳播過程和讀者時才是文學。所以，寫日記的人很多，日記體作家寥寥。

有舞台和觀眾時才是戲劇。因此，正常的夫妻生活，或者夫妻對話與反詰，並不是戲劇。

從這個意義上說，每個人實際上都有變成作家或演員的可能，也僅僅局限於可能而已。

2

「一個社會如果不承認每個個人自己擁有他有資格或有權遵循的價值，就不可能尊重個人的尊嚴，也不可能真正地懂得自由。」[9]

哈耶克所講的道理其實很簡單。愈是簡單的道理，在行為的公共領域，執行起來愈是艱難。說真話，講真相其實很難。正如同光亮的背後是陰影，敞開的另一面就是遮蔽。統治與被統治，自由與奴役，正是建立在這樣的近於自然法則的頑石之上。謊言、欺騙和對未來的許諾，恰恰就是政治的遊戲。於是，爭取自由、民主的個人行為和要求真相的最低訴求，就與社會主流意識形態、政治權利階層形成一種矛盾、衝突的張力。

因為自由有一個必要前提，那就是在實現個人自由的同時，也尊重他人的自由，這就是自由的內在制約。現代社會的民主正是建立在基本人權之上有制約的自由。「責任與協調，尊重與寬容，都是現代社會實現個人意志與自我意志的一些必要條件」。[10]

你說文學作為人類的一種純粹的精神活動，並無功利目的，只是憑藉語言，得以自我完成。「對語言藝術來說，世界即語言，否則便無從認知」。[11]

文學作品歸根到底是語言的實現。

文學創造對於你來說，「不過是一種自救，或者說，是一種自我選擇的生活方式」。[12]

2009年獲得諾貝爾文學獎的赫塔·米勒（Herta Müller）說「語言有不同的眼睛」，「寫作是唯一我能成為我自我的事情，因為在專制制度下……可以這麼說，寫作提供我一種能堅持活下去的東西」[13]。「活下去」是人最為根本的訴求，卻要依靠寫作來實現，本不該有如此重任的寫作，偏偏被賦予承擔這一使命的責任。這正是詹姆斯·喬伊斯近於高級黑的幽默：「擠壓我們，我們是橄欖！」因為真正具有獨立精神和自由思想的作家，在極權專制的壓榨下，心靈可能被磨礪的愈發光亮。

你說在極權國家，純粹的形式，被視為形式主義。純文學被視為對現實政治的疏離。因此，形式本身，和所謂的純粹問題，都是政治問題。這就是所謂的「被政治」化，完全來自作家和文本之外，而又是作家和文本存在其中的在場。通常是難解難分的糾纏和作家必須直面的現實。這麼說也是對你「逃亡」之說的理解。

極權是與主義相關聯的。主義即排他。純形式或純文學，首先被視為對主義的抗爭，是借非主義觀念對主義的造反。

極權主義是讓眾數無思想和相信一個神。

純粹的形式和純文學恰恰是要消解主義，或堅守沒有主義，走向自我、個體，是要擺脫神的控制和主義的束縛，走向個體鮮活的生命體驗。在體驗中達到自我實現，在實現中確立和堅守屬自己的主義。

　　自我和自由是文學的精神空間，也是純粹形式的可能性條件。你同時也充分認識到：「自由並非天賦的人權，而夢想的自由也不是生來就有，也是需要維護的一種能力，一種意識，況且也還受到噩夢的干擾。」[14] 自由的鳥兒，常會因自我膨脹的私慾和自己對他人的干預、控制，或不願為自由本身負自我限制的責任而飛掉。

　　因此你堅持自己的藝術主張：「一個藝術家要想得到最大的創作自由，恰恰要擺脫種種陳規和觀念，最好是沒有主義，擺脫意識形態的束縛，也不受時尚潮流左右，忠實於自己的審美感受。」[15] 能否贏得這種自由，關鍵還是取決於自己的勇氣和信念，取決於內心的那個自我。

3

高行健：徘徊靈山的人生

　　文學是人性的藝術見證，但不是實錄，只是語言製造的感性迷幻。真中有假和假中有真的模糊性、神秘性、仿真性，通常是讀者的閱讀期待和想像的感情附和。知識、閱歷、經驗時常會決定接受的層次。因此，也就有不同讀者反應出的差異性。如果有讀者說文本中的那一個就是我，或我就是文本中那一個，這說明文本抵達了人性的深度，喚起了共鳴，同時也讓讀者自覺地移情於其中的人物。同時，作為自由的象徵的文學從不以一統、專制的口吻，要求不同的讀者，相信有絕對的真理存在於文學之中。

　　你強調小說的形式恰如小說，都是作家創作出來的，原本十分自由。

當你感知寫作小說、劇本可以給自己一個正當而又美麗的庇護，語言文字的自足性和創造性，將你的內心世界和外部世界彌合為一個相對完整的屬你個人的自由世界時，文學可能讓你獲得第二次生命。於是，你有巨大的滿足感和成就感。

這世界到處是謊言，你同樣在製造文學的謊言。[16]

如同好兵「帥客」的自我反諷：「只要我們活着，我們就是在自我欺騙。」[17]

對於你來說，文學是言說的需要，是非發洩不可的苦難的記憶的回放，是自我的發洩的滿足，掩蓋着生存、性等慾望的本能的衝動。

你唾棄政治的把戲，同時又在製造另一種文學的謊言，而文學也確是謊言，掩蓋的是作者隱秘的動機，……自然有更深層本能的衝動，恰同動物。同一般動物的區別則在於這衝動如此頑固而持續，不受冷暖饑飽或季節的影響而不可抑止，……你揭露祖國、黨、領袖、理想、新人，還有革命這種現代的迷信和騙局的同時，也在用文學來製造個紗幕，這些垃圾透過紗幕就多少可看了。你隱藏在紗幕這邊，暗中混同在觀眾席裏，自得其樂，可不是也有一種滿足？[18]

文學是自由的象徵。就像當年在大西北思想犯集中營勞教的畫家高爾泰，因敦煌壁畫的刺激而產生出所謂美是自由的象徵一樣。這種對自由的認識，是以生命的極端體驗換來的。

「垂垂楊柳暗溪頭，不問東西卻自由。幾度醉眠牛背上，數聲橫笛一輪秋。」（釋道樞《頌古三十九首》）

生活禪，平常心。平常之中得大道。

你說自由自在，這自由也不在身外，其實就在你自己的身上，就在於你是否意識到，知不知道使用。「說佛在你心中，不如說自由在

你心中」。[19] 自由不理會他人，不必由他人認可。無依、無他，超越他人的制約才能贏得自由。因而，你說「表述的自由同樣如此」：[20]

> 自由短暫即逝，你的眼神，你那語調的那一瞬間，都來自內心的一種態度，你要捕捉的就是這瞬間即逝的自由。所以訴諸語言，恰恰是要把這自由加以確認，哪怕寫下的文字不可能永存。可你書寫時，這自由你便成看見了，聽到了，在你寫、你讀、你聽的此時此刻，自由便存在於你表述之中，就要這麼點奢侈，對自由的表述和表述的自由，得到了你就坦然。[21]

你對自由的這一確認，首先是對自我存在的確認。生命的非常體驗，並不是給所有體驗者留下文學的資源。大千世界的苦難和極端體驗很多，能用文學呈現的人卻甚少。你能夠自由表述而成為文學家，因文學而對自由又有了進一步的確認。

生性敏感的人，注重細節的感受。文學正是細節感受的最好表述。

生性敏感的人，對痛苦、憂傷的感覺往往會轉化為文學的獨語。在說給自己聽的時候，消解和排遣掉痛苦和憂傷。正如同失戀者往往要歌唱愛情，會成為詩人。

你說：

> 他所以還寫，得他自己有這需要，這才寫得充分自由，不把寫作當作謀生的職業。他也不把筆作為武器，為什麼而鬥爭，不負有所謂的使命感，所以還寫，不如說是自我玩味，自言自語，用以來傾聽觀察他自己，藉以體味這所剩無多生命的感受。
>
> 他同以往唯一沒割斷的聯繫只是這語言，當然他也可以用別的語言來寫，所以還不放棄這語言，只因為用來更

方便，不必去查字典，但這方便的語言對他來說並不十
分適用，他要去找尋他自己的語調，像聽音樂一樣傾聽
他的言說，……語言如此輕便倒還讓他着迷，他就是
個語言的雜耍者，已不可救藥，還不能不說話，那怕獨
處也總自言自語，這內心的聲音成了對自身存在的確
認，他已經習慣於把感受變成言語，否則便覺得不夠盡
性，……[22]

自我玩味、自言自語、自身存在、自我感受，靠語言傾聽自己。
說起來簡單，大實話，心裏話，明明白白。

當然，文學的言說有時近於廢話，所說的詞語就是詞語，本身沒
有意思。其意思卻在於你如何賦予、如何闡釋。「廢話不廢話，並不重
要。要緊的是你還在說，你之所以為你，只因為你還有言詞」。[23]

可以說，這種自由的文學和文學的自由都是因語言而存在。

你說你存在。

我說我存在。

當然，更有存在的文本作為這種存在的見證。「從有主語之我到
無主語之我，換句話說，從有我到泛我，乃至於無我，再轉換到
你，再轉換到他，那你我乃我之對象化，而他我，也可以視為我之
抽身靜觀，或謂之觀想，何等自由。我寫《靈山》的時候，便找到了
這種自由」。[24] 自由造就出了以人物替代人稱，以心理感受來替代情
節，以情緒變化來調整文體，無意講述故事又隨意編造故事，類似遊
記又近乎獨白的這樣一部小說。

你、「靈山」、《靈山》與讀者，共同建構了一種有靈性的新的小
說形式。

你、他、《一個人的聖經》的作者有了可以自由言說的機會和反
省、審視、靜觀的距離，才可能有《一個人的聖經》的敞開與澄明。

創新得益於自由：言說的自由和自由的言說，以及自由的痛苦和自由的憂傷給你帶來的快樂與安詳。[25]

你特別強調自由絕對排斥他人，倘若你想得到別人的目光、他人的讚賞，更別說嘩眾取寵，而嘩眾取寵則是活在別人的趣味裏，成為他人的玩物，快活的是別人而非你自己。這時自由的鳥兒飛向他人，留給你的只是一地鳥毛和鳥糞。

沒有主義，就是徹底擺脫意識形態的束縛和現實的功利誘惑，在純粹精神的個體空間裏，擁有充分的生活自由和文學創作自由。你將自由與文學的合構，清醒地搭建在肉身與自我的雙重逃亡之上：

> 個人面對席捲一切的時代狂潮，不管是共產主義的暴力革命或法西斯主義發動的戰爭，唯一的出路恐怕只有逃亡，而且還得在災難到來之前便已清醒認識到。逃亡也即自救，而更難以逃出的又恐怕還是自我內心中的陰影，對自我倘若沒有足夠清醒的認知，沒準就先葬送在自我的地獄中，至死也不見天日。這自我的地獄也即妄念，同樣窒息人，令人毀滅。而文學可以是一服清醒劑，喚起人的良知，發人深省，既有助於人觀察這大千世界形形色色的眾生相，又喚醒人觀審內心的幽暗。文學雖然借助於人們已有的人生經驗，所達到的洞察力卻勝過一切預言。[26]

「高空有月千門照，大道無人獨自行。」[27]

注釋

[1]　彭富春：《無之無化 —— 論海德格爾思想道路的核心問題》，第 3 頁。

[2]　高行健：〈對繪畫的思考〉，《沒有主義》，第 334 頁。

[3]　萬之：《諾貝爾文學獎傳奇》，第 101 頁。

[4]　普濟：《五燈會元》（蘇淵雷點校）卷第十三，第 791 頁。

[5]　高行健：〈沒有主義〉，《沒有主義》，第 9–10 頁。

[6]　轉引自哈耶克（又譯海耶克，Friedrich Hayek）：《通往奴役之道路》（*The Road to Serfdom*）（王明毅等譯），第 82 頁。

[7]　哈耶克：《通往奴役之道路》（王明毅等譯），第 195–196 頁。

[8]　以賽亞・伯林：《自由論》（胡傳勝譯），第 54 頁，譯林出版社，2003。

[9]　哈耶克：《自由秩序原理》（*The Constitution of Liberty*）（鄧正來譯）上冊，第 93 頁，生活・讀書・新知三聯書店，1992。

[10]　高行健：〈個人的聲音〉，《沒有主義》，第 105 頁。

[11]　高行健：〈中國流亡文學的困境〉，《沒有主義》，第 127 頁。

[12]　高行健：〈中國流亡文學的困境〉，《沒有主義》，第 122–123 頁。

[13]　萬之：《諾貝爾文學獎傳奇》，第 295 頁。

[14]　高行健：《一個人的聖經》，第 36 頁。

[15]　高行健：〈藝術家的美學〉，《論創作》，第 92 頁。

[16]　高行健：《一個人的聖經》，第 201 頁。

[17]　米蘭・昆德拉：《生活在別處》（袁筱一譯），第 427 頁。

[18]　高行健：《一個人的聖經》，第 201 頁。

[19]　高行健：《一個人的聖經》，第 307 頁。

[20]　高行健：《一個人的聖經》，第 3 07 頁。

[21]　高行健：《一個人的聖經》，第 306 頁。

[22]　高行健：《一個人的聖經》，第 419–420 頁。

[23]　高行健：《高行健劇作選・夜遊神》，第 387 頁。

[24]　高行健：〈文學與玄學・關於《靈山》〉，《沒有主義》，第 195–196 頁。

[25]　高行健：《一個人的聖經》，第 307 頁。

[26] 高行健:〈自由與文學〉—— 德國紐倫堡 —— 埃爾朗根大學國際人文研究中心舉辦「高行健:自由、命運與預測」國際學術研討會演講稿,《自由與文學》第 49 頁,聯經出版事業股份有限公司 (台北) ,2014。

[27] 普濟:《五燈會元》(蘇淵雷點校) 卷第十九,第 1243 頁。

高
行
健
:
徘
徊
靈
山
的
人
生

13
身體、愛慾與語言

1

魯迅在〈我的第一個師傅〉一文中說到他出家的三師兄也有了老婆，而且出身是小姐，是尼姑，還是「小家碧玉」。當他曾以「和尚應守清規之類的古老話」來嘲笑這件事時，卻受到三師兄「金剛怒目」式的「獅吼」：

「和尚沒有老婆，小菩薩那裏來！？」[1]

語走偏鋒，轉義轉識，一劍封喉。

這正佛教「離是」「離非」的「不二」語言邏輯，是直達「事理之至極」和「有事之由來」的「究竟本緣」。

小說和戲劇有時會媚俗。這種媚俗是為了求得市場的暢銷和觀眾喝彩的世俗。

媚俗的具體表現通常可能是：色情、神秘、暴力和政治黑幕。中國式的數千年的媚俗無外乎兒女情長，男歡女愛；英雄氣短，報應團圓。因此，極端的抵達人性深處的悲劇甚少。當然更有「先有答案並排除一切新問題」的所謂主流意識形態的話語。

性與色情或情色有無法分離的糾纏。何況所謂的色情通常來自第三者的目光。兩性之間，不關情色。

你說自己特立獨行，不會屈服於市場，你的小說不是迎合市場，不是為了暢銷。

這是事實。你在得諾貝爾文學獎之時也的確如此。就連關聯愛慾性事的《一個人的聖經》也不是暢銷書，只是一本精神的逃亡書。

性是你一個人的聖經，是你自由的天堂，是你作為聖徒的自我救贖。也就是你所謂的「你是你自己的上帝和使徒，你不捨己為人也就別求人捨身為你，這可是再公平不過」。[2]

性在你的筆下是極端的人性展示，不是為暢銷市場而投下的媚俗的誘餌。

　　以現實的「你」的冷眼，看歷史的「他」。以「你」的自由、感性的生活，映照、反思「他」揮之不去、無法忘懷的過去，以期達成自己失而復得的風月情色生活的完整。

　　你於是成為在場的遊戲中永恆的遊戲者。性是你文學的自由王國，是東方世界和西方世界的整體性的牽引，是一叢叢充滿着自然、生命、理想、愛慾、感性、理性、歷史、現實、自我、社會、恐懼、美感、冒險的糾纏。浪子一身，縷縷遊絲，密密情網，關聯着情感與理性，遮蔽與敞開。

　　性愛是生命最基本的一種自由體驗，是你自己對生命意識，和自我存在意義的人生享受，是做人的基本權利和意義。本能的需求是最人性的。正像你小説中對「他」的言説：

> 他還好色，少年時就偷看過他母親還年輕美好的裸體，在他母親洗澡的時候。從此，由衷喜愛漂亮女人，而他沒女人的時候，便自己下筆，寫得還相當色情。這方面，他毫不正人君子，甚至羨慕唐璜和喀薩諾瓦，可沒那艷福，只好把性幻想寫入書中。[3]

　　有時性是一種冒險，冒險放縱冒險者，使之成為遊戲者，遊戲人生，遊戲他人，遊戲自身。海德格的説辭是「作為冒險的存在把作為所冒險者的一切存在者保持在這種牽引之中」。[4] 在這種有所聚集相互牽引的放縱中，隱藏着形而上學的、根據存在來思考的意志的本質和生存的本能。你因性的冒險而存在，因性的遊戲而生存，因生存而文學，因文學而生成意義，因意義而提升存在的價值，因價值而顯示你的自我。這是相互牽引的力量的發散。一旦因牽引而生成意義，你想擺脱，想退出，想解釋，也就由不得你了。當然，你也就由他們解釋去了。

德語詩人里爾克（Rainer Maria Rilke）喜歡用「敞開者」一詞來命名那種整體牽引。「敞開意指那個沒有鎖閉的東西。它沒有鎖閉，因為它沒有設立界限。它沒有設立界限，是因為它擺脫了所有界限」。[5]

當然，里爾克所說的敞開者並不是指天空、空氣和空間，而是「它在自身之前和自身之上就具有那種不可描述的敞開的自由 —— 這在我們人這裏也有等價的東西（極度短暫），但或許只是愛情的最初瞬間，那時，人在他人身上，在所愛的人身上，在向上帝的提升中，看到了他自己的廣度」。[6]

借用這樣的解釋，是否可以說，這也許就是你將小說命名為「聖經」的文學的理由？「聖經」和「天堂」在你這裏，均有特殊的所指和關聯。也可以說這種敞開是自由的保證，是對自己不再感到羞恥的呈現。

你一直在為自己的一切，一切的一，尋找理由。

為自由尋找理由，為性的自由尋找理由，為被限制的性的自由尋找理由，為離婚，為不要婚姻，為不得不割捨的父子親情、兄弟親情，尋找理由。

在 1982 年 2 月 26 日寫於北京的《雨、雪及其他》的一個短篇中，你曾作為你的小說敍述者說過「家庭是一副有彈性的枷鎖」。[7]

我說即便愛得圓滿的人的家庭也是一副有彈性的枷鎖。因為在愛的高潮中，儘管痛苦，又那麼幸福，這時候這副枷鎖在你的身上就不那麼硬邦邦，而是軟的，溫順的，所以就是有彈性的。當遇到一定的困難，各方面的家庭負擔壓下來的時候，你就會為家庭感到痛苦，就會想當初沒有成家時怎樣怎樣，因為再美滿的家庭也不可避免矛盾。到那時候這枷鎖就緊緊地箍在一起，等這陣子過去之後，又鬆開了，這就是我的理解。我就這麼寫的。所以我不希望任何人將來佔有我，我也不去佔有別人。那種佔有算不上愛。[8]

這一切，你說是你文學的理由之一。因為太多的理由就不稱之為理由，那只是說辭，一種隱含心語的聲音。

沒有是另一種有。你說是不願意因你的言行而連累他們。這自然可以是理由。

你感同身受。

但你同時承認，「我同女人的關係最終總失敗」。[9]

當然，還有你所說的男權下女人的悲劇：

屈死的總歸是女人。[10]

你對她說這青鳥就像是女人，愚蠢的女人自然也有，這裏講的是女人中的精靈，女人中的情種。女子鍾情又難得有好下場，因為男人要女人是尋快活，丈夫要妻子是持家做飯，老人要兒媳為傳宗接代，都不為的愛情。[11]

這是徹頭徹尾的實話，甚至不關社會，是人性的表現。這些話一方面是社會化的男權集體意識的真實流露，另一方面更是你自己婚姻生活的見證。「女子鍾情又難得有好下場」的這一說辭，就有現實的依據，且發生在你曾經的婚姻生活中。

這種看似冷酷的極端體驗式表達，與「婊子無情，戲子無義」具有相同語言邏輯。在世俗的生活中，人們認同「婊子無情，戲子無義」；而文學的世界裏，卻是要表現和顛覆世俗生活，讓婊子有情，戲子有義，在非常態下，展示人物的悲劇性或喜劇性。

男人和女人不同的是，她們通常以為煩惱來自男人，把罪惡之源歸咎於男人，如同伊甸園裏亞當的誘惑。一旦失意，自己的怨恨往往要向男人發洩。特別是當女人一旦確立煩惱和罪惡來自自我時，又通常會以自殘的方式來清理自己的過去，或以殘酷的自我清洗來了卻煩惱，三個互文的故事情節先後出現《靈山》、《冥城》、《生死界》中。《靈山》第48章中比丘尼[12]和《生死界》中比丘尼[13]都是持剪刀自我

剖腹，從一腔血污中托出五臟六腑，用纖纖素手，在水中寸寸洗理。《冥城》中的莊周之妻舉斧自斃後，到了陰間仍從腹中扯出血紅的寸寸柔腸，自我清洗。[14] 這自然是屬女人的一種極端痛苦的方式的獨特呈現，即依靠自我摧殘折磨這沉重的肉身來平靜內心和消除煩惱。極端的體驗也同樣是直達內心的路徑，是生命可以承受的自救方式，如同菩提即是煩惱，涅槃即是彼岸。

人生自古有情癡，此恨不關風月。

這裏回應一下你在《冥城》中這段文字表達：

> 黑白無常：（唱）男人擺得出一千條道理，
> 眾母夜叉：（唱）女人家死死就咬住一條，
> 黑白無常：（唱）男人徒然有一萬道妙計，
> 眾母夜叉：（唱）女人嘛，祗多一份風騷。[15]

我妻子在看到這裏後對我說：「所以三十六計中，男人玩不了，還有專屬女人用的美人計！這時候，女人的資本只是愛慾下的身體。而且在男權的社會，這一計謀通常又被男人使用。」

《逃亡》一劇中「中年人」與「姑娘」的對話更進一步：

> 中年人：誰都有慾念，男人同女人在這一點上並沒有
> 　　　　區別。
> 姑　娘：可女人的慈愛你們男人有嗎？你們只一心想佔
> 　　　　有，攫取，你們想到過給予女人什麼嗎？可女
> 　　　　人除了是個女人，還是母親，她總寬容你們，
> 　　　　哪怕你們那麼貪得無厭，哪怕自己一再受到傷
> 　　　　害。[16]

孔孟的治國理念和社會穩定的大政策略是禮教、秩序。個體的人只能屈從於這一禮教、秩序的蒼穹之下。所謂的入世，也就是如何努力向上，融入社會的禮教、秩序之中。社會通常是以禮殺人，個人卻

會因情自殺。理與禮構築的堤壩，常被情的洪流衝垮。文學所關注的人性主題恰恰就在這個點上。

所以中外文學批評家才會有文學永恆的主題是愛情，抑或是私情，抑或是通姦的極端說辭。

你的表達更為通透：「聖經」和「天堂」。

「智極成聖，情極成佛。」(湯顯祖)

無問自說，無尋無伺。

2

世界觀改變之後，價值觀、人生觀會隨之突變。在你的歷史的被遮蔽世界，和現實的敞開世界，這個敞開者是不同等價觀念的意義展示。你在被遮蔽世界裏，那種「在……之中」的生活，是一種政治瀰漫，人性惡極度膨脹的無序狀態，未被照亮地被包括、被吸引入純粹牽引的牽連之中。身不由己，無處藏身，無力自拔，無限悲憤。你用最本能原始的性來隱喻，來展示。絕望中尋找和產生希望，無意義中尋找和發生意義。

性就是你的政治。確切地講是中國社會形態中個體的情感政治。在這個意義上說，《一個人的聖經》又是一個微觀政治的文本。

對應的是另一個「在……之中」。那充滿愛慾與文明的世界，你能夠自行解蔽而作為無蔽者顯現自我，在純粹性的牽引中敞開和被自我照亮，自我拯救。你這時才感到最終保護自己的，是你的無保護性的自身，是外部世界給存在者身體和心靈最寬曠的內在空間的在場。

自欺與說謊是海德格所謂的「共在」。在生活中，這個「共在」不是常態。但作為「說謊的藝術」的小說，這個「共在」通常是一種狀態。也就成了薩特強調的「對實行自欺的人而言，關鍵恰恰在於掩蓋一個令人不快的真情或把令人愉快的錯誤表述為真情」。[17]

於是，你用敞開和遮蔽，用暗示和顛倒，用隱喻和象徵，將最內在的和最不可見的主體性空間，以現實和回憶方式，分離成兩個世界。這種內在回憶所展示的內在的東西，因意識的顛倒而成為語言的道說，因道說的澄明而「使表象之對象的內在性進入心靈空間的在場之中的內在回憶」。[18]

你的澄明，是你一個人，和與你糾纏、牽扯的在場者的性。

這在你看來是自身有意識的貫徹你生命旅程的本質存在的唯一活動。整個的主體和作為「個」存在的你，在性遊戲的道說中現身，在現身時道說。「個」與眾數之間的相互牽扯是遮蔽狀態下共同的在場。

在海德格看來，里爾克以「敞開者」這個詞所指說的東西，絕對不是以存在者之無遮蔽狀態意義上的敞開狀態來規定的。只是這種敞開狀態讓存在者作為這樣一個存在者而在場。里爾克所說的敞開者其實是：「恰恰就是被鎖閉者，是未被照亮的東西，它在無界限的東西中繼續吸引，以至於它不能遇到什麼異乎尋常的東西，根本上也不能遇到任何東西。某物照面之處，即產生界限。哪裏有限制，被限制者就在哪裏退回到自身那裏，從而專注於自身。這種限制扭曲、關閉了與敞開者的關係，並使這種關係本身成為一種扭曲的關係。無界限的東西中的限制，是在人的擺置中被建立起來的。」[19]

你掙扎着走出被遮蔽的在場，邁向敞開的未來。你的到達是語言的到達，是純粹道說中現身和隱身。在你沒有主義和冷的文學的主體空間，到達的途中愈是純粹，愈是本質，也就愈發澄明，愈是無保護性，愈發無意義。

無意義的東西本身就已經在示義了，有時甚至是更有意義的。[20]

你的自我是自我的地獄，也是你自我的聖經。

這實際就是海德格所說的「扭曲」和「扭曲的關係」。

> 你說你倒不怕寂寞，正因為如此，才不至於毀掉，恰恰
> 是這內心的寂寞保護了你。可你有時也渴望沉淪，墮落
> 在女人的洞穴裏。[21]

> 是女人給你注入了生命，天堂在女人的洞穴裏，不管
> 是母親還是婊子。你寧願墮落在幽暗混沌之中，不裝君
> 子，或是新人和聖徒。[22]

撕扯掉虛偽的面具，突兀出異端。絕對經驗，絕對冷峻、絕對嚴肅。在澄明的敞開中，不虛飾自己，也不讓筆下的人物矯情。赤子赤情，因赤赤而成佛。

是文學藝術的敞亮讓衣飾纏裏的人回到原形，讓個人的隱私衝出偽裝的遮蔽。是赤誠讓自己獲得這表達異端的權力。

其中「洞穴」的畫面在你後來《側影或影子》的電影中有更形象、更清晰地展示。可以說，在這一人性的點、面、意象和成像上，小說、繪畫、電影，有共同或一致的表現。不需要隱喻，可以直接、本真在無遮蔽狀態下呈現。如一盞澄明的蓮燈，肉身不再沉重。

因為生存的本質是在召喚中領會良知和罪責，在本能的此在中見證本真和自我。而此在的先行，必須在生存的處境中，就當下的可能性和不可知性，在冒險的在場中，將愉悅、快感、痛楚、怕、畏、極端、迷狂、異化帶入處境並展開本真的呈現。

日常生活，流俗的觀念與你無關。性因本真而超越，因本真道說而意義生成。你在這種生成中自我完善，在這種扭曲關係中自我實現。

海德格早年發出過「歷史主體的主觀性在何種程度上以及根據哪些存在論條件把歷史性作為根本建構包含在自身之中」[23]的疑問。

你用小說作了澄明的回答：性！

由山陰道上與一位 16 歲厚唇少女的相遇、交談,而產生「沒有在她家住下」的「後悔」。[24] 於是想「要找個人傾吐傾吐」。[25] 這時就由「厚厚的嘴唇」、「性感」、「無邪的淫蕩」、「無邪的美」,[26] 而陷入自我的遮蔽:

> 黑暗濃密得渾然成為一堵牆,再走一步似乎就要碰上。我禁不住猛然回頭。背後的樹影間透出一點微乎其微的燈光,迷迷糊糊的,像一團不分明的意識,一種難以搜索的遙遠的記憶。我彷彿在一個不確定的地方觀察我來的那個去處,也沒有路,那團未曾泯滅的意識只是在眼前浮動。
>
> ……
>
> 這蠻荒的黑暗中,恐懼正一點點吞食我,使我失去自信,也喪失對方向的記憶,再往前去,你將掉進深淵裏,我對我自己說。我立刻回轉,已經不在路上。我試探幾步,林間一條柵欄樣的微弱的光帶向我顯示了一下,又消失了。我發現我已到路左邊的林子裏,路應該在我的右邊。我調整方向,摸索着,我應該先找到那灰黑突兀的鷹岩。[27]

　　在遮蔽中尋求自拔,依靠心中的微光點亮蓮燈,使自己沒有掉進女人的深淵裏。然後,再由自我的遮蔽到被女性的形體所遮蔽:

> 我終於回到了黑壓壓的兀立的鷹岩底下,可我突然發現,兩側垂下的翅翼當中,它灰白的胸脯又像一位披着大氅的老婦人,毫不慈祥,一副巫婆的模樣,低着頭,大氅裏露出她乾枯的軀體,而她大衣底下,竟還跪着個裸體的女人,赤裸的脊背上有一條可以感覺到的脊椎槽。她雙腿跪着,面向披着黑大衣的惡魔在苦苦哀

求，雙手合掌，肘部和上身分開，那赤裸的身腰就更分明了，面貌依然看不清楚，可右臉頰的輪廓卻姣好而嫵媚。

她散開的頭髮長長垂在左肩和手臂上，正面的身腰就更加分明。她依然跪着，跪坐在自己腿上，低垂着頭，是一位少女。她恐懼不已，像是在祈禱，在懇求，她隨時都在變幻，此刻又還原為前一個年輕的女人，合掌祈求的女人，可只要轉過身來就又成了少女，形體的線條還更美，左側的腰部上的乳房的曲線閃現了一下，就又捕捉不到了。[28]

在這種遮蔽中聽自己說，在這種糾纏中自我解脫。從遮蔽到澄明，從澄明到遮蔽，有時就是這樣含混和反覆。所有關涉愛慾的語言，都可能是最美妙、最動人的樂章。也可能是語無倫次的囈語。自我可能不是在說語言，更多的是語言在說愛慾本身。同時，你心中更明白性愛的過程就是無聲的言說，或不能言說，不須要言說。所有的語言在性愛過程和直覺中都失去準確表達的詞意，只能是「像……」的比喻。人類發明語言，試圖言說一切，卻無法言說自身的這點生命衝動本能。語言文字在本能的官能感知面前，無能。這就是語言的自我限制。如同自己不能拔着自己的頭髮離開地球。

本能性的官能感知、直覺本身不需要語言。因此，有關性愛的言說，都是比喻或象徵。

男女之間通過性行為可以在身體上溝通，但內心卻是永遠無法真正的溝通，彼此無法知道對方真實的感覺，最終都是孤獨的「個」，語言只能部分地交流。正如同白天無法理解夜的黑暗。

你在自己的身體和性的覺醒的同時，也為女性的覺醒帶來了身體的言說。

舞蹈詩劇《夜間行歌》中「她」的覺醒，是走出男人為女人製造的所謂罪惡：

> 解脫掉男人製造的罪惡
> 女人只忠於自己的感覺 [29]

同時女人將身體作為自己的信仰，這恰恰合乎女人的天性。

> 倘若還有什麼
> 值得我們信仰
> 那就是自己的身體
> 讓五官興奮
> 優雅壓倒荒淫
> 倘還有什麼罪過
> 從今起一掃而盡
> 去挺身迎接
> 無比的歡欣
> 從無知中覺醒
> 更加美麗的是
> 我們的本性 [30]

本性就是自我，是自己，是從心活在當下的真實個體。

3

讀《一個人的聖經》時，我自然想到了俄國詩人帕斯捷爾納克（Boris Pasternak）的《齊瓦哥醫生》（*Doctor Zhivago*）和米蘭・昆德拉的《不能承受的生命之輕》。那兩本小說的男主人公齊瓦哥、托馬斯都是醫生。兩個醫生在職業生涯中本來只須要面對病人，職業之外，是常人。但卻因專制、暴力改變了現實，不得不面臨來自第三種人的壓

力：被極權專制改變和奴役了的人，對自己的精神奴役。人性的本能與政治的對抗，性與政治的兩個肉體、精神世界的對立、較量。

兩本小說都展示了性的本能，性的張力、性的自由和美好。同時，也都將性與政治作為人道與非人道、人性與反人性的對立，來進行審美判斷和普世價值的評判。無關乎道德、倫理，也就超越了道德、倫理。正如以賽亞・伯林對《齊瓦哥醫生》的評判：「它的主題是普世性，與大多數人的生活 (人的出生、衰老和死亡) 密切相關。……該書的主人公處於社會的邊緣，與社會發展的趨勢和命運密切相聯，但又不與之同流合污，在面對各種毀滅社會、摧殘和消滅許許多多其他同類的殘暴事件時，仍保持着人性、內在的良知和是非感。」[31] 這段話同樣也適合對《一個人的聖經》的評判。

被趕下台的前蘇聯總理赫魯曉夫 (Nikita Khrushchev)，自然也失去了人身自由。在賦閒中，赫魯曉夫讀到兒子謝爾蓋帶回的一本在他本人任上查禁的《齊瓦哥醫生》，他看完此書時後只對兒子說了一句：「我們不該禁這本書。我當時應該自己讀一下，這本書裏沒什麼反蘇維埃的東西。」

《一個人的聖經》中的「你」是一個脆弱的個人，一個本無輕重的小知識分子。「你」有兩種都是關聯個人的所好：性事與寫作。這都很自我，也很私密，前者是兩個人的行為，後者是一個人的自我傾訴。寫作的所好，就是對人性的洞察和文字呈現。本能的性的張力的展示，成為小說的政治文本和歷史文本的過程，一種行為的進行時，個體的存在與個人的自在，以性的行為過程，作為意義的生成，和人存在的價值體現。

《一個人的聖經》中性的慾望展示，是你「自在的絕對存在」，是「自由的存在的欠缺」。就是薩特從本體論上所強調的「慾望從根本上講是存在的慾望，並且它的特性是自由的存在的欠缺」。[32]

性與政治本是一個極端的命題，答案絕對詭異。

「性與政治」的關係，是生命本能的敞開與精神的被奴役、被壓迫的矛盾、對立。兩位醫生可以自由逃亡，卻不能承受被放逐，是因為國家－民族的「重」心不移。

本性是超越政治的。

極權專制可以改變人性的善惡，但無法改變作為人性本事的性的本性。

性行為中的人和政治行為中的人。

哪一個更人性，更健全，更純粹，更美好，更實在，更自在？

哪一個更醜惡，更邪惡，更無恥，更變態、更扭曲、更陰暗？

或哪一個更革命，更進步？

或更符合思想，符合主義？或更符合本性，符合人性？

或更集體，更愛愛國？或更愛自己，愛她人？

從齊瓦哥，到托馬斯，「你」繼往開來。

從性與政治，到超越政治的性與國家，性與兩個世界，性與兩種或多種文化。

齊瓦哥和托馬斯在反抗極權、專制、暴力的過程中，各自都經歷了從政治權利中心向鄉村的逃亡，但都因不能承受生命之輕而回歸國家、民族。在極權、專制、暴力之外，知識分子心中那個濃的化不開的情結：國家、民族及個體責任之「重」把他們擊垮。

在那個極權專制的年代，你曾經歷了第一次逃亡：從北京到皖南山區，重走了齊瓦哥醫生和托馬斯醫生之路。

你一葦航之，再一次逃亡，是因為你不再負載國家和民族之「重」。

因為所有獨裁者的指令，都是假借國家、民族的名義。

你不再承受這個所謂的「重」，你不代表，也不要代表、不願代表、不能代表所謂的國家、民族。就像你絕對排斥言說中的「我們」。

借用以賽亞‧伯林在《浪漫主義的根源》（*The Roots of Romanticism*）中對「深度」的解說，這裏關聯起「你」了。可以說，「我」是文學「深度」，「你」是文學「廣度」。既是出發點，也是發散點。如果說「我的任何描述總是打開通往更深遠之處的門」，那「你」就是門裏寂靜之音的傾聽者。

「你」只是一個脆弱的個人，只代表「你」自己。

直到「你」與「她」成為兩個性別的世界，兩個個體的符號，兩個詞與物。

從性與政治的倫理敍事，到「你」與「她」的性別敍事，進而外化為個體的符號和詞語。即只是語言在說話，只關注語言本身。

逐步逃逸出政治的祭壇、角鬥場，逃離國家、民族的生命之「重」和心理積澱的重圍，擺脫遮蔽，找到了林中路。

澄明即敞開。

因敞開而顯示自在。

因自在而明心見性。

見性即無。

生命中沒有輕與重。

只有我。

也因有我而有性。

說佛界無慾，是空。

你的禪界有慾。悠遊性海，笑傲煙波。酒肉穿腸過，異性伴生活，有佛在心中。欲隨身心所動，禪在生活中。

正如佛家偈語：千江有水千江月，萬里無雲萬里天。

生活禪。

注釋

[1] 魯迅：〈我的第一個師傅〉，《魯迅全集》，第 6 卷，第 581 頁，人民文學出版社，1981。

[2] 高行健：《一個人的聖經》，第 203–204 頁。

[3] 高行健：《一個人的聖經》，第 218 頁。

[4] 海德格爾：《林中路》(孫周興譯)，第 295 頁。

[5] 海德格爾：《林中路》(孫周興譯)，第 297 頁。

[6] 海德格爾：《林中路》(孫周興譯)，第 299 頁。

[7] 高行健：《高行健短篇小說集》，第 81 頁。

[8] 同上注。

[9] 高行健：《靈山》，第 152 頁。

[10] 高行健：《靈山》，第 54 頁。

[11] 高行健：《靈山》，第 55 頁。

[12] 高行健：《靈山》，第 309–310 頁。

[13] 高行健：《高行健戲劇集 8：生死界》，第 52–54 頁。

[14] 高行健：《高行健戲劇集 5：冥城》，第 92 頁，聯合文學出版社有限公司(台北)，2001。

[15] 高行健：《高行健戲劇集 5：冥城》，第 79 頁。

[16] 高行健：《高行健戲劇集 7：逃亡》，第 92–93 頁，聯合文學出版社有限公司 (台北)，2001。

[17] 薩特：《存在與虛無》(*Being and Nothingness*)(陳宣良等譯)，第 80 頁，生活・讀書・新知三聯書店，2007 (修訂譯本第 3 版)。

[18] 海德格爾：《林中路》(孫周興譯)，第 322 頁。

[19] 海德格爾：《林中路》(孫周興譯)，第 298 頁。

[20] 馬克・弗羅芒－默里斯：《海德格爾詩學》(馮尚譯)，第 39 頁。

[21] 高行健：《一個人的聖經》，第 101 頁。

[22] 高行健：《一個人的聖經》，第 143 頁。

[23] 海德格爾：《存在與時間》(陳嘉映、王慶節譯)，第 432 頁。

[24] 高行健：《靈山》，第 94 頁。

[25] 高行健：《靈山》，第 97 頁。

[26] 高行健：《靈山》，第 98 頁。

[27] 高行健：《靈山》，第 99–100 頁。

[28] 高行健：《靈山》，第 100–101 頁。

[29] 高行健：《游神與玄思：高行健詩集》，第 56 頁。

[30] 高行健：《游神與玄思：高行健詩集》，第 66–67 頁。

[31] 以賽亞・伯林：《蘇聯的心靈 —— 共產主義時代的俄國文化》(*The Soviet Mind: Russion Culture Under Communism*)（潘永強、劉北成譯），第 15 頁，譯林出版社，2010。

[32] 薩特：《存在與虛無》(陳宣良等譯)，第 709 頁。

14

奴役之路上的政治

1

「人生來自由，但無往不在枷鎖之中。」（盧梭《社會契約論》）

在通往奴役的路上，政治無處不在。謊言、暴力、服從、忠誠和反人性的監視、告密是極權專制最基本的政治策略。同時更有以消滅資本主義、建立共產主義為目的招魂，用共產共銷的名義將食、物控制，使個體賴以生存的最基本衣食被統一管制，外出流動的可能都沒有。體制的力量實在更強大。俄國革命家托洛斯基（Leon Trotsky）於1937年曾明確指出：「在一個政府是唯一的僱主的國家，反抗就等於慢慢地餓死。『不勞動者不得食』這個舊的原則，已由『不服從者不得食』這個新的原則所取代。」[1]

服從是最好的辦法，並且它有使人服從的力量。反抗及反叛等於餓死。在服從的過程中，我們可以看到一種真正的持劍者的權力：暴力在一邊而正義又在另一邊。因此與「改造論」、「工具論」和「馴服論」相伴隨是所謂的「忠誠」，即後來發展到極致的「三忠於四無限」。

沒有飯吃，便談不上自由。1957年，我從事小學教育的堂伯父，說了吃不飽飯的實話，被打成「右派」，開除教職，回鄉種田。

回到家裏，等待他的是堂伯母手持鞋底的一頓抽打。因為她不明白吃着「公家」飯的丈夫，怎麼還能說「公家」飯不好吃的壞話。不給你飯吃，看你還說不說「公家」的壞話！

一人一份口糧，家裏並沒有丈夫的飯，一家人的生活更困頓了。接下來是大饑荒，一家人都得了饑餓性「浮腫」。從此，堂伯父不再說話，或很少說話。時間久了，須要他說話的時候，他變得口吃了。

1997年，我在北京請一位長者吃飯，點了一份大蝦，順口說了句「據說這蝦尾有壯陽之功」。

得到的是長者的一句大實話:「四十年前大躍進、大饑荒時,隨便有個雜麵窩窩頭吃就壯陽!」

幽默得有點黑,但確實在陳述一種基本的常識。

所以衣、食、住、行、性,都是政治。

想讓文學繞過政治,或超越政治,很難。

《靈山》的路上,本是尋找敞開和自我敞開,卻時常被外在事實擊退到遮蔽之中。因夜半偷獵者的槍聲,你那並不寧靜的靈魂又處在不安之中。「被……」的感覺又浮現了:

> 就再沒有人說話,似乎等着槍聲再響。而槍聲也就不再響。這種破碎了又懸置的沉寂中,只有棚子外的滴水聲和抑鬱在山谷裏的風潮。你就似乎聽見了野獸的蹤跡。這本是野獸的世界,人居然還不放過牠過。四下的黑暗中都潛伏着騷亂和躁動,這夜顯得更加險峻,也就喚醒了你總有的那種被窺探,被跟蹤,被伏擊的不安,你依然得不到靈魂中渴求的那份寧靜……[2]

《夜遊神》中夢遊者的個人感覺是:「儘管你知道四下一雙雙大眼,你總被人窺探。你逃脫不了這設下的陷阱,不是人推你下去便是你逕自落進,你徒然反抗,以惡抗惡,以憤怒對強暴,以毀滅他人來挽救自己以免被他人毀滅竟依然落進他人的陷阱。」[3]

這兩段話,和喬治‧奧威爾《一九八四》中所要表達的異曲同工,即大洋國裏的常識成為一切異端中的異端的個人困境:「一個黨員從出生到死亡都在思想警察的監視之下。即使他一個人獨處的時候,他也永遠不能確定他是否真的是在獨處。不管他在哪裏,睡着或是醒着,工作或是休息,洗澡或者在床上,他都能在不經通知也不覺察的情況下被監視。他的一切行為都不是無關緊要的。」[4]

山陰道上，時常在被遮蔽中出現現實化、形象化的「被……」的
畏懼：

> 起初我心裏還有點遲疑，時不時扭頭回顧一下，爾後被
> 地獄的景象迷惑，再也顧不上思考。……我擔心是否
> 當時對老道心頭不潔淨引起他的詛咒，對我施加了法
> 術，令我墜入迷途，恐怖從心底油然而起，神智似乎
> 錯亂。
>
> ……
>
> 我必須煞住腳步，趕緊離開這山道，……我抬頭見樹
> 幹上竟長了一隻牛眼，迫視着我。我再環顧，周圍遠近
> 的樹幹都睜開一隻又一隻巨大的眼睛，冷冷俯視。
>
> 我必須安慰自己，這不過是一片漆樹林，山裏人割過生
> 漆之後廢棄了才長成這幽冥的景象。我也可以說，這僅
> 僅是一種錯覺，出於我內心的恐懼，我陰暗的靈魂在窺
> 探我自己，這一隻隻眼睛不過是我對自己的審視。我總
> 有種被窺探的感覺，令我周身不自在，其實也是我對於
> 自身的畏懼。[5]

政治本身是個「檮杌」（編按：一種兇暴的野獸，比喻為惡人），
人都會追逐利益，權利的誘惑和被誘惑，正是合乎人性的惡。迴避政
治、繞過政治，或超越政治、蔑視政治，以致於反政治、反抗政治，
這種心態、企圖、行為本身也就是政治。這就是湯馬斯·曼在 1933 年
引用華格納的話說：「想擺脫掉政治的人，就是欺騙自己的人。」[6]

> 你得找尋一種冷靜的語調，濾除鬱積在心底的憤懣，從
> 容道來，好把這些雜亂的印象，紛至沓來的記憶，理不
> 清的思緒，平平靜靜訴說出來，發現竟如此困難。

你尋求一種單純的敘述，企圖用盡可能樸素的語言把由政治污染得一塌糊塗的生活原本的面貌陳述出來，是如此困難。你要唾棄的可又無孔不入的政治竟同日常生活緊密粘黏一起，從語言到行為都難分難解，那時候沒有人能夠逃脫。而你要敘述的又是被政治污染的個人，並非那骯髒的政治，還得回到他當時的心態，要陳述得準確就更難。[7]

你說，在 20 世紀的中國，政治總是不斷地影響文學，文學和政治是個糾纏不清的問題。政治入侵文學，或文學介入政治，是 20 世紀以前從未有過的文學景觀。

你希望在充滿意識形態的時代，文學與政治保持距離，進而讓作品凸顯出來的是人性。因為你相信只有文學才能說出政治不能說的或說不出的人生存的真相。

「你自己是個流亡作家，你本身就充滿政治。」[8]

你說：「一個作家當然有自己的政治見解，在現實政治中，贊成什麼反對什麼乃至於公開發表政見，批評當權者或極權政治。我就一再表明我的政治態度，而且從不妥協去順應潮流或謀取利益。但是，我的文學創作必須遠遠超越現實政治，不作政見的傳聲筒。把文學變成政治控訴或吶喊，只能降低了文學的品格。文學不屈從任何功利，也包括政治功利。」[9]

你強調，「如果認為我把政治和文學拆開，本身就是一種政治，是反政治干預文學的一種政治態度。」

你說自己是靠一雙慧眼，在觀察這個世界的時候，也能觀審自我，從自戀中解脫出來。

你也曾對突發的政治暴力屠殺事件，公開發出過自己的政治抗議。

那是處於知識分子的良知和人類的正義，是面臨普世價值公共平台上的必然態度，更是政治倫理的道德底線上的橫站。

你時常借你的文本和舞台中的人物，表達你自己的政治理念。《彼岸》的「那人」，即不做群眾的尾巴，也拒絕做大眾的領袖，只想做一個獨立的有自我思想的個體。

你既沒有宣告藝術革命，也沒有宣告打倒他人，更沒有標榜自己是一個藝術的革命家，而是得慧能思想的啟發，明心見性。你發現「我執」也是地獄。「自我如果不加以認識的話，也會墜入地獄」。[10]

也正是這種清醒的自我認識，使得你沒有活在虛妄中，「也就知道，人有所能，有所不能，也就能把握到自由，去做自己可能做的事情」。[11]

主義的排他性，就是倡導主義者挖坑讓別人跳，最後自己也跳進去。

你說沒有主義，並不是沒有思想，沒有藝術主張，沒有自己的藝術形式和表現方法，而是超越某種哲學，去追問屬自己的意義的存在。沒有主義，就避免了信奉某一主義的偏執和極端，避免了主義的排他而對其他思想的革命。這樣才活得像個人，也即有尊嚴地活着。

2

「性不堪虛，天淵亦受鳶魚之擾；心能會境，風塵還結煙霞之娛。」（陳繼儒《小窗幽記》）

「勇於思者的所有勇氣都勇於對存在之嚴苛的迴響，存在之嚴苛把我們的思聚集到世界的嬉戲」。[12]

小說、戲劇可以是政治的嬉戲。

《一個人的聖經》是在還原政治，是在以象徵展示隱蔽的意義，以象徵賦予肉慾的天性，以象徵來消解至高無上真理，進而肯定當下人的自在和意義。

德國猶太女子馬格麗特被強姦的痛苦，與你痛苦的文革經歷，都是政治書寫，是極其明顯的政治符號。

小說演繹了「有多少表象，就有多少存在」的事實，同時也揭示了有多少存在，就有多少荒謬的政治。

你是通過自身的經歷還原那段存在着的荒謬。「還原得越徹底，被給予便展開得愈多」。即「還原愈是還原（自身），它便愈是擴展着被給予性」。[13]

你曾被政治奴役、強制，也就是說必須在那個被強加的政治中遊戲人生和被人遊戲：

> 可你說你倒是有過近乎被強姦的感覺，被政治權力強姦，堵在心頭。你理解她，理解她那種擺脫不了的困擾、鬱悶和壓抑，這並非是性遊戲。你也是，許久之後，得以自由表述之後，才充分意識到那就是一種強姦，屈伏於他人的意志之下，不得不做檢查，不得不說人要你說的話。要緊的是得守護住你內心，你內心的自信，否則就垮了。[14]

你說：「你慶幸居然贏得了表述的自由，再也無所顧忌，講你自己要說的話，寫你要寫的東西。」[15]

有機會在自由的無限制的世界，還原那段存在的荒謬時，你的意識裏是一種重新的被給予狀態。《一個人的聖經》中的政治，是被你文學化的政治，虛實相間，真中有假，假中有真。性與政治，亦虛亦實，亦真亦幻。過去是你曾被給予，此時可以說是被你給予。

就連我所熟知的人物「倩」，也只是一個文學的符號，一個被你所賦予政治觀念的符號，並非真實的「她」。

學文學出身的「她」說：「倩」不是我，那是屬高行健的筆下的女人。

「倩」有沒有你的影子？

「她」問答：阿彌陀佛，好冷的天！

晉中的冬天是寒冷的。皖南的盛夏又是那樣的炎熱。

你是「她」的初戀，開始在南京十中（金陵中學）的校園。因為愛，一同走進皖南，蜜月杭州。十里平湖，一輪秋月。古刹丹桂，見證天作地合，於是有了兒子高杭。

2009 年 9 月 12 日在上海與高杭再次相聚，他還無限深情說，自己是父母那段幸福時光的見證。

但高杭又說：

> 從我記事起，他們常會吵架，吵得厲害。我害怕。他們每次吵架，給我留下的只是恐懼。

你害怕什麼？

> 害怕他們離婚。因為他們一吵架就會說到這個。我害怕失去他們之中的每一個。何況那個時候，一個家庭中父母的離異，孩子會有強調的恥辱感和孤獨感。但後來的事實，我也就接受了。

> 小時候的記憶太深刻了，老是覺得父母吵架，是因為我不夠好。有一次繪畫在日本得獎了，拿給他們看，結果，還是離了。

對他有怨恨嗎？

> 你說呢？

受的傷害是不是一直未癒？

　　長大了，理解了，慢慢也就淡忘了！

忘得了？

　　你說呢？

你該不是也給我打禪吧？

不必言，不可言，不言。

我知道，父母離異，對高杭的學業和個人生活都產生了較大的影響。

3

　　你承認儘管自己離現實主義很遠，「小說還是不能脫離現實」。[16] 但你絕對不同意「認同」。你說寫作不求他人的認可，這才有自由。「我覺得作家和思想者的基本品格不是『認同』，而常常是不認同。我一直把『認同』二字視為政治話語。作為思想者和作家，講的寫的是文學話語、思想話語，而不是政治話語。」[17]

　　「認同」在心理學家那裏，原本是指個人對自身身分、覺醒的角色的自我認識，和自我定位。而政治社會活動中，「認同」卻時常被政治化和功能化。因為政治要求「認同」，如果無人跟隨、無人響應、無人喝彩，就玩不轉。就像你在舞台上表演，台下無人聽你忽悠，戲就演不下去。你說：「要求認同一種主義，一種時尚，一種話語，背後是權力和利益的操作。」[18] 商品社會，時常也要求作家去認同大眾的趣味，群眾就這樣跟隨偶像，成為盲流、蟻眾。因此，你提醒作家：如果隨大流，一味去認同，也就無思想、無文學可言了。

這自然也是你「文學的理由」：

> 文學也只能是個人的聲音——而且，從來如此。文學
> 一旦弄成國家的頌歌、民族的旗幟、政黨的喉舌，或階
> 級與集團的代言，儘管可以動用傳播手段，聲勢浩大、
> 鋪天蓋地而來，可這樣的文學也就喪失本性，不成其為
> 文學，而變成權力和利益的代用品。……

> 文學要維護自身存在的理由而不成為政治的工具，不
> 能不回到個人的聲音，也因為文學首先是出自個人的感
> 受，有感而發。[19]

因為你一直將追求純粹精神活動的人的本性的文學，視為冷的文
學。你認為「文學原本同政治無關，只是純然個人的事情。一番觀
察，一種對經驗的回顧，一些臆想和種種感受，某種心態的表達，
兼以對思考的滿足」。[20]

冷的文學實際上也是熱的政治的反動。梁啟超說自己曾熱於政
治，冷於文學、學術。從政治退身後，才居於「飲冰室」中。

不熱就不是政治。熱鬧、群眾、拉幫、結黨、派別、宣傳、鼓
動、欺騙、煽動、利誘、恐嚇、陰謀、陽謀、暴力、迷信、服從、吹
捧、神化，對歷史、現實的抹黑、遮蔽、顛覆，對未來的臆想、吹
噓、承諾，等等。這都是政治的基本元素。

> 冷的文學是一種逃亡而求其生存的文學，是一種不讓社
> 會扼殺而求得精神上自救的文學，一個民族倘竟容不下
> 這樣一種非功利的文學，不僅是作家的不幸，也該是這
> 個民族的悲哀。[21]

冷不僅僅使自己清醒，更重要的是，在一種冷的狀態下，唯熱
而能生存的一切生物自然滅亡，唯熱而能演化的腐朽不會生成，唯熱

而能產生的迷亂沒有條件。自然法則通常是最人性的法則，也是最殘酷、最公平的準則。

對政治的冷漠，是更高層次和更深意義上對政治的顛覆，也是根本上的顛覆。

這也是政治，是另一種政治。

如同你所倡導的另一種美學。

那就借「這主」之口，顯示一個冷的姿態：

現今，誰衝你笑都不信。[22]

一種受欺騙被凍透後的清醒。這屬一個自己站起來的人。

4

專制使人嘲諷。

在專制統治時期的東歐，站在精神與政治對立前沿的知識分子，會依賴思想，懷疑現實，諷喻社會，用文學、藝術創作介入政治。這自然也是一種內在良知推動下的自我選擇。[23] 東歐流亡作家與東歐流亡文學，多年來成為世界文壇一道悲涼、冷艷的風景。

更有意思的是，你把你的戲劇創作，看成是比哲學更為超脫的對政治的超越。優秀的戲劇家因深深觸及人性的複雜和人類的困境，而成為思想家。他們可以借助戲劇表達那個時代不敢公然表達的思想，「可以通過他的人物去表達他對社會、對時代和對人生的認識而擺脫政治和道德的禁錮」。[24] 超越哲學的邏輯思辨，借荒誕、變形、扭曲的人物身上的光芒，燭照遮蔽的現實。恰如民間生活中的「傻子說真話，呆子道真相」。

「你笑的是你自己！」

有時，戲劇玩的就是這個理兒。

你從戲劇的歷史長廊中驗證：王朝、政權、政治、集團、政黨、風尚、習俗，都可能是短暫的。而劇中閃爍的思想則依附於人物形象，可以是活生生的永恆存在，進而打動不同時代的觀眾。

這是戲劇的潛能，更是戲劇穿越時代的力量。這力量的背後就是永恆的人性。

你堅信和堅守的正是這一點。

正如萬壽無疆是不可能的，萬歲是沒有的。政權、政黨、政治及所有的權利糾葛都是短暫的，唯有文化是永恆的。

你要在這永恆的文化中，留下一道印記。

因為文化的永恆性，通常會超越政治，文化的力量會勝過權力、改變自然。

5

當然，在極權國家，特別是絕對極權專制的時代，「藝術形式之爭同樣具有政治內容。任何非官方倡導的藝術形式都可能視為政治顛覆，……形式主義，且不管什麼樣的形式，曾經是當權者的政敵」。[25] 1981 年，你一本薄薄的《現代小說技巧初探》，[26] 便引來了以正統自居者的敵視，視為對政治主流意識 —— 現實主義的顛覆。1983 年因《車站》再次招來被批判。政治的魔爪，就在你的頭上。因為極權專制時代，文學只能為政治服務。作家只能是奴才、侍女、弄臣、鼓手。與當權者、獨裁者合謀合奏，愚民，自愚。

你明知不可為而為之。當然，你也得助於中國改革開放的政治給予。先行，再先行！

波譎雲詭，無處不在的政治，和你勇往直前的突破。這是一對矛盾。二者之間的張力，最終將你迫上逃亡的路。

逃亡是對自由的選擇。這個自由對你來說是人身的自由，精神的自由，更重要是創作的自由。

來之不易，你得到了。

在得到的同時更是得道：禪悟！

6

「世界上最孤立的人是最強大的！」（易卜生《國民公敵》）

2000 年 10 月的那一時刻，及隨後的時光，你遭遇了如當年納粹時代猶太人的不幸。在最高獨裁者精神感召下，德國的貧窮者仇視猶太人的富有，富有者嫉恨猶太人的聰明。於是有了對猶太人的大屠殺。因為「極權以它的暴力和恐怖塑造社會中所有的人群，無論是充當加害者還是受害者，他們都同樣適宜」。[27]

每當傑出的東西產生，必然會面臨兩種截然相反的處境。其一就是偽君子和庸眾聯合起來的排斥、打壓，連那些本身已有些薄名的作家也加入對新生事物的詆毀隊伍，因為新晉的成功者會遮掩他們的光輝。

那一刻，你在故國遭遇了三種力量的混合絞殺：當權者的政治守成、作家的本能嫉妒、學者的思想匱乏。

前者是漢娜·阿倫特 1963 年出版的《艾希曼在耶路撒冷：一份關於平庸的惡的報告》一書中所說的最可怕、最無法言喻而又難以理解的「平庸的惡」。艾希曼不是最高的當權者，卻是負責執行消滅猶太人的「死刑執行人」。政治守成的當權者，也有這樣的「艾希曼」，在控制輿論的宣傳部門、新聞出版審查機構和所謂的「作家」行業協會。

阿倫特是通過真實的審判現場採訪報道，來刺激許多人的創傷記憶。她發現被關在玻璃籠子裏的兇殘戰犯艾希曼，怎麼看都是一個普通人，是國家機器的「小齒輪」。[28] 是官僚心態，習慣陳詞濫調，盲目服從，麻木執行，讓艾希曼成為那個時代罪大惡極的戰犯。這獨特的現場感受讓阿倫特清楚地意識到，惡的化身未必是狂暴的惡魔，在極權主義統治下，如果缺乏思考力和判斷力，每一個普通的平庸之輩，也可能是平凡、敬業、忠誠的小公務員，都可能成為惡的代言人或「死刑執行人」。

「平庸的惡」是讓人在體制內麻木的惡，其使人失去分辨善惡的能力，無法意識到自己行為的本質和意義，與「根本惡」同生共存。

這是因為「在極權制度下，不必是惡魔，任何一個平常的人都可能成為劊子手。在極權統治下，加害人和被加害人並沒有必然或本質的差別。任何人都可能無端地成為暴力殘害的對象，任何人也都可能成為兇殘狠毒的打手。誰在極權制度中『盡忠職守』，誰就註定不再能分辨對錯，不再能察覺自己行為的邪惡。他只是按照上面的指示辦事，不需要、也確實沒有個人感情、思想和悔意」。[29]

此書初版後，我也遇到了這樣的「艾希曼」。

你故國的官場現實：當政治正確或政治標準第一的時候，個人的良知、人格、道德乃至法律，都成為奴婢的順從。如同艾希曼在法庭上強調自己「是在履行他的責任；他不僅服從命令，而且還遵守法律」。[30] 下級對上級負責，惟命是從，為黨說話，而不是為老百姓說話。絕大多數的官員只對自己的官位負責，關心的是權力、金錢、美色。這一類「平庸的惡」的執行者，是屁股決定大腦。屁股坐在什麼位置，首先對那個位置負責，不需要大腦，不需要思想。那些五花八門，經過精心設計的具有強列偽裝、欺騙性的「語言規則」[31] 本身就是一個代號，它在日常語言中叫做謊言。雖是陳詞濫調，在給人洗腦過程中卻是絕對正確。

他們精神世界實際是很貧瘠的，沒有獨立的人格，和自由的精神。他們的貪婪，是因為他們物質和精神雙重的貧窮。面對你的成就，他們真的像貧窮者仇視猶太人的富有。這是典型的「平庸的惡」。他們與你無冤無仇，甚至不認識你。他們沒有思想，是體制下的生存者，和執行者。通常，他們也因平庸而能夠生存。他們不知道你究竟寫了些什麼，因為他們根本就沒有閱讀。他們用簡單的邏輯，將你與他們賴以生存的政治的對立面連在一起，就對上面交差了。複雜的問題，用政治的政治裁刀來處理最為簡單快捷。

漢娜‧阿倫特借「艾希曼」檢討了極權主義下個人的責任和罪行。強調極權主義之下，這種激進的邪惡，會徹底改變人性，進而造成不可抗拒的巨大的邪惡。許多人都可能成為極權主義下的「死刑執行人」。

在極權主義和恐怖主義精神氛圍的籠罩下，人們會失去獨立的思考能力和善惡判斷能力。阿倫特強調我們只有堅守辨別善惡的良知，堅持傾聽內心的道德律令，操持批判精神和承擔個體責任的道義，才能抵禦「根本惡」，同時阻止「平庸的惡」。

一個有獨立人格和自由思想的你，不願被奴役，你沒有主義的思想會消解主義。那些只有盲從主義，但他們也是根本不信什麼主義的「死刑執行人」，怎麼能承認你呢？

你再次見識了什麼是政治，什麼是不需要思想，什麼是平庸的惡。

你想從政治中逃逸，可以嗎？可能嗎？

我問你，你也問問自己！當然，無懼無畏的你，很快用《文學的理由》做出澄明的解答。

「朗月孤懸，眾星無及。」[32] 你故國的一些作家像那些「死刑執行人」的平庸者一樣，大多數也沒有，也不讀你的作品。當然他們不是你當年的那些知音、朋友。他們在這個體制下，因順應體制，迎合市場

而變得富有，他們像富有者嫉恨猶太人的聰明一樣。當然也有吃不到葡萄説葡萄酸的同行心態。

你的故國的大多數學者，他們是哲學家阿倫特所指出的普遍的「思想的匱乏」者——就是「盲目的依從傳統，使用陳詞濫調，死守宗教或是政治上的獨斷意見。這雖是一種懶惰的存在方式，但卻也是一種極為安全的生活方式，因為它迴避了思考所可能帶來的顛覆的危險」。[33]

日本作家村上春樹在《我為什麼去耶路撒冷》為題的訪談中講到了與阿倫特相近的看法：「人一旦被捲入原教旨主義，就會失去靈魂柔軟的部分，放棄以自身力量感受和思考的努力，而盲目地聽命於原理原則。因為這樣活得輕鬆。不會困惑，也不會受損。他們把靈魂交給了體制。」[34]

他們許多人不讀小説和戲劇，不只是不讀你的，是所有的。他們在大眾的輿論中，在盲從和死守中生存，成了庸眾。沒有讀過你的作品，可以跟着前兩種人所營造的輿論，一起説話。合乎事宜，非常和諧，極為安全！

入芝蘭之室，久而不聞其香；入鮑魚之肆，久而不聞其臭。謊言説千遍，聽者信以為真。

大合唱不是會有「濫竽充數」嗎？

不是有許多人都説自己看到了皇帝那漂亮的新衣嗎？

謊言是專制的新衣，專制是謊言的護身符。

是的，我也曾説我看到過！就像你明知沒有萬壽無疆，沒有萬歲，不是也隨順大眾一起高呼過萬壽無疆，呼喊過萬歲，萬萬歲嗎？

這使我想起德國哲學家雅士培反思納粹與專制獨裁體制時所強調的「在整體性的罪惡中，知識分子罪不可赦」的發人深省的問題。我們大多數的知識分子，特別是舞文弄墨的文人，1949 年以後，大都是

頌歌的引領者，是「反右」中落井下石的幫兇，是「大躍進」放衛星的吹鼓手，「文革」造神運動的歡呼者。當然，體制的威懾力，一方面你無法逃避，不容沉默；另一方面是沒有說話的自由，也沒有不說話的自由。

「人既不是天使，又不是禽獸；但不幸就在於想表現為天使的人卻表現為禽獸。」[35]

這就是現實的殘酷。

你必須直面和勇於直面，當然也是被迫直面。

因妻子猶太人身分的雅斯貝爾斯，遭受納粹十二年的迫害，在極端恐怖之下，經歷了被迫退休，妻子躲藏（要被送到集中營），夫婦逃亡，直至被迫到夫妻欲自殺的邊緣。1946 年，他在《德國罪過問題》(*The Question of German Guilt*) 一書中，將納粹時期德國人的罪責分為刑法、政治、道德和形而上四種不同性質的罪過時，特別強調作為道德性罪過，個人只有通過懺悔和自省來贖罪。而抽象性的形而上罪過，只有上帝具有審判能力。也就是，面對道德和抽象的形而上罪過，德國人是共同犯罪。那麼，這就須要整個民族來認罪、反省、懺悔。

與此同時代的 1934 年，俄國詩人曼德爾施塔姆（Osip Mandelstam）因一首諷刺斯大林的小詩，被大獨裁者及專制政府發配到海參崴（Vladivostok）負苦役至死。因有與斯大林通話機會，而沒有為朋友曼德爾施塔姆辯護的詩人帕斯捷爾納克為此終身懺悔。多麼驚人相似的世道，卻以不同的意識形態包裝。帕斯捷爾納克後半生的不安和懺悔，體現出的是這個民族偉大心靈的星光閃爍，是獨裁極權統治下死火中的熱量蘊藏。

一個民族有一群仰望星空的人，有守護死火的人，他們才有希望。

我驚詫於我們這個社會中個體的奴性、獸性、殘酷、健忘、麻木等種種惡行，不被社會所撻伐，不被個人的反省所修正，卻隨個人的淫慾所蔓延、滋長；更因對自我療救的絕望而時常陷入悲觀。

　　當老作家巴金倡議建立「文革」博物館，主張個人懺悔、自省時，應者寥寥。

　　我們沒有上帝，連位居高官的文化人，也說自己是執行黨的路線，跟隨毛主席走的，所以永不懺悔。這和艾希曼法庭上的自我答辯是驚人的相似。這種任性和偏見就是個人主觀的意見和意向，因為他們還停留在坐穩了奴隸的處境之內。在自己佔有相對的權利以及必須面對更強大的權力之時，他們沒有能力維持自我作為一種獨立的生存。他們面對一系列荒誕的存在，情願不自由也是自由了。

　　坐穩了奴隸的位置，為奴隸主大唱頌歌，為自身的處境叫好者是奴才。不願做奴隸者就有所謂的反抗。以暴易暴，以暴施暴。這是歷史的輪迴。這正是黑格爾所說的人類從歷史學到的唯一的教訓，就是人類沒有從歷史中吸取任何教訓。

　　難怪，我們走不出歷史的苦難！

　　也難怪，心有餘悸的你，對故國的政治心存畏懼！

注釋

[1] 轉引自哈耶克:《通往奴役之道路》(王明毅等譯),第 116 頁,中國社會科學出版社,1997。

[2] 高行健:《靈山》,第 38 頁。

[3] 高行健:《高行健戲劇集 10:夜遊神》,第 110 頁。

[4] 喬治‧奧威爾:《一九八四》(孫仲旭譯),第 194 頁,譯林出版社,2002。

[5] 高行健:《靈山》,第 433–434 頁。

[6] 沃爾夫‧勒佩尼斯(Wolf Lepenies):《德國歷史中的文化誘惑》(*The Seduction of Culture in German History*)(劉春芳、高新華譯),第 213 頁,譯林出版社,2010。

[7] 高行健:《一個人的聖經》,第 187–188 頁。

[8] 高行健:〈土地、人民、流亡 —— 葉石濤、高行健文學對話〉,《論創作》,第 254 頁。

[9] 高行健:〈劉再復與高行健巴黎對談〉,《論創作》,第 310–311 頁。

[10] 高行健:〈與高行健談文說藝座談會〉,《論創作》,第 278 頁。

[11] 高行健:〈與高行健談文說藝座談會〉,《論創作》,第 278 頁。

[12] 海德格爾:《思的經驗》(*Path of Thinking*)(1910–1976)(陳春文譯),第 64 頁。

[13] 讓-呂克‧馬里翁:《還原與給予 —— 胡塞爾、海德格爾與現象學研究》(方向紅譯),第 347 頁。

[14] 高行健:《一個人的聖經》,第 127 頁。

[15] 高行健:《一個人的聖經》,第 144 頁。

[16] 高行健:丹尼爾‧貝爾熱:〈第三只慧眼 —— 高行健訪談〉,《論創作》,第 290 頁。

[17] 高行健:〈劉再復與高行健巴黎對談〉,《論創作》,第 307 頁。

[18] 高行健:〈劉再復與高行健巴黎對談〉,《論創作》,第 307 頁。

[19] 高行健:〈文學的理由〉,《論創作》,第 4 頁。

[20] 高行健:〈文學的理由〉,《論創作》,第 7–8 頁。

[21] 高行健:〈文學的理由〉,《論創作》,第 8–9 頁。

[22]　高行健：《叩問死亡》，第 35 頁，聯經出版事業股份有限公司（台北），
　　　2004。

[23]　沃爾夫・勒佩尼斯：《德國歷史中的文化誘惑》（劉春芳、高新華譯），第
　　　216 頁。

[24]　高行健：〈戲劇的潛能〉，《論創作》，第 77 頁。

[25]　高行健：〈另一種美學・藝術革命的終結〉，《論創作》，第 126–127 頁。

[26]　高行健：《現代小說技巧初探》，廣州花城出版社，1981。

[27]　轉引自徐賁：《人以什麼理由來記憶》，第 33 頁。

[28]　漢娜・阿倫特：《艾希曼在耶路撒冷：一份關於平庸的惡的報告》（*Eichmann
　　　in Jerusalem: A Report on the Banality of Evil*）（安尼譯），第 58 頁，譯林
　　　出版社，2017。

[29]　轉引自徐賁：《人以什麼理由來記憶》，第 31 頁。

[30]　漢娜・阿倫特：《艾希曼在耶路撒冷：一份關於平庸的惡的報告》（安尼
　　　譯），第 142 頁。

[31]　漢娜・阿倫特：《艾希曼在耶路撒冷：一份關於平庸的惡的報告》（安尼
　　　譯），第 89 頁。

[32]　楊曾文編校：《神會和尚禪話錄》，第 46 頁，中華書局，1996。

[33]　蘇友貞：〈阿倫特的《心智生命》及中譯的可能問題〉，《當王子愛上女
　　　巫》，第 123 頁。

[34]　轉引自林少華：〈為了破碎的雞蛋〉，韓寒主編：《獨唱團》，第 1 輯，第
　　　15 頁。

[35]　帕斯卡爾：《思想錄》（何兆武譯），第 161 頁。

高
行
健
：
徘
徊
靈
山
的
人
生

15

革命的狂熱與虛無

1

革命不是請客吃飯，不是繪畫繡花寫文章，革命就是你死我活。

中國古代的革命觀念特指王者受命於天，改朝換代即天命的變更。歷史上的革命，可能是朝代更替的易姓革命，是湯武革命，是種族起義，是反抗異族入侵的民族動員，是政黨更替等等。總之，以正義、進步乃至決定存亡為號召、動員的暴力行為，體現出的最為直接的結果：你死我活。接下來就是以「合法」的名義恢復或重建權威、秩序。

一切革命或假借革命名義的基本表現形式就是阿倫特在《極權主義的起源》中所強調的：「歷史的每一次終結必然包含着一個新的開端；這種開端就是一種希望，是終結所能夠產生的唯一『神示』。」[1]

在 20 世紀，革命是世界性的現代神話，是世界範圍內原始幻覺的大爆發。知識分子以啟蒙者的身分參與了這一神話的製造。在以理想的烏托邦式的完美主義為號召的時代，以革命為進步的政治領域，革命過程的合理性和革命之後新體制、新秩序的合法性，是革命者自己確立的。立論持論，立法執法。革命的行為與革命的實際成果，與政治倫理和革命道德共同形成一個利益的紐帶，並呈現為絕對一致性和不可置疑性。於是有了極權的個人獨裁和極權專制社會的意識形態，有了給政治異己分子判罰的「反革命罪」。這正是法國學者尚·布希亞 (Jean Baudrillard) 所說的「完美的罪惡」。因為追求這一「完美」的過程就是要對真實世界的清除。這個真實世界裏是原始個體的人性、本能和由此相關聯的人道倫理的存在。通過幻覺來製造幻覺，必然產生用幻覺的方式來清除客觀存在的對應物，人人陷落其中，以遮蔽的方式，剪除自我、自然、自由的個性，誰也逃脫不掉。「凡是能向他們提供幻覺的，很容易就能成為他們的主人；凡是讓他們夢想破滅

的，都將成為他們的犧牲品」。[2] 同時在人類已有普遍存在的趨於道德惡的品行「根本惡」的另一端，產生「平庸的惡」。

古斯塔夫·勒龐在《烏合之眾》(The Crowd) 中尖銳地指出，群眾性行為本質上就是規範和消滅人的個體行為。一個有自己獨立意識的人，一旦受到歷史使命感的感召，加入受人民崇拜的意識形態鼓動的群體，就成了烏合之眾。「群體在智商上總是低於孤立的個人」[3]，其「道德水平十分低下」。[4] 烏合之眾有一種思想上的互相統一，這種統一表現為極端狀態下的集體作惡。「群體是個無名氏，因此也不須要承擔責任。這樣，總是約束着個人的責任感便徹底消失了」，[5] 像動物一樣行動。在群體狀態下，「每種情感和行動都具有傳染性，其程度足以使個人隨時準備為集體利益犧牲其個人利益」。[6] 受傳染的個人最容易受到暗示，而「被帶入一種完全失去人格意識的狀態」，[7] 處在一種無意識人格行為之中，往往「立刻把暗示的觀念轉化為行動的趨向」。[8] 這種大眾心理行為被後來的學者艾力·賀佛爾在《狂熱分子》一書中揭示為：「所有群眾運動都會激發起其追隨者赴死的決心和團結行動的意願；不管它們宣揚的主張或制定的綱領為何，所有群眾運動都會助長狂熱、激情、熱望、仇恨和不寬容；所有群眾運動都能夠從生活的某些部門釋放出強大的動能；它們全都要求信徒盲從和一心一意效忠。」[9]

厭惡自我的失意者、無產者，參加群眾運動，被團體洗腦、同化後，成為某種勢力的忠實信徒，進而變成革命的狂熱分子。因為參加革命的失意者、無產者最樂於看到世界急遽改變，無所顧忌地毀掉現實世界，奮不顧身地奔向信念指引的一個新世界。這正是他們自身命運轉變的機會。

社會因政治需要被強制分解為革命與反革命的兩大陣營。這是法國大革命的遺產，在蘇聯和其他隨後認同、追隨其意識形態和社會形

態的國家，革命成為政治的第一權力話語，和暴力的藉口、理由，以及必須的手段。革命成了現代社會新的神話。這一「神話」在中國社會最為直接的作用就是引導中國走向政治倫理的虛無主義之路，瓦解了數千年中國文化所凝結成的道德倫理標準，摧毀其自然性和客觀性，讓外來文化的烏托邦「主義」與中國固有「大同」理想合流，主觀性佔據上風。

革命通常是以運動的方式在悲劇性的深層無序狀態下進行，又往往呈現出喜劇或鬧劇的全體民眾的社會總動員。雷蒙‧威廉斯（Raymond Williams）認為這種「拯救全人類」的思想「帶有解決與秩序的終極色彩」，[10] 但在現實世界中，是「被剝奪了人性」和人性的消失。烏托邦主義和革命的浪漫主義帶給民眾的是自我毀滅的瘋狂、破壞和相互殘殺，進而使人性中的邪惡膨脹成為不可避免和無法挽救的事實。

同時，革命導致極權，極權導致獨裁，獨裁導致個人崇拜，個人崇拜導致全民瘋狂，所有人都被挾持或裹進暴力極權體制之內，而後自相殘殺。政治革命的第一權力話語，凌駕於人權、公理、道德、倫理、法律之上。一切行為甚至是邪惡的完全利己的個人行為 —— 權慾、物慾、性慾都可以借用革命的名義。只要他有權力在握。阿倫特指出所有大獨裁者通向極權統治之路上的重大舉措就是取消人的法律人格，摧毀人身上的道德人格，讓人的基本生存權懸空，進而在毀滅個性之時毀滅人的自發性。

同時，大半個世紀，革命借助標語口號迷人的宣傳之功，用超現實的空頭承諾，收到神奇的惑眾效果。宣傳把語言作為工具，欺騙與宣傳形影不離，自上而下通過宣傳建立起「一個謊言的共同體」。[11] 特別是年輕人被席捲入獻身革命的洪流後，成為革命的工具，和繼續革命的武器。政治革命的狂熱，掩蓋着精神被奴役的蒙昧，進而使得當權者有強推愚民政策的政治邏輯和群眾基礎。人性被改變後，成為兒

猛的動物。進而，使社會變成一潭幽黑的深邃無底的髒水。想乾淨做人，或獨善其身，都成為癡想。正所謂「夾路桃花新雨過，馬蹄無處避殘紅」(張公庠《道中》)。

華爾夫·勒佩尼斯(也譯沃爾夫·勒佩尼斯)指出，在納粹德國，「政治就是最高形式的藝術，國家就是一件藝術品」。[12]「任何夢想成為詩人的現代政治家，都會成為他國家的法西斯主義者，這似乎是自然而然的事情」。[13] 勒佩尼斯更是引用法國作家巴拉西拉奇(Robert Brasillach)的話說：「希特拉比任何人都清楚，要吸引公眾，民族主義運動就必須煥發出詩意的氣質。」[14]

中國的詩人政治領袖，更進一步，利用中國人數千年的文化傳統，特別是對天子明君的政治期待，於是借用革命與繼續革命的謊言打造了一場新的造神運動。

韓非子說畫鬼魅容易，畫犬馬難。希特拉的宣傳部長戈培爾(Joseph Goebbels)有「大謊與小謊」的著名說辭。即謊言太大不好證明，也很難被揭穿，就容易使人相信。因此，才會出現以最虛偽的憑空想像未來的主意和美好幸福的承諾，以至於整整兩代人為此犧牲了生命。謊言成為歷史後，更需要用謊言來闡釋、維護、加固，使之成為意識形態的立足點和體制存在的基石。

20世紀，多次革命。每一次革命，對於自由主義知識分子來說，都會失去很多東西——從土地、財富到知識、思想、靈魂，甚至是自由、肉身。現實生活中出現了如錢鍾書所指出的「革命在事實上的成功便是革命在理論上的失敗」[15] 的怪圈。因為在「革命尚未成功」之前，乃須繼續革命；等到革命成功了，便有人要人家遵命，若不肯遵自己的「命」，就要「革」人家的「命」。用暴力奪得政權的政治統治，必然還得靠極權專制下的暴力來維護。這就是法國政治家托克維爾(Alexis de Tocqueville)研究法國大革命所揭示出的「革命」的直接結論。醍醐灌頂，發人深省。

革命最初的努力是要結束專制政府的統治，以民主為號召力的反抗專制、暴政，演化為用軍事抗爭摧毀已有的體制。結果卻是它的政治體制中最本質的東西仍然未倒。人們想打倒專制政府，但卻限於將自由的頭顱又安放在一個受奴役的軀體上。因為這場由民主而轉化為暴力的革命，掃蕩了舊政府的舊體制，卻造就了一個新的中央集權，而這個中央集權，恰恰是啟蒙的反動。[16] 更為甚者，新的政治幽靈所產生的極權主義組織形態，並以新的更加專制的手段顛覆人類的常識。從法國大革命以來，歷次革命的歷史事實，有着這樣驚人相似的重複。

這裏，由一代又一代啟蒙知識分子的歷史命運，我想起並認同麥克斯‧霍克海默（Max Horkheimer，也譯馬克斯‧霍克海默）、狄奧多‧阿多諾這兩位因受德國納粹迫害而流亡美國的學者所著《啟蒙辯證法》（Dialectic of Enlightenment）中對虛假神話的揭露：「被啟蒙摧毀的神話，卻是啟蒙自身的產物。……啟蒙變成了神話，自然則變成了純粹的客觀性。人類為其權力的膨脹付出了他們在行使權力過程中不斷異化的代價。啟蒙對待萬物，就像獨裁者對待人。獨裁者瞭解這些人，因此他才能操縱他們。」[17] 於是就有了「每一種徹底粉碎自然奴役的嘗試都只會在打破自然的過程中，更深地陷入到自然的束縛之中」[18] 的怪圈。獲得自由的人最終變成了「群氓」，[19] 而新的神話確立之後，新的權威或獨裁者就會立即吞噬人們的反抗能力，並將其「群氓」的力量加以整合、利用。[20] 隨後的闡釋者從歷史和現實的糾結中看到了「啟蒙總是致力於將人們從恐懼中拯救出來並建立他們自己的權威，然而經過啟蒙的地球無處不散發着得意洋洋的災難」。[21] 也就出了現啟蒙運動－政治革命「將人的靈魂從愚昧中解脫出來卻置於新的奴役之下」[22] 的革命的反動。

漢娜‧阿倫特在其《論革命》（On Revolution）一書中，討論了革命的必然性和絕對性。其必然性是將青年知識分子和佔據大多數的民

眾轉化為激進的社會力量；其絕對性是暴力革命之後必須以暴力統治來維持。[23]因為革命之後，如果不建立起有效的民主制度，步入法制社會，就得陷入循環往復，繼續革命的暴力運動的怪圈。

青年自由主義知識分子永遠是社會發展進步的有生力量，這不僅僅作為進化的生命和社會變革的因素，同時也是一個不穩定因子，和潛在的激進的政治力量。他們對現狀的不滿，使自己成為現實社會中一個重要的反對力量的存在。任何一黨專制或個人獨裁者都討厭這個「反對力量」的存在，於是有了迫害與抗爭的對立，有了20世紀的流亡知識分子。其中「學潮」就是政治轉折關頭思想、情緒和社會矛盾的一個糾結點，更是政治危機的沸點。

但青年學子又往往是群眾運動的最為積極的參與者，甚至是先鋒隊。群眾運動的狂熱會順勢轉化為群眾暴力。他們相信自己的信仰、主義絕對正確，進而以無比堅定的力量，去衝擊甚至摧毀他們自認為是錯誤的一方。

這時，社會的分化，必然會因政治的極端對立而陷入極端的暴力衝突。同時必然性與暴力的結合會受到社會的廣泛稱頌和社會的普遍接受。青年自由主義知識分子也就陷入要麼被革命的激進的政治勢力利用，要麼被專制獨裁者扼殺的尷尬境地。結果是，沒有哪種政治勢力為他們負責。這是阿倫特注意到的青年自由主義知識分子的必然命運。在中國，從「五四」到「六四」，歷史就是這樣演繹着青年自由主義知識分子的政治命運。

和平年代，有那麼一天，保家衛國，保境安民的「人民軍隊」向政治請願的人民群眾開槍，那一定是政治最黑暗的一日。《逃亡》正是揭示了這一現實的存在和鮮血淋漓的教訓。

革命的合理性和合法性，最終由勝者來決定和解釋。這是自古以來，成王敗寇最簡單的生存邏輯和政治倫理。歷史就是這樣寫成的。中國的正史就成了帝王家譜和權力更迭的記錄。

你在《叩問死亡》一劇中強調「歷史乃是暴力和血寫的」。[24] 暴力取得的政權，必然以暴力來維持。以暴易暴，以暴抗暴，以暴平暴。這就是革命之後還要繼續革命的基本道理。同時相伴隨的所謂全民動員的階級鬥爭，並把這一政治行為生活化為天天講，月月講，年年講的語言暴力和社會政治行為。

於是就有了絕對的權力階層和絕對權力人物。

絕對的政治權力絕對產生政治暴力。

絕對的政治權力絕對產生政治腐敗。

你說，把革命弄成現代神話的時代，革命無疑是最大的迷信。[25]

要破除迷信，首先遭遇的是絕對的政治權力。

你以「脆弱的個人」消解了知識分子救國的國家－政治神話。

脆弱的你，借「中年人」將白樺《苦戀》（電影《太陽與人》）主人公的女兒的一句質問「你愛這個國家，可這個國家愛你嗎？」進一步叩問，並進行了回答。

> 中年人：對了，這就是你、我，也包括他的命運，逃亡
> 　　　　才是人的命運。
> 　　　　……
> 中年人：這你算說對了，我正是不想成為人手中的牌，
> 　　　　被人玩弄，我得有我自己個人的意志，獨立不
> 　　　　移的意志，我才不得不逃！
> 青年人：（轉而冷靜，含有敵意）原來你也在逃避我
> 　　　　們？逃避民主運動？
> 中年人：我逃避一切所謂集體的意志。
> 青年人：都像你這樣，這個國家就沒有希望了。
> 中年人：什麼叫國家？誰的國家？它對你我負責了沒
> 　　　　有？我為什麼就得對它負有責任？我只對我自
> 　　　　己負責。

青年人：你就眼看着我們這個民族死亡？

中年人：我只拯救我自己，如果有一天這個民族要滅
　　　　亡，就活該滅亡！你不就要我這樣表白嗎？還
　　　　有還有什麼你要問的？審問結束了嗎？

青年人：（茫然）你是一個……

中年人：個人主義者還是虛無主義者？我也可以告訴
　　　　你，我什麼主義都不是，我也不必去信奉什麼
　　　　主義。我只是一個活人，不能忍受被人屠殺，
　　　　或是由人拖去自殺。[26]

　　透徹中顯示出超現實的冷酷和無奈，無奈中顯露出絕對的清醒和
虛無。不要那些虛偽的信仰和主義，能夠自由自在地生活在當下就是
最大也是基本的幸福。

　　幾千年中國正史中沒有平民百姓，因為在這個民族，這個國家的
政治倫理觀念中沒有個人。平民百姓是蟲子、草芥或一滴水。在「大河
沒水小河乾」這樣的民族－國家話語下，在天子－天朝統治的社會形態
中，個體的你、我只有服從。

青年人：我不願作無謂的犧牲。

中年人：你不願意，很好，是不是我就應該作種犧牲？
　　　　不要同我講什麼人民，你是還是我是？你只是
　　　　你自己，你甚至還不知道掌握不掌握得了你自
　　　　己！也不要說什麼最後的勝利，要是自由只
　　　　帶來死亡，這自由無異於自殺！命都沒有了，
　　　　那最後的勝利還有什麼意義？現實是你我都得
　　　　逃命！
　　　　……

中年人：……你所謂的人民他們都可以碾成肉醬，而且
　　　　照樣以人民的名義，不要對我再說什麼人民，
　　　　也不要對我講什麼最後的勝利。我們面臨的只

是逃亡！這就是你我的命運。（自言自語）人生
總也在逃亡！[27]

難得的是，將體驗轉化為經驗，並有這樣的清醒和透徹的表達。
童子言：皇帝沒有穿新衣服，我也沒穿。

2

十多年來，你一直強調，並呼籲作家，要「走出 20 世紀的陰
影」，及告別革命。要有意識地去尋找文學的純真，回到人和人性，以
表達個體生命的實在，見證人類的生存困境的真實感和人性的複雜，
進而實現對人自身存在意義和價值的頌揚、禮贊。而不是關於人的種
種觀念。[28]

在清末，與政治運動相伴生的同時還有小說界革命、詩界革命，
隨後也就有了「五四」的文學革命、1920 年代末的革命文學，有了各
種藝術形式的革命，甚至「文化大革命」這種所謂延續性「革命」的政
治怪胎。

革命實際上就是尼采主義，在文學藝術上是破壞、推倒、打倒、
消滅，說文雅一點，是顛覆、重構、解構、消解、再造、再生。

晚清「革命」的政治話語，發展到了新文化運動，開啟了語言的
暴力時代。任何主義都有排他性的強化，與各種主義相伴的是文學藝
術話語的變革。由話語變革帶來文學藝術形式的革命。

因為語言的暴力來源於權力話語。絕對的權力就有絕對的話語
霸權。

因為一個主義時代，就是一個人的專制，一個人的話語霸權。最
後，文學藝術成為革命和階級鬥爭的工具。

一旦成為工具，美就被消解了。個人的自由空間沒有了，人也就沒了。

文學革命和藝術革命不僅顛覆了文學藝術本身，而且把文學家、藝術家也顛覆掉了。

你借「這主」之口尖銳地指出：「打倒先人！掃除一切舊東西，全無敵！藝術革命於是大功告成。將前人一概清除掉，不管政治革命還是革藝術的命，這條法則都絕對牢靠。歷史就這麼寫的，像玩保齡球，一打倒就得分。」[29]

到你這裏，有了自覺地文學革命和藝術革命的終結，自覺地告別革命。

回到語言，回到水墨本身。

也就是回到自我的本性，本真的靜無和藝術的靜穆。

聽自己說語言，聽語言說自己。

文學是我自己的事業，小說、戲劇是我語言的實現，不關他人，不關社會，只關乎我自己的存在。這就是你的文學狀態。

這也是為什麼你一直批判尼采，推崇卡夫卡的緣故。卡夫卡同時也是一位傑出的畫家。在卡夫卡的畫筆下，無法言說和不能言說的東西，成為圖形文字。而這些圖像，又多是扭曲、變形、支離破碎的碎片，是「非常私人的因此也看不懂的象形畫」，是語言的碎片，思想的碎片，更是卡夫卡本人生存狀態的真實呈現。正如同他所說的：「我試着捕捉人物的輪廓，他們的透視在紙的前方，在鉛筆沒削的那一端——在我心裏！」[30]「我的畫並不是圖像，而是一種私人的圖形文字。」[31] 在你的畫筆下，抽象的寫意，內在的透視所呈現的東西，就是你作為純粹個體的自我。

你說「卡夫卡出現之後，作家如果還只有浪漫激情，就顯得膚淺」。[32] 這番話猶如狄奧多·阿多諾在其文集《棱鏡》(Prisms) 中所

言：「奧斯維辛之後寫詩是野蠻的。」這就使得我在認識康德所謂「根本惡」的同時，必須也要面對「平庸的惡」。因為這兩種並存的人性的惡都與專制極權體制相關聯。儘管前者是人性中根本的、先天固有的東西，其作為自然品行也是人力所無法根除的。但後者卻是在 20 世紀，現代化被追逐，現代性被張揚的大趨勢、大環境下頻頻、大規模發生的事情。

善良在邪惡面前，個體在集團面前，平民在暴君面前，理想在現實面前，思想在主義面前，文學化的展示，就是卡夫卡筆下這個樣子，一點兒也不荒誕。

因為尼采浪漫激情製造的「超人」神話，隨後演化為所謂「正義化身」、「社會良心」、「救世主」、「革命者」等等。而「社會良心」本是建立在每一個具體的、健全的個體之上，體現為康德所堅信的「良心就是我們自己意識到內心法庭的存在」的共識的存在感上。卡夫卡走了與尼采相反的路，他的清明、清醒與深刻，使得他筆下的人，是非人的甲蟲，是被社會擠壓、異化的脆弱的個體。《車站》（編按：高行健的劇作）中虛妄的期待和焦慮，如同卡夫卡《城堡》（The Castle）中對那個不可及的烏托邦的城堡的期望和試圖抵達的無路之困窘。《夜遊神》中所展示的社會底層中個體無法掙脫複雜、險惡、傾軋的人際關係，和無處逃避隨時降臨的災難，就像是卡夫卡那莫名其妙的《審判》（The Trial）。

所以你說：「今天人類的生存困境比卡夫卡在世時還要深。」[33]

> 卡夫卡寫人與外部世界的疏離，陌生化，而現時代人自我膨脹，內心分裂。外部世界不可理喻，內心也沒有着落。外在的處境如泥坑，內心的世界如深淵，裏外都荒誕，較之卡夫卡的時代，人的這種危機更令人困惑。[34]

革命的暴力和暴力的革命不能拯救人類，以暴易暴，自相殘殺的結果，反而使世界更加混亂。所成全的只是少數的暴君。作為智者，「自救的辦法就是逃亡，從中心逃到邊緣，從政治與市場中退出，從各種權力關係中退出」。[35] 這也是佛祖的召喚，是禪者的頓悟。

　　《彼岸》一劇中，作為獨立、清醒和自救的個體的「人」和強權的「看圈子的人」以及屬庸眾的「眾人」的矛盾對立，就是你曾經的存在境遇：

> 人　　　　　：（抑制不住）我走我的路！我沒妨礙誰，
> 　　　　　　　你們也別妨礙我，不就得了！
> 看圈子的人：跟你講句掉底兒的話吧：沒門兒！怎麼能
> 　　　　　　　我們都還沒找到你就找到了？
> 人　　　　　：可我並沒有找到什麼呀！
> 看圈子的人：那你就再找吧。
> 人　　　　　：我不再在這裏找了，我 —— 要 ——
> 　　　　　　　過——去！
> 人　　　　　：你懂不懂這裏的規矩？道理都反覆交代
> 　　　　　　　了，你怎麼還不悔改？
> 眾人　　　　：怎麼回事？
> 　　　　　　　怎麼回事？
> 　　　　　　　丫挺的，欠揍！
> 看圈子的人：不，這樣不好，不文明。他要還不回頭，
> 　　　　　　　也不難為他，就叫他從這裏鑽過去，（指
> 　　　　　　　指褲襠），好不好？
> 眾人　　　　：（哄堂大笑）好！[36]
> 　　　　　　　……
> 眾人　　　　：你是開路先鋒，走出了一條別人不走的
> 　　　　　　　路，把人都引向歧途。
> 　　　　　　　算你走運，不是每人都有這種運氣。[37]

一個不合時宜的思想者，在感知社會黑暗之後又能走出晦暗，跨越時代的斷裂，自我拯救。更是《心經》所謂「依般若波羅密多故，心無罣礙。無罣礙故，無有恐怖。遠離顛倒夢想，究竟涅槃」[38] 的境界。

你自己逃出去了，自救了。我還沒有，我們中的許多人都還沒有。

不過，依你所說的自救之道，和慧能的指教：遠離迷惑，除卻迷妄，「從於自心，頓見真如本性」。[39]

我正在路上。

注釋

[1] 漢娜‧阿倫特：《極權主義的起源》(林驤華譯)，第 596 頁。

[2] 古斯塔夫‧勒龐：《烏合之眾》(段力譯)，第 97 頁。

[3] 古斯塔夫‧勒龐：《烏合之眾》(段力譯)，第 22 頁。

[4] 古斯塔夫‧勒龐：《烏合之眾》(段力譯)，第 44 頁。

[5] 古斯塔夫‧勒龐：《烏合之眾》(段力譯)，第 19 頁。

[6] 古斯塔夫‧勒龐：《烏合之眾》(段力譯)，第 19 頁。

[7] 古斯塔夫‧勒龐：《烏合之眾》(段力譯)，第 19 頁。

[8] 古斯塔夫‧勒龐：《烏合之眾》(段力譯)，第 20 頁。

[9] 埃里克‧霍弗：《狂熱分子》(梁永安譯)，第 17 頁。

[10] 雷蒙‧威廉斯：《現代悲劇》(*Modern Tragedy*)(丁爾蘇譯) 第 69 頁，譯林出版社，2007。

[11] 馬克斯‧霍克海默、西奧多‧阿道爾諾：《啟蒙辯證法：哲學斷片》(渠敬東、曹衛東譯) 第 291 頁，上人民出版社，2003。

[12] 沃爾夫‧勒佩尼斯：《德國歷史中的文化誘惑》(劉春芳、高新華譯) 第 43 頁。

[13] 沃爾夫・勒佩尼斯:《德國歷史中的文化誘惑》(劉春芳、高新華譯)第 43 頁。

[14] 沃爾夫・勒佩尼斯:《德國歷史中的文化誘惑》(劉春芳、高新華譯)第 43 頁。

[15] 中書君(錢鍾書):《中國新文學的源流》(書評)。轉引自陶明志編:《周作人論》,第 161 頁,北新書局,1934。

[16] 托克維爾:《舊制度與大革命》(*The Old Regime and The Revolution*)(馮棠譯),第 100 頁,商務印書館,1992。

[17] 馬克斯・霍克海默、西奧多・阿道爾諾:《啟蒙辯證法:哲學斷片》(渠敬東、曹衛東譯)第 5-7 頁。

[18] 馬克斯・霍克海默、西奧多・阿道爾諾:《啟蒙辯證法:哲學斷片》(渠敬東、曹衛東譯),第 10 頁。

[19] 馬克斯・霍克海默、西奧多・阿道爾諾:《啟蒙辯證法:哲學斷片》(渠敬東、曹衛東譯),第 11 頁。

[20] 馬克斯・霍克海默、西奧多・阿道爾諾:《啟蒙辯證法:哲學斷片》(渠敬東、曹衛東譯),第 172 頁。

[21] [22] 趙一凡:〈法蘭克福學派旅美文化批評〉,《讀書》1989 年第 1 期。

[23] 漢娜・阿倫特:《論革命》(陳周旺譯)第 98-99 頁,譯林出版社,2007。

[24] 高行健:《叩問死亡》,第 13 頁。

[25] 高行健:〈另一種美學・藝術革命的終結〉,《論創作》,第 127 頁。

[26] 高行健:《高行健劇作選・逃亡》,第 155-157 頁。

[27] 高行健:《高行健戲劇集 7:逃亡》,第 26-28 頁。

[28] 高行健:〈走出二十世紀的陰影〉,《明報月刊》第 45 卷第 7 期(2010 年 7 月)。

[29] 高行健:《叩問死亡》,第 13 頁。

[30] 尼爾斯・博克霍夫、瑪麗耶克・凡・多爾斯特(Niels Bokhove, Marijke van Dorst)編:《卡夫卡的畫筆》(姜麗譯),第 95 頁。

[31] 尼爾斯・博克霍夫、瑪麗耶克・凡・多爾斯特(Niels Bokhove, Marijke van Dorst)編:《卡夫卡的畫筆》(姜麗譯),第 96 頁。

[32]　高行健：〈劉再復與高行健巴黎對談〉,《論創作》,第 316 頁。

[33]　高行健：〈劉再復與高行健巴黎對談〉,《論創作》,第 318 頁。

[34]　高行健：〈劉再復與高行健巴黎對談〉,《論創作》,第 322 頁。

[35]　高行健：〈劉再復與高行健巴黎對談〉,《論創作》,第 322 頁。

[36]　高行健：《高行健戲劇集 4：彼岸》,第 80–81 頁。

[37]　高行健：《高行健戲劇集 4：彼岸》,第 89 頁。

[38]　陳秋平、尚榮譯注：《金剛經・心經・壇經》,第 96 頁,中華書局,2007。

[39]　楊曾文校寫:《新版敦煌新本六祖壇經》,第 35 頁。

16
尺短寸長

1

我少年時代，受「階級鬥爭」教育時的一則敘事文本是：

「大雪紛紛落地

這是黃家瑞氣

下它三年何妨

放他媽的狗屁」

當時的階級教育，是要區分四種人物的階級身分。取瑞雪兆豐年的寓意，設置一個北方特殊的「下雪」的簡單語境後，四個人的身分分別是：秀才、奴才、主子、窮人。即什麼人的話語和誰在說話的問題。或者：是誰在說？對誰說？從哪個角度說？站在什麼立場說？說什麼？

那是一個雪落中原大地的下午，還清楚記得是在小學五年級的課堂上。

如今我為學生講述文學敘事，是要他們在語境、話語、人稱、視角、語態、潛在人物、潛在人稱、所指、能指、關係等多個方面，尋求其文學的敘事意義，發掘中國式敘事的特殊性和與西方敘事學相比之下的差異性。特別是中文的表意功能和叢生出的成語、謎語、歇後語、反語等語言特類。

話語與說話人自然是其中的最終最重要的關係。

敘事文本中所顯示的首先是中國式語言的另類智慧，其次才是敘事的話語和說話人的身分，及階級等差的相關問題。這種語言藝術的智慧源自民間口語鮮活的表達方式。

像這樣「天冷了能穿多少穿多少；天熱了能穿多少穿多少」的漢語表達，其過程中的多義和歧義現象，更是不斷挑戰說話人與聽話人的語言認知能力。

中國古代有一則笑話：一位因年輕時中舉而步入仕途的官人，他的父親曾中過秀才。如今他的孫子又高中進士。高興之餘，時常對沒有任何功名的兒子發出些責罵。

　　久而久之，被責罵得無法忍受的兒子，突然回擊：我的父親比你父親強，我的兒子比你兒子強。

　　為父頓時無語。日後也再無責罵之聲。

　　我發現：這則故事中，兒子一下子佔據了最佳敘述位置，成了最佳敘述者，並以最佳敘述人稱，和敘事視角，取得了最佳的敘事效果。

　　這正是禪宗的目不視目，尺短寸長，左顧而言他的語言表達方式。

　　我變換人稱，看敘事效果：

　　我的父親比你父親強，我的兒子比你兒子強。

　　你的父親不如我父親，你的兒子不如我兒子。

　　他說：「我的父親比你父親強，我的兒子比你兒子強。」

　　「你的父親不如我父親，你的兒子不如我兒子。」

　　你可以理直氣壯地對你的父親說：「我的父親比你父親強，我的兒子比你兒子強。你的父親不如我父親，你的兒子不如我兒子。」

　　同時，這又是最典型的反諷敘事，也是最好的比較敘事。

　　總之，敘事既是一種語言的智慧，語言說話，更是思想的特殊格式化呈現。

　　我時常以此來啟發我的學生：這就是最基本的敘事學。這則故事是中國敘事學的入門讀物。至於敘事的時間、節奏、場景，以及必要的修飾等等，都是可以隨上述基本的敘事元素，自由粘合，尋求更好的敘事效果。

　　理論可能太灰色，唯有這鮮活的語言表達方式，才是豐富的文學本體。

上述兩個實例是四人連環套。寫下這段文字之後的一天，在新加坡國立大學校園，遇到高友工執教普林斯頓大學時的一位弟子，因談及「中國文學的抒情傳統」，他向我的學生推薦高友工的《美典：中國文學研究論集》。得讀此書，見〈自序〉中有類似敘事的事例：

「記得幼時看到過一幅漫畫，畫中為譚派祖孫三代並立，譚小培 [1] 居中對其父譚鑫培 [2] 說：

『你的兒子沒有我的好！』

次幀則轉向其子譚富英說：

『你的爸爸沒有我的好！』」

高友工曾就讀過北京大學、台灣大學、哈佛大學，師從廢名、周祖謨、臺靜農、王叔岷、董同龢、沈剛伯、方豪、楊聯陞等名師。海外執教時，他也培養一批得意的弟子。所以他曾欣慰地說：

「我反思一輩子只能跟我的年輕朋友誇口說：

『你們的老師不如我的好！』

當然對我的前輩也可以誇耀：

『你們的弟子比不上我的。』」[3]

其中的幸運、謙遜，和人生感悟，以及敘事的智慧盡在其中。

再從三人連環套轉向兩人虛擬敘事。

獨生女兒結婚後表示不要孩子，這讓老爸焦慮、生氣，一天他以絕食向女兒抗議，放出狠話：「誰要讓我絕後，我就餓死她老爸！」女兒也不吃飯了，輕聲細語說：「誰要是敢讓我老爸挨餓，我就餓死他女兒！」

老爸心疼女兒，頓時無語，乖乖端起了飯碗。

以疑問代詞作為製造虛擬空間的主語，潛在人物、潛在人稱、所指、能指都在其中。

所以，我認同高行健所強調的：「主語人稱的確定是表達感知的起點，由此而形成不同的敍述方式。作家是在找尋他獨特的敍述方式的過程中實現他的感知。」[4]

　　也就是你所強調的誰在敍述？從哪個角度敍述？因為這是 20 世紀現代小說家提出的一個新問題。這一問題的凸顯，你認為是現代小說出現的標誌。[5]

2

　　為一個孤獨的行者選擇一個敞開的敍事的人稱和視角。

　　為一個人的情愛或基本可以自我證明的人性，確立一個基本的敞開的表達方式。

　　以一個人的在場言說，或兩個人的在場言說，作為基本敍事人物和人稱，在語言說話中，達到故事的展開和語言的流動。

　　要更內化，更自我，更深刻、更敞開，甚至是弗洛伊德心理學所擬設的本我、自我、超我的多層。你找到並選擇了第二人稱敍事。

　　這樣就具有了更自由，更開放，更收放自如的語言說話。

　　這樣就真實地體現語言說話時說給自己的聽，也同時具有說給在場對象的聽。

　　語言說話有自我的交流，同時也具有在場的交流。語言的流動，推進人物多層面的自我展示。語言的流動，同時也推動小說情節或戲劇劇情的行進。

　　你在說話，你在做愛。

　　我，我們，他，他們，在聽，在看。自然引進第三者的目光。

　　作者抽離，作者從現場脫身。

留下的只是一個語言說話的敞開的現場。

誰在說話，說給誰。

誰在聽說話，聽誰說話。

這成了在場者的在場，可以是小說中的人物，也可以是作者、讀者。

說些什麼，聽到些什麼，而不僅僅是你在場看到了什麼。

語言說話帶動起了聽覺、感覺，或所有的感官。

因敞開而澄明，比全知的「他」敘事更靈活，更是語言說話。

「他」的全知敘事被你拋棄，「我」的限制敘事只用一半，因為這種想要把人物關係講清楚，試圖把故事講完的所謂「真實」表達，反倒限制了自己。「你」的虛限敘事，則虛化了人物，虛化了故事，虛化了關係。更自由，也就更具創造性。敘事的空間更大，思想就走的更遠。

你我的關係是一個共同的在場。就是你所表達的「你找尋去靈山的路的同時，我正沿長江漫遊，就找尋這種真實」[6]這樣的敘事。

或者說人必須有一個「非我」作參照物，如同拉康的鏡子，[7] 才能了解何謂「自我」。

當然這樣的敘事還有更為靈活和意外的所得：「如果用三個不同的人稱進入同一個人物的敘述，人物便化解為不同的人稱，這同一部小說裏我你他的建構也就成了小說的結構，從而替代了通常的故事情節，甚至可以引入人物的思考，而人物的議論與反思與冥想，回憶與夢境與幻覺，都可以交織，文體也可以自由變換，結構靈活，散文與詩也都可以融入到小說的敘述中去。」[8]

作為與主體「自我」相對存在的「他者」，是強調由於他人意識的出現，自我意識才會顯現。《靈山》中的你敘事、我敘事中的他者、她者的作用是不同的。「他」始終是局外人，是清醒的旁觀者。他不是敘事者，只是自在之物，映現的你作為自為之物的存在：

他爬到鋪板上睡覺去了。不一會，就聽見他鼾聲大作。
他是自在之物，心安理得，我想。而我的困擾在於我總
想成為自為之物，要去找尋性靈。問題是這性靈真要顯
示我又能否領悟？即使領悟了又能導致什麼？

我百般無聊，在這潮濕的山洞裏，裏面的濕衣服都冰涼
貼在身上。我這時領悟到我要的充其量只是一個窗口，
一個有燈光的窗口，裏面有點溫暖，有一個我愛的人，
人也愛我，也就夠了，捨此之外都屬虛妄。可那個窗口
也只是個幻影。[9]

「她」也不是敘事者，「她」則是你自己內視的鏡子，是神秀所說
的明鏡台。

她說她就要幫你恢復這些記憶，她要幫你喚起你記憶中
遺忘了的人和事，她要同你一起到你記憶中去遊蕩，深
入到你的靈魂裏，同你一起再經歷一次你已經經歷過的
生命。

你說她要佔有你的靈魂。她說就是，不只你的身體，
要佔有就完全佔有，她要聽着你的聲音，進入你的記憶
裏，還要參與你的想像，捲進你靈魂深處，同你一塊兒
玩弄你的這些想像，她說，她也還要變成你的靈魂。

真是個妖精，你說。她說她就是，她要變成你的神經末
梢，要你用她的手指來觸摸，用她的眼睛來看，同她一
塊兒製造幻想，一塊兒登上靈山，她要在靈山之顛，俯
視你整個靈魂，當然也包括你那些最幽暗的角落不能見
人隱秘。她發狠說，就連你的罪過，也不許向她隱瞞，
她都要看得一清二楚。[10]

「她」也可以說是呈現你心像，透視你靈魂的工具。

這種「共同在場」的表達正是蘇東坡禪悟於《楞嚴經》所言「譬如琴瑟、箜篌、琵琶,雖有妙音,若無妙指,終不能發」之後寫成的《琴詩》:「若言琴上有琴聲,放在匣中何不鳴?若言聲在指頭上,何不於君指上聽?」

若得妙音,尚需妙心。

3

人可以在孤獨中自言自語,說給自己聽,自我對話。作為詩人的你,「你」的出場,是有文學參照的,是在一種自主的立場上,詩歌自立於他者的「相遇的神秘」中。法籍猶太詩人保羅・策蘭 (Paul Celan) 曾明確使用過「我」、「你」、「他」的轉換命名。他說:「成為了一場對話 —— 通常是一場讓人絕望的對話。所有被說出的一切,在這場對話的空間中建構起了自己,聚集在那個言說它、為它命名的『我』的周圍。但是,所有被說出的一切現在變成一個『你』,並且,通過命名,就像自己被命名那樣,將自己的他者性 (異在,德語:Anderssein,英譯:Other being) 帶入了這種呈現中。」[11]

也可以說這就正是海德格式的語言說話。

由小說的「你」說,到繪畫的「你」看,是語言和色彩的不同,但主體的意識在混沌的自我中是相通的。

你說:

浪漫主義藝術家強烈的自戀,使自我意識中的第一人稱「我」居高臨下,而古典主義藝術家的自我只是藝術法則的執行者,是藝術家「他」在再現美。[12]

「你」一旦從自我中抽身出來,主觀與客觀都成了觀審的對象,……[13]

「你」與「我」的詰問與對話，這種內省，又總是在「他」的目光的內視下。[14]

「你」觀看之時，物與我，都成為「你」的視象。那物與我複合疊印造成的視覺的空間，已不再是現實的空間，而成為一種內心的空間，一種影像，它似乎有深度，卻又遠近不定而浮動，或是經過疊印而成為一個虛幻的空間。這空間的不確定性，又可以隨同「你」的注意力的轉移而演變。[15]

甚至可以說，是「你」把不同的觀點和影像「融合到一種統一的造型語言中」。[16]

你說「把觀念還給語言，從不可言說處作畫，從說完了的地方開始畫」。[17]意識借助語言實現，造型借助語言走向審美感知。

你說「繪畫也可以作一種內心的旅行，是凡想像力能達到的地方，都能在繪畫中得到顯現，而且會是無窮的發現」。[18]

可是，我發現一道道陰影，是你繪畫中的常項，你內心的旅行，可能永遠走不出黑暗。因此，陰影和黑暗，成為你畫面中的獨立存在，是你的心像。

你說自己把現代繪畫中趕走的陰影再請了回來。[191]

佛說心中黑暗，看世間萬物皆黑暗。

禪不可言說。你用陰影和黑暗作為不可言說的言說。

禪可以默照無言，可以不說。

禪說我是鏡子時，既可照身，也可照心。

禪可以說：我是你生命中一盞澄明的蓮燈，點燃心中你的慾念，照亮你的精神和語言，敞亮你通往靈山的林中路徑，但不能驅散你心中的陰影和黑暗。

如果有答案或可以作為答案的話：燈下黑。

注釋

[1]　編按：中國著名京劇表演藝術大師。

[2]　編按：中國京劇鼻祖。

[3]　高友工：《美典：中國文學研究論集》，第 20 頁，生活‧讀書‧新知三聯書店，2008。

[4]　高行健：〈文學的理由〉，《論創作》，第 12 頁。

[5]　高行健：〈小說的藝術〉，《論創作》，第 45 頁。

[6]　高行健：《靈山》，第 12 頁。

[7]　編按：源自法國精神分析學家 Jacques Lacan 的「鏡子階段」。

[8]　高行健：〈小說的藝術〉，《論創作》，第 48 頁。

[9]　高行健：《靈山》，第 204–205 頁。

[10]　高行健：《靈山》，第 181–182 頁。

[11]　詹姆斯‧K‧林恩（James K. Lyon）：《策蘭與海德格爾：一場懸而未決的對話》（*Paul Celan and Martin Heidegger: An Unresolved Conversation*）（李春譯），第 158 頁，北京大學出版社，2010。

[12]　高行健：〈另一種美學‧觀點即意識〉，高行健：《論創作》，第 156 頁。

[13]　高行健：〈另一種美學‧觀點即意識〉，高行健：《論創作》，第 156 頁。

[14]　高行健：〈另一種美學‧觀點即意識〉，高行健：《論創作》，第 157 頁。

[15]　高行健：〈另一種美學‧觀點即意識〉，高行健：《論創作》，第 157 頁。

[16]　高行健：〈另一種美學‧觀點即意識〉，高行健：《論創作》，第 158 頁。

[17]　高行健：〈另一種美學‧一句實在話〉，《論創作》，第 192 頁。

[18]　高行健：〈另一種美學‧時間、空間與禪〉，《論創作》，第 163 頁。

[19]　高行健：〈另一種美學‧時間、空間與禪〉，《論創作》，第 163 頁。

高行健：徘徊靈山的人生

17
明心見性

1

在目的一致的地方，存在的問題可以是手段的不同。在目的不一致的地方，存在的問題多是政治。

約一百八十年前，德國詩人海涅（Heinrich Heine）提醒法國人，不要輕視觀念的影響力：教授在沉靜的研究中所培育出來的哲學概念可能摧毀一個文明。他説康德的《純粹理性批判》（*Critique of Pure Reason*）成了斬除德國自然神論的利刃，盧梭的著作在羅伯斯比爾（Maximilien Robespierre）手中成了摧毀舊制度的血跡斑斑的武器。[1]

哲學是什麼？我的回答：靜若處子，動若脱兔。

這就是黑格爾所強調的：精神的偉大力量是不可低估和小視的。

更為甚者，馬克思的階級鬥爭學説，成為改變 20 世紀多國歷史進程的無產階級革命的一個最為重要的理論武器。

學術問題在適當的時候會轉變為政治問題。

文學的問題通常會被視為政治問題的道理，也在此隱匿。

中宣部副部長賀敬之説《車站》是 1949 年以來「最惡毒的一個戲」，[2] 並且針對作者説「像這樣的人應該讓他到青海去接受鍛煉」。[3] 那種所謂的下放「鍛煉」，就是監禁狀態下的勞動改造，是進九死一生的政治犯的集中營，很多所謂思想犯罪的「右派」知識分子就葬身在那裏，沒有也不可能留下墓碑。「青海」在政治學的詞典裏，是堪比沙皇流放「十二月黨人」（編按：1825 年 12 月由一批俄國革命分子發動推翻沙皇和農奴制度的武裝起義）的西伯利亞。

誰給了賀敬之説這話的權力？體制曾經給予過，所幸時間錯位，已經不是那特殊的 1957（編按：中國「反右運動」開始之年）。

《車站》之後，高行健去尋找「靈山」。

靈山在印度佛教經典中是指靈鷲山。佛祖常住山中的石室精舍，宣說佛法妙義。石室西北有個大磐石，相傳弟子阿難曾經遭惡魔化作一隻鷲鳥，棲息在大磐石上，用力拍動翅膀，一邊大聲怪叫。當阿難驚懼無措時，佛祖伸手通過石壁，摩阿難頭頂，安慰阿難。佛祖弟子大迦葉也是在這裏獲得佛祖的傳法，被尊為禪宗的印度初祖。

恰似阿難，高行健得到了佛祖的心靈安慰，在自己的心中找到靈山。

中國的歷史和現實社會，是家國不分，政教合一，文化宗教化，政治道德化。個體生命很難有一種相對的獨立和自由。民族與國家交織，個體與集體糾纏，私德與公德不分，進而形成了獨異的個體永遠是國民公敵的結局。歷史上相對獨立的個體空間只有山林的寺廟，但也有爭奪衣缽的內鬥。也就是說，佛門聖地也有不清淨的時候。《八月雪》正是這一歷史事實的舞台再現，同時也是你借助六祖慧能所尋求的自我超越。

以賽亞・伯林曾尖銳指出過：「沒有什麼東西比這種信念更有害：某些個體或群體（或者部落、國家、民族、教會）認為，只有他、她或他們惟一擁有真理，特別是那些關於怎樣生活、成為什麼與做什麼的真理；而與他們不同的人，不僅是錯誤的，而且是邪惡與瘋狂的，因此須要抑制和鎮壓。」[4]

你曾經生活和寫作的時代，為誰寫？寫什麼？怎樣寫？都是給你限定好的。

與他們不同，或不認同，你就成了被抑制和被鎮壓的對象。這是你寫作《車站》、《彼岸》兩部劇作時的現實處境。你只不過是從高牆內部，為自己挖一個小洞，小心翼翼地爬上來透口氣而已。

「借事明心，附物顯理」。[5]

《彼岸》同樣具有強烈的政治象徵和歷史隱喻，只不過被你所謂的中性演員的身分和注重戲劇過程的表演遮掩住了。你在〈《彼岸》導演

後記〉一文中有如此明晰的說明：「他們開場時是一群年輕演員，也就是他們日常生活中的通常狀態，到了彼岸喪失語言而成為白癡，之後變成群盲、暴徒，一群迷失的羊要尋求個領頭的基督，又不覺成為幫兇和打手，繼而成了一個個自以為是的偏執狂，再構成社會輿論，最後回歸日常生活，……」[6] 這也正是你所謂的在「看似自然樸素而極有張力的表演」中，實現你追求的「不做沒有言外之意的無意義的語言遊戲」。[7] 這場十分尖銳的政治諷喻遊戲，意在讓年輕人走出政治和消解政治，回到自我。到了《叩問死亡》，又進一步延續了《彼岸》的探尋，最後的答案是：

其實彼岸什麼也沒有，……[8]

一語拆穿這「彼岸」的超大謊言。

2

自由就是有個體澄明的私人空間，行動和思想，不受人為的限制，而又能夠自我擔當責任和自我受制於自然法則，使得人性合乎心性，感性協同理性，進而明心與見性一色，肉身與靈魂不二。

在小說《一個人的聖經》的最後，你說，對於自身存在的這種醒悟，才能從困境和苦惱中自拔。精神屬你，守住了，「我」就在心裏，「我」是一個人。守不住，「我們」一起盲從，跟着走，去參加大合唱，一起餓着肚子高呼萬歲，萬萬歲。禪給出的啟示是誰也拯救不了你，得靠自救。

以禪者立場言之，執着於有或無，都是煩惱，面對問話者答非所問或棒喝，正是拒之門外的虛無的絕境，使其真正回到自我，有頓悟的機會。期待別人對自己的拯救，只是徒勞。

純粹的思想須要建立在個體認知的清醒和信念的虔誠之上。遊戲人生和人生遊戲，是非純粹的思想呈現。「一個闡釋者必須首先是個詩人，只有詩人才能體察具有詩意形式力量的原初物。這就必須使孩童般無先入之見的智慧與科學的嚴肅性結合在一起」[9]德國哲學詮釋學的創始者伽達默爾（Hans-Georg Gadamer）強調闡釋者必須具有自知之明的悟性，才可以建立起對話與理解的可能。《皇帝的新衣》的作者也只是在「孩童」之聲中感受成人世界的荒謬、虛偽，借助「孩童」的眼光看到真實的「新衣」。

這裏不會也無法找尋出一個純粹的思想，更不能給出一個確切的答案。從看出，到說出真相，需要巨大的勇氣。從承認真相，到接受真相，又是一個艱難的過程。作為情感與審美的藝術表達形式，只是要建立起對話與理解的可能，並非是絕對。文學的啟蒙和啟蒙的文學，只可能是在一種理解的邊緣上行走。正因為其並非純粹而顯得契合人性，從人性出發，達成理解。

戲是真中有假，假中有真的一個迷局。

「垂絲千尺，意在深潭」。[10]

《車站》所透出的那份微言大義是等，荒誕、絕望的等待。唯有行動才有意義。

「沉默的人」不被規訓，不服從，還可能引發或喚醒他人。

那個「沉默的人」就是你的化身，「腹中貯書一萬卷，不肯低頭在草莽」（李頎《送陳章甫》）。你是獨異的個，相對於那些等待的眾，你不相信。你曾經和他們一樣，一起等待過，和他們合眾。但今天你從眾中抽身，悄然離去，勇敢地前行了。當他們仍在絕望的等待中，你正在林中路上，在尋找被遮蔽的自由的林中空地。

《彼岸》所展示的是找，焦慮、痛苦的尋找。「彼岸就是彼岸，你永遠也無法達到」。[11]想要達到的過程，可能就是一場非常態的混

亂的生活。這和卡夫卡那無法到達的《城堡》，可謂子雲相如，異曲同工。

《車站》和《彼岸》的命運恰如阿根廷小說家波赫士（Jorge Borges，也譯博爾赫斯）所說的：「檢查制度是隱喻之母。」

靜謐時空下，澄明的水中草，水中月，風中樹，林中路，可與暫時逃逸的個體，共處身外禪境，成為詩意的心靈的棲息。但《逃亡》中「那幽暗的死水」，與「這一片泥沼」，正是你 1987 年以前的處境，更是你逃亡後，那些你曾置身其中的「眾」的處境和現實。那些曾纏繞和總纏繞你的「水草」，有生命但沒有思想，是類聚，是眾生，有的只是依附和寄生。它們是這片生態的一部分，茂密地生長於濁水之中。

《對話與反詰》中的男人與女子，在找出路，找門。既然沒有出路，又何必去找？找路的目的無非是要證明自己並非困頓，或因困頓才去尋找。當然困頓與非困頓，「豈不全都你自找」？[12] 結果找到的卻是男女之間的「一條裂痕」。[13] 因為人除了依靠自身以外，無法有確切把握地依靠別人。人與人之間更不能完全進入對方真實的精神世界。

《夜遊神》中夢遊者，信步遊蕩，本無目的，卻要遭遇他人的指使和為難。他面臨的是碰壁和倒霉。你自由自在，身外的世界卻是無地自由，並沒有各自走各自路的絕對可能，也還沒有這樣的空間。於是，也可能在現實的擠壓下感受到：「這世界充滿罪惡，你同樣在罪惡之中，竟若無其事，從中還隱約體會到某種快樂。人不知，鬼不覺，你也同樣能夠作惡，人人如此，彼此彼此，可不就相安無事，只要災難不落到你頭上，只要你能逃脫懲罰，只要你能戰勝內心的怯懦，你便遊戲其中，幸災樂禍。」[14] 多麼無奈，又是何等的契合現實。

《靈山》中那屍體不朽的石老爺和那把油光的槍桿，更是一種隱喻、象徵：死而不疆的萬歲，和他那指揮黨的槍桿子。還有那仍在發揮指導作用的主義和原則。連那個做道場，唱民歌的老頭，聽到要

他「來一個花花子歌」時的回答是：「耍不得，耍不得，耍了要犯原則。」[15] 即便是回到自己的家裏，做道場，唱民歌，也被自己當村長的兒子，以「這要犯原則的」[16] 為由，加以制止。在自己家裏也沒有可以演唱的自由，這是比「第二十二條軍規」[17] 更為嚴厲的「原則」。

主義和原則無處不在，懲戒也就無處不在。可怕的不單是來自外界的規訓，還有人性被改變後的自我懲戒：「狠鬥私字一閃念！」[18] 結果只能是自戕和相互傷害。

一個至高的統治者有無上的權力和翻雲覆雨的私慾，要帶來我們奔向主義的彼岸，於是眾生在希望和喧嘩中沒有私慾。沒有私慾就沒有心性，行屍走肉，社會也就陷入了人為遮蔽的晦暗。你我都曾生活在這一仰望紅太陽，而心處絕望的遮蔽的晦暗之中，無法明見，也不能明見。

3

進入《靈山》的林中路，須要先爬過《給我老爺買魚竿》這個陡坡。這是高行健最具創新實驗性的一個短篇，寫作於 1986 年 7 月，發表在當年 9 月號的《人民文學》（北京）雜誌。其思想、語言、敘事技巧與《靈山》最為接近。儘管是第一人稱敘事，但技巧的純熟，和人稱的轉換，已經十分自然。這裏，我只看對話部分所呈現出的語言特質和內在思想。

先看一段對話：

有野兔子嗎？
唔。
老黑也跟我們去嗎？
唔。

老黑會攆兔子嗎？

唔。

……

會碰見狼嗎？

唔。

會碰見老狗熊嗎？

唔。

老爺，你打死過老狗熊嗎？

老爺使勁地哼了一聲，

……

老爺，你也會打老虎嗎？

就你話多！[19]

如同一個小和尚向師傅問佛在哪裏，或什麼是禪？

佛、禪都是不可知，不可説是，不可言，或不可立言的存在。

答案是只應聲而無實際內容的「唔」。

「就你話多！」恰如老和尚或禪師的棒喝。

再看一段對話：

老爺，碰上老虎你怕嗎？

怕的不是老虎，怕的是壞人。

老爺，你碰上過壞人嗎？

壞人比虎多，你還不能用槍打。

可他是壞人呀。

事先你不知道他是好是壞。

要是知道了呢？能用槍打嗎？

打人要犯法的。

壞人就不犯法了？

法管不了壞人，人壞在心裏。

可他做了壞事呀。

這說不清楚的。

老爺，我們還要走很遠嗎？

唔。

老爺，我走不動了。

走不動咬着牙走。

老爺，我牙掉了。

你這壞小子，站起來！[20]

沒有正面的直接回答，或答非所問。這恰似一段禪門的話語機鋒。「不是風動、幡動，是心動」的現實版本。

更是以實擊虛，是另一種虛來實接，再化實為無的的禪鋒。

同時也是「苛政猛於虎」的另一文本。

可怕的不是野獸，可怕的是人！[21]

年輕人，自然並不可怕，可怕的是人！你只要熟悉自然，它就同你親近，可人這東西，當然聰明，什麼不可以製造出來？從謠言到試管嬰兒，另一方面卻在每天消滅兩到三個物種，這就是人的虛妄。[22]

這是「直入」、「直指」方式的「直了見性」。異曲同工之妙的還有下面這段頗似神會和尚對求法門者的忠告：「知識，起心外求者，即名邪求。」[23]

他孑然一身，遊蕩了許久，終於迎面遇到一位拄着拐杖穿着長袍的長者，於是上前請教：

「老人家，請問靈山在哪裏？」

「你從哪裏來？」老者反問。

他說他從烏伊鎮來。

「烏伊鎮？」老者琢磨了一會，「河那邊。」

他說他正是從河那邊來的，是不是走錯了路？老者聳眉道：

「路並不錯，錯的是行路的人。」[24]

「佛語心為宗，無門為法門」（《楞伽經》）。機鋒反語，直達本心。這種禪機下只接引不直說的巧說、意導，是借助反詰、啟發的直指人心的「破相」。

「欲離相非相，還將心照心。」[25]

更是佛門偈文「佛在靈山莫遠求，靈山只在汝心頭，人人有個靈山塔，好向靈山塔下修」的此時呈現。

在《西遊記》作者的筆下，這是連猴子孫悟空都明瞭的道理。

所以，慧能圓寂去前告誡世人：「自不求真外覓佛，去尋總是大癡人。」[26]

下面這段對話更為複雜，虛擬的我與老爺、你與你自己，你與你童年時的你。你與現實的你。更有第三者的旁觀，如同布萊希特的戲劇中間離手法和禪語的混成：

老爺，你也踢足球嗎？

足球踢你老爺。

你在同誰說話？

你在同你自己，你童年時的你。

那赤條條的孩子嗎？

那個赤裸裸的靈魂。

你有靈魂嗎？

希望有，要不這世界太寂寞了。

你寂寞嗎？

我想是的，在這個世界上。

哪個世界上？

在你那個不為人知的內心世界裏。

你還有你的內心世界嗎？

希望有這樣一個世界，在這個世界裏，你才自在。[27]

「你在同誰説話」的間離效果，和禪語的反邏輯元素，使得這篇小説有了戲劇元素和戲劇的表現功能，同時又具備了禪語的機鋒和睿智。內容的豐富性和複雜性，語言的流動性、不確定性和碎片化，共同被作者整合成為一個語言説話、語言思想的新的小説文本。流動的現代性和後現代的戲仿、間離、反諷、拼接、消解、碎片共同混成，成為這篇小説的特質。

1986 年的時候，是無言的沙丘和老爺在小説中；2006 年的時候又是無言的黑衣人和沙丘，卻是在電影裏。想要表達和可能表達的東西，盡在不言之中。

《對話與反詰》的後半部，可以看做是禪語充斥的公案，以至於成為不可言説，沒有答案，答非所問，或不需要言語的不必立言的禪語。共時在場呈現的還有那個默照旁觀的和尚的行為藝術。

「惟憐一燈影，萬里眼中明。」（錢起《送僧歸日本》）

你説，禪把哲學變成了一種生命的體驗，一種審美方式。[28] 你的知己劉再復更是強調慧能的思想是超越概念、穿透概念的思想。通過悟性抵達不可説之處，抵達事物的本源，抵達理性難以抵達的心靈深處。

首先是慧能對比丘尼「無盡藏」所持疑問「文字都不通，這佛經聽又如何能聽懂」的回答：「人心所思，不靠文字，更莫説佛性奧妙，哪是文字能解釋得了？識不識字又有好大妨礙？師傅持頌就是了，慧能聽着！」[29]

進而才會有慧能對弘忍問題的回答：「人即有南北，佛性無南北，猲獠身與和尚身不同，佛性有何不同？」[30]

這回答是讓弘忍心動的第一步，是以虛勢應對實勢的勝出。這是禪宗以虛對實，用空無迎擊實在的思想方法的個性體現，是直達本心的路徑。

這樣，六祖慧能在不可言說中就為脆弱的個體提示了一種生存方式的可能，確立了一種生活的態度，進而啟示個體如何解放身心得大自在，在自我迷失時自救。[31] 因此，你強調「禪的解脫反而是建設性的，消解困擾的同時，也推動你去感受生命，活在當下」。[32]

弘忍：門裏有什麼？

慧能：和尚和我。

弘忍：（一笑）我為何物？

慧能：心中之念。

弘忍：何處？

慧能：念念不斷，無所不有。

弘忍：（大喝）無所在，還念個什麼？

慧能：（默默，垂首，片刻，抬頭。）沒了。

弘忍：又何以說有？

慧能：只因和尚剛才問……

弘忍：無有剛才！

（暗中一聲重鼓。弘忍轉身，禪床邊拿了一木杖，回轉，在地上畫一圈。）

慧能：（俯身看圈，抬頭）空的。

（又一聲重鼓，弘忍舉杖周遭再畫一個圈。慧能抬頭，含笑望弘忍，再一聲重鼓）

弘忍：（哈哈一笑）言下自識本性，即丈夫、天人師、佛！大智慧到彼岸是也！

（第四聲重鼓。弘忍回到禪床，端座，捧起法衣與僧缽。）

弘忍：此乃達摩祖師東來所授法衣，傳二祖慧可，慧可
　　　傳僧璨，僧璨傳道信，道信傳老僧弘忍，授予汝
　　　為第六代傳人。
　　　此乃貧僧游方所用之缽，一併拿去。善自護念，
　　　廣渡迷人。
慧能：法即心傳心，這袈裟又有何用？
弘忍：衣為法信，法是衣宗。代代相傳，心燈不滅。
慧能：（雙手接衣缽，叩拜）宗師恩典！[33]

　　結果是既超越宗師，又放得下一切的慧能親手毀了衣缽，以心傳
心，使禪宗心燈不滅。

　　心清方能得見萬物之本。大自在和自救是一種生活的狀態，是沒
有任何妄念，什麼都放得下的平常之心，清醒於當下，而又能直接把
握生命的瞬間。這樣就能達到你所期望和堅守的思想者的境界：

　　個人的尊嚴，個人的自由表述，發出個人獨立不移的聲
　　音，這該是思想者最高的價值。[34]

　　也是真正意義上的明心見性。

　　禪者的智慧和境界是直達本心的靜、明、清。「明以觀之，靜以安
之。安其心，可以體心也。觀其道，可以語道也」[35]

　　佛語心知，是心是佛。

　　觸類旁通，任心無心。

注釋

[1]　轉引自以賽亞・伯林:《自由論》(胡傳勝譯),第 187 頁。

[2]　高行健:〈隔日黃花〉,《沒有主義》,第 181 頁。

[3]　高行健:〈隔日黃花〉,《沒有主義》,第 183 頁。

[4]　轉引自以賽亞・伯林:《自由論》(胡傳勝譯),第 393 頁。

[5]　普濟:《五燈會元》(蘇淵雷點校)卷第四,第 218 頁。

[6]　高行健:〈《彼岸》導演後記〉,《沒有主義》,第 252 頁。

[7]　高行健:〈《彼岸》導演後記〉,《沒有主義》,第 254 頁。

[8]　高行健:《叩問死亡》,第 51 頁。

[9]　漢斯－格奧爾格・伽達默爾:《哲學生涯》(*Philosophical Apprenticeships*)(陳春文譯),第 86 頁,商務印書館,2003。

[10]　普濟:《五燈會元》(蘇淵雷點校)卷第十四,第 864 頁。

[11]　高行健:《高行健劇作選・彼岸》,第 11 頁。

[12]　高行健:《高行健劇作選・對話與反詰》,第 313 頁。

[13]　高行健:《高行健劇作選・對話與反詰》,第 319 頁。

[14]　高行健:《高行健戲劇集 10:夜遊神》,第 75 頁。

[15]　高行健:《靈山》,第 294 頁。

[16]　高行健:《靈山》,第 306 頁。

[17]　編按:源自英國作家約瑟夫海勒 Joseph Heller 的代表作 *Catch-22*。

[18]　編按:「文革」年代雷鋒提出的政治口號。

[19]　高行健:〈給我老爺買魚竿〉,《人民文學》1986 年第 9 期,第 20 頁。

[20]　高行健:〈給我老爺買魚竿〉,《人民文學》1986 年第 9 期,第 21 頁。

[21]　高行健:《靈山》,第 48 頁。

[22]　高行健:《靈山》,第 49 頁。

[23]　楊曾文編校:《神會和尚禪話錄》,第 11 頁。

[24]　高行健:《靈山》,第 495–496 頁。

[25]　楊曾文編校:《神會和尚禪話錄》,第 132 頁。

[26]　高行健:《八月雪》,第 98 頁。

[27]　高行健:〈給我老爺買魚竿〉,《人民文學》1986 年第 9 期,第 22 頁。

[28]　高行健:〈劉再復與高行健巴黎對談〉,《論創作》,第 301 頁。

[29] 高行健:《八月雪》,第 6-7 頁。

[30] 高行健:《高行健劇作選・八月雪》,第 409 頁。

[31] 高行健:〈劉再復與高行健巴黎對談〉,《論創作》,第 302-303 頁。

[32] 高行健、方梓勳:《論戲劇》,第 162 頁。

[33] 高行健:《高行健劇作選・八月雪》,第 420-422 頁。原文見楊曾文校寫:
      《新版敦煌新本六祖壇經》,第 8 頁。

[34] 高行健:〈劉再復與高行健巴黎對談〉,《論創作》,第 306 頁。

[35] 契嵩:《六祖大師法寶〈壇經〉贊》,楊曾文校寫:《新版敦煌新本六祖壇
      經》,第 164 頁。

18
大音無聲

1

《靈山》實際上在用小說文本演繹禪宗修行的三個境界：「落葉滿空山，何處尋芳跡」；「空山無人，水流花開」；「萬古長空，一朝風月」。

你是在對「空」的個人體驗中，向心、從心，在無聲中傾聽寂靜之音。

隨後，《八月雪》則用戲劇文本演繹了禪宗「物」與「心」的關聯，從「有」到「無」，再至「有」，終歸於「無」的個人情景，即真正禪者所經歷的實相、虛相、語障、棒喝、頓悟、轉義、轉識、自得、自救的過程。即物心互轉，借物達心，真空妙有，離相成佛。[1]

主義是對個體的主體性的限制和否定。將存在與無的共在加以理性的追問，自然是對現實世界的問題性揭示。同時，也會在主體的空間對社會生活和人的意識加以集約、規訓。

沒有是對存在的否定，超越虛無，同時也將虛無與存在糾纏在一起，將客觀世界置於主觀否定的視域，進而也就彰顯出有與無的共在。客觀被虛無化，自我也虛無化，存在也就虛空化。否定之後肯定，得以提升的是自我。無中生有。肯定了「在自我之外，在世界之中」[2]的此在，為的是在自由中追求個體存在與文學作為。

沒有不是虛無，虛無也不是沒有，只是無名。

「無意則心同，無指則皆至。」（《列子‧仲尼第四》）

「沒有目的便是目的」。[3]在沒有目的的行為中搜尋這行為自成一種目標，且不管搜尋到什麼。因為生命本身原本沒有目的，只是就這樣走下去罷了。

你說，沒有是沒有前提，自然也沒有結論。因此，沒有主義只不過是一個無始無終的過程。「無法之法，乃是至法」。

這是一個思想的流動過程，是意識的意義指向。過程本身就在其中，是無始無終的此在。

空、無、沒有、寂靜，是禪的境界。何況這種境界只是超自然、超現實的內心的感覺，並非自然和現實本身。

「沒有」是對禪的境界的借助，是超越是非，超越內心，非邏輯的意義指向。更多的時候只是一種心境或心像。

沒有絕不是無，是你有，而非被他人所有，或被奴役下的恭順接受進而擁有，或因迷信進而被洗腦後的擁有別人的所有，或是眾有、共有。

叔本華強調，一個獨立乃至孤獨的個體，通常是具有豐富思想並能夠感覺到自己豐富的人。身體的孤獨與精神的孤獨是相對應的存在。在這樣的時刻，才會以天性的方式呈現本色。

主義是絕對排他的。烏托邦的理想主義是建立在要別人迷信、服從，而發明者、倡導者自己並不一定迷信或服從的超大迷幻之中，是既不能證實也無法證偽的天堂或彼岸。一個人，要左右、支配、奴役許多人，或一種東西，要取代、統攝、支配許多東西，這其中必有迷藥。「要」就是要靠大強度的宣傳給受眾洗腦，以強制或欺騙的方式推行，「要」面對的是沒有思想，或不許有思想的個體在迷茫中形成的群眾。這就是要你接受並服從主義的根本所在。也就是在虛偽、平庸與服從中，扭曲、萎縮自己，甚至犧牲自己。

每當歷史進入一個轉折、變革的時代，就會有各種主義的風起。

如果誰宣稱自己的東西是主義，或打出主義的旗號，要他人相信和服從，往往是出於個人的野心。

打定主意，或說拿定主意，就是自己作主。自己是自己，我是我，你是你。你思你的，我想我的。

沒有主義，意在消解所謂的主義，顛覆、否定、批判那些虛假的奴役人的非人道的主義。

沒有主義，是要自己拿定主意，以免上帝笑你怎麼自己沒有主意，去信他人的主意。

你是你自己，你要自己作主，你要有自己的主意。「自己做自己的主人，就得把非己的主義先行清除」。[4]

你強調：「沒有主義，是現今個人自由的最低條件，倘連這點自由也沒有，這人還能做人嗎？」[5] 因為，沒有主義，其實就是一大解脫，是不受主義束縛的精神的自由。

> 沒有主義較之虛無，多少積極一些，於事、於人、於己，多少有個態度。這態度就是不承認有什麼先驗不可以質疑。這也可說是一種理智，導致什麼且不去說，至少不盲目迷信，無論是信仰還是權力，也不必跟隨某一權威，某一潮流，某一時尚，鼻子由人牽著跑，或受某種意識形態精神上的禁錮，畫地為牢，有點個人的獨立，當然這點獨立也還有限度。[6]

這一限度首先是自我的限度。

其實，自我又是一個越看越不像，越看越不是的存在。自我是在鏡像與實像對持的張力中，虛無中透出神秘，清醒中露出無奈。自我實際上是相對於外在而生出的一種屬內心底線的陰影。外在的東西如同光的存在，自我通常就是自己心中的陰影。守住這陰影，自己才能有秘密和自在的東西顯示，才不會迷失在光的眩暈之中。

自我的虛無，無，無名，時常使得自我迷失在自我的世界裏：

> 我不知道你是不是觀察過自我這古怪的東西，往往越看越不像，越看越不是，……所以，要我概要表述一下我自己，我只能惶恐不已。我不知道那眾多的面貌哪一個更代表我自己，而且越是審視，變化就越加顯著，最後就只剩下詫異。
>
> ……

我有一次注意到我扔在桌上的公共汽車月票上貼的照片，起先覺得是在做個討人歡喜的微笑，繼而覺得那眼角的笑容不如說是一種嘲弄，有點得意，有點冷漠，都出於自戀，自我欣賞，自以為高人一等。其實有一種愁苦，隱隱透出十分的孤獨，還有種閃爍不定的恐懼，並非是優勝者，而有一種苦澀，當然就不可能有出自無心的幸福的那種通常的微笑，而是懷疑這種幸福，這就變得有點可怕，甚至空虛，那麼一種掉下去沒有著落的感覺，我也就不願意再看這張照片了。[7]

「嘲弄」、「冷漠」、「孤獨」、「恐懼」、「空虛」等自我感覺，合成一個本真的存在。由自我懷疑和自我否定，進而確立真實、脆弱的個體存在。同時也找到了自我這個不幸的根源，和自我對自我扼殺後的「覺醒」：

問題就出在內心裏這個自我的覺醒，這個折磨得我不安寧的怪物。人自戀，自殘，矜持，傲慢，得意和憂愁，嫉妒和憎恨都來源於他，自我其實是人類不幸的根源。那麼，這種不幸的解決又是否得扼殺這個醒覺了的他？[8]

眾人皆睡我獨醒時，痛苦的是那個清醒的我。我們都被吵醒時，你卻到黑暗中，到林中的遮蔽處，到水墨的黑色裏。你可以游離出我，我們，成為旁觀者和說話者，成為舞台上的表演者，成為一個說語言，和被語言說的自我。

自己生活在自我的陰影裏，同時對外在世界的感知和觀審就顯得與眾不同，顯示出獨特的文學表現和藝術透視。因遠見而悲觀，因悲觀而卓識。

一切都顯得是心像的，是內在的，是一種自我驅使的意識流動的過程。你不過是順流理路，用語言的流，盡可能將其疏導、把握、呈現罷了。

日出日落的平定，月明月暗的恬靜，雲卷雲舒的從容，花開花落的風情。

明空性，得妙有。

2

菩提本無樹，靈山也無處。

> 你逕自朝前走，山道迴環。你這一生原本就沒有個固定的目標。你所定的那些目標，時過境遷，總也變來變去，到頭來並沒有宗旨。細想，人生其實無所謂終極的目的，都像這蜂巢，棄之令人可惜，真要摘到了，又得遭蜂子一頓亂咬，不如由它掛着，觀賞一番，也就完了。想到這裏，腳下竟輕快得多，走到哪裏算到哪裏，只要有風景可瞧。[9]

「幽源散流，玄風吐芳。」(孫綽《贈謝安詩》)

你說沒有主義，較之虛無，是一種積極地對人、對己、對事的態度。是對先驗的理性的質疑，是不迷信所謂的信仰和權力，不跟隨權威。這樣才可能保持做人起碼的尊嚴和獨立。

依據自己的知識、經驗來看待、認識一切，具有自己肯定的價值和個人行為準則，可能或必然是一個孤獨者。但這是一種選擇，是不強加於人，也同樣不容被人強加於己的個體選擇。更不是妄想去主宰這個世界，或被這個世界無端地給宰了。因此，你說：「沒有主義不

同於以個人為軸心的主義或由此發端的哲學。」[10] 這也是你從來不把自己說成、更不把自己當做存在主義信徒的緣故。追求自由，而不要主義；展示存在的困境，而不陷入主義的牢籠；嘗試不同的藝術形式，而不被其主義的鏈條捆綁；談禪而不宗；說佛在心中，而不守佛教的清規戒律。從心守我，由我定性，敞開着點亮蓮燈。

你覺得沒有主義的個人更像一個人，不成其為某種主義者的個人看起來更符合人性。

沒有主義者，既反對打着各種旗號的暴力、極權專制，也反對把自我膨脹為上帝或超人，更反感把他人踩為狗屎。更反對「將某種政治以人民、民族或祖國這類抽象的集體的名義強加於個人」。[11] 就是要有「不做主義的奴隸這點自由」。[12] 這正是自由之思想，獨立之精神的前提。無論是怡情的文學創作，還是益智的學術研究，都需要這種精神狀態。

在極權的意識形態國家，不做主義的奴隸這點自由是沒有的，多是想做「主義」的奴隸而不能和做穩了「主義」的奴隸兩種人。

自由是要由自己去爭取的，不是別人給你的。個人自由的起點，實際上就是做人的那點基本的權利，是個人自我保護、自我生存的必要措施。做人的意義和價值也就這麼一點點。生與死，以及自然界的許多現象不可抗拒，唯有活着的短暫時光中，自由是最寶貴的，最具有自在性的。精神自由，首先是不受主義的束縛。當你可以或能夠對權力，對習俗，對現實，對他人的思想，或強加給你的主義說不的時候，你就贏得了做人的尊嚴和做人的意義。你就由自在真正到達自我，在自我之域給尊嚴、人格樹立一個標杆。這個標杆的高處就是一盞自我照耀的生命的蓮燈。正如康德所言，自由是可以不做違心之事，自由就是有權自由選擇。

此時，無中生有，大千世界中有我，芸芸眾生裏有你。

眾妙之門，大有若無。

禪在你心中，也在我心中。

> 你不為純文學寫作，可也不是一個鬥士，不用筆做武器
> 來伸張正義，何況那正義還不知在哪裏，也就不必把正
> 義再寄託給誰。你只知道你絕非正義的化身，所以寫，
> 不過要表明有這麼種生活，比泥坑還泥坑，比想像的地
> 獄還真實，比末日審判還恐怖，而且説不準什麼時候，
> 等人忘了，又捲土重來，沒瘋過的人再瘋一遍，沒受過
> 迫害的再去迫害或受迫害，也因為瘋病人生來就有，只
> 看何時發作。[13]

這些年，害怕「捲土重來」的感覺、憂患、焦慮一直伴隨着你，
揮之不去，時常流於言表。

因為「這世界到處是謊言，你同樣在製造文學的謊言。動物都
不撒謊，苟活在世上是怎樣便怎樣。人卻要用謊言來裝飾這人世叢
林，這就是人和動物的區別，遠比動物狡獪的人需要用謊言來掩蓋
自身的醜陋，為也生在其中找尋點理由」。[14] 清醒中透出虛無和無的
本真，同時也為自己設立了位置，並確立了文學的理由：

> 你不充當裁判，也別把他當成受難者，那有損藝術的激
> 奮與痛苦才讓位於這番觀審，有趣的既不是你的審判和
> 他的義憤，也不是你的感傷和他的痛苦，該是這觀省的
> 過程本身。[15]

看似非功利和非常的客觀，其中所蘊藏着十分鮮明、強烈的主體
性。也就是你所強調的「你就是個自在之物，你的病痛恰恰在於總要
成為自為之物，就註定你災難無窮」。[16] 這正是人世叢林與自然叢林
法則相同之外的不同：痛苦、煩惱和災難通常是自找的。

看穿虛無和沒有的存在，本身也是痛苦的自我確認。敢於正視無、沒有，並勇敢面對，並不是一件容易的事。《彼岸》中那個真實、實在，也就是說實話的人，被你放置進了《皇帝的新衣》和《國民公敵》的困境：

玩牌的主　：大家的話你都聽見了吧？那你為什麼偏把
　　　　　　黑桃說成是白板？……
人　　　　：我想，那還是白板。
玩牌的主　：你這個人真沒有意思，弄得大家都不痛
　　　　　　快。你們說這樣的人可惡不可惡？
眾人　　　：(傳酒壺，一人一口) 可惡，可惡，可
　　　　　　惡，可惡，可惡，可惡，可惡，可惡，
　　　　　　可惡……
玩牌的主　：(把酒壺拿開) 對這樣可惡的人，該怎
　　　　　　麼辦？
眾人　　　：(圍上去) 把他趕出去！
　　　　　　叫他滾蛋！
　　　　　　攪得大家都不安全。
　　　　　　這人真討厭。
　　　　　　他幹嘛攪得我們大家都喝不成？
　　　　　　教訓教訓他！
　　　　　　……
　　　　　　(眾人要脫他褲子。)
玩牌的主　：你再想想看，再想想看！
人　　　　：(提着褲子) 可我記得……好像……是，
　　　　　　白板。[17]

看穿社會的本質和看穿人的本質是一樣不容易的。皆醉與獨醒，始終是最為艱難的相處和共在：

眾人	：瘋子來了。
	……
瘋女人	：瘋的是你們！
	……
眾人	：看啊，看啊，
	她又說瘋話了。
瘋女人	：你們說的才是瘋話。[18]

這正是慧能所謂的「圓明常寂照」。[19]

存在與虛無，在這裏最本質的體現，也可以說是：你們笑的是自己。這時言說者有我，同時也是有我者言說。因為面具被自我剝離，真話和瘋話之間的語障被拆除，真相和假相的分寸被消解，只剩下語言的純粹和沒有歧義的直接對話。

3

文心難明。

你在《周末四重奏》中借畫家「老貝」之口說「人玩不過上帝。人想不朽，挖空心思製造各種各樣的假象，而藝術只不過是人給自己製造的幻覺」。[20] 隨後又借助作家「達」之口表達了自我存在的真實困境：

你玩球，沒想到你自己也在別人手中，
你想抓住頭髮騰空，只抓得頭皮發痛。
於沒有意義中尋求意義，沒有愛中求歡，或者說尋求刺
激，都受慾望的驅使。
……
你嘲弄的這世界到頭來反將你嘲弄，原本都沒有意義，
也包括你自己。[21]

看似無聊的語言遊戲，其實透出的是存在的真諦。因為無聊也是一種存在的方式。感到無聊時，恰恰說明對生存狀態有了本質的把握。

我始終認為在友情和愛情之間還有一種東西叫曖昧。在積極意義和消極意義之間還有一種東西叫無聊。

「曖昧」、「無聊」這兩個詞，最難用語言說清楚。這兩種狀態都是對情感誘惑的接受而同時用身體抵抗，對艷羨心動而止於行動，即對慾望號列車行進的剎車。這其中存在有不可擺脫的內在張力，為心理時空留有一點空白，為自然時空留有一點距離。其內在的含義也許就在這說不清楚之中。說不清楚和想說清楚本身就是一種狀態。想弄明白這種狀態，就又陷入無聊之中。

《夜遊神》中的夢遊者有這樣一段自我說辭：

> 這是一個無聊的世界。你思想，無非你自虐。你同樣無聊，你也深深知道，你知道你已經不可救藥！[22]

《逃亡》中的中年人曾說道：「情人比丈夫要有意思得多，婚姻是個無聊的形式。」[23]

發現無聊、感覺到無聊和承認無聊，是現代都市生活，特別是精神陷入困境的知識分子的一種常態。是反抗、介入主流意識形態和合謀、共在主流意識形態的兩類知識分子之外的另類狀態。或者說是直覺與理念、感性與理性、自我與我的間離。

> 夢遊者　：（到街心）誰都指點你，誰都想當上帝。（站住）你信步遊蕩，本沒有目的，要由人指使，還有什麼興致？人都好指東道西，等你碰壁，倒霉的還是你自己。所謂目的，不也如此，放個兔子你攆去，兔子跑了。你呢？（回頭，不見流浪漢，大聲）你既無目的，也無方向，走哪算哪！[24]

「溪花與禪意，相對亦忘言。」（劉長卿《尋南溪常山道人隱居》）

無聊的自覺與虛無的清醒，共同交織在這種生存的狀態中。「走哪算哪」是走和不走之間的存在，也是最為自我、最為自在的處境，更是心路上的自我抵達。

也正是在這種「走哪算哪」路向上，你「叩問死亡」，對人生有更為透徹的極致叩問：

> 人生在世註定受難，不自認身負重任救國救民的話，就得拯救自己的靈魂，這便是人的命運。
>
> 可問題在於：你是不是真有靈魂？又有誰能救？[25]

書不盡言，言不盡意，得意忘言。

注釋

[1]　高行健：《八月雪》，第 28–30 頁。

[2]　薩特：《存在與虛無》(陳宣良等譯)，第 46 頁。

[3]　高行健：《靈山》，第 349 頁。

[4]　高行健：〈自序〉，《沒有主義》，第 6 頁。

[5]　高行健：〈自序〉，《沒有主義》，第 5 頁。

[6]　高行健：〈自序〉，《沒有主義》，第 2 頁。

[7]　高行健：《靈山》，第 150–152 頁。

[8]　高行健：《靈山》，第 152 頁。

[9]　高行健：《靈山》，第 245 頁。

[10]　高行健：〈自序〉，《沒有主義》，第 3 頁。

[11]　高行健：〈自序〉，《沒有主義》，第 4 頁。

[12]　高行健：〈自序〉，《沒有主義》，第 5 頁。

[13]　高行健：《一個人的聖經》，第 200 頁。

[14]　高行健：《一個人的聖經》，第 201 頁。

[15]　高行健：《一個人的聖經》，第 189 頁。

[16]　高行健：《一個人的聖經》，第 291 頁。

[17]　高行健：《高行健劇作選·彼岸》，第 35–36 頁。

[18]　高行健：《高行健劇作選·彼岸》，第 45–46 頁。

[19]　陳秋平、尚榮譯注：《金剛經·心經·壇經》，第 234 頁。

[20]　高行健：《周末四重奏》，第 57 頁。

[21]　高行健：《周末四重奏》，第 83–84 頁。

[22]　高行健：《高行健劇作選·夜遊神》，第 382–383 頁。

[23]　高行健：《高行健劇作選·逃亡》，第 150 頁。

[24]　高行健：《高行健劇作選·夜遊神》，第 332 頁。

[25]　高行健：《叩問死亡》，第 14 頁。

19

敞開與遮蔽

1

在故國，一個寒冷的都市，你獨自生活了二十六年。

在他鄉，一個更寒冷的都市，你享受到舉世矚目的輝煌。

你所主張的冷的文學，既是一個感性的話語，更是一個理性的觀念。

「朗月當空掛，冰霜不自寒。」[1]

感覺的，生態的，自我的，獨處的，體驗的，內在的，不合群的，脫俗的，非主流的，非大眾的，深水位的，山陰處的，嚴霜下的，冰凍的，一切的一，是相對於熱的存在。

此在狀態是冷的。

冷有時是非外在狀態的，是心像的。

不是天寒、地寒、水寒，是心寒。

對於故國，你生活在別處。作為世界公民，你也是生活在屬自己的國度。一個可以自由選擇居住地的世界公民是越過幸福底線的幸運者。家國的概念淡化了，作為個體的自由、人的意識強化了、明朗了。這不是誰給予的，而是靠自己去爭取來的。

這正是你說自己是世界公民，不認同什麼，也不求他人認同，不代表誰，也不希望誰將你作為他們的代表。你只代表你自己，你只是你自己，只守住自己的心性，作一個獨異的行者。

「須知雲外千峰上，別有靈松帶露寒。」[2]

此時的冷，可能是因孤獨，因離亂，因別離，因逃逸，因被放逐或自我放逐。

這一切從一個寒冷的冬天開始，雪落在故國南方的大地上，一場大雪之後的文學萌動，啟動了一個銘刻着自我的文學的苦難歷程，同時也是一個走向輝煌的尋找自我、發掘人性的藝術征程：

雪落在地上一片潔白，人走過留下腳印，就弄髒了。[3]

要我給一點過度闡釋的話，就可以説這簡單的一句話，便充滿了禪意。「識自本心，是見本性」。[4]

這是你8歲時的第一篇日記。從此一發不可收拾，把夢想和自戀都訴諸文字，便種下了日後災難與輝煌的因緣。文學的心路征程，雪落故國的這一刻是起點。另一個新的起點卻是在2000年冬雪映日的瑞典。

「人生到處知何似？應似飛鴻踏雪泥。

泥上偶然留指爪，鴻飛那復計東西。」（蘇軾《和子由澠池懷舊》）

慧可斷臂，血染袈裟，雪映紅色，才進得了門。於是，凡是禪門之外，世俗與僧眾對持，必遭血光之災。

你冷的文學和冷的繪畫，來自你冷的理性，是你陰暗的內心在驅使你。

看你的小説，是一副陰冷的語調。

看你的繪畫，幾乎全是陰冷的黑色。即便是那空白的無色之處，也像無光的冷月，或被黑墨映襯為寂靜的冷色。

畫境即心境。

這是思想的力量，也是藝術的穿透力。

從雪落在故國南方的冬天開始，到走出靈山的雪落窗外的寂靜的文學的漫遊。冷與冷的文學沒有結束：

沒什麼，好像做了個夢，夢中的村莊落着雪，夜空被雪映照，這夜也不真實，空氣好生寒冷，頭腦空空蕩蕩，總是夢到雪和冬天和冬天在雪地上留下的腳印，我想你。[5]

置身海外，得以能夠自由地表達時，你更需要冷靜和客觀。不苦思冥想，怎能恍然大悟。你説「你得找尋一種冷靜的語調，濾除鬱

積在心底的憤懣，從容道來，好把這些雜亂的印象，紛至沓來的記憶，理不清的思緒，平平靜靜訴說出來，發現竟如此困難」。[6]

於是，你「尋求一種單純的敍述，企圖用盡可能樸素的語言把由政治污染得一塌糊塗的生活原本的面貌陳述出來，是如此困難。你要唾棄的可又無孔不入的政治竟同日常生活緊密粘黏一起，從語言到行為都難分難解，那時候沒有人能夠逃脫。而你要敍述的又是被政治污染的個人，並非那骯髒的政治，還得回到他當時的心態，要陳述得準確就更難。層層疊疊交錯在記憶裏的許多事件，很容易弄成聳人聽聞。你避免渲染，無意去寫些苦難的故事，只追述當時的印象和心境，還得仔細剔除你此時此刻的感受，把現今的思考擱置一邊」。[7]

更為具體和實在的文學表達，形成了你對「文革」反思的冷的基調，那種曾「被⋯⋯」的無奈和現實，不許保持距離的審視，一幕幕再現，正如你如此清醒的言說：

> 他的經歷沉積在你記憶的折縫裏，如何一層層剝開，分開層次加以掃描，以一雙冷眼觀注他經歷的那些事件，你是你，他是他。你也很難回到他當時的心境中去，他已變得如此陌生，別將你現今的自滿與得意來塗改他，你得保持距離，沉下心來，加以觀審。別把你的激奮和他的虛妄、他的愚蠢混淆在一起，也別掩蓋他的恐懼與怯懦，這如此艱難，令你憋悶得不能所以。也別浸淫在他的自戀和自虐裏，你僅僅是觀察和諦聽，而不是去體味他的感受。[8]

他的經歷和你的言說，在說給自己的聽和聽自己說中展開，自省與反省，內視與對視，自嘲與冷嘲，幽默與反諷，兩者間有張力，有對峙，也有交融的共在。看似兩者，在心理時間和心理空間上，又是

自我與本我的合一，依靠一個超我的觀審，形成存在的在場，合成一個感覺上的結構。這個結構同時又是開放的、澄明的。

2

冷有時是一種心境，心像。

有時是心中那揮之不去的陰影。

短篇小說《母親》中的的那個兒子，「他是一個不通情理、冷酷的人」！[9]

劇作《彼岸》中那個兒子與母親的相遇，就很冷：

母親　：還記得我嗎？

人　　：啊，媽媽。

母親　：你都快把我忘了吧？

人　　：（跪下）是的。

母親　：（摸他頭）找個姑娘，你該成家有個歸宿了。

人　　：我想做些事情。

母親　：你心太大啦。

人　　：（低頭）總也是你兒子。

母親　：他們都跟隨你？你要把他們都領到哪兒？

人　　：不知道。我只知道應該往前去，是這樣嗎？
　　　　媽媽！

母親　：我的好兒子。（抱住他的頭）

人　　：你手冰涼！（驚覺）這裏是陰間？另一個世界？

母親　：也沒有什麼可怕，只是陰冷潮濕。

人　　：（離開她）我怎麼出去？我還沒有活夠！[10]

生命的極致體驗，文學的極端表達。存在的追問，文學的個體歸宿。陰冷中透出的是母子間的溫情，溫情中又流露出冷酷的文學表

達。自我在言説之中，言説又確立一個獨立的自我。冰冷的語言因親情而洋溢出熱流，無情的文字因親情而透出濕潤。語言是冷的，母子傳遞着的血是熱的。

冰封的大地仍為春來的孕育保留足夠的溫度。

遠方的遊子命門中仍保存有母親留下的餘溫。

3

《野人》劇中的演員集體發聲：

哪裏還找得到那壯美
　　　　寧靜
　　　　　　未經過騷擾
　　　　　　　　砍伐
　　　　　　　　　踐踏
　　　　　　　　　　焚燒
　　　　　　　　　　　掠奪

未曾剝光
　　還保持原生態的處女般的森林！[11]

但作為獨異的個體，你在自己的林中路上。

林中路上，體靜心閒，方能凝思幽岩，朗詠長川。有之不盡，無之有間。「恣語樂以終日，竺寂默於不言。渾萬象以冥觀，兀同體於自然」。(孫綽《遊天台山賦》)

在林中路上，無論你怎麼行進，通常都是敞開與遮蔽的共在。敞開與遮蔽兩者的緊張狀態，實際也是一種處在運動之間，在共生狀態的感覺中，保持各自的形式。敞開的不確定性，實際上就是對實境的超越，對虛境的藝術轉化。有自然的、自我的、他人的、神靈的。有的可以感知，有的卻始終是佈個玄幽的迷陣，或打個説不清道不明的

糾結。正如同一個人可以把握生命中的許多關鍵環節，唯獨不能決定自己的出生。這也正是軀體行進與精神漫遊所經的必由之路，只不過被你加以冷的處理，也就成了政治現實的嚴冬和複雜的人際關係的糾纏。《彼岸》中有你真實的「影子」：

> 影子：（平靜）那就到了冬天，那一天還大雪紛飛，你赤腳走在雪地上，去體驗那刺骨的嚴寒。你覺得自己像個基督，那世界就你在受難，就你最為孤獨。你覺得你充滿了犧牲精神，雖然為誰犧牲並不分明。不錯，你在雪地上留下了腳印，而遠處是迷濛的森林。
>
> （人疲憊不堪，走進了人體模擬的樹林）
>
> 影子：（跟蹤他）你走進那座幽深的林子，一棵棵樹木葉子早已落盡，伸出光禿禿的樹幹，都像是裸體的女人。它們佇立在雪地裏，寂寞而沒有語言，而你止不住想向它們訴說你的痛苦。……你就願意在森林中穿行，就這樣一直走下去，精疲力竭，然後，隨便在哪裏倒下，也不希望被人發現。
>
> ……
>
> 影子：其實，這不過是你的一種自我憐憫，你並不甘心就此了結，……[12]

登山臨下，幽然深遠。日出林霏開，雲歸岩穴暝。峰迴路轉，晦明之變，如山間朝暮。

先來到一處詩意的敞開的林中空地：

> 沒有松蘿了，沒有冷箭竹叢，沒有小灌木，林子裏的間隙較大，更為明亮，也可以看得比較遠。遠處有一株通體潔白的杜鵑，亭亭玉立，讓人止不住心頭一熱，純

潔新鮮得出奇，我愈走近，愈見高大，上下裹着一簇簇巨大的花團，較之我見過的紅杜鵑花瓣更大更厚實，那潔白潤澤來不及凋謝的花瓣也遍灑樹下，生命力這般旺盛，煥發出一味要呈獻自身的慾望，不可以遏止，不求報償，也沒有目的，也不訴諸象徵和隱喻，毋需附會和聯想，這樣一種不加修飾的自然美。這潔白如雪潤澤如玉的白杜鵑，又一而再，再而三，卻總是單株的，遠近前後，隱約在修長冷峻的冷杉林中，像那只看不見的不知疲倦勾人魂魄的鳥兒，總引誘人不斷前去。我深深吸着林中清新的氣息，喘息着卻並不費氣力，肺腑像洗滌過了一般，又滲透到腳心，全身心似乎都進入了自然的大循環之中，得到一種從未有過的舒暢。[13]

再陷入這段被自然所遮蔽的困境：

我站了起來。茫然期待。喊叫了一聲，沒有回音。我又叫喊了一聲，只聽見自己沉悶顫抖的聲音頓然消失了，也沒有迴響，立刻感到一種恐怖。這恐怖從腳底升起，血都變得冰涼。我又叫喊，還是沒有回音。周圍只有冷杉黑呼呼的樹影，而且都一個模樣，凹地和坡上全都一樣，我奔跑，叫喊，忽而向左，忽而向右，神智錯亂了。我得馬上鎮定下來，得先回到原來的地方，不，得先認定個方向，可四面八方都是森然矗立的灰黑的樹影，已無從辨認，全都見過，又似乎未曾見過，腦門上的血管突突跳着。我明白是自然在捉弄我，捉弄我這個沒有信仰不知畏懼目空一切的渺小的人。

我啊——喂——哎——喊叫着，我沒有問過領我一路上山來的人的姓名，只能歇斯底里這樣叫喊，像一頭野獸，這聲音聽起來也令我自己毛骨悚然。我本以為山林裏都有回聲，那回聲再淒涼再孤寂都莫過於這一無響應

更令人恐怖，回聲在這裏也被濃霧和濕度飽和了的空氣
吸收了，我於是醒悟到連我的聲音也未必傳送得出去，
完全陷入絕望之中。[14]

……

這些天來，我聽到的所有迷路困死在山裏的事例都化成
了一陣陣恐怖，將我包圍其中。此刻，我像一隻掉進這
恐怖的羅網裏又被這巨大的魚叉叉住的一條魚，在魚叉
上掙扎無濟於改變我的命運，除非出現奇跡，我這一生
中不又總也在等待這樣或那樣的奇跡？[15]

如入宗廟，似臨墳塋，如陷泥沼。

這一被自然所遮蔽的困境，更像你處在一個規訓與懲戒的社會
體制中的境遇。心中不死的火種是對奇跡的期待。火種不滅，是因為
石在。

而社會化的政治的遮蔽就無須象徵或隱喻：

這清明的月色下，四下還就有眼，就窺探，注視，在圍
觀你。迷濛的月光裏到處是陷阱，就等你一步失誤。你
不敢開門推窗，不敢有任何響動，別看這靜謐的月夜人
都睡了，一張惶失措，周圍埋伏的沒準就一擁而上，捉
拿你歸案。[16]

你怕什麼呢？是因為敞開與遮蔽的同在，還是自己對歷史無法遺
忘？抑或對現實難以掙脫的恐懼？你借夢遊者之口，有如此言說：

妓女　：我累了。
夢遊者：那就回家，你說你也有點吃不消。
妓女　：我不敢……
夢遊者：你也一樣，有家回不得，可你沒說。
妓女　：我害怕。

夢遊者：（自忖）你何嘗又不，你和她同病相憐，只不
　　　　過沒被強姦，可也好不了多少。有這一步，還
　　　　不知下一步走不走得了。這，你當然也沒說。
妓女　：（湊在他耳邊，很急促）他肯定沒走，還不放
　　　　過，老盯住我，就在附近，我走哪裏都暗中跟
　　　　着，我不能讓他知道我住哪，不能讓他知道我
　　　　怕他，不能叫他捏在手裏，你明白嗎？
夢遊者：（自忖）你完完全全清楚，你同她的處境，
　　　　也不相上下。可她能說給你聽，你還不能說
　　　　明。[17]

　　而且這種心中的恐懼，在許多年後，仍然伴隨着你。2010 年 9
月，我在東京與你相聚，你向我傳達了同樣的感受。是對曾經遭遇過
的體制和複雜的人事關係的恐懼感。

　　是怕思想警察，還是怕他人為你設置的地獄出現？

　　抑或怕自己心中那個所羅門瓶子（編按：寓意裝有邪惡、不吉祥
的東西）裏的魔鬼竄出來？

　　不是說平時沒做虧心事，半夜不怕鬼敲門嗎？

　　問題是，依靠暴力、謊言、欺騙、諾言建立起來的「天朝」或「大
洋國」裏，當常識都成了一切異端中的異端的時候，你可能就不是你
自己，你只是螺絲釘，是磚，是瓦。是什麼都行，反正不是屬自己的
個人。

　　夜行者總會感到身後有跟隨者，你一再回頭，儘管什麼也沒有，
恐懼卻在本無中加劇。你必須加緊腳步前行，才可能在行進中減輕
恐懼。

　　心理學家給出的是一個既不能證實也不能證偽的答案：人類在
自我進化的過程中，尚未完全擺脫自己留給自己的那個叫做陰影的自
我，或稱之為似神附體的幽靈。

道信向三祖僧璨尋求解脫法門。

僧璨問：誰縛了你？

道信答：無人縛。

僧璨反詰：何必要求解脫呢？[18]

從南嶽天柱山回來，我時常想起僧璨的自我解縛之說，同時也會聯想到中國以及所謂的鄉愁在你身上的附着。

也正因為自我解縛之不易，你才會有如此反反覆覆的自我袪除陰影的書寫，和被遮蔽的困境再現。

「解脫至何所，誰縛誰解脫。」[19]

注釋

[1] 普濟：《五燈會元》（蘇淵雷點校）卷第九，第 539 頁。

[2] 普濟：《五燈會元》（蘇淵雷點校）卷第十四，第 892 頁。

[3] 高行健：《一個人的聖經》，第 4 頁。

[4] 楊曾文校寫：《新版敦煌新本六祖壇經》，第 19 頁。

[5] 高行健：《靈山》，第 504 頁。

[6] 高行健：《一個人的聖經》，第 187 頁。

[7] 高行健：《一個人的聖經》，第 187–188 頁。

[8] 高行健：《一個人的聖經》，第 188 頁。

[9] 高行健：《高行健短篇小說集》，第 205 頁。

[10] 高行健：《高行健劇作選‧彼岸》，第 24–25 頁。

[11] 高行健：《高行健戲劇集 3：野人》，第 21 頁，聯合文學出版社有限公司（台北），2001。

[12] 高行健：《高行健戲劇集 4：彼岸》，第 86–87 頁。

[13] 高行健：《靈山》，第 60–61 頁。

[14] 高行健：《靈山》，第 62–63 頁。

[15]　高行健：《靈山》，第 64 頁。

[16]　高行健：《一個人的聖經》，第 342 頁。

[17]　高行健：《高行健戲劇集 10：夜遊神》，第 42–43 頁。

[18]　普濟：《五燈會元》(蘇淵雷點校) 卷第一，第 48–49 頁。

[19]　中華楞伽流通中心：《楞伽經會譯》卷一上，第 41 頁 (無出版時間)。

高
行
健
：
徘
徊
靈
山
的
人
生

20
無相為體

1

海德格強調:「藝術家和作品都是通過一個第一位的第三者而存在。這個第三者使藝術家和作品獲得各自的名稱。那就是藝術。」[1] 藝術家和作品立身於大地,大地使藝術顯示出真實、實在,並規定着一切在場者之在場的東西。因此,「藝術就是真理的生成和發生」,[2] 藝術的本質也是真理自行置入作品。「由於藝術的詩意創造本質,藝術就在存在者中間打開了一個敞開之地,在此敞開之地的敞開性中,一切存在遂有迥然不同之儀態」。[3]

大地上敞開的真實,是自然之我與藝術之我接地氣後的直立,而不是漂浮在空中的雲霞。

水乳交融,灌溉的是生命。

水墨交融,揮灑出的是畫面。

重複一次你的話:「寫作與畫畫都是我從小養成的習慣。已成了離不開的愛好。」[4]

相遇在 2010 年 9 月的東京,我說你中學時代的美術老師惲宗瀛先生還健在,九十高齡,仍堅持做畫。我與他有多次見面交流的機會。

於是,你講起自己中學時代與繪畫的結緣,和曾經面臨的專業選擇:

> 惲宗瀛是我繪畫的老師,在他教導下打下的基礎,我受用終生。
>
> 他是中央大學美術系的畢業生,在教會中學(金陵中學)任教,待遇很好,學校當時給他有專門的畫室。因為美術課,不是中學的主課,每周只有兩節。我從小就喜歡文學、繪畫,到初中二年級,也就是 12 歲那年,開始喜歡上油畫。惲宗瀛老師上美術課講的都是素描、水彩的基礎性東西,他

作者與高行健於東京相聚

自己課外卻在畫室創作油畫。我常去他畫室，看他畫油畫，
從不敢聲張，悄悄地看他都有什麼顏料，我就記住，用母
親每天給我的一角零花錢（媽媽說上中學了，應該有自己的
零花錢），湊起來去美術商店買顏料。然後再去看他如何配
料、調色，放學回家就依照他的做法來做。他怎麼畫，我回
家就學着他的畫法來畫。有不明白的地方，也就是有問題，
就到他畫室問他。他並不知道我在家依照他的做法畫油畫，
也不知道我在家到底畫些什麼。但我的提問，他都會及時答
覆、指導。就這樣，我堅持了五年。繪畫的基本功是這個時
候打下的。

　　高中三年級時，也就是臨近畢業，準備報考大學。學校
動員、組織教員進行家訪，向學生家長徵求報考學校和專業
的具體意見。因為他和我最熟悉，學校就讓他到我家進行家
訪。

　　當時，我的文科、理科成績都很好，學校讓他家訪，約
見我母親，希望我報考北京大學物理系。這是他的任務，目
的是讓他來做我母親的工作，並聽取意見。

　　我帶他到我家，母親正在家裏等候。他到我家一看，到
處掛的是我畫的油畫，他很驚訝，說了一聲：「有印象派的味
道！」聽他這樣的話，我受寵若驚。而他一下子也忘記了學
校讓他來家訪的任務。他就給我母親說起他有同學在中央美
術學院當教授，要推薦我報考中央美術學院。

　　他說話的樣子很熱情，也很認真。這下子我母親為難
了。她沒有當面表態，只說家人要商量商量。實際上，母親
根本不同意我報考中央美術學院。她的意見來自兩個方面：

　　一是歷史的緣故。她本人喜歡藝術，特別是話劇、電
影。她熟悉現代的許多電影、戲劇。她說趙丹、白楊主演的
電影《十字街頭》中的畫家，窮得只能住在小閣樓上，冬冷夏

熱，衣着破爛，外出約會，連一雙像樣的鞋子都沒有，只好自己用油彩顏料，把自己白色的鞋子塗成黑的。

　　母親説：「學美術，當畫家，可能就是要過這樣的窮日子。因為這個電影的故事，她印象太深了。」

　　二是現實的緣故。我説時代變化了，和過去不一樣了。當時雖然看不到意大利、法國，及美國的繪畫，但蘇聯的油畫還是能夠看到。於是，母親就帶我到大街上，表示她的第二種反對意見。我家的對面就是南京師範學院，她指着大街上烈日之下，攀登在木梯子上畫宣傳標語、口號和人物像的畫家，也就是師範學院的美術老師，説：「你看，現在的畫家，就只能畫宣傳『社會主義好』、『人民公社好』的大標語。大太陽下，登高就低幹這個。這就是你要當的畫家。」

　　由於母親的反對，我就不能報考中央美術學院了。但她尊重我個人的志願，就同意我報考北京外國語學院法語系。因為我同時也喜歡文學，嚮往巴黎。[5]

　　玉樹林峰，有大地上根的支撐。玉樹臨風，牽動着根脈的絲絲遊動。大地的異鄉者，用詩意的言説和水墨的無言共同感受根的潛在力量。

　　你説自己 1979 年第一次法國之行，確立了對繪畫的重新認識。你在巴黎看到梵高和莫奈的原作，頓時明白「你在中國弄的那些油畫不值得再畫了」。[6]同時，你也看到了趙無極的抽象水墨和畢加索用中國墨做的速寫。你便轉身回到了中國的水墨之中。

　　山外有山，天外有天。此山即他山，此天即他天。感知者立身的大地不同。

　　「夫畫道之中，水墨為最上。」（王維《山水訣》）

　　脱胎換骨，善巧通變。

你要尋找和延伸水墨的可能性。這種可能性是溝通西方現代繪畫所追求的感覺和中國傳統水墨講究的精神。[7] 用水墨來追求西方油畫的深度，把油畫創作「用光」的觀念再帶到水墨畫裏。[8] 以自己的繪畫語言，建構光影下的心理時空。

因為同時從事寫詩、寫戲、寫小説、寫電影劇本的文學活動，你要在水墨中創造一種屬自己的意境。

　　找到自己獨特的形式和言語，這是一生的事業，不靠一
　　時一地一紙的宣言。[9]

你説「繪畫在語言之外」，[10] 自己力圖要把這種靜遠空靈的禪的境界，表現出來。你是在用語言無法表述的地方開始畫。作畫的時候排除詞和觀念。[11]

不再求像寫實，回到守心寫意。

這是王弼所謂「得意在忘象，得象在忘言」的創造心境。

正如禪門偈頌：「一口吸盡西江水，入聖超凡割愛親」。

在與你弟弟行素的一次交談中，我驗證了你所説的轉變。

　　哥哥他從法國回來，一下子像變了個人似的。寫小説，
寫戲排戲，忙個不停。同時也畫個不停。我去北京看他排
戲，發現他住所到處都是成品和畫了半成的畫，感覺很新
奇。這不是我們從小一起玩的東西。

　　小時候，媽媽讓他學畫，讓我學音樂。一靜一動。家裏
時常招來鄰居小朋友湊熱鬧。

　　當小弟的總喜歡跟着哥哥。我也是。我的小提琴拉累
了，就去跟他一起畫畫。

　　那時候，國畫，油畫，什麼都想弄。他喜歡創新。我們
一起，用草紙、報紙、麻布，甚至連拖把都用上了。只差用
屁股作畫了。小時候，我甚至認為我比哥哥畫的好。

你弟弟笑了。

從法國回來，一下子變了。我到北京時，哥哥他說，我學齊白石，一輩子學不到。我學油畫，文化的差異和技術的差異，更不可能。我要找到屬自己的東西，要走出一條自己的路。你看這滿房間的東西，我已經悟出來了。

滿屋黑乎乎的東西，多是水墨寫意的，有些潑墨的東西，更是大寫意，我看很抽象，大都看不明白。

我和哥哥他的差距開始拉大，雖然我考大學時，沒有被中央音樂學院作曲系錄取，但一直喜歡音樂。我這時迷戀作曲，他在弄他那些水墨。小時候還可以一起畫畫，這時不行了。

他在北京演戲火了，也惹出事了。在北京還和朋友一起搞了個畫展。隨後，他說要到德國寫作，回來卻說在那裏意外地辦了畫展，很成功。我們這一代人，許多東西，特別是才華，被壓抑的和被扭曲的太多，一旦給了你機會，或得到釋放，會有意想不到的奇跡發生。哥哥行健就是屬這樣的。

1957 年 7 月，他先考上大學，離開南京了。我和他當時的一些好朋友，就沒有他這樣的幸運，因歷史問題，「反右」運動中，父輩都遭受不同程度的衝擊，子女在學業上也就受到影響。我讀了機械製造的專科，鄧家小弟只能讀南京農專。我後來從事作曲、演奏，也只是靠從小打下的基礎。「文革」後，才有真正從事音樂專業的機會和可能。哥哥行健他畫畫，也只是有少年時代的底子，後來靠自學，靠自己摸索，最後得大悟。

1987 年他又要遠行。行前，他的一些手稿、書信交給我保存。有詩，有小說的，有戲劇的。這不，今天要與你見面，昨晚，我就又在看哥哥留下來的那些手稿。

這一去就是二十多年。我到法國找他，打電話沒有人接
　聽，也就沒有見到面。

一陣傷感，一時無語。

　　等到再一次與行素見面的時候，我帶來了你畫冊影印本和電影
《側影或影子》的碟片。當談到從不同渠道得來關於你身體狀況的事情
時，他竟發出恐怕今生難與哥哥相見的感歎和悲傷。

　　哎，只希望在我們兄弟都健康的情況下，見上一面。決
　不要等到黃泉路上再相逢！

棠棣之花，手足情誼。
他說：

　　你把這些畫和電影碟片給我留下，我好慢慢看。

行素要在這些畫面和影像中，用心靈的感應與哥哥交流。

2

　　「清清水中蒲，長在水中居。寄語浮萍草，相隨我不如。」（韓愈
《清清水中蒲》）

　　2000 年以後，你在不同場合提到自己的老師時，說到了同一個
人：惲宗瀛。

　　我在 2008 年 10 月 8 日，拜訪你中學時代的美術老師惲宗瀛先
生，想從他那裏尋找你繪畫的師承。87 歲高齡的惲先生說，他不記得
你了，一生教過的學生太多。

惲宗瀛先生（1921–）是「常州畫派」創始人惲南田的後代，中央大學徐悲鴻、傅抱石的弟子。他跟隨徐悲鴻輾轉至重慶、南京，1947年畢業於中央大學。家裏掛着的是徐悲鴻贈給他的字，很是醒目。

他說 1949 年以後，有幾次到大學任教的機會，他都沒有去。他說他熱愛中小學美術教育。這是基礎教育，他要從基礎做起。

真正的桃李滿天下。

我從惲宗瀛先生送我的畫冊中比較你和他的畫風，差別太大，沒有找到答案。

我曾對惲宗瀛先生說，我最想做的一件事是：安排你們師生合畫一幅。

儘管我清楚這樣的動議，有些虛妄，理想的成分太大，但老先生很激動，連說好，好！惲宗瀛先生的兒子也是畫家，更是希望我的動議成行。

2008 年，惲宗瀛先生獲得南京市六十年來首個、也是唯一的一個「美術教育家」榮譽稱號。

與惲宗瀛先生見面一月後，我在上海見到你的兒子高杭，他說他也是跟惲宗瀛先生學畫的。曾有三年的拜師學藝。這是我此前所不知道的。

我說，有機會，我希望能安排你們三代人同畫一幅。

這自然是妄言。

高杭無語，低着頭，眼睛卻有些潮濕。

虎門無犬子。

高杭說他從小學畫，是你的教導。後來親情斷裂了，他拜過多位畫師。在南京這個藝術之都，靠畫畫為生太難了，於是，高杭轉學歷史，獲得了歷史學博士學位。如今高杭研究中美關係，特別是冷戰後期的中美來往，事業有成。

《清涼山掃葉樓》——高杭

這使我想起了從弘忍到慧能的兩個傳衣法頌：

「有情來下種，無情花即生，無情又無種，心地亦無生。」[12]

「心地含情種，法雨即花生。自悟花情種，菩提果自成。」[13]

隨後，高杭給我發來了他的一些繪畫習作。我從中看到了你們生命的流動，和藝術的沿承。

水乳和血脈中，流溢着無法割捨的親情。

只是這所謂的「親情」目前處在枯竭荒井之中。

3

大象無形。也就是《金剛經》所言「所謂佛法者即非佛法」。[14]

我在海外留意看了你出版的畫冊，說實話，真的是看不懂。感覺是有的，言說很難。這就是你所説的自己追求的「在筆墨之中，也在筆墨之外」的「繪畫性」。[15]

特別是這些「不求圖像，只講心境」[16]的潑墨大山水畫，寂靜、空靈、清冷和曠逸，充盈着禪意，意冥玄化，象在靈府，不在眼目。「心是名，以知為體」，天地敞開，氣韻風致。不是畫其相，而是顯其性。正是禪者所最追求的「應無所住而生其心」[17]的頓悟。

我看畫習禪，「默默忘言，昭昭眼前」。尋找可以言説的言辭，是如此之難。説你智境融通，截斷眾流，隨波逐浪，涵蓋乾坤。說畫「或狀同山立，或勢若河流」；或秋空行雲，或晴雷卷雨。

問題在於，雁過長空，聲留人耳，影沉寒水。人有聽音之意，水無留影之心。

因為你説自己「作畫的時候，我的經驗是，首先要清除語言，擺脫詞語，甚至觀念」。[18]

我來道説，就顯得多餘，或者是妄言。但又不能不説。

想了半年，就蹦出這八個字：碧潭千尺，潛流深急。

而這正是慧能所強調到的「外離相即禪，內不亂即定」。[19]

同時我想起了沈括《夢溪筆談》中所説的：「書畫之妙，當以神會，難可以形器求也。世之觀畫者，多能指摘其間形象、位置、彩色瑕疵而已，至於奧理冥造者，罕見其人。」(《夢溪筆談》卷十七·書畫)

直到 2010 年 9 月在東京與你相遇，由你對日本禪僧仙厓 (1750–1837) 繪畫的推崇，啟發我從仙厓那裏找到你們共同的藝術訴求。

「世畫有法

厓畫無法

佛言

法本法無法」[20]

你説自己是在具象和抽象之外「企圖去找尋另一個方向，即喚起聯想，即非描摹外界的景物，也不借繪畫手段宣洩情感，而是呈現一種內心的視象」。[21] 由這種聯想找尋一種精神境界，讓「意境在畫中，又逸出畫外」。[22] 使「意境大於形象，讓畫面變得深遠」。[23] 這也就是你所謂的「既不敍事，也不抒情，而是走向一種觀審。換句話説，以一種冷靜的目光，既觀注世界，又審視自我，由此產生的觀想，注入繪畫之中。進而使雄渾的山川成為空靈寂靜的心像。」[24]

靜水流深，法只存在於個體的身心之中。於自性中萬法皆見的慧能式體悟，使得文人畫在「無相法門」的啟發下，生出「無法可説」的隱逸與高遠，即人生藝術的千年沉思。而這種靜深、雄渾、凝重、冷峻、蒼涼的質感之上是天地人融為一體的個體生命的靈光高照。

這裏你特別強調自己追求的是「一種境界」，即稱之為空靈的最高境界。從內心出發，去尋找光源。主張在微妙的造型中，剛剛喚起圖像，不去確定細節，似像非像，或影影綽綽，一眼難以看盡，發人深省，令人玄思，轉知成智。

「藝術中的虛空並非什麼都沒有，恰恰是一種精神，照亮作品，呈現出藝術家體驗到的一種內心狀態。……空在圖像裏，又在圖像外，既是一種解脫，也是一種精神境界。」[24] 依靠得自禪宗思想啟示的慧眼，觀察人世，內省自我，解除自我虛妄的雜念。

「畫寂靜，畫內心的幽深，透過心理的空間，畫在時間的流程中那瞬息變幻的影像，那雖然幽微卻畢竟屬你那內在的世界。……把概念一概清除出去，把精神招回來，畫無法言說的禪及其他。」[25] 這就是訴諸於內心世界，畫一種心像，知白守黑，而又脫去黑白，成為文人悲壯求琴，荒寒索畫的創造性轉化的藝境，猶如龔賢所說的山河大地皆是「幻境」。而這一切又建立在你對「脆弱的個人」的清醒的自我認識之上——「回到繪畫，是回到人，回到脆弱的個人」。[26] 因為你在幾十年的創作實踐和風雨顛沛的逃亡中，深知「一個藝術家，脆弱的個人，對抗不了時代潮流。如果不願被席捲掉，唯一的生存之道是退居一邊，待在社會的邊緣保持靜觀，才有可能繼續做自己想做的事，畫自己想畫的畫」。[27] 把握當下，既守住自我，又能從自戀中解脫，守住心中的禪。心與天光雲影共徘徊，色彩自在；意與世間百態相剝離，情景凸顯。即可謂「萬象之中獨露身」。[28]

這時，我想起了叔本華所強調的，繪畫所說只是陰影。

「藏拙於巧，用晦而明。」（洪邁《菜根譚》）

借用周亮工、曾燦評介龔賢之意，為你的繪畫做一觀感：半千之後，萬里縱橫，不與物競，不隨時趨。心遊廣漠，氣混太虛。不立一法，不捨一法，用我法。

2009 年 6 月 15 日，惲宗瀛先生從桂林旅行返寧，我們相約 20 日見面。我帶着從新加坡影印回來的你的一百多幅水墨畫，請惲宗瀛先生過目。這些轉印自畫冊的繪畫，創作時間自 1964 年到 2006 年。

惲宗瀛先生仔細將我帶來的東西翻閱一遍，還看你參加畫展的時間和地點。有時也問我，這畫的尺寸多大。

惲宗瀛先生看完你的畫後，對我說：

　　這都是超越現實的的繪畫，是中國的水墨寫意，也就是繪畫中的抽象。這些水墨抽象，需要高度的靈感，才能畫出。要看明白，首先須要了解他的背景、經歷、思想，和技法，慢慢進入，才能理解。

「成一切相即心，離一切相即佛。」[29]
即從確立自我到超越自我。
雲在青天水在瓶，習畫真似初參禪。

　　這些水墨寫意的抽象，實際上已經沒有色彩，你看，這幾乎不用色彩，以最簡單的水墨寫意、抽象。

　　說實在的，這些繪畫，許多我也是看不明白的。

　　無相者，於相而離相。

米壽的惲宗瀛先生有如此真誠、實在的表達。
接着，他吟誦了韓愈《師說》的一段話：

　　孔子曰：「三人行，則必有我師。」是故弟子不必不如師，師不必賢於弟子。聞道有先後，術業有專攻，如是而已。

我隨興對答了一句：我的老師不如你的老師，我的弟子不如你的弟子。
長少咸樂，相對大笑。
1998 年，江蘇美術出版社出版了《惲宗瀛師生美術作品集》，其中沒有你的畫。惲宗瀛先生說當時編者無法找到你。
　　這次看畫、談話結束時，惲宗瀛先生送了我一幅他的作品，是一匹奔馬。他說，這是師從徐悲鴻先生的緣故。他讓我將你早期的作品，給他複印幾幅，作為紀念。

錦繡前程 乙巳年仲春 宗瀛八十有八

惲宗瀛繪

我説，你再編師生畫冊，可以將高行健的作品收錄。

他説：

　那當然。

我説有機會，我要高行健送他的畫冊給你。

相約了再一次見面的大致時間。我説會和高杭一起來看你。

4

清清水中蒲，下有一小魚。

7 月 24 日與高杭在南京見面，他看了你的畫，説這些畫他以前都
沒有看過。

　他驚訝你 1964 年就開始有那麼大膽的繪畫，看來，探索和創新
的思想早就有了。那麼早就開始畫裸體。

我説當時只可能是偷偷畫的，他又不是職業畫家。

而中國大陸裸體藝術的開放，是 1985 年以後。

　　都是這樣的深色，暗、冷，全是水墨，不要其他色彩。

高杭自言自語。

　　成像的很少，大都是抽象的寫意。有些禪意，我看不懂。

高杭看了一陣子，點頭細語：

　　這就是他説的冷。

詩畫同源。

文學的冷和繪畫的冷，是一致的。

「人也就自然變得冷了。」我由此感言。

高杭無語。

他看似止水，心中一定是湧動的潮汐。

換個話題吧。

「你畫畫是否有你父親的遺傳？或是受到他直接的影響？」

　　說有無都可以！因為聯繫起來看，說有也是事實。

「記得些細節嗎？」

　　父母分居，我主要在南京，母親從安徽寧國沒有調回來
時，我就在南京跟着外祖父、外祖母，和他在一起的時間很
少。記得母親帶我到北京住過，那自然是幸福的時光。到北
京是玩，不是畫畫。一起出去玩，他都是忙着照相，他也喜
歡這個。外祖父、外祖母多是教我背一些詩詞，畫畫的事是
小時候的功課，只記得他回南京時輔導我畫過樣板戲的宣傳
畫。是看着家裏掛的一幅模仿，他在一旁指導。說些什麼具
體的細節的話，都不記得了。

「在上海工作，專業是歷史研究，現在還畫畫嗎？」

　　畫的不多。母親練字，有時也畫畫。她也是惲宗瀛老師
的學生。我來興致時，就畫幾筆。下次見面時，我送你一幅
自己的畫，如果你不嫌棄的話。

「期待，期待。」我所期待的是要了解和認識一個原先的藝術之家
的藝術之鏈。

妙筆丹青，脈脈傷情，招得親情歸路。

很快，高杭於 2010 年 10 月，在上海創立了自己的藝術工作室，
舉辦了畫展，同時印製了個人畫冊。這是他多年的夢想，如今得以實
現。他說自己做的這些事情，最高興的是媽媽。

高杭（左）、惲宗瀛（中）及沈衛威。

在此後上海的兩次見面，高杭都帶來他母親的畫作，是用手機特意為我拍下的。這些花鳥工筆，色彩鮮艷，用心精工，明淨中透着冷艷和淒美。

眼前是冷艷和淒美的畫面，窗外卻是盛夏炎炎的赤日，我心中頓時浮起一絲禪意：

心靜自然涼。

注釋

[1]　海德格爾：《海德格爾選集》（孫周興選編），第 235 頁。

[2]　海德格爾：《海德格爾選集》（孫周興選編），第 292 頁。

[3]　海德格爾：《海德格爾選集》（孫周興選編），第 292–293 頁。

[4]　高行健：〈論文學寫作〉，《沒有主義》，第 48 頁。

[5]　高行健會談（2010 年 9 月 25 日，東京大學）。

[6]　高行健：《另一種美學・溶解東西方的水墨》，《論創作》，第 185 頁。

[7]　高行健：《談我的畫》，《沒有主義》，第 329 頁。

[8]　高行健：〈找尋心中的靈山〉，《論創作》，第 209 頁。

[9]　高行健：《無聲的交響 —— 評趙無極的畫》，《沒有主義》，第 308 頁。

[10]　高行健：〈談我的畫〉，《沒有主義》，第 324 頁。

[11]　高行健：〈另一種美學・重找繪畫的起點〉，《論創作》，第 177 頁。在《談我的畫》一文中表達了同樣的繪畫的本性：「作畫前先排除語言意念。」見《沒有主義》，第 325 頁。

[12]　楊曾文校寫：《新版敦煌新本六祖壇經》，第 69 頁。普濟：《五燈會元》（蘇淵雷點校）卷第一，第 52 頁為：「有情來下種，因地果還生。無情既無種，無性亦無生。」

[13]　楊曾文校寫：《新版敦煌新本六祖壇經》，第 69 頁。普濟：《五燈會元》（蘇淵雷點校）卷第一，第 56 頁為：「心地含諸種，普雨悉皆生。頓悟華情已，菩提果自成。」

[14] 陳秋平、尚榮譯注:《金剛經‧心經‧壇經》,第 30 頁。

[15] 高行健:〈對繪畫的思考〉,《沒有主義》,第 334 頁。

[16] 高行健:〈對繪畫的思考〉,《沒有主義》,第 333 頁。

[17] 陳秋平、尚榮譯注:《金剛經‧心經‧壇經》,第 36 頁。

[18] 高行健:〈論文學創作〉,《沒有主義》,第 31 頁。

[19] 楊曾文校寫:《新版敦煌新本六祖壇經》,第 22 頁。

[20] 《仙厓 —— 禪與幽默》(2010 年 9 月 18 日–11 月 3 日,東京出光美術館)。

[21] 高行健:〈斯奈特美術館高行健水墨展序言〉,《論創作》,第 346 頁。

[22] 高行健:〈另一種美學‧意境與自在〉,《論創作》,第 188 頁。

[23] 高行健:〈斯奈特美術館高行健水墨展序言〉,《論創作》,第 346 頁。

[24] 高行健:〈斯奈特美術館高行健水墨展序言〉,《論創作》,第 347 頁。

[25] 高行健:〈另一種美學‧時間、空間與禪〉,《論創作》,第 162 頁。

[26] 高行健:〈另一種美學‧重找繪畫的起點〉,《論創作》,第 182 頁。

[27] 高行健:〈另一種美學‧一句實在話〉,《論創作》,第 190 頁。

[28] 高行健:〈另一種美學‧意境與自在〉,《論創作》,第 189 頁。

[29] 普濟:《五燈會元》(蘇淵雷點校) 卷第二十,第 1383 頁。

[30] 普濟:《五燈會元》(蘇淵雷點校) 卷第二,第 84 頁。

21
倩影弄清風

1

20世紀的許多傳記作家都注意到了私密空間裏的內容是豐富傳主形象的必須，也是顛覆傳主公眾形象最有力的武器。歌功頌德或「三諱」（為尊者諱、為長者諱、為賢者諱）式的傳記本身也對真實的傳主的歪曲，和對他人的欺騙。但這類傳記在名人效應與勵志作用的導向上，往往是既能討好傳主（或家屬、後人），又能討好無法知情的讀者。因此，傳記這種介於紀實與紀虛，歷史與文學之間的文體，對傳主而言，就具有反覆重寫，多次立傳的可能。即一個人的傳記，因虛實之間的張力存在，就有被多次書寫的必要。

你要進入他的私人領域，就必須小心謹慎。

我時常告誡自己。這時，又給自己提了個醒兒。

公説公有理，婆説婆有理。因此，清官難斷家務事。

「信言不美，美言不信。」（《老子·第八十一章》）

德國哲學家舍勒（Max Scheler）所強調的「誰把握了一個人的愛的秩序，誰就理解了這個人」[1] 的理想的意願，在你這裏是迷亂的。

與愛的秩序相互關聯的周遭、命運、使命、信仰、健康、個性、性情、快樂、痛苦等複雜的元素，共同建構一種因果律和行為統一體的存在。

你的實際生活中，愛的秩序的迷亂成為小説、戲劇文本的潛在文本，或者説故事中的故事。

「自由所設定的選擇負擔，亦即一個自由社會施予個人的為自己命運負責的責任」。[2] 海耶克所強調的是，「我們説個人自由的領域也是個人責任的領域，並不意味着我們對任何特定的人士都負有説明我們行為的責任」。[3]

心緣心縛，心相影行。

你沒有向讀者和媒體說明你個人行為的責任，因此，也就幾乎不對外講到關於個人私密生活的一切。對於每個人的私密生活，我們都有尊重的責任。這也正是現代社會公共領域中自由應承擔的責任。

怕與愛，自由與責任，德行與義務、忠誠與背叛、崇高與卑微、諾言與謊言等等，多涉及私人的自我領域，也是一些哲學家所強調的與道德規則相關的行為領域。作為道德品行之條件的行動自由，也包括了採取錯誤行動的自由：「只有當一個人擁有選擇的機會的時候，只有當他對規則的遵循不是出於強迫而只是出於自願的時候，我們才能對他加以讚揚或譴責。」[4]

作為建立在心靈本身的高貴和存在，個人的德行首先是自我的體悟，然後才可能是一種個人的魅力。德行本身的力量與愛的秩序所營造的個體性、幸福感、責任感、義務感有直接的關聯。因為，這關乎與自己有聯繫，甚至是共同生活的他人。親情、愛情、友情都是這一關聯中的感性因素，並在理性層面上制約着個人的行為。痛苦源於在乎和難以割捨，在於揮之不去的粘連和撕裂，在於想忘忘不掉，想放放不下。

現代人已經不再追尋德行的品質和力量，不再看重德行的獲得。相反，把德行本身當成個體的累贅，視為與一切習俗的尖銳對立。現代人流動的不確定性，即生活時空的多樣性，特別是都市化生活帶來的陌生人與陌生人之間，人對自身進化感知的驚異和適應性，使得建立在自由至上的寬容、理解，成為人與人之間的另類親和力。個體的人已經不再被人為的道德綁架，或活在別人的閒言碎語中。我的世界與他人無關，你的世界也與我無關。

寫作《約翰遜博士傳》(*The Life of Samuel Johnson*) 的英國作家包斯威爾 (James Boswell) ，在約翰遜面前指責一位有身分的人再婚時，卻得到約翰遜一句幽默而又頗具反諷語調的回應：「老弟，根本不是這

樣。恰恰相反，假如他不再婚的話，也許會推斷出，他的前妻使他厭惡結婚；而再婚，他則最高的誇獎前妻，充分顯示出，他作為一個有婦之夫，她曾經使他很幸福愉快，以至於他希望再度重溫舊情。」[5]

這句詭異而充滿歧義和反諷的話，可以有多種理解。

如果你感到第一次婚姻是幸福的，有機會的話，可能會多次結婚。你是想尋找更幸福的那次。

如果你感到第一次婚姻是幸福的，曾經滄海難為水。即便是有機會，可能不會再婚了。你是想幸福的婚姻不會再有。

如果你感到第一次婚姻不是幸福的，娶第二位妻子，是為了尋找和得到幸福。當找到和得到幸福時，你應當向第一位妻子表示最大的敬意和謝意，她使你感到什麼是幸福的婚姻。

如果你感到第一次婚姻不是幸福的，你可能就不想再結婚了，那是怕新的不幸降臨。

如果你感到第一次婚姻不是幸福的，娶第二位妻子，結果是有了第二次不幸。於是，你決定不再需要婚姻。這時，你應該感謝你的兩位妻子，她們讓你知道婚姻之外，還有更幸福、更自由的生活。

如果你感到兩次婚姻都是不幸福的，於是，你決定不再需要婚姻。這時，你怨恨你的兩位妻子，你說她們讓你知道婚姻的痛苦。以至於，你不再相信會有幸福的婚姻。

也有在兩次不幸的婚姻之外繼續尋找的機會和可能。

你有你的說辭。我有我的說辭。她有她的說辭。

當然，你沒有說也不會說兩次婚姻都是幸福的。

這是語言說話的荒誕性，也是文學給予作家說謊的藝術權利。沒有判官，也就沒有標準答案。

　　小夥子問：「你對婚姻怎麼看？」
　　你說：「沒結過的總得結一回。」

「結過了的呢？」他還問。

你只好說：「再結一回試試看。」

大家又鼓掌叫好。這楞小子卻盯住又問：「你是不是有
許多女朋友？」

你說：「愛情就如同陽光、空氣和酒。」

……

「那麼藝術呢？」一個怯生生的聲音，你邊上隔一個位
子那姑娘問。

「藝術不過是一種活法。」[6]

也就是說婚姻和愛情是兩回事，結婚是生活的一個過程，一種生
活的形式，一個生活的時段。也是人存在和繁衍的機會、條件。「沒結
過的總得結一回」的無聊感和「再結一回試試看」的陌生感，都是存
在的荒誕體驗，是無意義中的意義，是動物性行為之上人類共同的生
活經驗。

你是要守住藝術的活法。

藝術家的活法和普通的平民百姓是不一樣，那是一種充滿詩意
的、浪漫的、超現實的、非理性的，甚至是瘋狂的、病態的、變態的
等等。他們不需要婚姻的「鳥籠」或「圍城」。因此，這種活法可能也
確實不屬你生活中曾經的婚姻中人。

2

「世界微塵裏，吾寧愛與憎？」（李商隱《北青蘿》）

帕斯卡爾認為「人處在無限大的深淵和無限小的深淵之間」。

純正的咖啡，嗅覺是香的，喝起來味覺是苦的，但接下來的知覺
是興奮。

優質的中國白酒，嗅覺是香的，喝起來味覺是辣的，但接下來是知覺刺激。

要完全接受一個自己要接受的人或物，感覺一定是多重的。

愛情和婚姻對於去國後的你來説，也許真的並不重要，但曾經重要過。

當一個人需要生活中的伴侶時，婚姻也許就是要有個伴兒。這個伴兒能給男人、女人性別的歸屬感，本能的實證感，家的共築感，進而給生命一種現實的意義，給生活增添一份光亮，給自我一個存在的他者，給自己一個認識自己的鏡子。

你愛着她的時候，她是可愛的「肖玲」(《有隻鴿子叫紅唇》)。

「小玲兒真的很靈！」

「玉容寂寞淚闌干，梨花一枝春帶雨。」(白居易《長恨歌》)這個可愛的「肖玲」在第一次高考失利後，恰遇你母親農場勞動時意外溺水去世，你們在相互慰藉中為愛而承諾對未來的守候。

是你讓她鼓足勇氣，來年再考，進入了南京大學中文系。也從此與文學結緣。她説是因為你而喜愛文學。

「十年夢，屈指堪驚。」(秦觀《滿庭芳‧曉色雲開》)

從中學、大學，到落魄皖南鄉野，十年的愛情期待和諾言，終於有婚姻所見證。

「巧笑倩兮，美目盼兮，素以為絢兮。」(《詩經》)

患難中的相遇，她成了「許英」(《一個人的聖經》)。

相互牽掛時，她是遠在山西介休縣縣城待分配的大學畢業生「淑娟」(《你一定要活着》)。

同床異夢時，她成了「許倩」(《一個人的聖經》)。

「倩女」是多麼富有隱喻的符號。

「倩女離魂」，你説她説你是她的敵人。

「倩女離婚」，第一次婚姻的破裂，你説你得以解脱。

話是你説的，她並不認同。她説這是小説家的故事人物，編劇騙人的把戲。

　　見證你自己婚姻生活的文字並不多。儘管你也曾告誡：「連我尚且分不清記憶與印象中有多少是親身的經歷，有多少是夢囈，你何嘗能把我的經驗與想像加以區分？這種區分又難道必要？再説也沒有任何實際的意義。」[7]

　　我如今的確是分不清，也無法分清、不想去分清，更沒有必要去分清。在沒有實際意義中尋找意義，實際就是意義。這正是語言的勝利，是語言發揮力量，進而衝破自我為語言所設的藩籬。

> 　　她説是你説的，愛情不過是一種幻影，人用來欺騙自己。你壓根兒就不相信有什麼真的愛情，不是男人佔有女人，就女人倒過來佔有男人，還偏要去製造種種美麗的童話，讓人脆弱的靈魂有個寄託。[8]

　　見證愛情的是苦難，見證婚姻的是親情。愛情有時不需要語言，性愛只是肉體興奮的激情時刻，就像生命中那盞蓮燈，並非用語言點亮。

　　心意心冰。

　　西窗打暗雨，砧杵難相和。

　　你這樣描述了這個婚姻悲劇的開始：

> 　　她説她憎惡你！
> 　　為什麼？你盯住她手上玩着的刀子。
> 　　她説你葬送了她這一生。
> 　　你説她年紀還不算大。
> 　　可你把她最好的年華都敗壞了，她説你，是你！
> 　　你説還可以重新開始生活。
> 　　你可以，她説她已經晚了。
> 　　你不明白為什麼就晚了？
> 　　因為是女人。

女人和男人都一樣。

……

你忍受不了她這種歇斯底里，忍受不了她這樣任性發作。你下決心必須離開，避免再刺激她，……她喃喃呐呐，又啜泣着說她愛你，她這樣任性發作也出於愛，她害怕你離開。

你說你不能屈從於女人的任性、無法生活在這種陰影裏，她令人窒息，你不能成為任何人的奴才，不屈從任何權勢的壓力，哪怕動用任何手段，你也不屈從任何女人，做一個女人的奴隸。

她說她給你自由，只要你還愛她，只要你不離開，只要你還留在她身邊，……[9]

她沒有說，可能不說、不願說，不用說，或沒有機會說。

十年的苦情，十多年的婚姻，「二十餘年如一夢，此身雖在堪驚」（陳與義《臨江仙·夜登小閣憶洛中舊遊》）。

「舊時月色，算幾番照我？梅邊吹笛，喚起玉人，不管清寒與攀摘。」從前的時光裏有這般詩情畫意，現如今夜雪初積，梅花香時再觸及，卻是剪不斷，理更亂的離怨別恨，和冷香襲來的清寒凄切。「何遜而今漸老，都忘卻春風詞筆。但怪得竹外疏花，香冷入瑤席」（姜夔《暗香》）。

昔日詩詞傳情，今後不敢看詩詞，只念佛經。

如果她說，第一次不幸的婚姻，毀了她一生的幸福。她因第一次不幸的婚姻，而不再相信有婚姻的幸福。

你說你「曾經愛過她」。[10]

你帶給她，留給她的是什麼？

她說是怕婚姻。這是怨恨。是對男人這個特定對象的畏懼。

如果她說，她和你的這一次婚姻是不幸的，她選擇再婚，是為了尋找和獲得幸福的婚姻。

你帶給她，留給她的是什麼？

她說感謝你，因為通過你，你使她找到了婚姻的幸福。

如果她說，你使她知道什麼是不幸福的婚姻。她感謝你。她怨恨自己。

這是反諷，還是承認了宿命？

誰是誰非？還是那句老話：清官難斷家務事。

我發出了幾種可能的疑問，你心動的是哪一個？

當然，我這裏不需要答案，也不可能有答案。

你星光閃耀時，她們很蒼白，很灰暗。

也正是她們的蒼白、灰暗，顯示出你的光亮。

一個巴掌拍不響，單掌擊響是堵牆。

你對婚姻的言說，就像是你與她之間有一堵牆。這堵牆是一個語言的灰色地帶，是遮蔽的無法敞開的黑幕。你在幕前，她們只能在幕後。

婚姻是愛情的墳墓，第一次，你在外邊，她在裏頭。

婚姻是愛情的墳墓，第二次，她在外邊，你在裏頭。

事實，就是這樣！

三字一歎：

話語權！

3

作為常人，你需要愛，也特別喜歡漂亮的女人。需要和想得到的是女人的愛，但又怕承擔責任。因為自由和責任是無法完全分開的觀念的實體，自由是以責任，或用更明白的表達，是以限制作為前提的。

當你擺脫婚姻，成為反婚姻的自由人時，這樣的自我言說，應該是出於真心的大實話：

> 如今，他是一隻自由的鳥。這種內心的自由，無牽無掛，如雲如風。這自由也不是上帝賜予的，要付出多大代價，又多麼珍貴，只有他自己知道。他也不把自己再拴在一個女人身上，家庭和孩子對他來說都是過於沉重的負擔。[11]

> 你說你害怕婚姻，害怕再受女人制約。你有過妻子，已經懂得婚姻是怎麼回事，自由對於你比什麼都更可貴，……[12]

當然，你就是《側影或影子》中那隻逍遙的鳥，或者如同你詩篇《逍遙如鳥》的自我展示。

而事實上，要達成無罣無礙真我的境界並非易事。因為「作戲逢場原屬人生本色」（徐渭《戲臺》）。

在《靈山》中，面對苗家姑娘自然、大膽的求愛，你曾有過這樣的自我獨語：「我同女人的關係早已喪失了這種自然而然的情愛，剩下的只有慾望。哪怕追求一時的快樂，我也怕擔當責任。」[13]

結果便是逃逸！

是責任，還是責任。

你說你不能屈服於女人的任性、無法生活在令你窒息的陰影裏。你需要的是自由。因此，才可能有如此的決斷：「你不能成為任何人

的奴才，不屈從任何權勢的壓力，那怕動用任何手段，你也不屈從任何女人，做一個女人的奴隸。」[14]這裏不關政治與男權，而是關乎權勢與女人。男性的女性敍事話題，時常會顯露或隱含性別的專制，卻也很自足。男性自我中心下的犧牲者，通常都是女人。

你需要愛和被愛，但你把愛情看得虛無。正如前引你所說的，愛情不過是一種幻影，人用來欺騙自己，你壓根兒就不相信有什麼真的愛情，也不相信這種美麗的童話。因為這所謂的愛情只是讓人脆弱的靈魂有個寄託。[15]

清醒，清醒得有些自私和極端。因為你自己也是個脆弱的人，也有需要「美麗的童話」來寄託靈魂的時候。一旦有了新的可以寄託或棲息的東西，你原來所謂的愛情便變得虛無。事實不正是這樣嗎？

第一次婚姻失敗之後，你獨行在靈山的路上，說自己「或許也不會真愛一個女人。愛太沉重，我須要活得輕鬆，也想得到快樂，又不想負擔責任」。[16]

在中國，在你的故國，沒有這麼輕鬆的，快樂的好事，至少在那個年代。

當然，說佛在你心中，是在你對自我的超越之後。

當你感悟到，這自由原來竟來自你自己的時候，是因為你明白，「你原來的痛苦都來自你的軀體」。[17]

反之，你的快樂和幸福，同樣會建立在她人的痛苦之上。事實就是這樣。

選擇自由，就放棄了婚姻。放棄婚姻也就放棄了責任。

超然於身，超然於心。

「心是菩提樹，身為明鏡台。」[18]

但你畢竟是一個感情豐富，而又多情善感的男人，有冷的理性，更多是熾熱的激情。

這種怕婚姻，怕負擔責任的陰暗的心理，正如你自己所説的是「出於我內心的恐懼，我陰暗的靈魂在窺探我自己」，「也是我對於自身的畏懼」。[19]

是的，這是你在自己心理陰暗、恐懼、畏懼的叢生狀態下的自我解縛，是對責任的逃逸，對婚姻的逃亡。這時他人並不是你的地獄，你要逃離的恰恰是自我的地獄。

第一次婚姻，曾傷害到一個女人。

第二次婚姻，曾被一個女人傷害。

正如法國作家西蒙·波娃 (Simone de Beauvoir，也譯西蒙娜·波伏瓦) 在《第二性》(The Second Sex) 中所言：「女人不是天生的，而是後天形成的。」因為改變而軟弱，因為改變而強大。唯有另一個人作為中介，才能使一個人確立為他者。

「我和所有人一樣，一半是同謀，一半是受害者。」

傷害、被傷害，同謀，傷害者。

在你，兩次婚姻的結局是翻轉乾坤。

再次逃離，也就有了再一次的內省，更是舐舐傷口的自我療救。

痛苦埋藏在心裏，不説，不等於就沒有虐心的時刻。外傷的疼是可以隨傷口的癒合而止於知覺。虐心的疼沒有解藥，即便是有也是無法下嚥而又不得不咽下的苦藥，卻又沒有療效；只有時間，讓疼痛日久，感覺慢慢在適應中麻木。這虐心的疼事兒，竟然你也攤上！

自我掙脱和自我療救是不易的。

要菩提無樹，明鏡非台，是何等的艱難！那幾乎是涅槃後的再生！

4

你是你的影子。

你在林中的路上，也會時常反省自己對愛、愛情、信任、友情的態度。在這種反思和反省的路上，通常會流露出無奈和絕望：

> 你想說那時候你畢竟單純，而如今你罪孽深重，再也回不到那個時代。你早已喪失了對人的信任，你那顆心也已經蒼老，再也不會去愛。你就願意在森林中穿行，就這樣一直走下去，精疲力竭，然後，隨便在哪裏倒下，也不希望被人發現。[20]

這是內心深處鳴發的顫音。當一個人敢於承認和面對自己「早已喪失了對人的信任」，「再也不會去揹」時，一定是超然的清醒，也同時有無奈和絕望的自我失落。哀莫大於心死，你的心真的就這麼早死於受傷的愛？

《冥城》有你的心像和反省的投影。我在瀟灑走天下的莊周，和那個為莊周受苦受難的莊周妻的言行中，在他們的戲裏戲外，在你的電影《側影或影子》看到你和你前妻的影子。受傷害的是她，自殘的是她。

你有的是你的藝術事業、你的精神探索和藝術實踐；她有的只是家，一個天南地北、聚少離多、本不完整的家。她需要的只是你這個男人的愛。但她沒有得到。不，應該是得而復失。她沒有了家庭就什麼也不是。

你的那個代言人——「中年人」替你說過：「我倒不是那種批評家，可總受到來自各方的批評，弄得我什麼時候都在防衛，（轉而真誠）這實在成了我的毛病。」[21]

你自省的對象化的觀察者，你的鏡子，你可傾訴，可言說的對象，那個「姑娘」，對你的那個代言人——「中年人」的批評，也算是到位：

> 你也不是沒享受過。（中年人揮揮手，沒說什麼）你什麼也得不到！你總高高在上，用你那雙冷眼看人，你缺乏仁愛，你就註定孤獨，那怕你同女人做愛的時候，你也得不到女人的心！[22]

> 可怕的是你自己！你逃到哪裏去也逃不脫你自己！（憐惜）你害怕面對孤獨，誰又不害怕面對孤獨？[23]

拒絕使用「我們」，但你同時是「你們」中的一個。「姑娘」對你們的批評，自然包含「中年人」的你這一個：

> 你們都憋悶，你們把苦惱發洩到女人身上的時候，你們個個都是英雄。你們不能忍受孤獨。你們卻要女人忍受孤獨。你們不能面對你們自己，就只好在女人面前證實你們是男子漢，卻不允許一個女人也證實她自己，她，一個女人！她的人格，她的尊嚴，她的慾望！（站起來，高傲的）你們只允許你們有慾望，卻不允許一個你們佔為己有或所謂你們愛的女人除你們之外也還有慾望，你們所謂的自由、精神、意志，只允許你們有，不允許別人也有，你們只會把自己的痛苦轉嫁到別人身上，可又一個個都又自私，又醜陋，又猥瑣，還一個個都努力要表現你們那個自我。（自個兒笑）你們只有在女人面前，在女人赤裸的肉體面前，當你們也赤裸裸的時候，你們才是真實的。[24]

失語的「淑娟」、「倩」，「姑娘」是否代你並表達了你想要表達卻無法表達的一番話？

那個江邊之夜，對「倩」有擔當有性愛的男人、哥兒們才是個雄起的爺們兒！

你無處可逃。暫時的軀體可以隱蔽，但不等於消逝或不存在。有時還留有影子，或比你此在更大的影子，或更大的聲音，或更大的輻射，或精神的幽靈。

《對話與反詰》中的男女，除了性的真實以外，一切都被視為難以整合的兩個獨立的存在。男女之間永遠不能融合，一切的融合都是徒勞。兩性之間充滿了謊言、欺騙、互不信任、噁心、岩壁、牆壁、瘋狂、死亡的遊戲，最後可見的只是一條永遠不能抹平的裂痕。

這也許正是你的兩性觀。

更如同古都的這般詩意：

「江雨霏霏江草齊，六朝如夢鳥空啼。無情最是台城柳，依舊煙籠十里堤。」（韋莊《台城》）

5

因為體弱和疾病，你對死亡的叩問和生死意義的追尋，都有自身疾病的隱喻和心影的折射，以及最隱秘的內心活動的曲折表現。

你從小就恐懼死亡，總害怕有一天會突然從這個世界消失。成年後，「你也還怕死，只是不那麼恐懼，它如果那一天來臨，生命完結就完結了，毋須多想，可你又總力圖避免，除了求生的本能，都得不出更多的意義，……」[25]

《一個人的聖經》中極端的個人生活，《靈山》的林中，逃亡的路上，都充滿的恐懼感、緊張感，你害怕被極權政治的暴力所傷害，更害怕被人暗算。你內心的恐懼和自我設防，就在自言自語夢囈中。

「你説你當然願意有個女人陪伴，要萬一被冷槍打死，好歹也有個見證」。[26] 女人對於你來說，僅此而已。

　　但在生死界的這一陰陽鏡的鏡像中，你和她的第一次婚姻結束前的情景，被你戲劇化地呈現出了：

　　　　女人：她説她對他太了解太清楚不過了，他眼睛裏透出
　　　　　　　的只有冷漠。她原先看到的那雙笑眯眯的眼睛裏
　　　　　　　那犀利機智熱情的眼神，全靠他戴的那副眼鏡。
　　　　　　　現今把眼鏡一旦摘除，就什麼光澤也沒有了，只
　　　　　　　剩下倦怠、冰冷和殘忍，正像他那顆自私的心，
　　　　　　　有的只是利己和無情。他對她不過是佔有、攫
　　　　　　　取、享受，要得到的他都已經得到了，使用玩弄
　　　　　　　過了，只剩下厭倦和煩躁，所以還耐住性子，不
　　　　　　　過是等她先行發作。[27]

　　你在《一個人的聖經》中對第一次婚姻有過她並不認同的描敍，她對她的同事和朋友說，這都是你的一面之詞，多歪曲的渲染和誇張。居家過日子，自然是有些不和諧因素，何況又是處在分居狀態，聚少離多。但多被你做了藝術的誇大，你把你和她曾經有過的摯愛和患難真情都遮蔽和抹去了。十年愛情長跑路上的信任、期待、憧憬和絃歌都哪兒去了？見證那段幸福生活的兒子不是也長大成人了嗎？是婚姻殺死了愛情的鳥兒，還是政治絞斷了琴瑟的弦？她真的不明白，怎麼會成了個這樣的結局。

　　你説她是病態的。

　　她説，那還不是被你折騰出來的。吵鬧是因為在意。

　　當然，文學不是生活本身，小説不是現實，也不是歷史。不能對號入座。

　　但她卻覺得她被你小説化了。

女人：她又説她所以這樣神經質，其實又都來自於他，
　　　正因為她愛他愛得那麼執着，才對他要求那
　　　麼多。

　　　她還説他們之間其實什麼事情也沒有，只是她多
　　　疑，只是她一種感覺，如果她錯了，正應該幫她
　　　消除疑慮，而不該這樣轉身就走。

　　　她又説她沒有限制他同別的女人來往的意思，只
　　　是害怕發生那樣的事。……

　　　她説她對他並不想佔有，只希望他説他對她也真
　　　心相愛，這就夠了。她已經説了這許多，難道竟
　　　換不回他這一句話？[28]

　　在這「女人」的絮叨中，夾雜和迴蕩着「倩」的真話。在這複調的
音響中，有「倩」的獨語，還有你借劇中人物的獨語：

　　誰又經得起
　　她這種任性
　　如風暴扶搖直上
　　或任慾海裏沉淪[29]

　　無法説清和不能説清，也本來不清的私情往事，成了你日後戲
劇、小説中男女的對話與反詰，自然也成了你心中揮之不去的陰影。
你的文學狀態中，始終隱藏着一個不願對婚姻、家庭承擔責任的言説
者，一個不願被女人以愛情的名義束縛的自我獨行者。

　　你説離婚是你的解脱，你自由了，成了自由人。若干年後，劇中
的男女為你們道出個真相：

　　女子：你就沒撒過謊？你沒欺騙過你妻子？你説！
　　男人：當然欺騙過，我從來不是聖人。[30]

「與男人相比較，羞感和尊嚴在女人身上更緊密地結合在一起」。[31]

她那愛的秩序被破壞了。原有的忠誠、諾言、情緒、激情、和善等狀態性情感，變成了怨恨。原本合意的愛的秩序變成了無序。

這裏，還是由你來說：

> 你要扔就扔吧！不要同她講那些好聽的話！這都安慰不了她，並不是她絕情，要惡，女人比男人更惡，因為女人受的傷害比你們多！只有忍耐，她還能怎樣報復？女人要報復起來——她說她沒有報復你的意思，她只有忍受，她什麼都忍受了，……她如今卻到了不再為誰和不為什麼的時候，也就再也沒有力量來結束自己，一切的屈辱和痛苦都經受過了，心也自然都已麻木。[32]

怨恨自然是自我的心靈毒害。[33] 這種具有明確前因後果的心靈自我毒害，是一種持久的心態。過分的敏感是她性格中因遭受傷害引發怨恨的開始。特定的時代和生活背景，她無法敞開。因為這種怨恨首先產生於妒嫉、醋意和爭風。「最軟弱的妒嫉同時也是最可怕的妒嫉」。[34] 是因為她不願更不希望失去你對她的愛，不願意辜負她對你的愛。你更是她自我價值和存在意義本質和此在的體驗。

「夜深風竹敲竹韻，萬葉千聲皆是恨。」（歐陽修《玉樓春·別後不知君遠近》）

她感到無力，一種特殊的無力感和絕望感籠罩着她。脆弱的心，只能用怨恨支撐。她所信任、守望的愛的諾言與契約，那種建立在愛與信任倫理上的忠誠，因分離、變故而成為往事。

如果你說她說的這些都是真的話，我就摘引幾處：

> 她後來說，他利用她一時軟弱佔有了她，並不是愛，……[35]

你不過是用我，這不是愛。[36]

你就是敵人！[37]

你騙了我，利用我一時軟弱，我上了你的當！[38]

你葬送了我，都是被你葬送了……[39]

那你的這種回答——「葬送你的是這個時代」[40]是否自己就真的沒有了責任？要是都推給社會或時代，陷入「被……」的反思的尷尬，豈不又成了男人的霸權邏輯？

你說呢？

你說：「他向倩承認葬送了她的青春，不光是毛主席的文革，他也有責任，可這對於喪失的青春也無法補償，……」[41]

《一個人的聖經》第43節寫到夫妻反目，來的突然，去無蹤影。事實上，是王學昀對眼前生活的絕望。王學昀生於教授家庭，在重慶、南京城市裏長大，從小養尊處優。哥哥復旦大學畢業後分配到北京的中國科學院近代歷史研究工作，在北京外交部又有做高官的親戚。王學昀的理想是大學畢業後到北京工作，與你這位戀愛多年的男友在一起生活。可是「文革」開始，把她的夢想化為烏有。而離開大學被分派到山西介休的工廠時，父親還正受到學校「造反派」的迫害。更使她一時難以接受的還有，自己所愛戀多年、如今一起生活的丈夫，正是原北京工作單位的「造反派」的頭目，同時也是因為躲避上級組織上對「造反派」頭目的清算，才逃避到這山村鄉野裏來的。

婚姻因此註定要失敗。

怨恨，是她覺得都是他人的錯；無端地生氣，更是拿他人的錯誤懲罰自己、折磨自己，也就一步步摧毀了自己婚姻的城堡。

《生死界》中那個在茫茫苦海中掙扎的女人的一番話，可以作為「她」的生存狀態的「言說」：

他令她盜汗，教她心跳，讓她畏懼，還止不住激動，總
也不得安寧，備受煎熬，竟全出自於暗中的這男人的眼
睛。打做女孩兒起，她少女的羞澀和扭捏，惡作劇和任
性發作，自殘自虐，也全來自於他，她方才明白，她之
所以痛苦也只因為在他凝視之下。莫非他居然成了生存
的全部意義？不！[42]

她失敗了，徹底的失去了你。

「黃葉無風自落，秋雲不雨長陰。」(孫洙《河滿子‧秋怨》)

流言蜚語，冷光相射。風雨無情，離恨重重。

當然，集聚的怨恨，還有危險地向下一代傳遞。

你不是說過「孩子雖小也會有記憶，也會長久留下憎恨」[43]嗎？

「我執為根，生諸煩惱」。更可怕的是集聚的怨恨摧毀了她正常的
生活和作為女人對男人的信任。她也因此畏懼男人、害怕婚姻。

沒有正常的愛的秩序，也就成為她所說的你毀了她一生的幸福。

她說自己的怨恨是因為道德的勝利。無法重建愛的秩序，就由自
己在無序中守住本真的那顆脆弱的心。沒有人愛，但自己心中有愛。
因為道德此時不能拯救婚姻，更不能為她做主。道德的勝利，恰將她
自己推向孤立無助，推到不能自救的地步。

第一次婚姻的結束，她痛苦、怨恨、掙扎了許多年，一個單身女
人的生活，支撐她的是你們共同的兒子。兒子大了，自己的年齡也大
了，相伴她的是佛經。因為她相信般若波羅蜜多。

你自由自在，游走四方，健行天涯，在禪悟中求大自在。

對你來說是一次失敗的婚姻，對她來說是失敗的一生。

「既不契於初心，生死永訣。」(干寶《搜神記》卷十五)

「錦瑟無端五十弦，一弦一柱思華年。」(李商隱《錦瑟》)

有淚泣珠，心中惘然。無法直面的人生，無情可待的追憶。

幽恨難禁，「怒濤寂寞打孤城」(周邦彥《西河‧金陵懷古》)。

如何擺脫怨恨？

逐步遠離這些惱人的詩句，她每天念叨的是南無阿彌陀佛。

一江濃霧，你可到達彼岸？

南無阿彌陀佛！

脆弱的她，只有向善的苦行主義。以自我救贖的苦行觀念和行為方式，做精神上的超越。自我犧牲！而自我犧牲的行為包含一切受苦的體驗。[44]

她需要，也必須走出靜態的回憶，接受眼前殘酷的現實，變移自己對這一災難性打擊所對應的思維——愛與恨的定向。重新確立個體的獨立性，從他人是地獄的困境中走出來。她需要一種真正的自救！

慧能的感覺是：「煩惱即是菩提。」[45]

你更進一步的感悟是「前念迷即凡，後念悟即佛」。[46]

面對這場解體的婚姻，她有無力、無能、無尊嚴的痛苦。經歷了長時間的因自我可悲而產生的自我折磨之後，她試圖尋找自我救贖的方式。她發現只有靠自我轉化對苦難的認識，以經受受苦，平息不安，達到靈魂的解脫，在受苦的自我懲戒中，消除世俗的客觀的謊言、情思、煩惱，確立對佛的新的幻像，進而達到心靈的實在，和佛性的清淨之境。

念佛實際上是要通過自己的努力，自我成為自我的主人。佛只能是自己的老師。這個來無影去無蹤的心像，是靠自我的自欺來建立、維護的。亦真亦幻，自我就這樣在自我的虛幻中，為自己確立靜、定、持的三昧，自己給自己一個內心的平衡。

自我救贖，自己珍惜自己，在形而上學中建立起自己對未來的信念的陶醉，和對過去的強迫性遺忘。要擺脫現實的痛苦，就必須堅持自我控制的原則。自我強迫便成為唯一的途徑。用這種自我麻痹的方式，使自己進入一個虛幻的自以為心安理得的境界，在自以為可以永恆遺忘的假定中，讓自我感覺再生。

所以，自我救贖，實際上就是在自我強迫中達到自我遺忘。

生活禪，日常佛！是在難能中尋求。

都是因心中那揮之不去的雜念！

為這背負着自己無法擺脫的可憐而又沉重的肉身，一而再再而三地歎息、呻吟。

大霧鎖江波，怨恨結心頭。臨江翠葉殘，看山北風寒。

只為這悲恨相續，又上心頭的隱隱傷痛。

「離恨恰如春草，更行更遠還生。」(李煜《清平樂·別來春半》)

她不敢讀詞。

兒子高杭說：

> 媽媽的日子很苦！一日日，一月月，一年年！時而在南無阿彌陀佛聲中走進走出，時而在怨恨中情緒波動！

「金陵路，鶯吟燕舞。算潮水知人最苦。滿汀芳草不成歸。日暮，更移舟向甚處？」(姜夔《杏花天影》)

南京難寧！從南京大學退休後，她選擇棲身滬上，和兒子一起生活。

「水流心不競，雲在意俱遲。」(杜甫《江亭》)

「倚仗柴門外，臨風聽暮蟬。」(王維《輞川閒居贈裴秀才迪》)

也曾如此這般詩吟禪意地度日，但諸多詩詞，盡是苦藥。提起畫筆，無心花鳥，只好描摹人物，但詩畫同源，畫人寫意，又入詩境，詩情畫意有糾結在一起。罷罷罷，掉丟詩卷，放下畫筆，只能念佛！

6

卡夫卡強調：「即便在藝術家身上，藝術與生活的立場也是不同的。」[47]「只有當精神不再是依託的時候，它才是自由的。」[48]

禪界有慾。見性成佛不易。

清淨性中無有凡聖，既有能了不了人，亦有無了不了人。

日本明治時期的一位高僧坦山和尚與小和尚一起遠行，途中遇到一位年輕貌美的女子，在河邊望激流止步，坦山順手將這女子抱起過河。

事後繼續遠行。

過了良久，小和尚抱怨師傅：出家人力戒女色，你怎麼可以抱着一個年輕貌美的女子過河？

坦山和尚答道：我早就放下了，你怎麼現在還抱着不放？

的確，有放得下和放不下的現實存在。

《靈山》中有這樣一段對話：

> 「當然不是要做什麼調查，只是見你這位師父一身輕快，有些羨慕。我雖然沒有什麼固定的目的，卻總也放不下。」
>
> 「放不下什麼？」他依然面帶微笑。
>
> 「放不下這人世間。」說完，兩人便都哈哈笑了起來。
>
> 「這人世說放下，也就放下了。」他來得爽快。
>
> 「其實也是，」我點點頭，「不過我想知道師父是怎麼放下的？」[49]

雙槳雙身累，一葉一身輕。

你對這場婚姻放得下，她有長時間放不下的痛苦。因為問題永遠無解。

她在每天念叨的南無阿彌陀佛中，是想放得下。問題在於昨天佔據擠壓了今天的精神空間，放不下了！一連串幽暗灰色的回憶，將自我幽禁在自己的意識裏，阻擋了自己嚮往光明與自由的行程。

求佛的信友也曾有言相勸：生氣是拿他人過錯來折磨自己。被你恨的人沒有痛苦，而恨人的你卻是遍體鱗傷！退一步說，家務事的對錯，也只是個人的感覺和個人判斷，偏執於一方的對錯，也有違佛祖的開教！

她說：道理明白，念佛就是為了超脫，但也總是超脫不了，痛苦隨之而來。

我知道你對兒子也有放不下的時候，並非「寸絲不掛」。

淨居寺的比丘尼玄機走下她習禪的大日山，參拜雪峰禪師。

峰問：從何來？

答：大日山來。

峰問：日出了嗎？

答：若出則熔雪峰。

峰問：你的名字？

答：玄機。

峰問：日織多少？

答：寸絲不掛。

玄機遂拜退。才行幾步，雪峰禪師突然對玄機說：你的袈裟一角拖地了。

靈機回轉，雪融機鋒，玄機的魂也有守不住的時候。

玄機急忙回頭看了一下自己的袈裟。

雪峰禪師隨即說道：好一個寸絲不掛！[50]

每天生出多少煩惱？

沒有一絲（思）的時俗牽掛為答。

結果，並非如此。

「寶月流輝，澄潭布影。水無蘸月之意，月無分照之心。水月兩忘，方可稱斷」。[51]

你得道於頓悟，她在道於靜修。

恰如南能北秀，八月有雪。

一場婚姻，續演一段歷史。

重山重障，苦行苦因苦果。

飛花落葉，苦心無常無我。

持禪師曰：「悟心容易息心難，息得心源到處閒。鬥轉星移天欲曉，白雲依舊覆青山。」[52]

石在，火種不滅。

高杭在，情緣難絕，

落花流水春去矣。只剩下面向暮年的自我傾聽。

哪還不是說給自己的聽？

「塵中人自老，天際月常明。」[53]

不應有恨，但願人長久，健康！

南無阿彌陀佛！

注釋

[1] 舍勒:〈愛的秩序〉(Ordo Amoris),《舍勒選集》(劉小楓選編),第 740 頁,上海三聯書店,1999。

[2] 哈耶克(又釋海耶克):《自由秩序原理》(鄧正來譯)上冊,第 94 頁。

[3] 哈耶克:《自由秩序原理》(鄧正來譯)上冊,第 94 頁。

[4] 哈耶克:《自由秩序原理》(鄧正來譯)上冊,第 94 頁。

[5] 詹姆斯・鮑斯威爾:《約翰遜博士傳》(王增澄、史美驊譯),第 130 頁,上海三聯書店,2006。

[6] 高行健:《一個人的聖經》,第 151 頁。

[7] 高行健:《靈山》,第 319 頁。

[8] 高行健:《靈山》,第 310 頁。

[9] 高行健:《靈山》,第 275–280 頁。

[10] 高行健:《靈山》,第 408 頁。

[11] 高行健:《一個人的聖經》,第 35 頁。

[12] 高行健:《一個人的聖經》,第 141 頁。

[13] 高行健:《靈山》,第 227 頁。

[14] 高行健:《靈山》,第 279 頁。

[15] 高行健:《靈山》,第 310 頁。

[16] 高行健:《靈山》,第 413 頁。

[17] 高行健:《靈山》,第 425 頁。

[18] 楊曾文校寫:《新版敦煌新本六祖壇經》,第 14 頁。

[19] 高行健:《靈山》,第 434 頁。

[20] 高行健:《高行健劇作選・彼岸》,第 59–60 頁。

[21] 高行健:《高行健劇作選・逃亡》,第 154 頁。

[22] 高行健:《高行健劇作選・逃亡》,第 190 頁。

[23] 高行健:《高行健劇作選・逃亡》,第 192 頁。

[24] 高行健:《高行健劇作選・逃亡》,第 193 頁。

[25] 高行健:《高行健劇作選・夜遊神》,第 371 頁。

[26] 高行健:《高行健劇作選・夜遊神》,第 346 頁。

[27] 高行健：《高行健劇作選・生死界》，第 202 頁。

[28] 高行健：《高行健劇作選・生死界》，第 207 頁。

[29] 高行健：〈夜間行歌〉，《聯合文學》，第 306 期，第 104 頁（2010 年 4 月）。

[30] 高行健：《高行健劇作選・對話與反詰》，第 271 頁。

[31] 舍勒：〈論害羞與羞感〉（Shame and Its Sisters），《舍勒選集》（劉小楓選編），第 628 頁。

[32] 高行健：《靈山》，第 258–259 頁。

[33] 舍勒：〈道德建構中的怨恨〉（The Role of Ressentiment in the Make-up of Morals），《舍勒選集》（劉小楓選編），第 401 頁。

[34] 舍勒：〈道德建構中的怨恨〉，《舍勒選集》（劉小楓選編），第 408 頁。

[35] 高行健：《一個人的聖經》，第 251 頁。

[36] 高行健：《一個人的聖經》，第 332 頁。

[37] 高行健：《一個人的聖經》，第 334 頁。

[38] 高行健：《一個人的聖經》，第 335 頁。

[39] 高行健：《一個人的聖經》，第 337 頁。

[40] 高行健：《一個人的聖經》，第 337 頁。

[41] 高行健：《一個人的聖經》，第 397 頁。

[42] 高行健：《生高行健戲劇集 8：生死界》，第 55 頁。

[43] 高行健：《一個人的聖經》，第 193 頁。

[44] 舍勒：〈受苦的意義〉（The Meaning of Suffering），《舍勒選集》（劉小楓選編），第 634 頁。

[45] 楊曾文校寫：《新版敦煌新本六祖壇經》，第 52 頁。

[46] 高行健：《八月雪》，第 79 頁。

[47] 尼爾斯・博克霍夫・瑪麗耶克・凡・多爾斯特（Niels Bokhove, Marijke van Dorst）編：《卡夫卡的畫筆》（姜麗譯），第 91 頁。

[48] 尼爾斯・博克霍夫・瑪麗耶克・凡・多爾斯特（Niels Bokhove, Marijke van Dorst）編：《卡夫卡的畫筆》（姜麗譯），第 135 頁。

[49] 高行健：《靈山》，第 284 頁。

[50] 普濟：《五燈會元》（蘇淵雷點校）卷第二，第 94 頁。

[51] 普濟：《五燈會元》(蘇淵雷點校) 卷第十四，第 890 頁。

[52] 普濟：《五燈會元》(蘇淵雷點校) 卷第十八，第 1196 頁。

[53] 普濟：《五燈會元》(蘇淵雷點校) 卷第八，第 473 頁。

高行健：徘徊靈山的人生

22
敞開的向死存在

1

生命的誕生和死亡，是一個共在的兩極存在。「作為一切生命要素的重要成分，死伴隨着整個生命」。[1]

生命從誕生的那一刻起，最大最主要的生活行為是抗拒死亡。這就構成了人的生命日常狀態的向死存在。也就是你所説的「死對生命的威脅無時不在，現實之中，人無法抗拒」。[2]

每個人一生唯一明白、可知的事情是早晚免不了一死。即在別人的死亡中看到自己的死亡。

所以你説：「死亡就在等你，不管你幹什麼不幹什麼，還就躲不過這歸宿。」[3]

出生與死亡之間有一種叫做活着的生命的基本存在狀態。有尊嚴，有餘裕，自由自在地活着，自然是一種最高的生存狀態。這樣生命的意義和生存的價值在共時中求得一種自在，心火不滅，意識不滅，自由同在。人活着就是為了守望着這盞不滅的心燈。生兒育女，那只是點亮另一盞燈。自由自在的意義和價值是不可傳的，只有靠每個獨立的個體自己去爭取、去尋求。

你發現哲學家和藝術家做的，且不管如何不同，「都是同死亡的一種鬥爭」。[4] 這短暫的個體生命一旦出生，同死亡的鬥爭便開始了，接受死亡也就意味着這鬥爭的結束。自己所從事的寫作這一行，便是通過記憶對死亡的反抗，也是對無法遺忘的被壓迫的抗爭。

確知、確信人總有一天會死，自己真的會死，是生存者最具主體性的生命感知。這是主體面對真理的此在展開。「這一嚴酷的、最顯而易見的實在性，對每個人來説都是顯明易見的，天天都最可靠、最清晰地為人所共睹」。[5] 所以你才可能發出「對死的感觸正來自活生生的慾望」[6] 這樣的聲音。

你是在大學時代，就經歷了母親溺水的死。那時，你還是須要得到母愛的年齡，卻過早就經受了最親愛的人的死亡這樣殘酷的打擊。而你母親這時還不到 40 歲。一個原本溫馨的家就這樣被輕易地拆解了。

在此三十年前，你母親年幼的弟弟也是溺水身亡。看似柔弱的靜流，就這樣奪取了姐弟兩人的生命。在大自然面前，人本脆弱，是的的確確的現實。你由對人的「脆弱」的感知，到領會、確知、確信人會死，自己會死。因此，許多作品也就成了這種存在感知的文字符號，成了存在論的死亡分析的文本，更成為你和你作品中人物確知、確信、無畏地向死存在的自由敞開：

> 你對死亡恐懼都是在心力衰弱的時候，有種上氣不接下氣的感覺，擔心支撐不到緩過氣來，如同在深淵中墜落，這種墜落感在兒時的夢中經常出現，令你驚醒盜汗，其實那時甚麼毛病也沒有，……

> 你再清楚不過生命自有終結，終結時恐懼也同時消失，這恐懼倒恰恰是生命的體現，知覺與意識喪失之時，剎那間就終結了，不容再思考，也不會有甚麼意義，對意義的追求曾經是你的病痛，同少年時的朋友當初就討論過人生的終極意義，那時幾乎還沒怎麼活，如今人生的酸甜苦辣似乎都嘗遍，對意義的追索徒然無益只落得可笑，不如就感受這存在，對這存在且加以一番關照。[7]

海德格把欠缺和走向終結的存在標明為走向死亡的存在。說死亡是一個存在者從此在的（或生命的）存在方式轉變為不再此在，即走向虛無的存在。同時也強調此在在本質上就是與他者共在。「死所意指的結束意味着的不是此在的存在到頭，而是這一存在者的一種向終結存

在」。[8] 唯心為一，以空融實，以無化有的禪學，將死亡看作是無之無化的得大道。

日常狀態的向死存在是遮蔽的。海德格強調「常人本身也一向已經被規定為向死存在了；即便它沒有明確地活動在一種『想到死』的狀態中也是這樣」。因此「日常的向死存在作為沉淪着的存在乃是在死面前的一種持續的逃遁」。[9] 常人不讓畏死的行為浮現，也就必須以保持沉默的方式調整着人們必須如何面對死亡的心理威懾。不說並不等於不怕死，怕死也不必說出來。這就是語言留給人的屏障。活着的每個人都生活在這種語言的自我保護之中。同樣，在現實生活中，對面向死亡的禁忌和迷信，成為人們自我保護的另一種自我約束行為和對不可知的神秘力量的敬畏。由敬畏產生的理解、寬容、感恩和同情，是人性中最為靈光的東西。而這些禁忌、迷信、敬畏活動通常是以人為的儀式呈現，讓遮蔽敞開，讓心靈暫時安頓。因為生者與死者儀式性的對話，是不可能的，與上帝、與佛祖、與神靈的對話只是自己與自己說話罷了。上帝、佛祖或神靈此時就在自己的心中。儀式的功能有兩種：自我安慰和安慰他人。為死人做的事都是做給生者。為不在的看不見的上帝、佛祖和神靈所所做的一切，都是為此在的看得見的現實中人。

所以你有這樣的表達：「就我個人來說，我不相信不死或不朽。一個人當其在世，指望死後不朽，是荒唐的事。寫作或創作，對我來說，只為的更充分感受我在活。那不可知的不確定的未來，對我已無意義。」[10]

《叩問死亡》一劇中的「這主」清楚地意識到「人生只有一次，誰都如此。……好好活在當下，做你要做的，幹你能幹的！」[11]「好死不如賴活着。」或者說最好的是活在當下。或者如你所說是水中撈月之時。因為「撈月之時並不知能撈到什麼，得意的恰恰是你尋求的這番美感！無中生有，於沒意思中生出那麼點意思」。[12] 這是常人

最為顯現的自我遮蔽、自我閃避、自我慰藉，近於一種最佳的心理調適，是積極與消極的重疊，是日常狀態向死存在的最為主觀的客觀方式，即自持在真理之中。因此也就更加明確生命的意義，和活着的存在價值。同時在日常生活的常態中，就有各種各樣的對死亡的迷信、曲解、逃遁、遮蔽、救贖等自我麻痹的行為。這都是對死亡的本真的閃避。因為誰都逃不脫死亡，死亡是個不可抗拒的限定，人的美妙就是在這限定之前，「永恆的只有這當下，你感受你才存在，否則便渾然無知，就活在當下」。[13] 因為只有選擇自殺是一種純然主體性的行為，其他自然和非自然死亡，乃至意外死亡，都是自己無法把持、不可抗拒的，具有外在因素的複雜性和偶然性。這也是我近年來所持有的，文學場域的自殺（作家自殺和作品中人物的自殺）最具研究價值的理由所在。因為這其中彰顯出的是絕對的主體性行為。具有永遠不可知或不可全知的個體的神秘性，和無法徹底揭開謎底的隱秘性。

你在〈沒有主義〉一文中強調自己的一種本真的存在：「我只有懷疑，乃至對一切價值觀念普遍懷疑，唯獨不懷疑生命，因為我自己就是個活生生的存在。生命具有超乎倫理的意義，我如果還有點價值的話，也只在於這一存在，我難以容忍精神上自殺或他殺，在那自然的死亡到來之前。我把文學創作作為自救的方式，或者說也是我的一種生活方式。我寫作為的是自己，不企圖愉悅他人，也不企圖改造世界或他人，因為我連我自己都改變不了。」[14]

向死存在的日常狀態，必須面對個體的本真。因為「死作為此在的終結乃是此在最本己的、無所關聯的、確知的、而作為其本身則不確定的、不可逾越的可能性。死，作為此在的終結存在，存在在這一存在者向其終結的存在之中」。[15]

你是敞開的。因敞開而處在自由自在之中。

你早期的兩個中篇小說和一系列短篇，半數都寫到人物的死亡，幾乎是生死對半。靈山的林中路，冥城，生死界。那麼多的對死亡的

書寫和叩問，那麼多面對死亡而無畏的個人，都是因敞開而自在，自在在向死的自由之中。死亡主題的突兀，是你對人性和人的存在的觀察、理解、見證的一條基本路徑，也是對生與死的人類普世價值的清醒確認。感知生死和理解生死，是人對自身存在的敬畏、感恩，同時也是對活在當下的肯定。

> 你原本毫無顧忌喊叫着來到世間，爾後被種種規矩、訓戒、禮儀和教養窒息了，終於重新獲得了這種率性盡情吼叫的快感，只奇怪竟然聽不見自己的聲音。你張開手臂跑着，吼叫，喘息，再吼叫，再跑，都沒有聲息。[16]

「寧鳴而死，不默而生」（范仲淹《答梅聖俞靈烏賦》）。總有如此男兒為自己立下這富有生存價值的標杆，留下這啟發後人的警示。

> 對死亡最初的驚慌，恐懼，掙扎與躁動過去之後，繼而到來的是一片迷茫。你迷失在死寂的原始林莽中，徘徊在那棵枯死了只等傾倒的光禿禿的樹木之下。你圍着斜指灰濛濛上空的這古怪的魚叉轉了許久，不肯離開這唯一尚可辨認的標誌，這標誌或許也只是你模模糊糊的記憶。
>
> 你不願意像一條脫水的魚釘死在魚叉上，與其在搜索記憶中把精力耗盡，不如捨棄通往你熟悉的人世這最後的維繫。[17]

抗拒死亡的求生意志，和對活在當下的本能的存在感知，是你出發和到達的內在驅動，更是你逃逸和新生的自在行為。有力量反抗和無力抗爭的個人選擇，都是在死亡面前尋求自我救助的選擇方式。為了「不願意像一條脫水的魚釘死在魚叉上」的感覺，和要擺脫這種處境的努力，則是獨立的個體此刻必須的決絕的自我掙扎和自救。因為上帝、他人都救不了你。連《山海經傳》的英雄羿也有怕死的時候，正如你給天神羿如此人性化的展示：

羿　　　：我不想就此了結這一生。

西王母：好哇，你放蕩夠了，又來我這裏求不死之藥？

羿　　　：是的，我不想像凡人一樣這樣死掉。

西王母：你不是膽大包天，到頭來竟也怕死？

羿　　　：是的，我以前無所顧忌，因為我是天神。如今
　　　　　貶到人世，死亡一天天迫進，可我還沒活夠。

西王母：這倒說的是實話，可你是否知道，誠實也一樣
　　　　　會將人斷送？

羿　　　：我原先是神，還沒學會像世人一樣撒謊。

西王母：我即使給你不死之藥，你不學會撒謊，你這命
　　　　　也照樣救不了。

羿　　　：可我要撒謊，這不死之藥您還能給我？

西王母：這倒也是。好吧，……

羿　　　：聽到了。

西王母：（對青鳥）摘一顆不死之藥給他。你可記住，
　　　　　正因為世人不可信任，我才用瘟疫來懲罰
　　　　　他們。

羿　　　：我如果不誠實，您也一樣會懲罰我。

西王母：好了，你可以走了。[18]

　　活着和死亡，都是有代價的，都要與自然、社會和他人發生關
聯，誰都逃脫不了這種干係。因此人的痛苦就來自這種干係。

2

問曰：「生死到來，如何迴避？」

圓悟禪師曰：「抖擻精神透關去。」[19]

　　《靈山》中那個雕刻天羅女神頭像的木匠老頭意識到死的坦然，和
臨終的從容自在。[20] 這是對死的可能性的領會、確信，並以本真的自
我來等待這種實現。

《野人》中姓曾的老歌師，《靈山》中唱《黑暗傳》的歌師、「最後一名祭師」，《冥城》中的莊子與莊妻，《夜遊神》中的夢遊者，《生死界》中的女人，《對話與反詰》中年輕女子、中年男子及和尚，《叩問死亡》中的這主，都是敞開者，是直面死，向死存在的自由自在者。除去遮蔽就沒有了對死的畏懼，沒有閃避就活出了本真。也就是慧能所説的「坦然寂靜，即是大道」。[21]

　　這和早期兩個中篇小説及一系列短篇所呈現的人物的死亡有截然不同的意義指向。「快快」（《有隻鴿子叫紅唇》）的夭折、「母親」（《母親》）的溺水和「鞋匠的女兒」（《鞋匠的女兒》）自殺等等，都是人生價值被無意義摧毀的悲劇，是政治、現實社會對健康、積極的個體生命的摧殘。這些都是人生的悲劇。走過這個時期，你進入了新的藝術感知境界，躍入了靜明的禪界，生死觀念大變，自然也就超越了悲劇、喜劇的創作理念。

　　海德格所揭示的「存在者在存在中領會自己本身」的本真、本己的實在性，就是如何面對死亡而行事的現實。愈是敞開，生存的可能空間就愈大，不可能的可能性也愈大。「向死這種可能性存在的最近的近處對現實的東西説來則是要多遠就有多遠。這種可能性愈遮蔽地被領會着，這種領會就愈純粹地深入這種可能性中，而這種可能性就是生存之根本不可能的可能性」。[22]這種敞開，在現實生活中呈現出的是，貪生怕死者軟弱，不懼死亡者勇敢。貪生怕死者永遠為不懼死亡者充當前進的鋪墊和動力。生死法則的最明確的顯示就是「叢林法則」。而這種存在理念恰恰是你在小説和劇作中要擯棄的。你所要表達和展示的只是這一法則實施過程中本真的人性。

　　任何真正的死亡都是獨一無二，是自己在空間和時間上消失的個體的意義上的死亡。面對生死一念間的清醒，是感性和理性的共在。世界上沒有絕對的兩個人相同的死法。正如樹上沒有兩片完全相同的葉子，或同一個人不能兩次踏入同一條河一樣。

問題在於不一定都能死得其所，但要死得清楚明白。《叩問死亡》中的「那主」對死亡的的清醒感知是漸進的：「你還能把握住的只有這麼點意識：也就是早晚免不了一死。這活得還有什麼勁？你甚至都把握不住你自己，抓這麼把稻草也救不了你命！你也只能靠這種自我觀省得以維持，觀注這無聊至極的死亡像無底的黑洞統統吞食。⋯⋯有誰能解除你這番焦慮？還只有靠自己，⋯⋯可人生註定免不了一死，你也奈何不得，折騰來，折騰去，只能如此這般自娛——」[23]

　　「這主」更為清醒的是他明白一個脆弱的個體，如此渺小，完就完了。自殺和自我了結的區別在於「自殺出於絕望而自暴自棄，自我了結卻極為清醒，將死亡捏在自己的手掌中，平心靜氣欣然作個了結」。[24]

　　慧能的頓悟所向，一念心開。「一念善，智慧即生。一燈能除千年闇，一智能滅萬年愚。」[25]「一念斷絕，法身即離色身。」「一念斷即死，別處受生。」[26]

　　慧能躬身伸頭的那一刻，那一舉動，最近的、最遠的可能全都呈現，他是把握了存在的可能的先行性，並由此表達了自己生存的根本不可能的可能性。

> 薛簡：聖上徵召的是和尚，而非袈裟！要和尚穿的一身衲衣又有何用？這敕書可是御筆親書，老和尚不要不識抬舉！
> 　　　（薛簡上前一步，按劍。）
> 慧能：（躬身）
> 　　　要麼？
> 薛簡：什麼？
> 慧能：（伸頭）
> 　　　拿去好了。

薛簡：拿什麼去？

慧能：老僧這腦殼！[27]

領會自我，領會他人。確知自己，也確知他人。大自在，大超越。

無懼死而強大，置於死地而後生。

更何況你自己也是多次面對死亡，正視死亡，在不可能中得救於可能。

說佛祖保佑！保佑的只能是你的心性。

《夜遊神》中流浪漢的一段話頗為透徹：「（不以為然）腦袋？誰的早晚也得掉，是腦袋總有掉的時候，還沒有永遠不掉的腦袋。」[28]

當真正的無法抗拒的死亡來臨，再強大的個體也無力扭轉，即便是曾經無比強大的英雄羿，在超然的清醒的同時，也會陷入死亡前的自我虛無，會陷入獨異的個體被庸眾所毀滅：

羿：世人，都讚美這娘們的風采呀！你們怎麼都成了啞巴？（靜場）天帝您就這樣懲罰我？您本可以堂而皇之宣告，羿射殺了天子，便該處死，就顯示你無上威嚴，卻為什麼偏偏借女人的手，自己不出面？天帝！天帝，我詛咒您！我詛咒您！（轉向眾人）你們，渾渾噩噩的眾人，我白白拯救你們，卻葬送了我自己一生。我同樣也厭惡我自己，你羿又算得什麼英雄？你那不朽的業績，還不如狗屎一堆！

……

羿：啊…… 枉為英雄，天地人一概不容…… （撲倒在地）

（眾人一擁而上，亂棒將羿打死……）[29]

獨異的個體與庸眾對立，關聯生死，更是現代人的困境，也是智慧的痛苦和思想者的孤獨。

肉身是心性之外的東西，四大皆空，視死如歸是最為切實的向死存在。

這也正是你所強調的，「生命是個讓人永遠迷惑而解不開的謎，越深究愈不可解，愈豐富，愈任性，愈不可捉摸。上帝在生命之中而不在生命之外，主體不在別處，而在這自我。生命的意義，與其說在這謎底，不如說在於對這一存在的認知」。[30]

> 法海：（上前一步）
>   弟子有句話，不知該不該問？
> 慧能：生死都可脫卻，禪門無忌，儘管說出來。
> 法海：大師去後……（環顧眾人）
>   衣法當付何人？
> 慧能：持衣而不得法又有何用？
>   本來無一物，那領袈裟也身外的東西，惹是生非，執着衣缽，反斷我宗門。我去後，邪法繚繞，也自會有人，不顧詆毀，不惜性命，豎我宗旨，光大我法。
>   ……
> 法海：今大師在，法在。大師過去，後人又如何見佛？
> 慧能：後人自是後人的事，看好你們自己當下吧！我要說的也都說了，沒有更多的話，再留下一句，你們好生聽着：自不求真外覓佛，去尋總是大癡人。各自珍重吧！[31]

逆勢而行，再一次將有變成無，在自救得有，同時拯救了佛法，使禪門清靜。

這正是心燈不滅！

把死都看淡了，還有什麼可看重的呢？

死的意義和生的意義同樣重要，關鍵是自己如何用心去面對。

更因為「你也明知，死亡的那邊，什麼都不會有」。[32]

「在死亡面前，希望和慾望都歸於虛妄」[33]。

只要活着，就有話好說。

注釋

[1] 舍勒：〈死與永生〉，《舍勒選集》(劉小楓選編)，第 984 頁。

[2] 高行健：〈論文學寫作〉，《沒有主義》，第 68 頁。

[3] 高行健：《叩問死亡》，第 19 頁。

[4] 高行健：〈論文學寫作〉，《沒有主義》，第 71 頁。

[5] 舍勒：《死與永生》，《舍勒選集》(劉小楓選編)，第 994 頁。

[6] 高行健：《周末四重奏》，第 50 頁。

[7] 高行健：《一個人的聖經》，第 408–409 頁。

[8] 詹姆斯·K·林恩：《策蘭與海德格爾：一場懸而未決的對話》(李春譯)，第 24 頁，北京大學出版社，2010。

[9] 海德格爾：《存在與時間》(陳嘉映、王慶節譯) 第 292 頁。

[10] 高行健：〈論文學寫作〉，《沒有主義》，第 55 頁。

[11] 高行健：《叩問死亡》，第 30–33 頁。

[12] 高行健：《叩問死亡》，第 48 頁。

[13] 高行健：《一個人的聖經》，第 438 頁。

[14] 高行健：〈沒有主義〉，《沒有主義》，第 13 頁。

[15] 海德格爾：〈存在與時間〉(陳嘉映、王慶節譯)，第 297 頁。

高行健：徘徊靈山的人生

[16]　高行健：《靈山》，第 435-436 頁。

[17]　高行健：《靈山》，第 435 頁。

[18]　高行健：《高行健戲劇集 6：山海經傳》，第 87-88 頁。

[19]　普濟：《五燈會元》(蘇淵雷點校) 卷第十九，第 1297 頁

[20]　高行健：《靈山》，第 162-169 頁。

[21]　楊曾文校寫：《新版敦煌新本六祖壇經》，第 77 頁。

[22]　海德格爾：〈存在與時間〉(陳嘉映、王慶節譯)，第 301 頁。

[23]　高行健：《叩問死亡》，第 21-22 頁。

[24]　高行健：《叩問死亡》，第 43 頁。

[25]　楊曾文校寫：《新版敦煌新本六祖壇經》，第 24 頁。

[26]　楊曾文校寫：《新版敦煌新本六祖壇經》，第 19 頁。

[27]　高行健：《高行健劇作選・八月雪》，第 459 頁。

[28]　高行健：《高行健戲劇集 10：夜遊神》，第 104 頁。

[29]　高行健：《高行健戲劇集 6：山海經傳》，第 109-110 頁。

[30]　高行健：〈論文學寫作〉，《沒有主義》，第 93 頁。

[31]　高行健：《高行健劇作選・八月雪》，第 464-465 頁。

[32]　高行健：《高行健戲劇集 10：夜遊神》，第 79 頁。

[33]　高行健：《高行健戲劇集 7：逃亡》，第 79 頁。

23
靈山路上的相遇

1

第三次讀《靈山》時（2006 年 4 月），正是韓國慶熙大學校園櫻花爛漫的季節。白天到山上慶熙的校園觀賞櫻花，晚上在山下外國語大學的工作室閱讀《靈山》。但這時讀到的卻是正版的初版本。此前讀的是中國大陸的盜版。網絡上也有，因查閱急需而瀏覽，但錯字太多。

第五次讀完《靈山》後，我再次（2010 年 4 月）到櫻花爛漫的慶熙大學校園，也到汝矣島的櫻花大道漫步。似彩霞滿天的櫻花，禁不住一陣風的勁吹，花雨的艷麗，不免給人脆弱的無奈，也帶給人美麗的短暫和美好時光的匆匆之感。這時，我又一次感受到高行健所謂的「脆弱」。恰如紅顏薄命，美好的東西只屬瞬間。人生也許就是這樣脆弱、艷麗和無奈。正所謂「不得春風花不開，及至花開又吹落」。[1]

「玄珠自朗耀，何須壁外光！」[2]

2000 年 10 月，高行健獲獎後，中國大陸官方不允許公開出版他的書，於是盜版書商就趁機發了財。我也是寫作人，我有關胡適的書也被盜印過，連我的名字都被改了。平時痛恨盜版書商謀財害人，但我唯一的一次心中暗自感謝盜版書商的是，五元錢就買到一本《靈山》。事後想來，也正是我這樣「心中暗自感謝盜版書商」的陰暗心理，在養活盜版書商。人性的惡就在自己心中。

事後，我為研究生開「高行健研究」的學位課程，學生們的用書，是找書商每本三元錢批量購得的。我對學生們說了自己的這種複雜心理，學生表示理解的同時，說他們感謝盜版書商對文學真相的傳播。

「感謝盜版書商對文學真相的傳播」。

這話聽起來讓我一時無語，心中的我對自己說：真是句黑色幽默。

後來常想起此事，以至於我聯想到「專制使人嘲諷」這句更讓人無奈的名言。

一念惡，惡相叢生。

無可奈何的自然與人事，隨時在身邊發生，你還得耐着性子應對。要不，只好説聲南無阿彌陀佛。

那是 2000 年 10 月底的一個夜晚，全家人去逛夜市，在燈火闌珊的露天書攤看到了盜版的《靈山》。我平時討厭盜版書印刷錯誤太多，影響閲讀和寫作時引用。我拿起一冊，讓從事古漢語專業教學的妻子看一下，我説：「你只隨便看一頁，錯字少於五個，我就買了。」

「買吧！」妻子翻看一頁後回答。

回家一看，幾乎每頁都有五個以上的錯字。我問妻子怎麼把關的，她説：「我知道你是一定要買的，看出有錯字，是幾個我也沒數！」

於是，一邊讀一邊改錯字，妻子每當這時候就説：「這樣也好，免得猴急，可以慢悠悠地讀。」

就在這種邊讀邊改錯字的狀態中讀了兩遍《靈山》。

2

我時常向同行抱怨自己哲學的貧困，大學時代沒有經歷真正意義上的哲學訓練，只是被強制性灌輸些假大空的政治哲學。在第一次讀《靈山》之前，我正好集中讀過幾冊海德格著作的中文譯本。其中的譯者孫周興，正是我南京求學時，同住南苑七舍二樓的同學。海德格的名字，也是從他那裏知道的。當年，他看我在讀薩特的書，説法國哲學淺薄，要讀存在主義哲學，就得看德國的。他説薩特的存在主義是其在德國留學時學來的，同時向我推薦了他正在研究的海德格。

讀《靈山》時我大腦反覆出現的是海德格所謂的「尋找林中的空地」的方法和「說是講給自己的聽」的語言觀念。特別是高行健《靈山》中的第52章，簡直就是對海德格所謂的「說是講給自己的聽」的進一步解釋：

> 你知道我不過在自言自語，以緩解我的寂寞。你知道我這種寂寞無可救藥，沒有人能把我拯救，我只能訴諸自己作為談話的對手。

> 這漫長的獨白中，你是我講述的對象，一個傾聽我的我自己，你不過是我的影子。

> 當我傾聽我自己你的時候，我讓你造出個她，因為你同我一樣，也忍受不了寂寞，也要找尋個談話的對手。

> 你於是訴諸她，恰如我之訴諸你。

> 她派生於你，又反過來確認我自己。

> 我的談話的對手你將我的經驗與想像轉化為你和她的關係，而想像與經驗又無法分清。

> 連我尚且分不清記憶與印象中有多少是親身的經歷，有多少是夢囈，你何嘗能把我的經驗與想像加以區分？這種區分又難道必要？再說也沒有任何實際的意義。

> 那經驗與想像的造物她變幻成各種幻象，招搖引誘你，只因為你這個造物也想誘惑她，都不甘於自身的孤寂。

> 我在旅行途中，人生好歹也是旅途，沉緬於想像，同我的映像你在內心的旅行，何者更為重要，這個陳舊而煩人的問題，也可以變成何者更為真實的討論，有時又成為所謂辯論，那就由人討論或辯論去好了，對於沉浸在旅行中的我或是你的神遊實在無關緊要。

你在你的神遊中，同我循着自己的心思滿世界遊蕩，走得愈遠，倒愈為接近，以至於不可避免又走到一起竟難以分開，這就又須要後退一步，隔開一段距離，那距離就是他，你是你離開我轉過身去的一個背影。[3]

「妙行無倫匹，情玄體自殊。」[4]

沒有人物，你、我、他、她的內在轉換和空間置換，是如此的巧妙、神奇，卻又如此陌生，直覺的衝擊，和閱讀時自我迫使着不得不停下來的回味，也就把自己置身其中，走在尋找靈山的路上，進入貌似靈山的林中。明明知道所謂伊人，在水一方，卻還要用心去尋訪。

你不知道注意到沒有？當我說我和你和她和他乃至於和他們的時候，只說我和你和她和他乃至於她們和他們，而絕不說我們。我以為這較之那虛妄的令人莫名其妙的我們，來得要實在得多。

你和她和他乃至於他們和她們，即使是虛幻的影像，對我來說，都比那所謂我們更有內容。我如果說到我們，立刻猶豫了，這裏到底有多少我？或是有多少作為我的對面的映像你和我的背影他以及你我派生出來的幻象的她和他或他的眾生相他們與她們？最虛假不過莫過於這我們。

但我可以說你們，在我面對許多人的時候，我不管是取悅，還是指責，還是激怒，還是喜歡，還是鄙視，我都處在緊緊實實的地位，我甚至比任何時候反倒更為充實。可我們意味着什麼？除了那種不可救藥的矯飾。所以我總躲開那膨脹起來虛枉矯飾的我們，而我萬一說到我們的時候，該是我空虛懦弱得不行。

我給我自己建立了這麼一種程序，或者說一種邏輯，或者說一種因果。這漫然無序的世界中的程序邏輯因果都

是人為建立起來的，無非用以確認自己，我又何嘗不弄
一個我自己的程序邏輯因果呢？我便可以躲藏在這程序
邏輯因果之中，安身立命，心安而理得。[5]

真實和虛擬之間，幻想和心像重疊，歷史和現實的糾結，自我與
本我的交錯，自然時間與心理時間的誤差，敞開與遮蔽的互為生成，
自然時空和感覺結構的共在，都給我一種前所未有的文學享受和知識
底線的刺激。接受這種新的文學的言說的方式，就意味着對自我已有
小說觀念的解構。

我只有擺脫了你，才能擺脫我自己。可我一旦把你喚了
出來，便總也擺脫不掉。我於是想，要是我同你換個位
置，會有什麼結果？換句話說，我只不過是你的影子，
你倒過來成為我的實體，這真是個有趣的遊戲。你倘
若處在我的地位來傾聽我，我便成了你慾望的體現，也
是很好玩的，就又是一家的哲學，那文章又得從頭做
起。[6]

看似遊戲的文字，和男女慾望的展示，語言的背後是思想的撞
擊，也讓我等保守殘缺的所謂文學研究者自我哲學的貧困和無知被曝
光。因此，也就有文學觀念的自我危機和危機的自我。沒有思想的自我
軟弱與缺乏思想原創的文學研究的困窘，一下子讓自己的學術支架轟毀
了。在死水中歷史的沉渣會重新泛起，非人道的悲劇可能重演。我自己
驚詫於《靈山》衝擊下這種奇特的感受，和由此而產生的自我焦慮。

由哲學的困窘、焦慮到文學的困窘焦慮，一步步進入語言的困
窘、焦慮。我感覺到《靈山》的林中路上將與高行健、海德格相遇。熟
悉的胡適、茅盾和吳宓，已悄然離我遠去。同時聽從心靈的召喚，十
多年前研究胡適時熟悉的禪師慧能、神會回來了。我驚詫於一念間的
禪悟。思接千里，心中澄明。我將與大師同行。

第 66 章中大段獨白，同樣是講給自己的聽：

> 你即刻知道再也不會回到煩惱而又多少有點溫暖的人
> 世，那遙遠的記憶也還是累贅。你無意識大喊一聲，撲
> 向這條幽冥的忘河，邊跑邊叫喊，從肺腑發出快意的
> 吼叫，全然像一頭野獸。你原本毫無顧忌喊叫着來到世
> 間，爾後被種種規矩、訓戒、禮儀和教養窒息了，終於
> 重新獲得了這種率性盡情吼叫的快感，只奇怪竟然聽
> 不見自己的聲音。你張開手臂跑着，吼叫，喘息，再吼
> 叫，再跑，都沒有聲息。[7]

如果禪，可以帶我走出困境的話，那就是不需要語言的道說。
假如禪境無欲的話，那就由心中那盞蓮燈，敞亮我前行的心路。問題
是，想道說的慾望，和我說語言、語言說我的實在，充斥着我的喉
頭，不吐不快，不說不可。實在的「煩惱」，和「煩惱」的實在，不喊
不吼，就真的沒有了聲息。創造一種新的文本，也就開啟一門新的學
問。文本是思想的符號呈現，語言是思想呈現方式。因此，新的小說
就可能是新的思想。而我也有一種新的寫作的慾望衝動，其語言的表
達已經開始聽從海德格、高行健「說是講給自己的聽」的召喚。

第 72 章是你的小說學。

> 「故事不管你怎麼講，總還得有個主人公吧？一個長篇
> 好歹得有幾個主要人物，你這 —— ？」

> 「書中的我，你，她和他，難道不是人物？」他問。

> 「不過是不同的人稱罷了，變換一下敍述的角度，這代
> 替不了對人物形象的刻畫。你這些人稱，就算是人物
> 吧，沒有一個有鮮明的形象，連描寫都談不上。」

> 他說他不是畫肖像畫。[8]

他說那就算東方的。

「東方更沒有你這糟糕的！把遊記，道聽途說，感想，筆記，小品，不成其為理論的議論，寓言也不像寓言，再抄錄點民歌民謠，加上些胡編亂造的不像神話的鬼話，七拼八湊，居然也算是小說！」

他說戰國的方志，兩漢魏晉南朝北朝的志人志怪，唐代的傳奇，宋元的話本，明清的章回和筆記，自古以來，地理博物，街頭巷語，道聽途說，異聞雜錄，皆小說也，誰也未曾定下規範。

「你又成了尋根派？」

他連忙說，這些標籤都是閣下貼的，他寫小說只是耐不住寂寞，自得其樂，沒想到竟落進文學界的圈子裏，現正打算爬出來，本不指望寫這種書吃飯，小說對他來說實在是掙錢謀生之外的一種奢侈。

「你是一個虛無主義者！」

他說他壓根兒沒主義，才落得這份虛無，況且虛無似乎不等於就無，正如同書中的我的映像，你，而他又是你的背影，一個影子的影子，雖沒有面目，畢竟還算個人稱代詞。

批評家拂袖而去。

他倒有些茫然，不明白這所謂小說重要的是在於講故事呢？還是在於講述的方式？還是不在於講述的方式而在於敍述時的態度？還是不在於態度而在於對態度的確定？還是不在於對態度的確定而在於確定態度的出發點？還是不在於這出發點而在於出發點的自我？還是不在於這自我而在於對自我的感知？還是不在於對自我的

感知而在於感知的過程？還是不在於這一過程而在於這
行為本身？還是不在於這行為本身而在於這行為的可
能？還是不在於這種可能而在於可能的選擇？還是不在
於這種選擇與否而在於有無選擇的必要？還是也不在於
這種必要而在於語言？還是不在於語言而在於語言之有
無趣味？[9]

仰觀宇宙之大，俯察品類之盛。這既是林中路上的遊目騁懷，視
聽之娛，也是一位具有藝術獨創性作家的告白。由此使我想起佛祖的
往事，也就是一句指點迷津或自我開悟的一言一語：

有人問釋迦摩尼：「大千世界，如何成佛？」

答：「各人有各自的路！」

這裏，我引述另一位不幸的女作家蕭紅曾對友人聶紺弩所表達的
她的小說觀念，作為對你這段獨白的呼應：

「有一種小說學，小說有一定的寫法，一定要具備某幾種東西，
一定要寫的象巴爾扎克或契珂夫 (Anton Chekhov) 的作品那樣。我不
信那一套，有各式各樣的作者，有各式各樣的小說。」[10]

這也許正是獨創者的文學的理由。

你說：「寫作對我而言是一種必要，一種自己選擇的生活方式。
《靈山》是為我自己寫的。」[11]

這自然也就成了你「寫得盡興」[12]之作。

「盡挹西江，細斟北斗，萬象為賓客。」(張孝祥《念奴嬌‧過洞庭》)

拒絕任何主義，沒有主義。拒絕限制性寫作，只為自己寫作。因
此，我說《靈山》是為結束一個時代和你的一個時代的結束而寫的。

恰如劉勰所謂，「總文理，統首尾，定與奪，合涯際，彌綸一
篇，使雜而不越者也。」

我同時也在《靈山》的閱讀中，開始一種文學的新生，也就是自
己拯救自己心中近於枯萎的文學之樹。因為在體制化的學術環境裏，

自己的學術研究也逐漸被體制化。文學之樹則在日益邊緣化文學土壤中枯萎。正是《靈山》讓我從學術新「八股文」的窠臼中跳出，獲得語言文體的新生。

本寂心境。

以心觀心，依法觀法。

澄明之中，得以自救。

3

觀止古文，我獨愛山水之文，江上清風，山間明月，得之為聲，遇之成色，文人墨客，在自然山水之間，留下最美妙的篇章：《蘭亭集序》、《桃花源記》、《天台山賦》、《滕王閣序》、《岳陽樓記》、《醉翁亭記》、《赤壁二賦》，至上美文，天地造化。

放眼時下，江無清流，山無白雲，城裏難見明月，鄉間不暢惠風，所謂文學，熙熙攘攘。

靈山與你相遇，方得以濯江河之清流，挹山巒之白雲，振之以清風，照之以明月。

第五次讀完《靈山》，才敢尋章摘句，關聯文心。

「一雨普滋，千山秀色。」[13]

《靈山》是一本逃亡的書，一段靈魂漫遊的歷史記憶，一串串優美、原生的歌謠，一幅幅自然、壯美的山水畫。

也可說，這裏是自然、人文、歷史、考古、民俗、宗教等多種文化元素相加、重疊的藝術拼湊、拼貼。

也可以說是如同音樂複調的多聲部的合唱。可聽自然的天籟之音，可聽心中的寂靜之音。

也可以説是山水相依、陰陽互補、虛實相間、隱現相襯的的山水畫。當然，更多是不可言説的天人合一的水墨寫意：

> 這寒冷的深秋的夜晚，深厚濃重的黑暗包圍着一片原始的混沌，分不清天和地、樹和岩石，更看不見道路，你只能在原地，挪不開腳步，身子前傾，伸出雙臂，摸索着，摸索這稠密的暗夜，你聽見它流動，流動的不是風，是這種黑暗，不分上下左右遠近和層次，你就整個兒融化在這混沌之中，你只意識到你有過一個身體的輪廓，而這輪廓在你意念中也趨消融，有一股光亮從你體內升起，幽冥冥像昏暗中舉起的一支燭火，只有光亮沒有温暖的火焰，一種冰冷的光，充盈你的身體，超越你身體的輪廓，你意念中身體的輪廓，你雙臂收攏，努力守護這團火光，這冰涼而透明的意識，你須要這種感覺，你努力維護，你面前顯示出一個平靜的湖面，湖面對岸叢林一片，落葉了和葉子尚未完全脫落的樹木，掛着一片片黃葉的修長的楊樹和枝條，黑錚錚的棗樹上一兩片淺黃的小葉子在抖動，赤紅的烏桕，有的濃密，有的稀疏，都像一團團煙霧，湖面上沒有波浪，只有倒影，清晰而分明，色彩豐富，從暗紅到赤紅到橙黃到鵝黃到墨綠，到灰褐，到月白，許許多多層次，你仔細琢磨，又頓然失色，變成深淺不一的灰黑白，也還有許多不同的調子，像一張褪色的舊的黑白照片，影像還歷歷在目，你與其説在一片土地上，不如説在另一個空間裏，屏息注視着自己的心像，那麼安靜，靜得讓你擔心，你覺得是個夢，毋須憂慮，可你又止不住憂慮，就因為太寧靜了，靜得出奇。[14]

「只在此山中，雲深不知處。」(賈島《尋隱者不遇》)

有素顏與面具互為映照的藝術創意。前者，那素顏中所顯示出的是純樸、真實的自然之美和自我自在；後者，是與原始儺戲相關、相生的現代遊戲 —— 生命、生存、虛幻、夢魘、陌生、疏離。

有潛在文本的交織，或互文性地多處滲透。

有小說與戲劇元素的難捨難分。

讀者怎麼說都行。

說逃亡，也可以說逃逸。面對三重困境，你要突圍：

疾病的突如其來的打擊和突然去無蹤影的歡喜 —— 大悲大喜，似乎又活過一回；

離異判決前僵持狀態下的不安、焦慮；

被政治清查狀態中必須要面對的高壓、傾軋、喧囂、無奈、義憤、失望的複雜境遇。

被迫逃亡和你自覺逃亡的共謀。到自然中去，回到原始的生態中去，逃逸到自由的林中路去。

走就走吧！去尋找靈山。

靈山只是個傳說。你找的不是時空上的靈山，是你一個人的林中路，是你心中的靈山。

逃逸的途中，也是你的思之旅。遊動在一種心像裏 —— 敞開之處可感觸到的是天意、是命運；遮蔽之下是不可把握的黑暗、地獄、魔鬼。

請佛參禪，問僧論道，拜上帝請基督，原來佛在自己心中，禪在生活的當下，上帝在青蛙的眼裏。

你走到一片不大的水面，那難以稱之為洲，或渚的地方，島嶼的土丘已經成了黑的影子。雪把路上的細節全都掩蓋，走過的路後反倒是像脈絡一樣顯露出來。

不知道什麼時候下的雪，不知道什麼時候停的。……
就這樣一番平時不加注意的景色，在心中造成一些印
象，讓我突然生出一種願望，想走進去，走進這片雪景
裏，就會成一個背影，這背影當然也不會有什麼意義，
如果不在這窗口注視那背影的話。暗淡的天空，雪地比
天空更加明亮，沒有八哥和麻雀，雪吸收了意念和涵
義。[15]

……

到河的對岸，到那白皚皚的雪地裏，雪地的邊沿有三
棵樹，再過去就到山前，被雪覆蓋的房屋壓塌在積雪之
下。只這段殘壁還矗立，斷牆背後可以撿到破了的瓦罐
和青瓷碗片。你止不住踢了一腳，一隻夜鳥撲撲飛了起
來叫你心驚，你看不見天空，只看見雪還在飄落，一道
籬笆上茸茸的積雪，籬笆後面是個菜園。你知道菜園裏
種有耐寒的雪裏蕻和像老婆婆面皮樣的瓢兒菜，都埋在
雪下。[16]

這是柳宗元「千山鳥飛絕，萬徑人蹤滅。孤舟簑笠翁，獨釣寒江
雪」的情景再現。也是許多文人、畫家追求的境界。

無意義中就是意義。

雪的世界，雪地禪思，白茫茫一片，大地真乾淨！

心靜自然涼！再涼，就是冷。於是你弄出個冷的文學來！

語言說你，你說給自己聽。

你說的不是故事，是朝聖的心路。

我說的不是靈山，是心路上的往事。

靈山不只是一個聖地。是我，是你。

「只聞千萬去，不見一人還。」[17]

4

　　有機會全面接觸並研讀你的小說、劇作、電影、繪畫之後，才發現，居於邊緣的寧靜之中，你以文學的存在消解了政治、權利、榮譽、聲望、地位、塵世，甚至是國家、認同、親情、友誼，不需要這些東西拖累，只實實在在地活在當下，只勇敢地面對死亡。

　　一切都可以在這種虛無中，被化解掉。

　　只守住自己那靜明的心。

　　「水漲船高，泥多佛大。」[18]

　　你曾對我說：

　　　　我不需要什麼牽扯和牽掛，因為我要自由自在地說話。
　　好不容易得來的自由，不可隨便讓其丟失。

　　逍遙如鳥，放飛自由的鳥兒，就是放飛自由的心靈。天有多高，就是你自由的空間。

　　「居高聲自遠，非是藉秋風。」（虞世南《蟬》）

　　巴黎聖母院的鐘聲，盧浮宮的魅影。

　　雞鳴寺的誦經聲，秦淮河的燈影。

　　千萬裏於心沒有距離。

注釋

[1]　普濟：《五燈會元》（蘇淵雷點校）卷第六，第 342 頁。

[2]　普濟：《五燈會元》（蘇淵雷點校）卷第四，第 215 頁。

[3]　高行健：《靈山》，第 318–320 頁。

[4]　普濟：《五燈會元》（蘇淵雷點校）卷第六，第 351 頁。

[5]　高行健：《靈山》，第 320–321 頁。

[6]　高行健：《靈山》，第 321 頁。

[7]　高行健：《靈山》，第 435–436 頁。

[8]　高行健：《靈山》，第 470 頁。

[9]　高行健：《靈山》，第 470–472 頁。

[10]　聶紺弩：〈《蕭紅選集》序〉，《蕭紅選集》，第 2–3 頁，人民文學出版社，1981。

[11]　高行健：〈作家的心靈之路 —— 高行健與黃春明對談〉，《論創作》，第 237 頁。

[12]　高行健：〈作家的心靈之路 —— 高行健與黃春明對談〉，《論創作》，第 237 頁。

[13]　普濟：《五燈會元》（蘇淵雷點校）卷第二，第 67 頁。

[14]　高行健：《靈山》，第 114–115 頁。

[15]　高行健：《靈山》，第 500–501 頁。

[16]　高行健：《靈山》，第 503 頁。

[17]　普濟：《五燈會元》（蘇淵雷點校）卷第二，第 119 頁。

[18]　普濟：《五燈會元》（蘇淵雷點校）卷第九，第 555 頁。

24

因果機緣

1

讀你的書時，聽你說給你聽，也聽你說給我聽。

以書寫來回味和反覆傾聽你說的時候，是想在一種對話的情景中，確立你我彼此的聲音的共在。我同樣是找你作為談話的對象，或用你作為自我觀審的鏡子，但和你小說中的「你」又不一樣。你既是特指的你，又是虛指的他們。

一登龍門，聲價十倍。

「一處如是，千處亦然。」[1]

讀多人的評論集《解讀高行健》[2]後，才讀長篇小說《一個人的聖經》。後者有法國人諾埃爾・杜特萊（Noël Dutrait）的「序言」和有劉再復的「跋」。

《一個人的聖經》是寫極端的人性，兩個不同世界裏個人的極端生活。讀這本書的時候，我想起了哲學家漢娜・阿倫特所說的：「極權主義意識形態的目標不是改變外部世界，或是社會的革命性演變，而是改變人性。」[3]

正是《一個人的聖經》這本書，讓我理解你為什麼要逃亡，更理解你所說的逃亡值得。

在經歷了個人意志對集體意志的逃亡後，你又為自由而逃亡，為能自由寫作而逃亡到與孤獨為伴的更自我的精神世界。逃亡之後，是個體陷入深深的孤獨之中的無處可逃。那就只有傾聽孤獨，自己說給自己聽了。

雲黯黯處奇峰獨秀，月朦朦裏深水光生。

作為藝術家，你的小說、戲劇、繪畫在國際上享譽很高，在二十年來的中國文人中可謂獨佔鰲頭。吃不着葡萄的說葡萄酸，得到葡萄了，又說顏色不好。

高行健：徘徊靈山的人生

你們中的你可以拿出幾本小說，但你不能同時拿出二十個劇本（更不要說再自己當導演了），每年在世界各地開演。更無法每年在世界各地舉行個人畫展。

「鳥棲林麓易，人出是非難。」[4]

你不能，你們不能，有人能。你不能，你們不能，但可以隨便對能者說不。這就是當下的現實，你，你們硬是有這樣的德性。這些難道用一句樹高於林風必摧之，行高於眾人必誹之的話就可一了百了嗎？自然法則與人性的惡糾結之後，荒謬就顯得像是常態。不幹事的人非議幹事的人，有才和有財，永遠招致嫉恨，常態中的荒謬，也就是常態了。

「陵雖孤恩，漢亦負德。……男兒生以不成名，死則葬蠻夷中，誰復能屈身稽顙，還向北闕，使刀筆之吏，弄其文墨耶？」(李陵《答蘇武書》)

文壇冒出的高行健，這自然是文學的個體行為。你是趕上了中國改革開放初期思想解放的大潮，在文學理念的滌蕩中，具有自我吸納、清理、淨化的能力。這也是知識結構所決定的，即你得益於大學修讀法國語言文學，受到法蘭西自由傳統的影響。這一切決定了你自由思想的升騰和藝術形式的創新。有一種巧合，我在《「學衡派」譜系 —— 歷史與敘事》中曾引述過出身清華研究院、留學法國的王了一（王力）在〈大學中文系和新文藝的創造〉一文中關於外文系培養文學家的說法。王了一說自己並不反對新文學，文學的修養是可以在學校裏養成的。他文章的要點有兩個：第一，大學裏只能造成學者，不能造成文學家。第二，現代中國所謂新文學也就是歐化文學，所以要從事新文學創作的人就非精通西洋文學不為功。具體地說：

「在西洋，文學只有宗派，沒有師承。文學只是主義的興衰，不是知識的積累。大學應該是知識傳授的最高學府，它所傳授的應該是

科學，或科學性的東西。就廣義的科學而言，語言文字學是科學，文學史是科學，校勘是科學，唯有純文學的創作不是科學。在大學裏，我們可以有文學討論會，集合愛好文學的師生共同討論，常常請文學家來演講。我們可以努力造成提倡新文學的空氣，但我們無法傳授新文學，或在教室裏改進中國的文學。……

老實說，如果說新文學的人才可以培養的話，適宜於養成這類人才的應該是外國語文系，而不是中國文學系。」[5]

你自然是外文系培養的新文學人才的代表，更是中國大池塘生出的一朵蓮花。

你說自己從小就喜歡文學、繪畫，報考大學前曾經「動過乾脆學做作家的念頭」。[6]你說自己讀法語系的原因：一是喜歡法國文學，二是法文畢竟跟文學貼近，能直接讀法國文學，學習法國文學，為了對自己的文學創作有所幫助。1957年高考前，你在金陵中學圖書館裏，看到捷克雜誌《國際展望》中文版中摘錄蘇聯作家愛倫堡《人‧歲月‧生活》的片段，愛倫堡對自己當年流亡巴黎的那種自由生活的回味，使你產生了對自由的法蘭西的神往，於是決定選擇大學的法文系。正可謂流水不腐，戶樞不蠹。相對而言，一個極權專制的國家，一個封閉落後的時代，死水不藏龍。

你強調：

> 因為我學法文，比別人具有的優勢是：我可以直接讀法文，因此可以接觸到西方現代文學，再者，我對當代所發生的文學現象一直保持高度的興趣。……我也看了一些法文的刊物，如沙特（編按：即薩特）等人所辦的《新時代》(Les Temps Modernes) 和《歐洲》以及法文版的《莫斯科新聞》。所以我很早就在思考：藝術除了官方那些模式之外，可不可以有別的寫法？[7]

站立的位置決定自己的視野，見識啟發思想。而思想通常是從質疑開始。

芒刃不鈍，排擊關節。斤斧之用，皆眾髒髒。

2

我對現代人物傳記情有獨鍾，也特別關注原中央大學－南京大學中文系的「系史」。我發現中文系的教師中有三位著名的女婿：周法高（王伯沆之婿）、潘重規（黃侃之婿）、高行健（王氣鍾之婿），且都是文人。金陵史上有敗王之氣，屬苦難之都。這其中的蒼涼、悲情和離亂，反倒成全了詩人，成全了文學家，以至於民國以來，成敗興亡的家國情懷，滄桑之變的離散感傷，時空穿越的鄉愁懷舊等文學主題，被台港及海外華人作家反覆書寫。也就是清人趙翼所説的「國家不幸詩家幸，賦到滄桑句便工」(《題遺山詩》)。他們都是下半生遠離南京，離長江日遠。周法高、潘重規隨國民黨政府，東海揚塵，到台灣的大學任教，高行健被巴黎那自由的藝術之都接納。

當然，你也可以説南京是中國的佛都。「南朝四百八十寺，多少樓臺煙雨中」(杜牧《江南春》)。這正深深地影響到了高行健和他家人的生活。雞鳴寺的那副對聯「風恬浪靜中見人生之真境，味淡聲稀處識心體之本然」，正好印證高行健所追求的文學狀態和人生境界。

「戊戌六君子」之一楊鋭，特別喜歡杜甫《八哀詩》中《贈秘書監江夏李公邕》的後四句「君臣尚論兵，將帥接燕薊，朗詠六公篇，憂來豁蒙蔽」。這是張之洞任兩江總督時在雞鳴寺的一角為門人楊鋭修建「豁蒙樓」的由來。

南京是江山社稷與文人墨客一色，苦難憂患與豁蒙超然同在。

2004 年春天，我曾拜訪過周法高的夫人王綿，老人家無限深情地對我說，她和她父輩經歷了辛亥革命、南京大屠殺，她和法高先生數十年戰亂、兩岸隔離的聚散往事，就是一部苦難中國的現代史，也是一部最真實的文學史。

　　東南大學－中央大學、金陵大學－南京大學兩校比鄰。我說這裏是中國最有文學靈氣的一處寶地。「六朝松」閱盡千年人世滄桑，更見證古都的風流與苦難，同時也成為文人的精神圖騰。兩校方圓一公里之內，還有金陵中學（高行健讀書時易名為南京市第十中學）。周法高、潘重規、高行健都是從這裏走出去的。

　　長期在南京執教的胡小石有專門的《南京與文學》一文。他指出：「南京在文學史上可謂詩國。尤其在六朝以後建都之數百年中，國勢雖屬偏安，而其人士之文學思想，多傾向自由方面，能打破傳統桎梏，而又富於創造能力，足稱黃金時代，其影響後世至巨。」胡小石特別列出南京對文學的真正創造性貢獻有四個方面：

　　「山水文學。

　　文學教育，即文學之得列入大學分科。

高
行
健
：
徘
徊
靈
山
的
人
生

　　文學批評之獨立。

　　聲律及宮體文學。」[8]

　　我要說的文學靈氣是有特指的，因為這裏走出了兩位諾貝爾文學獎的得主：賽珍珠（Pearl S. Buck）和高行健。這自然是劉勰、李煜、曹雪芹、吳敬梓以下金陵文脈的延續和傳承。

　　1938 年諾貝爾文學獎得主賽珍珠，是在美國出生三個月後即被帶到中國鎮江的傳教士的女兒，日後在鎮江、南京成長、工作。她丈夫勃克（John Buck）是金陵大學的農學教授，她本人也在中央大學、金陵大學兼職教書。她的住家小樓，1949 年以後長時間為南京大學中文系的辦公樓。她關於中國的故事，許多是在這裏寫成的。1952 年，美國教會創辦的金陵大學的名稱消逝後，1949 年 8 月 8 日得名的南京大學便在這個校區上建制。

金陵中學是金陵大學的附屬中學，金陵大學的前身是匯文書院（1888年創立，首任院長美國教育家福開森，John C. Ferguson）。高行健在這裏讀了六年的中學。傳教士來南京建教堂、辦學校、開醫院，三事共興，互為支撐。於是金陵大學、金陵中學、基督醫院（鼓樓醫院），三家相鄰，原本是一家。1983年春天，高行健遭遇那場「肺癌」的來去，那個賦有政治隱喻的否極泰來的身體敘事的場景，就發生在鼓樓醫院。

王氣鍾先生是高行健的岳父，也是我導師葉子銘先生的大學畢業論文（成名作《論茅盾四十年的文學道路》，上海文藝出版社1959年版）指導老師。高行健在《一個人的聖經》中寫到自己岳父「文革」時遭受迫害，都是事實。

一位1964屆的南京大學中文系學生許植基在《枯木逢春》（《常州晚報》2008年11月1日）一文中寫到王氣鍾「文革」的悲慘遭遇：1967年，張君寫信給我，說，「這是我最後用筆寫字了；上星期我回南大看大字報，其亂狀就不提了；我看到最慘的一幕，我們敬愛的陳瘦竹先生和王氣中（沈按：王氣鍾）先生被紅衛兵用鞭子抽打着，被迫對跪着抽打對方的耳光；斯文遭此浩劫，國家還要讀書人嗎？我的心枯掉了，決定離職回家鄉種田，過幾天就把筆砸掉，從此不再用筆了。」

1968年8月12日南京大學「清隊」時，南大召開全校「鬥爭叛徒、特務、現行反革命分子大會」，宣稱揪出的「國民黨特務、反動教授」中，中文系的就是王氣鍾先生。

王氣鍾原名王正旺，又名王氣中，1926年9月至1930年7月就讀於中央大學國文系，1928年5月，在南京中央大學讀書時加入國民黨。畢業後，曾任安徽省立第六女子中學教導主任、安徽省立圖書館總務主任。自1937年2月出任北平「蒙藏學校」教務長始，之後的十二年間，斷斷續續，在重慶、南京國民政府的「蒙藏委員會」任職或兼職，也曾在河南大學、重慶大學、南京中央大學任教。他先後在

「蒙藏委員會」任「編譯員」、「專員」、「秘書兼代調查室主任」。這主要是得益於他的合肥同鄉、國民黨元老、「蒙藏委員會委員長」吳忠信（後任新疆省政府主席、總統府秘書長）的提攜和賞識。王氣鍾 1944 年曾被選為國民黨重慶市第 55 分區部監察委員。1946 年 6 月，作為「蒙藏委員會」秘書，他隨「蒙藏委員會」遷回南京，同時出任南京「邊疆學校」教授。吳忠信出任「蒙藏委員會委員長」，長期致力於蒙藏事務的領導和協調工作。特別是 1940 年，吳忠信代表國民黨中央政府，到西藏布達拉宮日光殿，主持十四世達賴的坐床儀式，影響最大。

合肥李、張、段、龔四大姓，與晚清民國軍政都有密切的關聯。姓氏冠合肥的前有肥東李鴻章（「李合肥」），後有出生在六安後遷居肥西的段祺瑞（「段合肥」）。合肥大楊鎮的龔鎮洲在「保定陸軍速成學堂」時，與蔣介石同學，因追隨孫中山反袁而聞名。肥西縣張樹聲，是淮軍的二號人物，「樹」字大營的儒將，後為兩江總督、兩廣總督、直隸總督，是李鴻章之後「淮軍」將領政聲皆佳、先達一品的官員。從肥西「張家圩」走出的張樹聲、張樹珊、張樹槐、張樹屏兄弟均為晚清重臣或封疆大吏。打仗父子兵，上陣兄弟營，「兄弟鬩於牆，外禦其侮」，這是中國家族文化的精髓，也是傳統中國守土保家的家族倫理。「湘軍」起，「淮軍」興，危急時刻，中國文化的原動力爆發了。

晚清內憂外患，「淮軍」政聲動朝野，以至於延及民國軍政，有所謂「皖系」、「安福部」之說。1937 年抗戰前夕，王氣鍾休掉原配，在上海與自己任教安徽省立第六女子中學的學生、安徽省立圖書館任職時的同事、肥西「張家圩」張氏後人張天矖結婚。張天矖與張充和是堂姐妹，一起在張家圩長大。張天矖的母親與龔鎮洲家有親緣關係，曾以家中財產資助龔鎮洲組織「革命軍」，並親自提籃為龔鎮洲過關口傳送炸彈。抗戰期間龔鎮洲的兩個女兒龔普生、龔澎在重慶隨周恩來從事抗戰外交。1949 年後，龔普生、龔澎均在外交部任職。龔普生的丈夫章漢夫曾任外交部常務副部長。龔澎的丈夫喬冠華曾為外交部長。

張天矑從小受舅舅梁石言的影響，擅長詩詞書畫，且終生堅持。王氣鍾入職「蒙藏委員會」，任吳忠信秘書後，張天矑隨丈夫到重慶生活。吳忠信曾在龔家私塾讀書，此時王氣鍾因張天矑，與龔、張兩家建立了聯繫。張天矑稱呼龔普生、龔澎為「姨媽」。張充和在文章中稱張天矑「能詩詞」，與自己為「總角交」。此時，張充和在重慶國民政府教育部下屬的「禮樂館」就職，生活在同沈尹默洗硯行書，與汪東、盧前唱和詩詞之中。同時她在詩中又說與張天矑「五年同聽嘉陵雨」。2016年北京三聯書店出版的《張充和詩文集》中收錄有張充和與張天矑往來唱和的幾首詩詞。

在「淮軍」的後人中，文學成為關聯家族文化的重要橋段。肥東李鴻章的女兒，嫁給了中法「馬江之戰」的敗軍之將張佩綸，在張家孫子輩中成就了一位文學之星張愛玲。李鴻章四弟李蘊章的女兒「識修」，嫁給了張樹聲的兒子，即後來張充和的養祖母，大宅門裏養育了詩詞曲書畫皆精通的張充和，成為現代社會認識中國傳統文化的一個標示。「張家圩」的「樹」字營後人「張家姐妹」，一直都是有故事的人，她們與文學的關聯，從民國時期張兆和沈從文；到 2000 年，張天矑與王氣鍾的女婿高行健閃耀在諾貝爾文學獎的獎壇；更遠處有張充和與傅漢思的跨國姻緣，將昆曲遠播美利堅；最近處是張允和與壽星周有光的佳話。20 世紀中國文壇，因為有沈從文、張愛玲、高行健而星光熠熠。

但文學的故事往往不僅只有浪漫的開始，悲情的結局可能使故事更有文學性。

黨爭的你死我活，互指為匪，骨肉相殘，勝王敗寇的事實，成為政治的陰雲，籠罩兩岸。留下來沒有被作為一個王朝陪葬而殺掉的，自然在劫難逃。

也正是「蒙藏委員會」的這份差事以及與國民黨的這重關係，王氣鍾在 1949 年以後，有近三十年被審查、被打壓的劫難。高行健和王

氣鍾小女兒王學昀的婚姻也有十幾年籠罩在這種政治陰影之下。可以說，一對小夫妻的愛情，從一開始就遭受歷史魔獸的摧殘。

1967 年夏，王學昀自南京大學中文系畢業，因受父親王氣鍾「歷史問題」的牽連，在待業（待分配）一年之後（1968 年 7 月），被分配到山西省介休縣洪山東風陶瓷廠，當檢驗員。在「公檢法」被砸爛之時，1967 年 10 月 1 日，王學昀與高行健在北京形成事實婚姻。而在被監管狀態下的王氣鍾，還必須向中文系「革委會」（「革命委員會」）彙報子女的動向。好在，「造反派」把持的中文系「革委會」，鞭長莫及，沒能阻止王氣鍾小女兒王學昀與高行健的這場無法辦理結婚法律手續的事實婚姻，更無法阻擋王學昀十年愛情長跑狀態下的堅持。

此時，高行健的父親高運同也因歷史問題，被整得兩次自殺未成。1957 年 3 月，高運同主動向醫院的黨組織交代：1940 年在贛州中國銀行工作時，代同事鍾天石保管左輪手槍一支，子彈四十粒。1946 年將此手槍賣給江西省政府保安處熊光裕。同時主動向組織交代 1942 年在江西泰和認識王萍（國民黨特務，王萍傾慕於他），與南昌中國銀行經理周友瑞（國民黨黨員）關係較密切。1958 年 5 月，高運同又主動交代 1942 年王萍，欲將他介紹給江西省國民黨黨部官員馮琦，但他拒絕，從此與王萍斷絕來往。9 月，南京市衛生局在審幹時將高運同定為「特嫌」（國民黨特務嫌疑分子），「作長期考察」（即長期監控）。也正因此事，1959 年 6 月，弟弟高行素高中畢業，報考中央音樂學院作曲系，因受父親「特嫌」的牽連，未能錄取，改讀南京機械製造專科學校。這段往事，被高行健寫進了《一個人的聖經》。我 2010 年 9 月在東京與高行健相聚，他還特意講起了此事。我是真切地感受到了他的創傷記憶。

1975 年，高行健從下放的安徽省寧國縣（現在改為市）港口中學調回北京。港口中學教師中傳說，高行健能夠調回北京，是得到外交部長喬冠華的關照（此時喬的妻子龔澎已經去世。張天曜稱呼龔澎為姨

媽，高行健的妻子王學昀稱呼龔澎為姨婆）。但據王學昀回憶確認，實際是通過南楚珍、龔普生的關係。她說：「1975年，高以我父親女婿的身分找我父親的學生南楚珍推薦，從安徽農村調到北京的中國旅行社，之後又經過我母親的親戚龔普生（喬冠華太太龔澎的大姐）推薦擔任了《中國建設》雜誌社法文組組長。」[9]

高杭回憶說：

> 1975年，已經回到北京工作的高行健跟外婆提出想從國家旅遊局調到外文局，認為這樣更能發揮其外語特長，請外婆出面找親戚龔普生幫忙引薦，於是外婆、外公帶着我一起前往北京，外婆冒雨拜訪了龔普生，龔普生當時剛剛結束農場勞改生活，尚未恢復名譽，瞭解了高的情況後，立即向外文局的領導推薦他，高行健得以調到外文局所屬的《中國建設》雜誌社，直接擔任法文組組長。

2013年10月，我向喬冠華的兒子喬宗淮（子承父業，已經從外交部副部長位置上退休），還曾談及過他並不知情的這段往事。高行健獲得諾貝爾文學獎時，他正在歐洲出任公使。他說自己並不知道長輩間還有這樣的關聯。

每個時代都有其特殊的局限性。個人抗爭顯得無力，也無法擺脫。個體的脆弱體驗，真是無處不在。以至於，長期分居的夫妻，想通過調動然後在北京團聚的希望，也被王氣鍾「歷史問題」的這一「魔獸」所阻擋。北京、南京，千里姻緣，兩京賦閒，琴瑟難鳴，生活出現盲區，愛情發生變數，婚姻自然陷入危機。

「沉舟側畔千帆過，病樹前頭萬木春。」（劉禹錫《酬樂天揚州初逢席上見贈》）

1979年，春回大地，王氣鍾、高運同的所謂「歷史問題」都得到公正的解決。

後排右起王氣鍾、張充和、張天瞳；前：高杭。

我對王氣鍾先生的瞭解，來自我讀碩士研究生課程時的導師之一任訪秋先生（另兩位導師是趙明先生、劉增傑先生）。因抗日戰爭時期王氣鍾先生在河南大學文史系任教（1940 年 2 月–1941 年 2 月，河南省嵩縣潭頭），與任訪秋先生是要好的同事、好友。王氣鍾先生的堂兄當時是河南省的財政廳長。1980 年 4 月 28 日至 5 月 1 日，任訪秋先生帶研究生江南訪學時，專門到南京大學還拜會過王氣鍾先生。在南京期間的活動也都是王先生安排的。王先生還專門安排葉子銘先生與任訪秋先生的學生進行了座談。所以任訪秋先生在他的日記中特記下對王先生這樣的感激：「老友盛情，令人深為感動。」[10] 1982 年 5 月 8 日，兩位老友南京再次相聚。

1988 年，我到南京讀書時，任訪秋先生特意寫了一封給王氣鍾先生的信，讓我帶到南京。讀書期間，因王先生專長在古典文學，我研讀現代文學，向王先生問學的機會不多，但我們時常會在校園碰面。

1993 年，王氣鍾先生去世時，我已經回河南大學工作，南京大學中文系和王先生家屬給任訪秋先生寄去了訃告。這份寄到河南大學中文系辦公室的訃告，是我送給任訪秋先生的。這時任訪秋先生年事已高，無法赴寧參加王先生的追悼會，為老友送行。他看過訃告後，又給我講了一番他與王氣鍾先生的往事。

故事還在繼續，我的女兒進了金陵中學，我的妻子又成了王學昀的同事。

這些也許就是寫作這本書的因果機緣。

禪門警示：

不是目前機，亦非你我事，水靜月明心中佛。

莫亂投石，石落波起亂了月。

注釋

[1] 普濟:《五燈會元》(蘇淵雷點校) 卷第二,第 77 頁。

[2] 林曼叔編:《解讀高行健》,明報出版社有限公司 (香港),2000。

[3] 漢娜・阿倫特:《極權主義的起源》(林驤華譯),第 572 頁。

[4] 普濟:《五燈會元》(蘇淵雷點校) 卷第六,第 349 頁。

[5] 王了一:〈大學中文系和新文藝的創造〉,《國文月刊》,第 43、44 合期 (1946 年 6 月)。

[6] 高行健:〈作家的心靈之路 —— 高行健與黃春明對談〉,《論創作》,第 230 頁。

[7] 吳婉茹:《找尋心中的靈山》;高行健:《論創作》,第 197–198 頁。

[8] 胡小石:《胡小石論文集》,第 139 頁,上海古籍出版社,1982。

[9] 王學昀:〈和高行健結婚離婚〉,香港《蘋果日報》,2013 年 9 月 1 日。

[10] 沈衛威編:《任訪秋先生紀念集》,第 286 頁,河南大學出版社,2004。

高行健:徘徊靈山的人生

25

至法無法

1

懷讓禪師問鄧隱峰：「甚麼處去？」

曰：「石頭去。」

師曰：「石頭路滑。」

曰：「竿木隨身，逢場作戲。」[1]

也正是如此，徐渭才會寫出「想到天為羅帳處，何人不是戲場人」（《為杭人題畫》）的詩句。

人生如戲，真假動靜，若其思量，即是轉識。

1980 年代後期，讀過趙毅衡研究「新批評」的專著，他到英國倫敦大學任教後，在國內刊物發文章少了，我只在香港的《二十一世紀》上可以看到他的文章。1998 年 8 月在北京有關端木蕻良的一個國際會議上相識。前些年，他的名字常和夫人、當紅作家虹影連在一起，出現在媒體。勞燕分飛後，他又回到四川大學執教。有意思的是，我到馬來西亞執教時，三次接待我的竟是他英國執教時的弟子。天下很大，天下真小。

就相關研究論着而言，趙毅衡和劉再復的不同在於，他的理論性較強，而劉的詩性太足。這在《高行健與中國實驗戲劇 —— 建立一種現代禪劇》一書中有充分的體現。

高行健拒絕重複戲劇發展史上別人做過的事，他有自己的戲劇觀念。他說：「重複前人同重複自己同樣乏味。」[2] 他要的是絕不重複的「一種東方現時代我自己的戲」[3]。他在創作實踐中找到了自己的路子，即源自中國傳統戲曲的所謂「全能戲劇觀念」[4]。

高行健的戲劇創作有兩個方向：歷史的 —— 從史詩、神話到歷史傳奇；當下的 —— 人內心的複雜與痛苦，荒誕中的自我存在，存在中的尋找與守護。兩者通常又有關聯，即便是歷史的題材也被他賦予當下的意義。表演與有趣，是其基本的戲劇追求。

趙毅衡引用德里達（Jacques Derrida）討論阿爾多（Antonin Artaud，也譯阿鐸）戲劇時說「阿爾多想做的，是擦抹普遍意義上的重複」[5] 後進而指出：「反過來，批評所要做的，則是要恢復被藝術擦抹掉的辯證演繹，把已耗盡的戲劇此刻還原成歷史之鏈。……它努力去發現作者在什麼樣的條件下組織他的意義集群。」[6]

因為高行健本人就是受到法國戲劇理論家阿爾多和波蘭戲劇家康托（Tadeusz Kantor）關於「戲劇是過程」[7] 的啟發。以至於他同林原上就《對話與反詰》一劇對談時，反覆強調「重要的是過程」。[8] 甚至明確表示：「表演藝術，不能在排演廳裏實現的還是空話。不能進入排演場的，我不去談。」而要做到這一點，首先從自己的劇本開始留心：「我寫戲時必須同時看得到戲怎麼演。我不寫那種不能想像怎麼演出的台詞，……」[9] 因為阿爾多主張從語言回到動作，甚至進一步提出戲劇是過程的重要問題。

戲劇發展史上，從演員的戲劇，到作家的戲劇，到當下導演的戲劇，每個歷史時期都有相應的名作和相關的理論闡釋。高行健認為戲劇這門藝術，「歸根結底，得靠演員的表演在舞台上得以實現」。[10]

戲劇是一門複雜的綜合性藝術，傳統的戲劇至少包含編劇、劇本、導演、演員、舞台、觀眾幾個重要的元素。相對於詩歌、小說、散文的個體寫作和個體閱讀，共創與共享是戲劇的重要特性。

因為作家通常創造出的是文學劇本，這種戲劇文學的特性是注重語言。而導演首先把戲劇看成是表演的藝術。高行健特別強調，新鮮的富有創造性的劇作首先應該是戲劇的然後才是文學。也就是說劇作是表演的藝術，是劇場的藝術，因而得有一種劇場性，一種公眾的遊戲或儀式的性質。這就要求其符合語言的本性表達，既是一種有聲傳達的語言，也是一種有形體符號展示的語言。是在聽覺的直感和瞬間，造成傳導能力，達到毫不費解的交流。[11]

高行健針對性地為表演提出了自我 ── 中性演員 ── 角色的一種流動的創造過程。[12] 這在後來進一步完善為他關於表演的「三重性」理論。

高行健在劇場性和假定性之外，提出了他自己的「三重性」理論。即「演員、演員所扮演的角色，以及這二者之間的『中介』」。而「中介」也可以稱為「中性演員」。[13] 在經過敍事劇（或史詩劇，《野人》）和神話儀式劇（《山海經傳》）的實驗和探索之後，他在寫意戲劇的基礎之上，創造性地開創了現代禪劇。戲劇中的我、你、他（她），是禪意語境中，語障和平常語互相絞殺、意導、轉化、超越的頓悟過程，是弗洛伊德本我、自我、超我的過程化顯示。

戲劇不論如何演變，基本的過程是不變的：劇本 ─ 演員 ─ 舞台。其中每一項又都包含兩項更實在的互動合作，共同營造出戲劇性和劇場性。

具體講就是：編劇─劇本─導演─演員─舞台─觀眾。

不同歷史時期，在某個環節上會有所側重和強化，但基本問題都包容其中。在這眾多因素中，高行健認為演員的表演才是這門藝術的根本。

高行健強調，「對演員來說，不妨可以借助於三個人稱加以把握。我以為人的意識至今還只能借助語言來加以認識」，[14] 因為「表演這一行為的心理過程正是以『我』這自我，通過『你』即演員的身體，扮演成『他』的角色，得以實現。這集我你他於一身的演員，在實際的表演過程中，三者的關係往往更為複雜，我中有你，你中有他，他中也時不時有我，尤其當把目光投向觀眾的時候，往往也難以區分這我你他」。[15]

針對《逃亡》，高行健引用法國當代思想家亨利·拉波里《逃亡的頌歌》[16] 中所說的，反抗如果結成集團，反抗者在這個集團內部便立

即淪為屈從，結論是唯有逃亡才有出路。因為逃亡是保持人格獨立的唯一辦法。

　　日本佛學學者鈴木大拙在《禪者的思索》中，也曾指出過：「個體一旦複合成集團，彼此便開始相互爭吵、壓迫和爭鬥。……所謂政治，一般說來，意味着在人為的組織形式上，利用權、利、名三大杠杠所進行的對人的支配、壓迫和統治。從物的兩面性、矛盾性所建成的最痛楚的種種形態中可以發現，古往今來，政治鬥爭是最殘酷、最混亂、最沒有人性的。」[17]

　　因此趙毅衡指出：「從某種意義，《逃亡》是高行健的自我表現辯護：不僅是在逆境中，哪怕是在個人的事業成功，諸事順遂之時，也必須作廣義的逃亡。」[18] 因為高行健有自己的主張：

> 逃亡乃為求得生存，否則，不困死在囚籠裏，便毀滅在眾人的口舌中，或是隨大流被習俗淹沒，再不，便叫虛榮給活活折騰到死，且忘乎所以。[19]

> 我以為人生總也在逃亡，不逃避政治壓迫，便逃避他人，又還得逃避自我，這自我一旦醒覺了的話，而最終總也逃脫不了的恰恰是這自我，這便是現時代人的悲劇。[20]

　　由高行健的這段話，我想起胡適在事業的顛峰時刻致女友韋蓮司信中這段詳細的自我剖示：

> 我怎麼也想不到我所遭遇到最危險的敵人竟是這個輕易的成功。我似乎是一覺醒來就成了一個全國最受歡迎的領袖人物。去年一月在一個由〈上海周報〉所舉辦的一次公眾投票中，我獲選為「中國十二個最偉大的人物」之一。很少有人能理解到：與暴得的大名鬥遠比與反對的意見鬥更艱難！我很清楚，以我這樣年紀的人暴得大

名的危險。我為自己立了一個生活原則：「一定要做到
名副其實，而不是靠着名聲過日子。」[21]

胡適有更清醒的認識：輕易成功，暴得的大名後，必須面臨兩條
道路的選擇 —— 要麼躺在自己的功勞簿上吃老本，自甘墮落；要麼是
保持前進的狀態，那只好拼上自己的身體。胡適沒有，也不可能選擇
「逃亡」，那他只好拼上自己的身體。

2

高行健說在國外完成的《靈山》和《山海經傳》，了結了自己的
「鄉愁」。實際上《冥城》、《八月雪》、《山海經傳》更是中國古典戲曲
元素的現代呈現。趙毅衡指出「鄉愁」實際上指出的「中國知識分子的
民族主義情結，一個根深蒂固，而且隨時可以轉化為集體認同的思想
基礎」[22]。高行健在《個人的聲音》一文中說：

高行健：徘徊靈山的人生

> 中國知識分子不曾把國家觀念與個人意識分明區分開。
> 對人權的表述也只停留在人身生存權利的層次，對個人
> 精神活動的自由伸張總十分膽怯，……中國知識分子
> 近一個世紀來，不乏為國為民乃至為黨請命而不惜犧牲
> 性命的英雄，但是公然宣稱為個人自由思想和著述的權
> 利而冒天下之大不韙的可說無幾。[23]

高行健自然是這「無幾」中，最為引人注目的橫站着的一個。

當然，高行健有更清醒的自我認識，他在《沒有主義》一文中說：

> 我把文學創作作為個人的生存對社會的一種挑戰，哪怕
> 這種挑戰其實微不足道，畢竟是一個姿態。
> ……

脆弱的個人，一個作家，孑然一身，面對社會，發出自
己的聲音，我以為這才是文學的本性。[24]

　　對高行健來說，文學是尋找自由的過程和象徵，同時也是對生死
超然豁達的語言呈現。在《叩問死亡》一劇中，他借「這主」表達了如
下生死觀：

一個人，如此渺小而脆弱，完就完了，至多不過值幾滴
眼淚，還得有人有這點情分。要不，一條命又算得了什
麼？[25]

你還從來沒當過英雄，從來沒為民眾的事業奮鬥過，從
來沒在群眾集會上慷慨陳詞為之代言。

你還要說，你離權力和大眾都一樣遠，即使人把什麼責
任委託給你，你立馬退還強加給你的那人。不管多大的
權力和義務，你一概拒絕，何況，從來也沒有領過這樣
的委任狀。[26]

這樣一段對話更具哲理，也更具現實意義：

這主：上帝真死了嗎？
那主：好像是。
這主：上帝之子耶穌基督也死在他之前了？
那主：很可能。
這主：怪不得我們這小小的地球上冒出來這麼多自稱為
　　　救世主的，糟蹋得一塌糊塗。[27]

　　這就是劉再復所稱道的「透徹」。[28] 更是禪門的大得大悟，大
自在。

　　也正是這大得大悟，大自在，才有可能對生與死的進一步追問，
並揭示出更為真實的人的本相。《生死界》、《對話與反詰》、《夜遊神》

「都寫的是生與死，現實與臆想之間，或者就是一場噩夢，呈現的都是人的內心世界。這些戲裏，同現實世界的聯繫僅僅是個由頭，我努力捕捉的是心理感受的真實，這赤裸裸無須掩飾的真實，它大於宗教、倫理、哲學的解說，超越一切意識形態，因而人更為人，更為充分顯現人的本相」。[29]

是的，這正是你借戲劇形式所要展示的現代人生存狀態下赤裸裸不加掩飾的真實。[30] 所以台灣學者胡耀恆將你的戲劇特色稱之為「哲學戲劇化」。

這種真實，讓我有接受的不安和清醒後的痛苦！

我說語言，我赤裸。我不說語言，就得到禪悟了嗎？

人生如戲，至法無法。

如果說心中有佛，看世界滿眼是佛；心中充滿屎糞，看人皆是屎糞之物。這自然是極端的自欺欺人。這超驗的形而上的感知，只是相對超越語言的一種非理性非邏輯的禪言，而非實在的生活本身，更非個人的絕對經驗感知。

說人生如戲，不如說你自我戲劇化了人生。

佛在心中，是純粹自我的感知，與他人無關。

你自己說，或他人說你在禪中，也只是一個禪修的過程。

這正像你遵循的「戲劇是過程」一樣。

看戲不能論真假，說禪不可道是非。

你、我、他，就在這種無奈的過程中。

無法給自己一個了斷，禪者就告訴你，禪不可言。

寫戲寫自己，演戲演自己，看戲看自己。所以高行健又進一步強調「觀眾的在場是戲劇的必要條件」。[31]

「憑他顛倒事，直付等閒看。」(徐渭《歌代嘯》)

無法至法。

也就是康德所說的「天才是自創法則的人」。

高行健：徘徊靈山的人生

3

　　這十幾年，高行健從戲劇轉向電影，他親自執導、主演、製作了兩部電影：《側影或影子》、《洪荒之後》。高行健把自己這種實驗和創作的成果稱為「電影詩」。

　　2010年9月在東京大學聚會時，他專門談到自己的「電影夢」和「電影詩」：

> 　　我的電影夢在中國大陸一直沒有機會實現。當時曾遇到一個德國製片人，對我的東西感興趣，和我商量，如果有好本子，他可以負責出片，錢、場地、演員都不是問題。我就把當時正在構思的一個劇本說給他聽，他聽後就再沒提出片的事，這個本子比他想要的走得遠得多。我後來把這個未能拍成電影的劇本改寫成了小說，就是《給我老爺買魚竿》。後來又遇到一個法國製片人，同樣表示對我的劇本感興趣，願意投資給我拍電影，談了幾次，我寫了個很詳細的計劃給他，包括要幾個演員，要一個地下室，沒有對白，用大量空鏡頭等等。他看後終於表示無法接受。我後來將這個同樣未能面世的電影劇本寫成了小說《瞬間》。德國和法國的製片商想要的還是歐洲人想看到的中國電影、中國元素，那種現實主義風的東西，所以根本不願接受我的試驗作品。
>
> 　　現在我最關心的藝術就是電影。對電影我有自己的一套看法，現在一般認為電影是視覺和聽覺的二元藝術，但我認為電影是一種三元藝術，包括語言、聲音和畫面。電影中人物使用的語言是有獨立性的，聲音包括語言以外的音響、音樂，畫面用來敘事。同時這三個元素又是相對獨立的，如果我們能用這種視點來看，那麼就可以打破通常的敘事規則，也就獲得了新的自由，就可以像寫詩一樣拍電影，這樣做成的電影，我稱它做「電影詩」，是我目前最想做的。它可以

綜合音樂、繪畫、舞蹈、語言等各種藝術，這樣電影的可能性就變得很大。電影不是複寫現實的，它是虛構的藝術。一旦承認了電影的虛構性，我們創作時就會獲得寫詩一般的自由，就能寫出「電影詩」。[32]

藏身北斗星中，獨步東山水上。

新的追求，新的創造。

禪給了平靜的內心，也給你一個更大的天地。

正如陸九淵所言：「宇宙便是吾心，吾心即是宇宙。」（《陸九淵集‧年譜》）

思接千里，心系宇宙。

禪界無域，行者無疆。

注釋

[1] 普濟：《五燈會元》（蘇淵雷點校）卷第三，第 129 頁。

[2] 趙毅衡：《高行健與中國實驗戲劇 —— 建立一種現代禪劇》，第 14 頁，天地圖書有限公司（香港），2001。

[3] 高行健：〈《對話與反詰》導表演談〉，《沒有主義》，第 223 頁。

[4] 高行健、方梓勳：《論戲劇》，第 25 頁，聯經出版事業股份有限公司（台北），2010。

[5] 趙毅衡：《高行健與中國實驗戲劇 —— 建立一種現代禪劇》，第 14 頁。

[6] 趙毅衡：《高行健與中國實驗戲劇 —— 建立一種現代禪劇》，第 15–16 頁。

[7] 高行健：〈另一種戲劇〉、〈劇作法語中性演員〉，分別見高行健：《沒有主義》，第 210 頁、287 頁。

[8] 高行健：〈《對話與反詰》導表演談〉，《沒有主義》，第 228 頁、230 頁。

[9] 高行健:〈《對話與反詰》導表演談〉,《沒有主義》,第 231-235 頁。

[10] 高行健:〈另一種戲劇〉,《沒有主義》,第 210 頁。

[11] 高行健:〈要什麼樣的戲劇〉,《沒有主義》,第 260-262 頁。

[12] 高行健:〈我的戲劇和我的鑰匙〉,《沒有主義》,第 267 頁。

[13] 趙毅衡:《高行健與中國實驗戲劇 —— 建立一種現代禪劇》,第 44 頁。
更具體的論述見高行健:〈另一種戲劇〉、〈劇作法與中性演員〉,《沒有主義》,第 209-215 頁、第 285-301 頁。

[14] 高行健:〈我的戲劇和我的鑰匙〉,《沒有主義》,第 281 頁。

[15] 高行健:〈我的戲劇和我的鑰匙〉,《沒有主義》,第 281-282 頁。

[16] 高行健:〈關於《逃亡》〉,《沒有主義》,第 207 頁。

[17] 鈴木大拙:《禪者的思索》(未也譯),第 152 頁,中國青年出版社,1989。

[18] 趙毅衡:《高行健與中國實驗戲劇 —— 建立一種現代禪劇》,第 84-85 頁。

[19] 高行健:〈巴黎隨筆〉,《沒有主義》,第 19 頁。

[20] 高行健:〈關於《逃亡》〉,《沒有主義》,第 207 頁。

[21] 周質平編譯:《不思量自難忘 —— 胡適給韋蓮司的信》,第 168 頁,安徽教育出版社,2001。

[22] 趙毅衡:《高行健與中國實驗戲劇 —— 建立一種現代禪劇》,第 109 頁。

[23] 高行健:〈個人的聲音〉,《沒有主義》,第 100-101 頁。

[24] 高行健:〈沒有主義〉,《沒有主義》,第 4-5 頁。

[25] 高行健:《叩問死亡》,第 42 頁。

[26] 高行健:《叩問死亡》,第 44 頁。

[27] 高行健:《叩問死亡》,第 51 頁。

[28] 高行健:《叩問死亡》,第 56 頁。

[29] 高行健:〈另一種戲劇〉,《沒有主義》,第 214 頁。

[30] 高行健:〈另一種戲劇〉,《沒有主義》,第 215 頁。

[31] 高行健、方梓勳:《論戲劇》,第 74 頁。

[32] 高行健東京大學談話錄(本文是劉婉明根據高行健先生 2010 年 9 月 25 日東京大學談話內容整理,未經高行健本人審定,未刊稿。此處是首次引用)。

26
禪門徘徊

2000 年 10 月 12 日，我正在高行健的故鄉南京參加一個關於 1990 年代文學的學術討論會。

「一夜落花雨，滿城流水香。」[1] 高行健獲得諾貝爾文學獎的消息，着實讓與會者一陣興奮。因為高行健是從這裏走出去的。

明月沉醉的晚上，千年鐵樹開花的時刻，十七年前離開《車站》，去尋找「靈山」的那個「沉默的人」回來了。

「日裏金烏叫，蟾中玉兔驚」。[2]

花好月圓日，突遭「月全食」。

10 月 14 日，中國各大報紙同時刊登了官方對此事的表態文稿。其中《人民日報》、《光明日報》均在第二版左下角刊出：

中國作協負責人接受記者採訪時指出
諾貝爾文學獎被用於政治目的失去了權威性

新華社北京 10 月 13 日電　瑞典文學院 10 月 12 日將 2000 年度諾貝爾文學獎授予法籍華人作家高行健。

高行健 1940 年出生於中國江西省，1987 年到國外，後加入法國國籍。

中國作家協會有關負責人在接受新華社記者採訪時說，中國有許多舉世矚目的優秀文學作品和文學家，諾貝爾文學獎評委會對此並不了解。看來，諾貝爾文學獎此舉不是從文學角度評選，而是有其政治標準。這表明，諾貝爾文學獎實質上已被用於政治目的，失去了權威性。

這是艾希曼式的語言，是「國家行為」和「服從上級命令」[3] 的利益法則。

每次看到這份文稿，我都會想起阿倫特聽完艾希曼在耶路撒冷最終陳述後所寫下的這段話：「那令人毛骨悚然的、漠視語言與思考的平庸的惡。」[4]

什麼政治？誰的政治？

驚詫中透出嫌厭，無知中彰顯荒誕。

1987 年輕輕地走了，那是文學藝術；2000 年重重地歸來，「被」變成了政治。

政治讓人變形，也能使文學變質。

人還是這個人，政治說變就變。

是那些「文革」餘孽的心魔在作祟，是「六四」之後既得權利者的恐懼在驚魂。脆弱無力的個體，訴說真相和表達生存困境的文學，此時「被」政治賦予了「政治目的」。一個人的文學本無意挑戰政治，卻如此這般撬動了政治。

取悅大眾或當權者所需要的思想深度，剛好就是取悅者自己的思想深度，也是時代的深度。沒有取悅或逢迎，恰恰是獨異的思想者的高地。

這和 1958 年 10 月蘇聯作家帕斯捷爾納克獲獎時的遭遇驚人的相似。蘇聯作家協會組織作家發出聯名公開信，指責《齊瓦哥醫生》是「境外勢力的工具」，「受境外勢力指使的文學毒草」。帕斯捷爾納克被迫致電瑞典文學院，表示自己放棄這個獎項，請不要因我自願拒絕而不快。

1959 年 1 月，帕斯捷爾納克在悲憤中寫下了《諾貝爾獎》一詩：

「我做了什麼惡事？

難道我是兇犯和歹徒？

我讓全世界哭泣，

是因為我美麗的故土。

落花流水去，修竹引風來。」

伴隨着國人一時興奮後的苦澀和蜀犬吠日式的尷尬，我開始關注高行健。

第一次讀高行健的作品,是 1982 年北京出版的《十月》雜誌第 5 期上刊發的〈絕對信號〉。接下來讀到了《現代小說技巧初探》,知道什麼是「現代派」。後來知道這是「一本荒誕而反動的小冊子」。[5] 因為「一個小作家」鼓吹西方的現代派,使得中國「社會主義文藝的方向和道路面臨挑戰」。[6]

《十月》會有〈絕對信號〉,這絕對不只是一種巧合,或許是冥冥中神祇的力量在驅動。在這個成熟與收穫的季節,光含秋月,天心月圓,就是佛說的機緣。

〈絕對信號〉閃爍之後,《靈山》才進入我的閱讀視野,並試圖從感覺上尋找與海德格詩學的關聯。

「高山仰止,景行行止。雖不能至,然心嚮往之。」(司馬遷《史記‧孔子世家》)

2006 年 3 月至次年 2 月在韓國外國語大學執教時,得以全面閱讀高行健的作品和相關的研究著作,可以說,這一年是「高行健」與我相伴。也真難得有這樣對一個人的靜心閱讀與感受。「掬水月在手,弄花香滿衣」(於良史《春山夜月》)。同時與到韓國首爾講學的香港《明報》月刊的潘耀明先生相聚。與潘先生原本相識,這幾年的研究工作,自然得到了他許多圖書資料上的幫助。

除了周末校園的歌聲、鼓聲,心中充盈的是靈山路上的寂靜之音。寂寞中的閱讀與閱讀中寂靜之音的迴蕩,一下子滌蕩了我多年的浮躁之氣和對語言的浮泛之用。不鼓自鳴,步步蓮花。才真正理解曾國藩讀袁了凡之書後改號「滌生」的心境。

「日月在空,不緣而照。」[7]

在韓國外國語大學,與韓國的高行健研究者、作品譯者李永求先生一起工作,共同指導了一位來自台灣的研究高行健的碩士研究生。隨後我在南京大學指導的一位博士生戴瑤琴,以《論高行健文學的獨創性》為題,於 2007 年 5 月順利通過學位論文答辯。

2009 年上半年在新加坡南洋理工大學中文系，為學生開講高行健的小說。中文系主任柯思仁，是研究高行健的專家，他 1998 年在劍橋大學取得博士學位的論文《高行健與中國跨文化劇場》，是專門討論高行健戲劇的。這裏的學生，多修過柯思仁的課，熟悉高行健的戲劇，我講小說，同學們的興趣很大。

如何認識、確立作家的思想深度和藝術創新的高度，並以適當的語言方式呈現，一直是我的努力方向。

赤道邊上，熱帶雨林的花園城市流光溢彩。我意外地在這裏找到了一種聲音。

平靜、簡單的生活中，每天穿越裕廊聽鳥鳴的步行，感受最多的是林中路上的寂靜之音，同時也重新開始這本小書的寫作。在韓國首爾原已寫出的部分，因感覺上的疏離，我將大部分放棄，只保留少許章節。跟着感覺走，於是，就有了這些閱讀、思考的碎片。「迦葉微笑，偶爾成文」。[8] 文學院的王宏志院長，問我新加坡之行的收穫，我說：找到了一種全新的寫作《高行健》的感覺！

「聽法頓中漸，悟法漸中頓。」[9]

2009 年下半年始，我在南京大學，同時為三個不同層次的學生開設「高行健研究」的選修課，師生互動，更促進了我研究的進展。

這十多年間，同高行健在上海、南京的親屬（他兒子、他弟弟一家人）和美術啟蒙老師惲宗瀛先生，有較多的接觸，他們幫助並加深了我對文本的理解。同時，我在寫作中，也有意將與他們接觸時的談話，選擇性的融入本書。

以前為胡適、茅盾、吳宓寫過傳記，這次，儘管也掌握了一定的資料和圖片，但我沒有聽進朋友要我寫本紀實性傳記的勸告，而是嘗試一種屬自己和順乎自己語言感覺的書寫方式。英國作家威爾斯（Herbert Wells）強調：「一個人的傳記應該由一個誠實的敵人來寫。」這話雖然有些偏執，卻給傳記作家一種立誠的警示。在這本不是傳記

又似傳記的小書的寫作過程中，我時刻保持着這種立誠的自我警示。同時，我堅守英國著名傳記作家利頓‧斯特拉奇（Lytton Strachey）所強調的責任：「傳記家的第一個責任是簡潔，第二個責任是保持自己精神的自由。」[10]

外道問佛：不問有言，不問無言。

佛云：如世良馬見鞭影而行。

我選擇嘗試這樣一種言說方式，是有意對高行健文體的趨擬，同時也將自己近年來習禪學的所悟所明，融入其中，特別是對禪門燈錄體的借鑒。

至於對文本的細讀，我只是做了些針對性、選擇性的片段嘗試，並如英國文學評論家利維斯（Frank Raymond Leavis）所強調的對「書頁上的文字」的感悟、把握，必須與文本組織的「整體反應」相關聯，尤其注意這種關係背後複雜的東西。也就是俄國哲學家巴赫金（Mikhail Bakhtin）在《陀思妥耶夫斯基詩學問題》中所彰顯出「有機整體」與「個性化」之間，「對話」「複調」與「獨白」之間研究範式的轉變或超越。

法國心理醫生拉康，受中國禪宗啟示所升發出的鏡像之說，特別具有直面人性的現場感。自我意識的存在，要依賴於另一個自我意識確認；自我的慾望的實現要依賴另一個慾望的認可。

鏡像之說可從《般若波羅密多心經》和《神會和尚禪話錄》那裏找到對應的依據。《心經》所說的「觀自在菩薩，行深般若波羅密多時，照見五蘊皆空」與神會和尚所言「是以無念不可說。今言語者，為對問故。若不對問，終無言說。譬如明鏡，若不對像，鏡中終不現像」。[11]可謂是對鏡像之說的高度概括。

高行健通過追憶、想像、象徵、隱喻，讓主體的無意識成為他者的話語，也讓自我的慾望成為他者的慾望。本書即是通過他建構的想像界和象徵界，還原實在界。而這個實在界又有我的主體介入。

這本書中有三個聲音隸屬三種鏡像，並形成對話與反詰：

高行健的個性言說及所屬文本中人物的文學敘事，我的個人話語及高行健親友的歷史追憶，再就是借助海德格詩學的闡釋及批判的說文解義。我假借詞學的無我之境、有我之境，和臨濟義玄禪師所謂的人境俱奪，對應所示，形成全書的三重對話結構。同時，還引進一個靜明旁觀的禪者，偶爾在可入境、入鏡和可言說時，插入一句頌偈。

我甚至把本書看作是融合戲劇（《生死界》、《對話與反詰》、《夜遊神》、《八月雪》）、文論和傳記（虛擬的《高行健傳》）三種文體形式後，新生的第四種文體。進而在精神狀態、思想高地、藝術境界三個維度，展現出一個屬我說的高行健。

《孟子‧萬章上》有此說：「說詩者不以文害辭，不以辭害志，以意逆志，是為得之。」

文無定法，傳無定體。我把自己的這一文體嘗試，看作是有我的新傳記。

所謂思想的呈現，無外乎走向不可知的神性或現實的影射、批判；抵達永恆人性的語言、聲音和結構所共同形成的詩性，是一部文學作品的創新性精粹。前者是觀念層面上的，是理想的良知；後者是創造實踐的語言建構。二者的關係，我視為知易行難。

「法本法無法，無法法亦法。今付無法時，法法何曾法？」[12]

用高行健的詩句和《巴黎隨筆》為這一文體的嘗試找一個藉口：

一派虛無乃事物本相
只能拾點生活的碎片 [13]

當理論變得愈來愈繁瑣，愈來愈枯燥，恰恰是思想的自殺。思想自由，不僅不受邏輯的限制，也不理會所謂的體系。任何體系的自我定義只能扼殺思想自由。矛盾和混亂和意義的歧義才是思想的源本。[14]

在解脫了連續十一年大學行政事務的纏身之後，回到自由自在的寂默淡定狀態中，高行健的著作和禪學文獻，又讓我拂去了多年的躁厲，明見了心性的靜無。身在江河之中，心在江河之外。外離相易，內不亂難。本願信解行證，無奈禪界有慾，在慾而行禪，如火中生蓮，般若難定，凡心和俗念不靜，如今仍在門外，隨物宛轉，與心徘徊。

2013 年再次到新加坡南洋理工大學執教時，又回到寫作此書的感覺中，方得以將文本與心語有更明達的融通。

能言說的在書裏，不可言說的在心中。

「一貫之理，以心傳心。」[15]

「君心若似我，還得到其中。」（寒山詩）

趁這本小書出版，向關愛和幫助這一研究、出版的朋友，道一聲感謝！因為這本書同時也是屬你們的，是你們和我共同進行了這一有意義的嘗試。

「吟此一曲歌，歌終不是禪。」（寒山詩）

高行健：徘徊靈山的人生

書稿 2006 年 4 月始寫於韓國外國語大學

2009 年 6 月初稿成於新加坡南洋理工大學

2013 年 6 月增補於新加坡南洋理工大學

2018 年 9 月增訂本成於南京大學

2019 年 5 月定本成於南京大學

注釋：

[1]　普濟：《五燈會元》(蘇淵雷點校) 卷第十四，第 920 頁。

[2]　普濟：《五燈會元》(蘇淵雷點校) 卷第六，第 339 頁。

[3]　漢娜・阿倫特：《艾希曼在耶路撒冷：一份關於平庸的惡的報告》(安尼譯)，第 309 頁。

[4]　漢娜・阿倫特：《艾希曼在耶路撒冷：一份關於平庸的惡的報告》(安尼譯)，第 268 頁。

[5]　高行健：〈悼念巴金〉，《論創作》，第 345 頁。

[6]　高行健：〈悼念巴金〉，《論創作》，第 345 頁。

[7]　普濟：《五燈會元》(蘇淵雷點校) 卷第三，第 135 頁。

[8]　普濟：《題詞》，《五燈會元》(蘇淵雷點校)，第 1 頁。

[9]　普濟：《五燈會元》(蘇淵雷點校) 卷第二，第 102–103 頁。

[10]　楊正潤：《現代傳記學》，第 484 頁，南京大學出版社，2009。

[11]　楊曾文編校：《神會和尚禪話錄》，第 69 頁。

[12]　普濟：《五燈會元》(蘇淵雷點校) 卷第一，第 4 頁。

[13]　高行健：《游神與玄思：高行健詩集》，第 242 頁。

[14]　高行健：〈巴黎隨筆〉，《沒有主義》，第 25–26 頁。

[15]　王楠：《序》，普濟：《五燈會元》(蘇淵雷點校)，第 2 頁。

第二十六章　禪門徘徊

參 考 文 獻

一、高行健個人著作

高行健:《靈山》,聯經出版事業股份有限公司(台北),1990。

高行健:《靈山》,聯經出版事業股份有限公司(台北),2010(第 2版)。

高行健:《一個人的聖經》,聯經出版事業股份有限公司(台北), 1999。

高行健:《有隻鴿子叫紅唇》(高行健作品集‧中篇小説卷),灘江出版 社,2000。

高行健:《絕對信號》(高行健作品集‧戲劇卷),灘江出版社,2000。

高行健:《八月雪》,聯經出版事業公司(台北),2000。

高行健:《高行健劇作選》,明報出版社有限公司(香港),2001。

高行健:《沒有主義》,聯經出版事業股份有限公司(台北),2001。

高行健:《高行健戲劇集1:車站》,聯合文學出版社有限公司(台 北),2001。

高行健:《高行健戲劇集2:絕對信號》聯合文學出版社有限公司(台 北),2001。

高行健:《高行健戲劇集3:野人》,聯合文學出版社有限公司(台 北),2001。

高行健:《高行健戲劇集4:彼岸》,聯合文學出版社有限公司(台 北),2001。

高行健:《高行健戲劇集5:冥城》,聯合文學出版社有限公司(台 北),2001。

高行健：《高行健戲劇集 6：山海經傳》，聯合文學出版社有限公司（台北），2001。

高行健：《高行健戲劇集 7：逃亡》，聯合文學出版社有限公司（台北），2001。

高行健：《高行健戲劇集 8：生死界》，聯合文學出版社有限公司（台北），2001。

高行健：《高行健戲劇集 9：對話與反詰》，聯合文學出版社有限公司（台北），2001。

高行健：《高行健戲劇集 10：夜遊神》，聯合文學出版社有限公司（台北），2001。

高行健：《周末四重奏》，聯經出版事業公司（台北），2001。

高行健：《叩問死亡》，聯經出版事業股份有限公司（台北），2004。

高行健：《高行健短篇小說集》，聯合文學出版社有限公司（台北），2008（第 4 版）。

高行健：《論創作》，聯經出版事業股份有限公司（台北），2008。

高行健、方梓勳：《論戲劇》，聯經出版事業股份有限公司（台北），2010。

高行健：〈夜間行歌〉，《聯合文學》第 306 期（2010 年 4 月）。

高行健：《游神與玄思：高行健詩集》，聯經出版事業股份有限公司（台北），2012。

高行健：《自由與文學》，聯經出版事業股份有限公司（出版）（台北），2014。

二、佛學文獻

中華楞伽流通中心：《楞伽經會譯》（無出版時間）。

王孺童譯注：《金剛經・心經釋義》，中華書局，2013。

康僧鎧譯：《佛說無量壽經》，金陵刻經處，2016。

陳秋平、尚榮譯注：《金剛經·心經·壇經》，中華書局，2007。

普濟：《五燈會元》（蘇淵雷點校），中華書局，2004。

楊曾文校寫：《新版敦煌新本六祖壇經》，宗教文化出版社，2001。

楊曾文編校：《神會和尚禪話錄》，中華書局，1996。

道原：《景德傳燈錄·譯注》（顧宏義譯注），上海書店出版社，2010。

慧然集：《臨濟錄》（楊曾文編校），中州古籍出版，2001。

釋慧皎：《高僧傳》（湯用彤校注），中華書局，1992。

三、相關著作

以賽亞·伯林：《自由論》（胡傳勝譯），譯林出版社，2003。

以賽亞·伯林：《蘇聯的心靈—共產主義時代的俄國文化》（潘永強、
　　劉北成譯），譯林出版社，2010。

古斯塔夫·勒龐在：《烏合之眾》（段力譯），時事出版社，2014。

尼采：《尼采文集》（錢春綺等譯），改革出版社，1995。

尼采：《瓦格納事件／尼采反瓦格納》（衛茂平譯），華東師範大學出版
　　社，2007。

尼爾斯·博克霍夫、瑪麗耶克·凡·多爾斯特編：《卡夫卡的畫筆》
　　（姜麗譯），生活·讀書·新知三聯書店，2010。

弗里德里希·邁內克：《德國的浩劫》（何兆武譯），商務印書館，
　　2012。

瓦西里·格羅斯曼在《生存與命運》（嚴永興、鄭海凌譯），中信出版
　　社，2015。

安德魯·N·魯賓：《帝國權威的檔案》（言予馨譯），商務印書館，
　　2014。

托克維爾：《舊制度與大革命》（馮棠譯），商務印書館，1992。

朱良志：《南畫十六觀》，北京大學出版社，2013。

米蘭‧昆德拉：《不能承受的生命之輕》（許鈞譯），上海譯文出版社，2003。

米蘭‧昆德拉：《生活在別處》（袁筱一譯），上海譯文出版社，2011。

米蘭‧昆德拉：《笑忘錄》（王東亮譯），上海譯文出版社，2011。

西　零：《家在巴黎》，聯經出版事業股份有限公司（台北），2016。

西蒙娜‧德‧波伏瓦：《第二性》（鄭克魯譯），上海譯文出版社，2011。

沃爾夫‧勒佩尼斯：《德國歷史中的文化誘惑》（劉春芳、高新華譯），譯林出版社，2010。

周美惠：《雪地禪思 —— 高行健執導〈八月雪〉現場筆記》，聯經出版事業股份有限公司（台北），2002。

帕斯卡爾：《思想錄》（何兆武譯），商務印書館，1985。

帕斯捷爾納克：《齊瓦哥醫生》（藍英年、張秉衡譯），外國文學出版社，1987。

林曼叔編：《解讀高行健》，明報出版社有限公司（香港），2000。

舍勒：《舍勒選集》（劉小楓選編），上海三聯書店，1999。

金觀濤、劉青峰：《觀念史研究：中國現代重要政治術語的形成》，法律出版社，2009。

雨果：《九三年》（桂裕芳譯），譯林出版社，1998。

哈耶克：《自由秩序原理》（鄧正來譯），生活‧讀書‧新知三聯書店，1992。

哈耶克：《通往奴役之道路》（王明毅等譯），中國社會科學出版社，1997。

胡耀恆：《高行健戲劇六種》，帝教文化出版社（台北），1995。

埃里克‧霍弗：《狂熱分子》（梁永安譯），廣西師範大學出版社，2011。

徐　賁：《人以什麼理由來記憶》，吉林出版集團有限公司，2008。

海德格：《在通向語言的途中》(孫周興譯)，商務印書館，2004 (修訂
　　譯本)。

海德格：《存在與時間》(陳嘉映、王慶節譯)，生活・讀書・新知三聯
　　書店，1999 (第 2 版)。

海德格：《林中路》(孫周興譯)，上海譯文出版社，2004。

海德格：《思的經驗》(1910–1976)(陳春文譯)，人民出版社，2008。

海德格：《海德格選集》(孫周興選編)，上海三聯書店，1996。

海德格：《荷爾德林詩的闡釋》(孫周興譯)，商務印書館，2000。

馬克・弗羅芒－默里斯：《海德格詩學》(馮尚譯)，上海譯文出版社，
　　2005。

馬克斯・舍勒：《價值的顛覆》(羅悌倫、林克、曹衛東譯)，生活・讀
　　書・新知三聯書店，1997。

馬克斯・霍克海默、西奧多・阿道爾諾：《啟蒙辯證法：哲學斷片》
　　(渠敬東、曹衛東譯)，上人民出版社，2003。

理查德・J・伯恩斯坦：《根本惡》(王欽、朱康譯)，譯林出版社，
　　2015。

莊　園：《個人的存在與拯救─高行健小說論》，大山文化出版社 (香
　　港)，2011。

陳祥明：《在途中》，天馬圖書有限公司 (香港)，2001。

喬治・奧威爾：《一九八四》(孫仲旭譯)，譯林出版社，2002。

單世聯：《黑暗時刻：希特勒大屠殺與納粹文化》，廣東人民出版社，
　　2015。

彭富春：《無之無化 ── 論海德格思想道路的核心問題》，上海三聯書
　　店，2000。

愛德華・W・薩義德：《知識分子論》(單德興譯)，生活・讀書・新知
　　三聯書店，2002。

楊煉編：《逍遙如鳥——高行健作品研究》，聯經出版事業股份有限公司（台北），2012。

楊正潤：《現代傳記學》，南京大學出版社，2009。

萬　之：《諾貝爾文學獎傳奇》，上海人民出版社，2010。

詹姆斯‧K‧林恩：《策蘭與海德格：一場懸而未決的對話》（李春譯），北京大學出版社，2010。

雷蒙‧威廉斯：《現代悲劇》（丁爾蘇譯），譯林出版社，2007。

寧國市港口中學《校慶紀念冊》編寫組：《校慶紀念冊》（1959–2004），2004。

漢娜‧阿倫特：《反抗「平庸之惡」》（傑羅姆‧科恩編、陳聯營譯），上海人民出版社，2014。

漢娜‧阿倫特：《艾希曼在耶路撒冷：一份關於平庸的惡的報告》（安尼譯），譯林出版社，2017。

漢娜‧阿倫特：《極權主義的起源》（林驤華譯），生活‧讀書‧新知三聯書店，2008。

漢娜‧阿倫特：《論革命》（陳周旺譯），譯林出版社，2007。

漢斯－格奧爾格‧伽達默爾：《哲學生涯》（陳春文譯），商務印書館，2003。

維爾海姆‧賴希：《法西斯主義群眾心理學》（張峰譯），重慶出版社，1990。

趙毅衡：《高行健與中國實驗戲劇——建立一種現代禪劇》，天地圖書有限公司（香港），2001。

齊格蒙‧鮑曼：《現代性與大屠殺》（楊渝東、史建華譯，彭剛校），譯林出版社，2011。

劉心武：《瞭解高行健》，開益出版社（香港），2000。

劉再復：《放逐諸神——文論提綱和文學史重評》，天地圖書有限公司（香港），1994。

劉再復：《高行健引論》，大山文化出版社（香港），2011。

劉再復：《高行健論》，聯經出版事業股份有限公司（台北），2004。

劉再復：《現代文學諸子論》，牛津大學出版社（香港），2004。

劉再復：《論高行健狀態》，明報出版社有限公司、明報月刊（香
　　港），2000。

薩特：《存在與虛無》（陳宣良等譯），生活·讀書·新知三聯書店，
　　2007（修訂譯本第 3 版）。

薩特：《詞語》（潘培慶譯），生活·讀書·新知三聯書店，1988。

嚴羽著、郭紹虞校釋：《滄浪詩話校釋》，人民文學出版社，1961。

讓－呂克·馬里翁：《還原與給予 —— 胡塞爾、海德格與現象學研究》
　　（方向紅譯），上海譯文出版社，2009。

參
考
文
獻